LEFT TO FATE

Die Ausgesetzten

GLORIA TRUTNAU

LEFT TO FATE

DIE AUSGESETZTEN

CARLSEN

Gloria Trutnaus Debütroman »Left to Fate. Die Ausgesetzten« belegte beim Schreibwettbewerb von tolino media und Carlsen Impress den ersten Platz.

Originalausgabe
Veröffentlicht im Carlsen Verlag
März 2019
Lektorat: Kerstin Kopper
Umschlagabbildungen: shutterstock: © javarman, © SimpleB, Adam Radosavljevic
Umschlaggestaltung: formlabor
Corporate Design Taschenbuch: bell étage
Herstellung: Karen Kollmetz
Satz: Dörlemann Satz, Lemförde
Druck und Bindung, CPI books GmbH, Leck
Printed in Germany
ISBN 978-3-551-31801-5

www.impress-books.de

Für Mama.
Weil du immer hinter mir stehst.

1

Es ist totenstill. Ich liege auf dem Rücken. Der Untergrund ist sehr hart, vielleicht Asphalt. Ich versuche die Augen zu öffnen, aber meine Lider fühlen sich unglaublich schwer an. Ich blinzle und nehme meine Umgebung nur schemenhaft wahr, während meine Hände über staubigen Boden tasten. Alles ist verschwommen. Ich kann mich nicht konzentrieren und nichts fokussieren. Mit Mühe schaffe ich es, meine Augen offen zu halten. Benommen warte ich darauf, dass die Dinge um mich herum endlich Schärfe annehmen.

Nach einiger Zeit werden meine Gedanken und meine Sicht klarer. Langsam versuche ich mich aufzusetzen und muss innehalten, als mir schwindlig wird. Ich befinde mich auf einer breiten und sehr langen Straße, deren Ende ich nicht erkennen kann. Links und rechts von mir ragen riesige Wolkenkratzer als tödliche Schatten empor. Sie sind verfallen, die Fenster kaputt. Backsteine liegen auf dem Asphalt. Ich habe keine Ahnung, wo ich mich befinde, und noch nie zuvor habe ich einen derartigen Ort gesehen. Die Häuser verdecken größtenteils den Nachthimmel und kein einziger Stern leuchtet in der Dunkelheit. Verdammt, wo bin ich?!

Ich verharre eine Weile in meiner sitzenden Position. Ich träume. Ich muss träumen! Das ist die einzige Erklärung, die ich habe. Eine ziemlich plumpe Erklärung. Aber wie sonst soll es schon sein? Ich befinde mich in einer surrealen Welt. Ich weiß nicht, wo ich bin, und ich weiß nicht, warum ich hier bin.

Plötzlich höre ich etwas, und auch wenn es noch weit entfernt ist, zerreißt es die Stille. Das Röhren und Knattern erinnert mich an das Geräusch eines sehr alten Motors und es wird immer lauter, Angst wächst in meiner Brust und drückt gegen meine Lunge. Ich muss hier weg! Mühsam versuche ich mich hochzustemmen, aber meine Arme zittern unkontrolliert. Meine Beine sind von der plötzlichen Last überrascht und brauchen ein paar Sekunden, um einen sicheren Stand zu finden. Ich stolpere nach links zu einem baufälligen Gebäude und stoße die Tür auf. Sie knallt zu Boden und Staub wirbelt auf. Hier drinnen muss einmal ein Restaurant oder ein Café gewesen sein, überall stehen Tische und Stühle, manche davon völlig kaputt. Unter meinen Schuhen knirscht Glas, als ich einen ersten Schritt mache. Der Geräuschpegel und meine Panik steigen gleichermaßen, also durchquere ich schnell den Raum und betrete eine große Küche. Der röhrende Motor ist jetzt so nah und ich atme keuchend aus, als er plötzlich stoppt.

Ich höre, wie Autotüren geöffnet werden, und kurz darauf eine männliche Stimme. Sie ist rau und tief: »Bist du dir sicher, dass sie hier abgelegt worden ist, Erin?«

»Ganz sicher. Die Narkose muss schon nachgelassen haben«, antwortet eine Frau bestimmt.

Mein Atem geht flach und mein Herz klopft wie wild, als ich mich hinter einem Herd verstecke.

»Na gut. Leute, verteilt euch und sucht sie!«, brüllt der Mann. Ich höre dumpfe Schritte, viele Schritte. Das sind mehr als nur zwei Personen. Ich drücke mich lautlos noch weiter in den Schatten und unterdrücke einen Schmerzenslaut, als ich mit der Schulter gegen eine Türklinke stoße. Sie wissen, dass ich dort draußen gewesen bin, und sie suchen mich. Aber warum suchen sie mich? Was wollen sie von mir? Verzweifelt versuche ich mich an etwas zu erinnern. Ich ringe um eine Erinnerung, die mir all das hier erklärt. Aber das Letzte, was mir einfällt, ist, wie ich am Abend vor meinem Geburtstag zu Bett gehe. Wie lange ist das her?

Die Stimmen und die schweren Schritte der Fremden werden leiser, Erleichterung durchströmt mich. Sie werden mich nicht finden. Sie werden aufgeben und dorthin zurückfahren, wo sie hergekommen sind – wo auch immer das ist. Ich will nicht wissen, wer sie sind. Diese Leute sollen einfach nur verschwinden. Und dann muss ich herausfinden, wo ich bin und wie ich von hier wegkomme.

Mir bleibt fast das Herz stehen, als ich Glas knirschen höre. Panisch drücke ich mir die Hand auf den Mund, um meinen lauten, keuchenden Atem zu unterdrücken. Ich lausche angestrengt, aber außer fernen Rufen höre ich nichts.

»Ich weiß, dass du dich hinter diesem Herd versteckst. Komm hervor, aber langsam. Ich bin bewaffnet.«

Mir stockt der Atem. Das ist die Männerstimme, die ich vorhin bereits gehört habe, und sie ist ganz nah, in diesem Raum.

Ich habe keine Wahl. Als ich mich langsam aufrichte, versuche ich mir meine Angst nicht anmerken zu lassen. An der Tür, nur etwa fünf Schritte entfernt, steht ein junger Mann. Er hat dunkles halblanges Haar und eine kantige Gesichtsform. Ich weiß nicht, was ich sagen soll oder ob ich überhaupt etwas sagen soll. Meine Arme hängen schlaff herab und ich zwinge mich, ihm in die Augen zu sehen. Das Gewehr, das er auf mich richtet, lässt er kaum merklich ein paar Millimeter sinken.

Was soll ich machen? Was wollen sie von mir und warum hat der Typ eine Waffe? Ich schiele zu meinem letzten Ausweg, zu meiner einzigen Hoffnung.

Ohne länger zu überlegen, wirble ich herum, stoße die Hintertür rechts von mir auf. Sie führt tatsächlich ins Freie und ich stolpere auf eine weitere breite menschenleere Straße. Darauf gefasst, verfolgt und beschossen zu werden, renne ich los. Ich will so viel Abstand wie nur irgend möglich zwischen den Kerl und mich bringen. Doch schon nach kurzer Zeit höre ich ihn hinter mir und nur wenige Augenblicke später spüre ich einen festen Griff um meinen Oberarm. Er reißt mich zu sich herum und ich strauchle.

»Wieso läufst du weg? Ich werde dir nicht wehtun!« Seine Stimme ist ruhig, sein Atem trotz des Laufs gleichmäßig.

»Und wozu dann die Waffe?«, frage ich keuchend und nicke zu seinem Gewehr, das er inzwischen geschultert hat.

»Es besteht trotzdem kein Grund, vor mir davonzulaufen. Wir bringen dich zu unserer Basis.«

Ich schaue über die Schulter. Immer noch will ich nur weg von hier. Lieber stelle ich mich allein meinem Schicksal, finde allein einen Weg aus dieser gottverdammten Geisterstadt, als mit diesem Typen mitzugehen. Ich darf niemandem trauen. Und schon gar nicht jemandem, der mit einer Waffe auf mich zielt.

»Denk nicht mal daran.« Seine Stimme reißt mich aus meinen Gedanken. »Allein würdest du keine Woche überleben.«

Widerwillig wende ich meinen Blick zu dem Typen, der mich genau beobachtet. »Wer sagt, dass ich bei euch eine Woche überlebe?«

»Ich«, antwortet er knapp, aber bestimmt.

Voller Skepsis sehe ich ihn an. »Wo sind wir hier?«, frage ich dann und kann einen unsicheren Unterton nicht verhindern.

»New York.«

»New York?«, wiederhole ich verdutzt. »Diese Stadt gibt es nicht und hat es nie gegeben. Sie wurde nur erfunden, um der Vergangenheit ein Gesicht zu geben.«

Der Junge schnaubt. »Diese Lügen habe ich schon fast vergessen. Nun, unsere Regierung hat New York tatsächlich von den Landkarten verschwinden lassen. Jetzt können sie uns hier gefangen halten, ohne dass jemand davon erfährt. Wirklich klug, findest du nicht?«

»Was?« Ich starre ihn an. »Warum sollte man mich gefangen genommen haben?«

»Wenn in ein paar Stunden die Giftstoffe der Narkose deinen Körper verlassen haben, wird deine Erinnerung zurückkehren«, erklärt er. »Sie haben deine Zukunft gesehen, und dort haben sie etwas gesehen, das ihnen nicht gefällt. Deshalb musstest du entsorgt werden.«

Seine Antwort bringt mich aus dem Konzept. Ich verstehe nur die Hälfte von dem, was er mir zu erklären versucht. »Äh, was?«

»Wie gesagt, du wirst dich bald daran erinnern können.«

Aber damit gebe ich mich nicht zufrieden. »Wie meinst du das, sie hätten meine Zukunft *gesehen*?«

»Du wirst eine Straftat begehen und dafür wurdest du verurteilt. Alles Weitere erkläre ich dir in der Basis.«

»Eine Straftat? Woher willst du das wissen? Du kennst mich gar nicht«, fauche ich angriffslustig. Der hat sie doch nicht mehr alle!

Für einen Moment glaube ich Verärgerung in seinen Augen aufblitzen zu sehen, aber eine Sekunde später ist sein Gesichtsausdruck wieder neutral. »Weil es immer so ist. Hier hat jeder von uns das Gleiche erlebt.« Was ist hier los? Das ist doch Irrsinn!

»Das muss ein Fehler sein!« Hysterie mischt sich in meine Stimme. Warum wache ich nicht endlich aus diesem Albtraum auf? »Ich habe kein Verbrechen begangen und ich werde auch keines begehen! Sie können mich hier nicht einfach abladen!«

»Es gibt keinen Weg zurück. Sie lassen niemanden gehen«, sagt der Junge ernst. Seine dunkelblauen Augen ruhen auf mir. Ist es Mitleid? »Du bist verurteilt. Du gehörst jetzt zu uns.«

2

14 STUNDEN ZUVOR

Ich falte meine Vorladung und stopfe sie zurück in meine Hosentasche, verärgert bemerke ich dabei meine zitternden Hände. Warum bin ich so aufgeregt? »Ms Evans?« Ich sehe zu einer zierlichen Frau auf. »Bitte folgen Sie mir.«

Ich stehe auf und versuche mir unauffällig die schwitzigen Handinnenflächen an meiner Jeans trocken zu wischen. Die Frau führt mich in ein großes Zimmer, das mich an den Behandlungsraum meines Arztes erinnert. Der Boden ist sauber, weiß und die Wände sind nicht aus Stein, sondern aus Milchglas.

»Ah, Ms Evans. Schön, Sie zu sehen. Mein Name ist Theodore Stone«, begrüßt mich ein magerer Mann mittleren Alters. Er stemmt sich von seinem Drehstuhl hoch und hält mir seine Hand entgegen.

»Guten Tag«, nuschle ich und schüttle sie. Seine Hand ist knochig und kalt.

Die Frau verlässt ohne ein weiteres Wort den Raum. »Setzen Sie sich.« Stone deutet auf den Stuhl vor seinem Schreibtisch. Ich tue wie geheißen und schiebe meine Hände unter die Oberschenkel, um sie am Zittern zu hindern. »Es besteht kein Grund zur Besorgnis.« Er lächelt mich beschwichtigend an, lässt sich mir gegenüber nieder und richtet seine königsblaue Krawatte. Sie ist wegen seines ebenfalls blauen Anzugs kaum zu erkennen.

Die Uniform eines Regierungsmitglieds.

»Nach Ihrer Berufseinweisung können Sie ganz gelassen Ihren siebzehnten Geburtstag feiern.«

Ich nicke nervös. Meine Eltern waren Mitglieder der Regierung, dadurch gibt es für mich nur einen möglichen Berufszweig. In Concordia werden die Kinder immer in den Berufen der Eltern ausgebildet, egal, welche Fähigkeiten sie besitzen. Das ist seit Generationen so.

»Also, haben Sie noch irgendwelche Fragen, bevor wir anfangen?« Schnell schüttle ich den Kopf. Keine Fragen. Ich will es einfach nur hinter mich bringen und frage mich gleichzeitig warum, weil es doch schließlich um meine Zukunft geht. Wie lange habe ich meiner Selbstständigkeit entgegengefiebert? »Gut.« Er beugt sich nach vorne und faltet seine Hände. »Dann werde ich Ihnen jetzt den Ablauf erklären.« Ablauf? Stone deutet hinter mich. »Mithilfe dieses Gerätes führen wir ein paar einfache Tests durch.«

Ich drehe mich auf meinem Stuhl um. Das Ding sieht aus wie ein Tomograf. »Ähm ...« Ich räuspere mich. »Was für Tests? Ich dachte, in diesem Gespräch geht es um allgemeine Informationen zu meinem Ausbildungsbeginn nächste Woche.«

»Aber sicher, das tut es auch.« Das Lächeln, welches er mir dabei schenkt, wirkt unecht und reicht nicht bis zu seinen Augen. »Es handelt sich lediglich um einen psychologischen Test. In der Regierung gibt es sehr vielfältige Aufgabengebiete und wir müssen wissen, in welches Sie am besten passen.« Ein Psychotest? Na, super. Hätten es dafür nicht auch Stift und Papier getan? »Sie werden sich hineinlegen. Sobald die Luke geschlossen ist, startet der Test. Ich werde Ihnen neun Fragen stellen, die Sie bitte nur mit Ja oder Nein beantworten. Überlegen Sie nicht, sondern antworten Sie instinktiv. Haben Sie das verstanden?«

»Nur mit Ja oder Nein«, wiederhole ich.

»Sehr schön, dann können wir beginnen.«

Irritiert sehe ich ihn an, weil ich mit einer viel längeren Erklärung gerechnet habe. Mehr muss ich nicht machen? Rumliegen und Fragen mit Ja oder Nein beantworten? Und was bitte soll das aussagen? Ich halte nichts von Psychologie, weil ich der Meinung bin, dass jemand mit schauspielerischem Talent den Leuten alles Mögliche weismachen kann. Solange Menschen lügen können, wird es unmöglich sein, ihre Psyche zu entschlüsseln.

Stone steht auf, durchquert den Raum und winkt mich zum Tomografen. Als ich ihm folge, schnürt sich mir die Kehle zu und ein ungutes Gefühl breitet sich bis in meine Fingerspitzen aus. Warum hat bisher nie jemand von diesem Test erzählt? Ungelenk lege ich mich auf die ausgefahrene Liege und verschränke die Finger vor meinem Bauch. »Es wird etwa fünf Minuten dauern«, informiert er mich und schenkt mir ein Lächeln, mit dem er mich vermutlich beruhigen möchte. Fünf Minuten und neun Fragen, dann ist die Aufregung vorbei. Ich versuche mich zu entspannen, als ich in die Röhre hineingefahren werde. Die Luke hinter meinen Füßen schließt sich und ich bin in völlige Dunkelheit gehüllt. Normalerweise habe ich keine Klaustrophobie, aber hier drinnen wird mir mulmig. Alles, was ich hören kann, ist mein eigener unregelmäßiger Atem. Was für Fragen wird Stone mir stellen? Was ist, wenn ich doch überlegen muss, bevor ich antworte?

Ich zucke zusammen, als ich plötzlich klar und deutlich seine Stimme dicht an meinem Ohr höre. »Vor Ihnen liegt ein Apfel. Heben Sie ihn auf?«

Hä? »Ja«, sage ich, weil es das Erste ist, was mir in den Sinn kommt.

»Der Apfel hat ein Loch. Möchten Sie wissen, ob sich darin ein Wurm befindet?«

Okay, selbst für einen Psychotest sind das echt merkwürdige

Fragen. »Ja«, antworte ich dennoch. Sonst kann ich ihn ja nicht essen. Ich warte auf die nächste Frage, aber es kommt nichts. Die Stille hält immer länger an. Sagte Stone nicht, er würde neun Fragen stellen? Hallo? Habe ich etwas falsch gemacht? Aber das kann eigentlich gar nicht sein, weil ich mich an alles gehalten habe, was er mir im Vorfeld erklärt hat, und so schwer waren seine Anweisungen nun auch wieder nicht. Wie viele Minuten sind mittlerweile vergangen? Vielleicht ist der Lautsprecher ausgefallen, doch ich werde das Gefühl nicht los, dass etwas nicht stimmt. Es läuft nicht nach Plan.

Eine halbe Ewigkeit später öffnet sich plötzlich die Luke, meine Liege setzt sich automatisch in Gang und wird hinausgefahren. Von der Helligkeit geblendet kneife ich die Augen zusammen, doch bevor ich mich wieder an das Licht gewöhnt habe, werde ich von der Liege gezerrt.

»Was soll das?«, frage ich entgeistert und versuche mich aus dem Griff eines großen und muskulösen Mannes zu winden. Das Licht spiegelt sich in seiner polierten Glatze.

»Ms Evans, Ihr Test ist vorbei.« Mein Blick findet Stone, sein Lächeln ist verschwunden. »Aufgrund Ihrer Zukunft werden Sie von der Regierung verurteilt.«

Ich starre ihn ungläubig an. »Verurteilt wegen meiner Zukunft? Was soll das heißen?«, stottere ich.

»Theo, lass uns den Fall erst prüfen.« Im Schwitzkasten ist es mir unmöglich, einen Blick auf die Besitzerin dieser hellen klaren Stimme zu erhaschen. »Wir wissen nicht, wer ihre Zukunftsdaten gelöscht hat. Ich habe den Alarm bereits ausgelöst, die Türen sind verriegelt. Wir werden gleich erfahren, wer dahintersteckt, und dann können wir klären, warum –«

»Da gibt es nichts zu klären! Der Grund ist offensichtlich!« Sein Gesicht läuft vor Wut rot an und seine Augen treten hervor. Was meint er damit? Was ist offensichtlich? »Führ sie ab!«, befiehlt er dem Mann hinter mir. Ich bin so geschockt, dass ich es nicht einmal schaffe, einen Fuß vor den anderen zu setzen. Also werde ich halb geschleift, halb getragen.

»Bitte! Bitte, erklären Sie mir doch endlich, was los ist! Was habe ich falsch gemacht?«, rufe ich panisch, aber da fällt die Tür schon zu.

3

Ich schrecke hoch. Im ersten Moment weiß ich nicht, wo ich bin, aber nach ein paar Augenblicken kehrt die Erinnerung zurück.

New York. Der Typ mit der Waffe. Gefangenschaft.

Ich sitze auf feuchtem Boden, den Kopf an eine Backsteinwand gelehnt. Ich muss eingeschlafen sein, denn mein Nacken ist steif und mir ist kalt. Meine Erinnerung ist wieder da und schweren Herzens gestehe ich mir ein, dass der Typ mit der Waffe nicht gelogen hat. Ich wurde verurteilt. Aufgrund meiner Zukunft. Es hört sich irrsinnig an, so merkwürdig. Normalerweise hätte ich das alles als ziemlich fantasievollen Traum abgetan, aber es deckt sich zu sehr mit den Worten des Typen.

Ich vergrabe das Gesicht in den Händen und schütze mich so vor dem immer heller werdenden Licht der Sonne. Sie versucht sich hartnäckig einen Weg durch das rostige und verschmutzte Kellerfenster zu bahnen. Normalerweise mag ich die Sonne und ihre warmen Strahlen auf meiner Haut, aber momentan blendet die Helligkeit meine empfindlichen Augen und verursacht mir Kopfschmerzen.

Neben dem Jungen mit der Waffe waren da noch eine schlanke junge Frau und andere Typen. Alle trugen Gewehre oder hatten Pistolen in ihre Gürtel geschoben, aber auf dem ganzen Weg hat niemand mit mir gesprochen. Sie haben mich in den Keller gebracht und seitdem sitze ich hier und weiß nicht, was mit mir passieren wird. Was geht hier vor? Warum werde ich hier eingesperrt? In einen Raum ohne Tisch, ohne Stuhl, ohne Toilette. Nur zweimal wurde ich in ein heruntergekommenes Badezimmer gebracht, dessen Fliesen gesprungen und von Dreck verkrustet waren.

Ich seufze und richte mich auf. Ich will diesen Leuten nicht ausgeliefert sein und warten müssen, bis sie sich dazu entschließen, mich herauszulassen. Mein rechtes Bein ist eingeschlafen. Ich bewege meine Zehen, dehne den Fuß, damit wieder Blut durchfließt und das Gefühl langsam zurückkehrt. Dann stehe ich auf und gehe direkt auf die Tür zu. Auch wenn eine offene Tür absurd wäre, versuche ich mein Glück und rüttle am Knauf. Natürlich verschlossen, also bleibt nur das Fenster. Es ist zwar relativ weit oben, aber wenn es sich öffnen lässt, kann ich mich am Fenstervorsprung hochziehen und mich hindurchquetschen. Ich stelle mich auf die Zehenspitzen und packe den Fenstergriff. Mit aller Kraft versuche ich ihn zu bewegen, immer und immer wieder, aber keine Chance. Ein Frustlaut entfährt mir und ich trete wütend gegen die Wand. Erschrocken fahre ich zusammen, als sich die Tür hinter mir quietschend öffnet.

»Gefällt es dir hier etwa nicht?« Der Kerl von vorhin betritt den Raum. Sein Gewehr hat er zwar nicht dabei, aber in seinem Gürtel steckt eine stahlgraue Pistole. Er grinst.

»Ein Spaßvogel«, stelle ich trocken fest.

Er ignoriert meinen Kommentar und nickt zum Fenster. »Wo solls denn hingehen?«

»Raus«, sage ich nur. Macht er sich über mich lustig? Ist das seine Art von Humor?

»Das würde ich an deiner Stelle bleiben lassen.« Er winkt mich zu sich. »Komm mit.«

Ich erwarte, dass wir nach oben gehen, aber er bringt mich nur zwei Kellerabteile weiter. Er öffnet die Tür und hält sie mir auf. Ich runzle die Stirn und bewege mich keinen Zentimeter. »Warum lässt du mich nicht gehen?«

»Wo würdest du als Verurteilte denn hingehen?«, stellt er die Gegenfrage. »Glaubst du ernsthaft, du bist zu Hause jetzt noch willkommen?«

Ich öffne den Mund und schließe ihn wieder. Seine Frage versetzt mir einen Stich. Und noch schlimmer ist die Tatsache, dass es darauf nur eine Antwort gibt.

Er seufzt ungeduldig. »Na also.«

Ich schiebe den Unterkiefer nach vorne und gehe widerwillig an ihm vorbei in das Kellerabteil, doch zu meiner Überraschung ist es nicht leer. Die schlanke junge Frau von vorhin und ein Kerl, den ich noch nie gesehen habe, sitzen an einem großen Tisch.

»Nimm Platz.« Sie deutet auf einen alten wackligen Holzstuhl. Als die Tür ins Schloss fällt, zucke ich zusammen. Auch wenn ich es nicht zugeben will, meine Körpersprache wird meine Unsicherheit verraten. Verärgert über mich selbst lasse ich mich auf den Stuhl sinken. Der Kerl setzt sich neben die junge Frau und der Tisch zwischen uns sorgt für einen beruhigenden Abstand.

»Wie heißt du?«, will sie wissen. Ich mustere sie. Ihre dunklen Haare sind auf der rechten Seite fast komplett abrasiert. Zuerst meine ich, dass sie sich auf ihrer Kopfhaut ein Tattoo hat stechen lassen, aber dann erkenne ich, dass es sich dabei um einen etwa zehn Zentimeter langen, noch nicht vollständig verheilten Schnitt handelt.

»Kannst du dich an deinen Namen nicht erinnern?«

Ich möchte nicht auf ihre Verletzung starren, aber es ist schwer, es nicht zu tun. Wie hat sie sich so verletzt? »Samantha Evans«, antworte ich schließlich auf ihre erste Frage.

»Kannst du dich schon wieder an deine Verurteilung erinnern?«

Wieso ist das wichtig? Und warum stellen mir diese fremden Personen überhaupt Fragen? Ich sollte die Fragen stellen!

Ich zögere. Etwas in mir hält meine neu gewonnene Erinnerung zurück. »Nein.«

»Wurdest du vor deiner Verurteilung bereits wegen irgendwelcher Verbrechen angeklagt?«

»Nein.«

»Erzähl uns von dir, von deinem Leben.«

So weit kommts noch! Warum sollte ich drei Fremden etwas von mir preisgeben? »Nein«, sage ich und höre mich dabei an, als hätte ich dieses Wort aufgenommen, um es jetzt immer und immer wieder abzuspielen.

Die Frau richtet sich auf. Ihre dunkelgrünen Augen fixieren mich wachsam. »Warum nicht?«

»Ich weiß ja nicht mal, wer ihr seid! Wieso interessiert euch mein Leben?«

»Wir nehmen dich bei uns auf, also müssen wir dich kennen und dir vertrauen.« Ruhig, zu ruhig. Ich schaue auf, in die Augen des Typen, der mich hergebracht hat. Warum habe ich mich nicht stärker gewehrt? Warum habe ich aufgegeben?

Meine Fingernägel drücken sich in meine Haut, als ich die Hände zu Fäusten balle, und meine Stimme zittert, als ich spreche. »Das geht euch nichts an.«

Stille.

»Sie ist eine von denen.« Das ist das erste Mal, dass der andere etwas sagt. Mein Blick huscht zu ihm. Sein schwarzes Haar ist kurz geschoren, die harten Gesichtszüge sind angespannt. Drei Piercings zieren seine Augenbrauen und der Kragen seines T-Shirts kann die wulstige Narbe am Hals nicht verdecken. Er erwidert meinen Blick feindselig.

»Jeff«, sagt der, der mich hergebracht hat, warnend.

Jeff dreht sich wütend zu ihm um. »David, der Moralapostel. War ja klar. Sie zögert bei jeder Antwort und enthält uns Informationen vor. Selbst du weißt, was das bedeutet!«

Die junge Frau verdreht die Augen. »Leute, bitte. Wollen wir das Gespräch vielleicht erst mal zu Ende führen, bevor wir uns eine Meinung bilden?«

»Es ist Stunden her, seit sie hier angekommen ist. Ihre Erinnerungen müssten schon längst wieder da sein!«, donnert Jeff.

»Was ist los?« Angespannt schaue ich in die Runde. Offenbar ist es weniger ein Problem, dass ich nicht von mir erzählen möchte, als dass ich den Ablauf meiner Verurteilung verschweige. »Ist es denn so schlimm, dass ich mich noch nicht erinnern kann?« Jeffs Lachen hallt unnatürlich laut. Gänsehaut läuft mir über den Rücken.

»Nein, natürlich nicht«, meint das Mädchen beschwichtigend.

»Natürlich nicht?«, wiederholt Jeff. »Erin, stell dich doch nicht dumm! Sie ist eine von denen!«

»Von wem soll ich sein?«, frage ich und werde langsam ungeduldig. Warum spricht der Typ nicht einfach mal mit mir?

»Hör jetzt auf, Jeff!« David knallt die flache Hand auf den Tisch. Bei dieser unerwarteten Geste zucke ich abermals zusammen und verfluche mich dafür. »Samantha ist vor mir davongerannt, als ich sie gefunden habe, und als ich sie gerade holen wollte, hat sie versucht durchs Fenster abzuhauen. Sie ist keine von ihnen!«

»Das gehört alles zu ihrem Plan! Ihr lasst euch doch total verarschen!« Er dreht sich wieder zu mir. »Es gab bei uns schon Spione, die besser vorbereitet waren, Süße.«

»Jetzt halt doch mal die Klappe, Jeff!«, ruft Erin entnervt. »Lass mich bitte das Gespräch zu Ende führen und dann kannst du uns gerne deine Vermutungen mitteilen!« Jeff verschränkt die

Arme vor der Brust und kneift wütend die Lippen zusammen. An seiner Schläfe pulsiert eine Ader.

»Schön«, sagt Erin schroff, ohne ihn anzusehen. »Also, Samantha, du sagst, du kannst dich noch nicht erinnern. Warst du, seit du hier bist, die ganze Zeit wach?«

Ich schüttle langsam den Kopf. »Nein, ich glaube, ich bin mal eingeschlafen.« Ich merke sofort, dass ich die falsche Antwort gegeben habe. Erin zieht die Augenbrauen nach oben und wechselt einen vielsagenden Blick mit David.

Ich will ihnen nicht von meiner Verurteilung erzählen, eine Stimme in meinem Kopf flüstert mir ein, dass es besser ist. Neun Fragen, hat der Regierungsabgeordnete behauptet und doch wurden mir nur zwei gestellt. Zwei von neun! Da kann doch was nicht stimmen! Außerdem hallen die Worte der Frau in meinem Kopf nach: *Wir wissen nicht, wer ihre Zukunftsdaten gelöscht hat.* Was meinte sie damit? Jedenfalls hörte sich das nicht nach einem Routineablauf an. »Sollte meine Erinnerung schon wiedergekommen sein?«, frage ich scheinheilig.

»Die Narkose nimmt dir vorübergehend dein Kurzzeitgedächtnis. Aber normalerweise kehren die Erinnerungen innerhalb weniger Stunden zurück. Mindestens vier, höchstens zehn. Schlaf hilft dem Körper, die Wirkung der Narkose schneller loszuwerden«, antwortet mir David. Sein Blick ruht auf mir, als wolle er keine meiner Reaktionen verpassen. »Du bist seit elf Stunden bei uns.«

Ich starre ihn an, bringe kein Wort heraus, weil ich weiß, dass er mich durchschaut hat. Aber welchen Nutzen können sie aus meiner Erinnerung ziehen? Warum wollen die das unbedingt wissen? Ich wurde verurteilt. Alles andere spielt doch jetzt keine Rolle mehr.

»Na gut, Samantha, lassen wir das Thema«, seufzt Erin, weil

das Gespräch ganz offensichtlich nicht in ihrem Sinne verläuft. »Ich muss dich bitten, uns von deiner Familie zu erzählen. Wir wollen dir nichts Böses, vielmehr möchten wir dich bei uns aufnehmen. Aber wie David bereits sagte, müssen wir dir vertrauen können.«

»Wenn ich euch antworte, tut ihr es dann auch?«

»Natürlich«, sagt Erin ernst und ich glaube ihr.

»Ich habe keine Familie.« Ich verschränke die Arme und lehne mich zurück. Jeff schnaubt.

»Erzähl es uns«, fordert Erin mich auf.

Ich seufze. »Das ist sehr privat. Ich rede nicht gerne darüber.«

»Natürlich nicht«, bemerkt Jeff verächtlich.

Sein Kommentar fordert mich heraus. Ich lasse mich provozieren. Er behandelt mich wie irgendeine Spionin, die sich Geschichten über tote Verwandte ausdenkt. Nur zu gerne würde ich auf eine andere Kindheit zurückblicken und von rosaroten Marshmallows erzählen, aber diese Sorglosigkeit war mir nun einmal nicht vergönnt. »Meine Eltern sind gestorben, als ich zwei Jahre alt war. Ich habe keine Erinnerung an sie. Zufrieden?«

»Sie sind beide gestorben? Was ist passiert?«, fragt Erin vorsichtig nach.

»Ein Hovercraftunfall. Sie waren auf dem Weg zum nationalen Kongress der Abgeordneten.«

»Deine Eltern waren Regierungsmitglieder?«, fragt David stirnrunzelnd. Seine Miene ist unergründlich.

Ich nicke. »Ja, warum?«

»Sagen wir mal so, es ist sehr ungewöhnlich.«

»Was ist sehr ungewöhnlich?« Ich verstehe nicht, worauf er hinauswill, und bin genervt, ihm alles aus der Nase ziehen zu müssen.

»Es ist sehr ungewöhnlich, dass die Tochter von zwei Regierungsabgeordneten hier landet.« Was will er damit sagen? Und was spielt das überhaupt noch für eine Rolle? Ich bin hier, egal wessen Kind ich bin und egal wie selten das vorkommt. »Welche Funktion hatten deine Eltern?«, bohrt David weiter und wieder frage ich mich, was das zur Sache tut.

»Das ist doch scheißegal!«, schnaubt Jeff und erspart mir dadurch eine Antwort.

»Es tut mir sehr leid, dass sie gestorben sind.« Erin sieht tatsächlich betroffen aus.

»Schon in Ordnung«, murmle ich, überrascht von ihrer Anteilnahme. »Es ist lange her. Außerdem bin ich froh, dass sie nicht miterleben müssen, wie ihre Tochter nach New York abgeschoben wurde.«

»Da seht ihr's!« Jeff grinst triumphierend. »Woher weiß sie, dass wir in New York sind? Sie hat sich gerade enttarnt!«

»Sie weiß, dass wir in New York sind, weil ich es ihr gesagt hab, Alter«, bemerkt David trocken.

Jeffs Gesichtsausdruck verändert sich schlagartig. »Haben wir nicht ausgemacht, den Neuen keine Fragen zu beantworten, bis wir sie verhört haben?«

»Ja, das haben wir tatsächlich.« Erin runzelt die Stirn und wirft David einen Seitenblick zu.

»Sie ist keine Spionin, also beruhigt euch.«

»Da scheint sich jemand aber sehr sicher zu sein.«

»Ja, Jeff, ich bin mir sicher! Da musst du wohl einfach mal meinem Urteil vertrauen!«

Jeff lässt seine Knöchel knacken, hält aber den Mund. David wendet sich an mich. »New York ist das Gefängnis von Concordia und von jetzt an dein Leben. Verlassen wirst du diese Stadt nie mehr, also rate ich dir, dich mit deiner Situation abzufinden. Wir brauchen hier keine Einzelkämpfer. Wir sind eine Gemeinschaft, ein Team. Wie du vielleicht schon mitbekommen hast, ist mein Name David.« Er weist auf die anderen beiden. »Und das sind Erin und Jeffrey. Wir bilden die Führung dieser Gang.«

Ich reiße die Augen auf, weil ich nicht weiß, was mich mehr überrascht. Entweder die Existenz dieser Gang, die Existenz von Leben in dieser Geisterstadt oder aber die Tatsache, dass Jeff eine Führungsposition innehat. »Wenn du ›dieser Gang‹ sagst«, fange ich langsam an, »heißt das dann, es gibt noch andere?«

David nickt. »Neben uns gibt es noch einen weiteren Zusammenschluss. Sie haben ihre Basis auf der Eastside, also auf der anderen Seite des Central Park. Es kann sehr ungemütlich werden, wenn sie bei uns auftauchen, deshalb tragen bei uns alle Mitglieder zu jeder Zeit eine Waffe.«

Bestimmt habe ich mich verhört. »Sprichst du von einem Bandenkrieg?«

»Ganz genau, das tut er, Schätzchen! Hier fliegen die Fetzen!«, bestätigt mir Jeff feixend. Er ist über meine Reaktion offensichtlich hocherfreut. Ich versuche mein Entsetzen zu verbergen, meine verzweifelte Hoffnung, doch noch irgendwann aus diesem Albtraum aufzuwachen. Aber ich versage kläglich.

»Was wollen die anderen von euch?«

»Waffen, Nahrung oder neue Mitglieder, hier gibt es eine Menge Dinge, um die wir konkurrieren. Die monatlichen Versorgungspakete von Concordia beinhalten zum Beispiel Brot, Bohnen, Reis, sauberes Wasser, Benzin für die Generatoren und sogar manchmal etwas Medizin. Trotzdem reicht es nicht zum Überleben, also müssen wir uns selbst helfen«, beantwortet David meine Frage. »Aber mach dir keine Gedanken. Du wirst vorbereitet sein. Jeff wird dir beibringen zu schießen und Erin ist im Nahkampf die Beste.«

Schießen. Kämpfen. Töten? Wo bin ich hier gelandet?

»Außerdem lernst du die täglichen Aufgaben kennen. Am Anfang wirst du häufig wechseln, nach ein paar Monaten feste Aufgaben bekommen, die sich dann nur noch selten ändern werden.« Ich versuche David zuzuhören, aber er wird von einem Rauschen übertönt, das sich in meinen Ohren ausbreitet und mir das Denken unmöglich macht. »Hast du noch irgendwelche Fragen?«

»Was wirft mir die Regierung vor, weswegen wurde ich denn verurteilt?«

»Die Regierung hat die Möglichkeit, in unsere Zukunft zu sehen. Sie tarnen es als Berufseinführungsgespräch, während sie dich in Wahrheit durchleuchten. Du wärst in der Zukunft straffällig geworden, also haben sie dich hierhergebracht. So bist du für das Volk keine Gefahr mehr. Niemand von uns kennt die genauen Gründe für seine Verurteilung.«

Die Regierung kann in die Zukunft sehen? Das klingt wahnsinnig, wie eine schlechte Idee aus einem noch schlechteren Film. Am liebsten würde ich lachen, aber die ernsten Mienen sowie die Waffen der drei halten mich davon ab. Was ich vorhin noch als Albtraum abtun wollte, entspricht also der Wirklichkeit.

Zwei Fragen habe ich noch und doch spreche ich nur eine laut aus. »Wie hält uns die Regierung gefangen?« Und wie komme ich hier wieder weg?

Davids Gesichtsausdruck bleibt neutral, obwohl ich in seinen Augen noch etwas anderes wahrnehme, beinahe so, als würde er glauben, dass ich die Antwort bereits kenne. »New York befindet sich unter einer Kuppel. Sie ist nichts Festes, nichts, was du greifen könntest. Und auch wenn die *Versuchung* groß ist, würde ich dir raten, sie nur aus der Ferne zu betrachten.« Fragend hebe ich die Augenbrauen. »Du würdest bei lebendigem Leib verbrennen. Ist kein schöner Anblick, glaub mir.«

»Wieso solltest du ihm glauben, bevor du es nicht selbst gesehen hast?« Jeff spricht leise, verführerisch und lockend. Fast so wie eine innere Stimme in mir. »Woher willst du wissen, dass er dir die Wahrheit erzählt?«

Erin würdigt ihn keines Blickes. »Hör auf«, zischt sie und tatsächlich gehorcht er. Trotzdem bedenkt er mich mit einem hämischen Grinsen und zieht kaum merklich eine Augenbraue nach oben, was wahrscheinlich so viel bedeuten soll wie: Deine Entscheidung.

»Ich bringe dich jetzt in dein Zimmer, dort kannst du dich ausruhen«, sagt Erin. Froh hier endlich rauszukommen, will ich mich gerade erheben und ihr folgen, als uns David zurückhält.

»Ich möchte mit Samantha noch unter vier Augen sprechen. Ich bringe sie dann selbst hoch.«

Erin bleibt verdutzt stehen und wirft ihm einen flüchtigen Blick zu. »Okay«, sagt sie dann nur.

Jeff hingegen baut sich vor David auf. »Was hast du mit ihr zu bereden, was wir nicht hören dürfen?«

»Wir sprechen später, Jeff.« In diesem einen Satz liegt so viel Autorität, dass Jeff die Lippen zusammenkneift, sich umdreht und wütend aus dem Raum stapft. Erin folgt ihm und schließt die Tür hinter sich.

Neugierig warte ich darauf, dass David etwas sagt. Aber er spricht nicht und sieht mich nur an. Besser gesagt, er fixiert mich mit seinen dunklen Augen. Dunkelblau, fast schwarz. Und genau in dem Moment, als ich mich entscheide zu fragen, was er von mir will, macht er den Mund auf.

»Wir kennen uns doch.«

4

Damit habe ich nicht gerechnet. Ich schüttle langsam den Kopf. »Nicht, dass ich wüsste.«

Er starrt mich an. »Doch«, sagt er mit Nachdruck. »Wir sind uns schon einmal begegnet.«

»Wann soll das gewesen sein?«

»Sag du es mir.«

»Wann denn? Und wo? Ich kann mich wirklich nicht erinnern!« Ich mustere ihn genau, aber mir kommt sein Gesicht nicht bekannt vor. Weil er so überzeugt wirkt, will ich ihm eine Begründung anbieten, nur damit er mich dann hoffentlich in Ruhe lässt. »Ich kann mich ja auch noch nicht an meine Verurteilung –«, fange ich an, aber David unterbricht mich.

»Natürlich kannst du dich an deine *Verurteilung* erinnern. Keine Ahnung, warum du dir nicht einfach *irgendwas* ausgedacht hast. Ist mir eigentlich auch egal. Ich will wissen, warum du behauptest, du würdest mich nicht erkennen. Du lügst.«

Mir wird heiß und das Blut schießt mir in den Kopf. Woher nimmt er sich das Recht, so mit mir zu reden? »Ich lüge dich nicht an«, sage ich und versuche ruhig zu bleiben.

David lächelt kühl. »Du bleibst also dabei?«

»Ja, schon, ich meine, was soll ich denn sagen? Ich kenne dich nicht!«, stottere ich fassungslos.

Er steht abrupt auf, sodass sein Stuhl gefährlich wackelt. »Alles klar. Komm mit, ich zeig dir dein Zimmer.« Schweigend folge ich ihm aus dem Keller in das Erdgeschoss. Als ich hergebracht wurde, hatte ich keine Gelegenheit, mich umzusehen. Wir befinden uns in einem Gebäude, das wie vermutlich alle anderen Häuser in dieser Stadt alt und verfallen ist. Einige Fenster sind zerbrochen, sodass ich mir gar nicht vorstellen will, wie zugig und kalt es hier im Winter werden kann. Die Treppen zu den oberen Stockwerken sind aber weitgehend unbeschädigt. Alles in allem erinnert mich die Architektur an ein Hotel. Wir durchqueren eine große Eingangshalle und steigen ins zehnte Stockwerk hinauf. Ich war schon immer eher eine durchschnittliche Sportlerin, sodass ich die letzten Stufen nur noch keuchend nehmen kann.

»Du musst deine Ausdauer trainieren«, sagt David barsch, ohne mich anzusehen. Er geht einen langen Flur entlang und stößt eine der hinteren Türen auf. »Das ist dein Zimmer. Erin wird dich heute Abend zum Essen abholen.« Und dann ist er auch schon weg.

Ich betrete den Raum und bin überrascht. Dort stehen ein Bett mit Kissen und Decke, ein Tisch und zwei Stühle, sogar ein Schrank ist hier. Na gut, die Bettdecke ist mottenzerfressen, die Tischplatte ist völlig zerkratzt und eine der Schranktüren hängt aus den Angeln. Außerdem hat sich ein staubiger alter Geruch festgesetzt. Aber egal, wie renovierungsbedürftig es ist, dies ist mein Zimmer und zum ersten Mal muss ich es mit niemandem teilen. Als ich mich genauer umsehe, entdecke ich sogar noch ein Badezimmer. Vom Waschbecken ist zwar leider nur noch die Hälfte vorhanden, dafür sind Klo und Dusche noch ganz gut in Schuss. Ich gehe wieder zurück in mein Zimmer und versuche das Fenster zu öffnen, um frische Luft hereinzulassen. Zuerst klemmt es, aber schließlich schaffe ich es, den unteren Teil hochzuschieben. Die vielen hohen Backsteingebäude ringsherum bilden einen starken Kontrast zu der riesigen rechteckigen Grünanlage, die sich nur wenige Querstraßen entfernt erstreckt. In der Ferne meine ich sogar einen See glitzern zu sehen. Eine fast friedliche Stille liegt über der Stadt, doch dass dieser Schein trügt, habe ich gerade erfahren.

Den restlichen Vormittag verbringe ich damit, es etwas wohnlicher zu machen. Ich schüttle Decke und Kissen aus und repariere den Schrank. Mit einem alten Lappen, den ich im Bad gefunden habe, wische ich Staub. Normalerweise bin ich nicht besonders ordentlich, aber heute hilft mir das Putzen, meine Gedanken zu sortieren. Die Geschehnisse im Keller lassen mich nicht los. Jeffs Feindseligkeit hat mich schockiert, vor allem, weil ich nicht weiß, womit ich sie verdient habe. Und doch ist es Davids Verhalten, das mich am meisten irritiert. Während des Verhörs hat er sich noch für mich eingesetzt und gegen Jeff verteidigt. Und dann? Das Vieraugengespräch. Ich kann mich nicht an ihn erinnern und überlege die ganze Zeit, wo wir uns schon mal begegnet sein könnten. Vielleicht war er in einer Parallelklasse von mir oder hat auch im Heim gelebt. Dort waren so viele Kinder. Warum ist er sauer, wenn ich das nicht mehr weiß?

Nach einiger Zeit schweifen meine Gedanken ab und es setzen sich Fragen fest, auf die ich nie Antworten erhalten werde. Warum wurde ich verurteilt, wenn es Mr Stone nicht möglich war, meine Zukunft zu analysieren? Wer hat die Daten gelöscht? Wer wollte mich aus dem Weg räumen? Ich ziehe mir einen Stuhl ans Fenster, stütze meine Ellbogen auf dem Fensterbrett ab und lege das Kinn in meine Hände. Der Anblick dieser Geisterstadt fasziniert mich.

Ein lautes Klopfen reißt mich aus dem Schlaf und meine Ellbogen rutschen vom Fensterbrett. Ich sehe mich verwirrt um und es dauert einen Moment, bis ich realisiere, wo ich bin. Instinktiv will ich mich verstecken und unter mein Bett kriechen oder ins Bad flüchten, an die Wand drücken, aber einen Moment später rufe ich mich zur Vernunft. Ein Angreifer würde vor seinem Überfall wohl kaum an meine Tür klopfen. Erneut pocht es und ich mache vorsichtig die Tür auf.

»Hast du Hunger?« Erin steht vor mir, sie sieht müde, aber zufrieden aus. Ihre Jeans ist an den Knien braun verfärbt und sie reibt ihre erdigen Hände an den Hosen ab. Ich frage mich, was sie den Tag über gemacht hat.

Mein Magen grummelt. Seit Tagen habe ich nichts mehr gegessen, oder zumindest fühlt es sich danach an. Ich nicke. »Dann folge mir unauffällig!«, sagt sie gut gelaunt.

Wir gehen hinunter in den ersten Stock. Ich muss mich konzentrieren, um nicht zu stolpern. Immer noch spüre ich das Betäubungsmittel in meinem Blut. Es schwächt meinen Körper und er fordert Schlaf. Wir betreten einen großen Saal, der mich sehr an unsere Mensa in der Schule erinnert. Gegenüber der Tür und auf der linken Seite befinden sich Fenster, die, wenn das Glas nicht sowieso gesprungen ist, viel Glasreiniger nötig hätten. Die Strahlen der Abendsonne tauchen den kahlen Saal in ein rötliches Licht. Es gibt Leute, die sich über die länglichen Tische hinweg laut unterhalten oder Dinge zurufen, und andere, die für sich bleiben und allein essen. Es ist die Menge der Menschen, die mich in der Tür stehen bleiben lässt.

»Was ist los?« Erin dreht sich um, als sie merkt, dass ich ihr nicht mehr folge.

Ich sehe mich verblüfft um. »Ich habe nicht damit gerechnet –«, fange ich an, traue mich aber nicht, weiterzusprechen.

»Dass wir so viele sind«, beendet Erin meinen Satz. »Um genau zu sein, haben wir momentan dreiundachtzig Mitglieder.

Vierundachtzig! Du gehörst ja jetzt auch zu uns. Mich erstaunt selbst, wie viele von uns es schaffen.« Wir reihen uns in die Schlange für die Essensausgabe ein.

»Was meinst du mit ›Wie viele es schaffen‹?«, frage ich nach.

»Bei Überfällen oder Angriffen sterben viele, aber auch durch Krankheit. Wir bekommen kaum Medikamente. Natürlich gibt es in der Stadt alte Vorräte, aber die meisten sind nicht mehr zu gebrauchen.«

Als ich die Bedeutung ihres Satzes erkenne, wird mir schlecht. »Du bist also überrascht, wie viele überleben?«

Sie sieht mich mitleidig an. »Du bist nicht mehr in Concordia, Samantha.«

Schweigend nehme ich mein Abendessen entgegen und folge ihr an einen Tisch, an dem bereits zwei Jungs sitzen. Einer von ihnen, ein schlaksiger Blonder, kommt mir sehr bekannt vor.

»Henry?«, sage ich erstaunt.

Henry fällt vor Überraschung die verbogene Gabel aus der Hand. »Was machst du denn hier, Samy?« Er springt auf, kommt um den Tisch auf mich zu und schließt mich in die Arme. Seine Nähe ist fest und tröstet mich, lässt mich durchatmen. Freudig klammere ich meine Hände in seinen Rücken und versuche meine Gedanken zu ordnen. Henry hat den Kontakt zu mir nicht freiwillig abgebrochen, er wurde auch verurteilt!

Schließlich lösen wir uns voneinander und setzen uns an den Tisch.

»Ihr kennt euch?« Erin rutscht zu mir auf die Bank.

»Wir waren … auf der gleichen Schule«, antworte ich wahrheitswidrig und sehe aus den Augenwinkeln, wie Henry stutzt.

»So ein Zufall!«, lacht sie. »Ich wollte dir die Jungs sowieso vorstellen. Henry ist seit einem Monat hier und Tim haben wir vor zwei Wochen aufgesammelt.« Tim und ich nicken uns zu. Er ist dunkelhäutig, hat breite Schultern und ein freundliches Lächeln. »Du wirst zusammen mit ihnen unterrichtet«, informiert mich Erin. »Natürlich sind sie weiter, aber du wirst schon klarkommen.«

Ich höre ihr kaum zu. Henry ist *hier*. Trotz der Zerstörung, der Ruinen, des Kampfs der Gangs kommt mir dieser Ort plötzlich viel heller und offener vor. Ich bin nicht mehr allein.

Ich begutachte das Essen auf meinem Teller und bin überrascht, dass es sowohl Fleisch als auch Salat gibt. Ich spieße ein paar Blätter mit der Gabel auf und schiebe sie mir in den Mund. Der Salat ist frisch und knackig, nur ein Dressing fehlt. »Der ist richtig gut!«

»Vielen Dank!« Erin zwinkert mir zu.

»Wieso? Hast du den angebaut?«

Sie lächelt stolz. »Vor zwei Jahren habe ich angefangen im Central Park Gemüse anzubauen. Die Samen habe ich auf meinen Streifzügen durch die Stadt gefunden. Davor gab es immer nur Wildschwein, Bohnen und Reis. Jeden Tag. Irgendwann konnte ich es einfach nicht mehr sehen.«

»Was ist der Central Park?«, frage ich kauend und erinnere mich, dass bereits David davon gesprochen hat.

»Das ist ein großer Park nicht weit von hier. Du müsstest ihn von deinem Zimmer aus sehen, er liegt im Osten. In der Stadt gibt es ein paar alte Bücher, in denen er als grüne Lunge New Yorks bezeichnet wird. Der Central Park war mal ein öffentlicher Park, wo die Anwohner ihre Freizeit verbracht haben«, erzählt Erin.

»Grüne Lunge?«, wiederhole ich. »Ein schöner Ausdruck!«

Erin nickt. »Mit den Bildern in den Büchern hat er aber nicht mehr viel gemein. Er ist überwuchert. Bevor wir dort überhaupt irgendwas anbauen konnten, waren wir monatelang damit beschäftigt, Büsche und Bäume zu entfernen, damit wir eine Fläche hatten, die groß genug ist.«

Ich verschlinge mein Abendessen. Es fühlt sich gut an, den Magen wieder arbeiten zu spüren.

»Ich hätte nie gedacht, dass du auch hier landest«, bemerkt Henry, als ich an einem Stück Karotte knabbere. Ich verkneife mir ein Lächeln. Er ist ein gutmütiger Mensch, der sich nicht von Vorurteilen leiten lässt. Ich war am Boden zerstört, als er plötzlich verschwand. Die Ungewissheit, was mit ihm geschehen war, trieb mich schier in den Wahnsinn und ich konnte nicht verstehen, warum sich außer mir niemand darüber Gedanken machte.

Ich zucke mit den Schultern. »Stille Wasser sind tief.«

Erin richtet sich neugierig auf, ohne mit dem Essen aufzuhören, aber auch wenn sie offensichtlich hofft, ich würde nun etwas aus meinem Leben preisgeben, enttäusche ich sie nur zu gern. Reden ist Silber, Schweigen ist Gold. Diesen Grundsatz habe ich immer befolgt und bin damit nicht schlecht gefahren. Zuhören liegt mir viel eher. Nicht mal Henry habe ich viel anvertraut und er ist immerhin die Person, die mir am nächsten stand, obwohl ich ihn nie so weit an mich heranlassen konnte, dass aus unserer Verbindung eine tiefere Freundschaft wurde. Und trotzdem ist er mein Vertrauter.

»Ich frage mich, warum die Regierung uns die Gründe für unsere Verbannung verschweigt«, murmelt Tim.

»Weil wir dadurch eine Frage mit nach New York nehmen, auf die wir nie eine Antwort erhalten werden. Auch wenn sie uns hier drin unserem Schicksal überlassen, haben sie so immer noch Macht über uns. Eine Art Persönlichkeitsfolter.« Als Erin spricht, weicht ihre positive Ausstrahlung einem angespannten Gesichtsausdruck. Mit einem Mal wirkt sie unglücklich. Tatsächlich habe ich mich auch schon gefragt, warum Concordia so ein Geheimnis aus den Straftaten der Verbannten macht. Erins Erklärung dazu klingt absolut plausibel, aber es macht das Wesen der Regierung wiederum noch schlimmer. Henry steht die Erleichterung ins Gesicht geschrieben, denn er kann sich als einer der wenigen sicher sein, den Grund für seine Verbannung zu kennen.

»Wo bist du aufgewachsen, Tim?«, wechsele ich schnell das Thema, weil ich Erin aus düsteren Gedanken zurückholen will.

»Ganz im Süden«, antwortet er mit einer tiefen angenehmen Stimme. »Meine Eltern sind sehr arm und haben den ganzen Tag auf dem Feld gearbeitet, bis ihre Körper kaputt waren. Ich habe viel gestohlen, vor allem Geld und Medikamente, deshalb tippe ich bei meiner Straftat auf Diebstahl.« Er kneift die Lippen zusammen. »Ich hätte nie aufgehört ihnen zu helfen.« Ich fühle mit ihm, ein Kloß taucht in meinem Hals auf und setzt sich fest.

»Hast du Geschwister?«, frage ich vorsichtig.

»Zwei kleine Brüder.« Tim lächelt bitter, wissend, woran ich denke. »Sie werden mit Sicherheit auch hier landen und dann sind meine Eltern allein.«

Zum ersten Mal in meinem Leben bin ich froh, dass ich niemanden habe. Es gibt niemanden, um den ich mir Sorgen machen muss. Es gibt niemanden, der mich vermisst. Es gibt niemanden, dem ich mit meiner Verurteilung Kummer bereite. Ich bin nur für mich allein verantwortlich. Diese Erkenntnis sorgt dafür, dass ich mich entspanne, und die Enge um meine Brust lockert sich etwas.

Wir unterhalten uns noch eine Weile, bis ich mich schließlich verabschiede. Das Betäubungsmittel in mir fordert Ruhe. Ich brauche Zeit für mich. Die Treppen und Flure sind ausgestorben, die meisten Gangmitglieder sind immer noch im Speisesaal.

»Samy!« Ich höre hinter mir Schritte und drehe mich um.

Henry kommt aus dem Speisesaal und holt mich ein. »Wie gehts dir?«, fragt er, als er bei mir angekommen ist.

»Großartig«, sage ich tonlos.

Er scheint zu verstehen. »Für mich war es auch nicht leicht. Ist es immer noch nicht«, verbessert er sich. »Aber du kannst jederzeit zu mir kommen und wir können reden.«

Für sein Angebot bin ich dankbar, auch wenn ich es nicht zeigen kann. Ich nicke und wende mich zum Gehen.

»Warum hast du Erin eigentlich erzählt, wir würden uns aus der Schule kennen?«

»Ich wüsste nicht, was sie das angeht«, sage ich leise.

»Das ist schon in Ordnung, ich habe den Anführern erzählt, dass ich Regierungsgegner bin.«

»Wirklich?«

Er zuckt mit den Schultern. »Klar, ich bin stolz auf meine Vergangenheit.«

»Hm«, mache ich nur. Ich habe Henry kennengelernt, als er gerade dabei war, im Waisenhaus heimlich Flugblätter gegen die Regierung zu verteilen. Damals hat er damit gerechnet, dass ich ihn verpfeife, aber das hätte ich nie getan. Auf Hochverrat steht Erziehungsanstalt und es wurde gemunkelt, dass man dort nicht mehr rauskommt, jedenfalls nicht lebend. Niemand hat das verdient, nur weil er für seine Ideale eintritt. Wir haben uns immer wieder getroffen, unterhalten und angefreundet. Durch ihn lernte ich einen neuen Blickwinkel kennen. Erst durch unsere Treffen wurde mir bewusst, wie sehr die Persönlichkeit durch den Staat eingeschränkt wird. Wie ist eine freie Entfaltung möglich, wenn du über dein Leben nicht selbst entscheiden darfst?

Henry sieht mich nachdenklich an, dann schüttelt er den Kopf. »Eigentlich ist es auch total egal. Unsere Vergangenheit ist hier vollkommen unwichtig, also mach einen Neuanfang.«

»Hm.« Wenn es doch nur so einfach wäre. Wie soll ich mein altes Leben hinter mir lassen, das dafür verantwortlich ist, wer ich heute bin? »Gute Nacht, Henry.«

Henry wiederzusehen hat etwas in mir ausgelöst. Gefühle, die ich normalerweise unterdrücke. Die Wärme der Vertrautheit und Freundschaft. Ich bin so erleichtert, dass er lebt. Aber ich habe es nicht einmal geschafft, ihm das zu sagen.

Als ich im achten Stock ankomme, spüre ich hinter mir eine Bewegung. Einen Moment später legen sich kalte Finger auf meinen Mund. Voller Panik trete ich um mich und versuche in die fremden Finger zu beißen.

»Verdammt, lass das bleiben«, knurrt eine bekannte Stimme. »Hilf mir mal, John!« Ein Kerl taucht vor mir auf und presst mir meine Hände an den Körper. Ich bin bewegungsunfähig, werde in eine Kammer geschleppt und mit dem Rücken gegen die Wand gepresst. Endlich sehe ich meinen Angreifer. Jeffrey. Neben ihm stehen der Typ namens John und eine große junge Frau mit raspelkurzen roten Haaren.

»Was wollt ihr von mir?«, keuche ich und reibe mir die Handgelenke.

»Wir wollten dich auf unsere Weise willkommen heißen«, antwortet Jeff mit einem unheilvollen Grinsen.

»Lasst mich gehen«, fordere ich und versuche dabei genervt zu klingen, aber meine unnatürlich hohe Stimme verrät mich. Ich bekomme Panik. Jeff war das erste Mal schon so gemein, dass mich jetzt die Angst überkommt, allein weil er so dicht vor mir steht.

Die Rothaarige schnaubt. »Die wird das niemals überleben.«

»Ich weiß nicht.« Jeff mustert mich aufmerksam und ich versuche seinem Blick standzuhalten. »Sie hat sich getraut, uns beim Verhör einfach ins Gesicht zu lügen. Das ist mutig.«

»Das ist nicht mutig, sondern dumm. Ich sag dir, die sehen wir nicht wieder.«

»Das klingt nach einer Wette«, bemerkt John und sieht beide abwechselnd an. »Los, Leute! Das macht die ganze Sache wesentlich interessanter!«

Meine Beine zittern. Was wollen sie von mir?

Widerstrebend wendet Jeff seinen gierigen Blick von mir ab und sieht zu der anderen hinüber. »Was meinst du, Susan?«

Susan zuckt die Schultern. »Klar, warum nicht. Wenn du auf so ein naives kleines Mädchen wetten willst ...«

»Risiko«, meint er nur. Ich will hier weg. Jeff macht mir Angst, die anderen machen mir Angst. Kurz entschlossen hechte ich zur Tür, doch Jeff reagiert schnell, packt mich und schubst mich mit Leichtigkeit zurück an die Wand. Mein Hinterkopf knallt gegen rauen Stein und Sterne flimmern vor meinen Augen. »Hiergeblieben! Wir haben eine kleine Aufgabe für dich.«

»Und warum sollte mich das interessieren?« Habe ich das gerade laut gesagt? Mein Herz pocht mir bis zum Hals. Ich sehe allen dreien an, dass auch sie von meiner Antwort überrascht sind. John reißt die Augen auf, Susan runzelt die Stirn, aber Jeff grinst.

»Gute Frage«, meint er. »Aber wir haben eine noch bessere Antwort. Wenn du deine kleine Mutprobe nicht erfüllst, werden wir dir das Leben hier derart zur Hölle machen, dass du nach einer Woche freiwillig in die Kuppel rennst.« Keine Sekunde zweifle ich an dem, was er sagt. Grausamkeit funkelt in Jeffs Augen und er suhlt sich geradezu in meiner Angst. Es scheint, als hätte ich keine andere Wahl, als mich ihrem kleinen blöden Spielchen zu beugen, und dieses Ausgeliefertsein widert mich an.

»Also gut«, zische ich. »Was muss ich machen?«

»Finde heraus, wo unsere Feinde ihre Basis haben.«

»Wisst ihr das etwa nicht?«, frage ich dümmlich.

Jeff lacht laut auf. »Doch, *wir* schon. Aber ich will, dass *du* es uns sagst.« Macht er Witze? Nach allem, was ich gehört habe, ist ein Spaziergang in die falsche Richtung sehr gefährlich. Aber offenbar geht es ihnen genau darum.

»Seht nur, sie fängt gleich an zu heulen!«, spottet Susan. Ich habe nicht das geringste Bedürfnis zu weinen. Meine Augen sind nicht feucht und mein Kinn zittert auch nicht. Susan provoziert mich und schafft es, dass meine Angst von Trotz überrollt wird.

»Alles klar!«, sage ich selbstbewusst und schlage Jeffs Hand weg. Ich quetsche mich an den dreien vorbei, niemand hält mich auf und ich registriere voller Genugtuung ihre verdutzten Gesichter. Mit dieser Reaktion haben sie nicht gerechnet. Schnell verlasse ich die Kammer und eile die Treppen hinunter. Sie folgen mir nicht. Erst als ich das Gebäude verlasse und die frische laue Abendluft einatme, wird mir bewusst, in welcher Lage ich mich befinde, was ich mir gerade eingebrockt habe. Bin ich von allen guten Geistern verlassen? Soll ich mich lieber an Erin oder David wenden? Aber auch Jeff ist Anführer. Wie würden die beiden reagieren, wenn ich ihn anklage? Nein. Das ist mein eigenes Problem.

Nur, wie finde ich die Basis der anderen Gang? Die Stadt ist riesig, sie könnte überall sein. Und dann fällt es mir wieder ein. David hat heute von ihnen gesprochen. »Auf der anderen Seite des Central Park«, murmele ich. Also los.

5

In unmittelbarer Nähe zu unserer Basis streifen Wachen paarweise durch die verlassenen Straßen. Beim ersten Mal kann ich ein Zusammentreffen knapp verhindern, indem ich mich gerade noch rechtzeitig in einer Ruine verstecke. Im Nachhinein ärgere ich mich über mich selbst, weil ich nicht auf die Idee gekommen bin, dass Wachen patrouillieren. Nach allem, was ich heute über das Leben hier erfahren habe, ist das nicht nur logisch, sondern auch bitter notwendig.

Nach drei Querstraßen erreiche ich den Central Park, in dem Erin das Gemüse anbaut. Im verwilderten Park erwarte ich weniger Wachen als auf den Straßen.

Es ist totenstill und ich höre nur meinen eigenen angestrengten Atem und das Knacken der Zweige unter meinen Schuhen. Hin und wieder rascheln die Blätter im Wind.

Wenn es in unserer Gang einen Wachdienst gibt, dann gibt es in der anderen Gang sicher auch einen. Wie schaffe ich es, nicht erwischt zu werden? Ich bin verloren, wenn ich entdeckt werde. Sie könnten mein Eindringen in ihren Bereich als Angriff werten und kurzen Prozess machen. Die Müdigkeit zehrt an mir. Den Gedanken, einfach aufzugeben, verwerfe ich aber nach kurzer Zeit wieder. Jeff und seine Freunde würden mir das Leben zur Hölle machen, sozusagen eine Hölle mit Ankündigung, und darauf habe ich keine Lust. Im Grunde ist es doch egal, ob ich erwischt werde oder nicht. Mein Vorsatz, ein friedliches Leben zu führen, ist seit meiner Verurteilung sowieso dahin. Also warum nicht mal ein Risiko eingehen, um zu verhindern, dass es noch schlimmer wird?

Doch einige Zeit später verebbt meine neu gewonnene Zuversicht. Es ist mittlerweile so dunkel, dass ich meine eigene Hand nur sehen kann, wenn ich sie mir direkt vor die Nase halte. Die schwarzen Bäume stellen sich mir als gruselige Gestalten in den Weg und dichte Wolken lassen das Licht des Mondes nicht hindurch. Ich habe Glück, dass es wenigstens nicht kalt ist, weil die letzte Wärme des Spätsommers noch nicht verschwunden ist. Wie soll ich in der Dunkelheit meine Aufgabe erfüllen, geschweige denn wieder zurückfinden? Als ich plötzlich etwas Nasses an meinem Schuh fühle, quieke ich erschrocken auf. Beinahe wäre ich in einen See gelaufen. Frustriert taste ich mich zu einem Baum, lehne mich dagegen und rutsche am Stamm hinab. Ich hasse Jeff, Susan und John. Nur dieses eine Mal lasse ich zu, dass sie mich erpressen, und ich nehme mir vor in Zukunft dagegenzuhalten. Wenn ich überlebe, natürlich.

Plötzlich höre ich Schritte auf einem Weg. Mir stockt der Atem. Ich versuche etwas oder besser gesagt jemanden zu erkennen, aber es ist sinnlos. Also verkrieche ich mich lautlos hinter einem Busch und warte. Mit meinen hellen Klamotten fühle ich mich in der Dunkelheit wie eine Leuchtreklame. Gute Tarnung sieht definitiv anders aus. Nach einer Weile werden die Schritte leiser und ich atme erleichtert auf.

Nachdem ich den ersten Schock überwunden habe, mein Herz sich wieder aus meinem Hals verabschiedet und auf seinen normalen Platz gerutscht ist, kann ich mein Glück kaum fassen. Es muss jemand von der Eastside-Gang gewesen sein, somit kann ich nicht auf dem völlig falschen Weg sein, was allerdings auch bedeutet, dass allerhöchste Vorsicht geboten ist. Wo einer ist, werden auch mehr von ihnen sein. Und auch wenn ich mit Waffen nicht umgehen kann, wäre mir wohler, wenn ich jetzt eine in Händen halten würde.

Ich stehe auf und mache mich wieder auf den Weg. So leise ich kann, schleiche ich abseits der Wege durch den verwilderten Park und versuche mich nur auf mein Ziel zu konzentrieren. Ich muss die Basis finden, ich muss mich beweisen, damit ich Ruhe habe. Ich stolpere über eine Baumwurzel und unterdrücke einen Fluch. Endlich erreiche ich das Ende des Parks und gelange an eine Straße. Rechts, links oder geradeaus? Ich bin ein blindes Huhn in einem Labyrinth. Schließlich entscheide ich mich für geradeaus, um mir alles offenzuhalten und in der Hoffnung, nochmals Wachen zu hören, denen ich unbemerkt folgen kann. Früher oder später werden sie in ihre Basis zurückkehren.

Ich gehe lange und je mehr Zeit vergeht, desto weniger glaube ich an meinen Plan. Wie hirnrissig war der Entschluss, Jeffs Herausforderung anzunehmen. Nur aus Trotz habe ich es getan. Verflucht, ich bin selbst schuld! Was ist, wenn ich die Basis nicht finde? Soll ich dann überhaupt zurück zur Gang oder versuchen allein in dieser Stadt klarzukommen? Vielleicht wird Jeffs Schikane nicht so schlimm, wie ich sie mir vorstelle. Ich bin stark, ich halte das aus, oder zumindest hoffe ich das. Soll ich also gleich umkehren? Bevor ich eine Entscheidung treffen kann, höre ich wieder etwas. Stimmen. Laute, aggressive Stimmen, die aus einem Haus links von mir kommen. Schnell drücke ich mich an die Wand eines Gebäudes und taste nach einer Tür, um unbemerkt im Haus zu verschwinden.

»Das kann ja wohl nicht dein Ernst sein! Ich habe jetzt schon drei Schichten für dich übernommen!« Eine Frauenstimme.

Keine Tür.

»Warum regst du dich so auf? Matthew macht die Pläne, nicht ich!«, höre ich einen Mann rufen.

»Wenn du letzte Woche nicht so einen Mist gebaut hättest, wärst du nicht aus dem Wachdienst geflogen! Er vertraut dir nicht mehr!«

»Peter hat sich an dich rangemacht! Ich wollte ihm nur mal ein bisschen Angst machen!«

Immer noch keine Tür, nur ein zerbrochenes Fenster, an dem ich mich prompt schneide.

»Wie oft soll ich das noch sagen? Ich kann selbst auf mich aufpassen! Und jetzt verschwinde, bevor dich Matthew doch noch im Waffenlager erwischt!«

Gegenüber schlägt eine Tür auf und eine dunkle große Gestalt verlässt das Gebäude. Ich traue mich kaum zu atmen. Doch der Kerl scheint gar nicht auf die Umgebung zu achten, denn er verschwindet mit zügigen Schritten aus meinem Sichtfeld. Einen Moment noch bleibe ich mit klopfendem Herzen stehen, aber niemand folgt ihm. Das ist wahrscheinlich meine einzige Chance, also schleiche ich ihm hinterher.

Es ist schwierig, ihm auf den Fersen zu bleiben, weil ich ihn mehr höre, als dass ich ihn sehe. Ich bete, nicht noch weiteren Wachen zu begegnen, und ich habe Glück. Wir biegen in eine Querstraße und vor uns erstreckt sich ein großer Platz. Das Gebäude am anderen Ende kann ich gut erkennen, weil ein Teil der Mauer aus weißem Stein besteht und mich in der Dunkelheit anzustrahlen scheint. Es wirkt älter als die anderen Häuser in dieser Stadt und ist zudem nur drei Stockwerke hoch. Der junge Mann geht direkt darauf zu und verschwindet dann hinter einer ächzenden Holztür.

Ich habe die Basis der anderen gefunden. Fast lache ich vor Freude auf. Als ich wieder gehen will, endlich zurück, kommt mir der Gedanke, dass Jeff meine Beschreibung der Basis nicht reichen könnte.

Ein flaches weißes Haus, ein großer Platz, Treppen. Eine ziemlich miserable Beschreibung, die sicher noch auf einige andere Gebäude in New York zutrifft. Verdammt, dieser Mistkerl. Soll ich auf Nummer sicher gehen und abhauen oder nach weiteren Merkmalen suchen, mit denen ich zweifelsfrei beweisen kann, dass ich hier gewesen bin? Unschlüssig bleibe ich stehen. Nie hätte ich gedacht, dass ich so weit kommen würde. Jetzt, wo ich schon mal da bin, muss ich es riskieren.

Ich betrete mit klopfendem Herzen den großen Platz und fühle mich wie auf einem Präsentierteller. Schutzlos und ohne jede Deckung, doch es bleibt weiterhin still. Ich schleiche weiter, immer näher zu der Tür, hinter der gerade der Typ verschwunden ist. Das Gebäude sieht historisch aus, vielleicht wurde etwas in die Mauern eingraviert. Tatsächlich, als ich nahe genug herantrete, erkenne ich im Mondlicht einen Schriftzug. Angestrengt versuche ich die Buchstaben in der Dunkelheit zu entziffern.

Hospital.

Ich kann mein Glück kaum fassen! Das ist der Beweis, den ich gebraucht habe! Ich bin erleichtert, so erleichtert. In Gedanken stelle ich mir den dummen Gesichtsausdruck von Jeff, Susan und John vor. Allein dafür hat sich diese Aktion rentiert. Ich drehe mich schwungvoll um und sehe direkt in den Lauf einer Pistole.

»Wer bist du?« Ein schwarzhaariger junger Mann steht vor mir, sieht grimmig zu mir hinunter und zielt mit einer Pistole auf mich. Ich bekomme kein Wort heraus.

»Wer bist du?«, wiederholt er ruhig. Er wird mich nicht noch einmal fragen.

»Samantha«, krächze ich. Mein Mund ist trocken.

»Wie viele sind noch hier?«

Ich sehe ihn verwirrt an. »Niemand.«

»Erzähl mir keinen Scheiß. Hat David dich geschickt?« Er wird ungeduldig.

Ich schüttle den Kopf. Soll ich ihm erklären, warum ich die ganze Nacht nach ihrer Basis gesucht habe? Würde er mir auch nur ein Wort glauben?

»Was willst du dann hier?«

»Ich wollte mich nur umschauen«, stottere ich und weiß gleichzeitig, dass ich mit dieser Antwort so gut wie tot bin, aber es fällt mir nichts anderes ein.

Er bohrt den Lauf der Pistole so fest in meine Kehle, dass ich nach Luft ringen muss. »Umschauen, ja?«

»Ich wurde vorgestern verurteilt«, würge ich und stolpere rückwärts. »Ich kenne mich hier nicht aus.«

Der Kerl macht einen Schritt auf mich zu. »Gib mir deine Waffe.«

»Ich habe keine!« Schützend lege ich meine Hand um den Hals und versuche ihn mit der anderen auf Abstand zu halten.

»Hände über den Kopf«, knurrt er. Widerwillig hebe ich die Hände hoch. Er tastet mich mit einer Hand ab, während er in der anderen die Pistole weiterhin gezückt hält. Schließlich tritt er einen halben Meter zurück, die Waffe lässt er sinken. »Was willst du hier?« Diesmal klingt er nicht ungeduldig, vielmehr ist seine Stimme voller Argwohn und die Irritation steht ihm ins Gesicht geschrieben. Ich hätte mir eine Ausrede einfallen lassen sollen. Noch bevor ich überhaupt losgegangen bin, hätte ich genau diesen Fall durchspielen müssen. Soll ich es doch mit der Wahrheit probieren? Was bleibt mir als die Wahrheit?

»Na gut«, sage ich und schlage bewusst die Augenlider nieder. »Ich wurde zu einer Mutprobe gezwungen. Ich sollte herausfinden, wo ihr eure Basis habt.« Ich schaue wieder zu ihm hoch. »Ich glaube, jetzt weiß ich, wo sie ist.« Ich wollte nicht witzig sein. In dieser Situation liegt mir nichts ferner als Humor. Aber für einen Moment zucken seine Mundwinkel und mir wird leichter ums Herz.

»Wer hat dich gezwungen?«

»Jeff und zwei seiner Freunde. Susan und John«, antworte ich und frage mich, was ihm diese Antwort nutzt.

»Jeff«, wiederholt er und verdreht die Augen. »Alles klar. Ich glaube dir. Trotzdem hast du die Todeszone überquert und damit eine Abmachung zwischen den Gangs gebrochen. Warum also sollte ich dich gehen lassen?« Den letzten Satz sagt er mehr zu sich selbst als zu mir.

Ich starre ihn entsetzt an. Gerade noch erleichtert, überkommt mich nun ein kalter Schauer. Ich mache den Mund auf und weiß doch nicht, was ich sagen will, also schließe ich ihn wieder. Es klingt traurig, aber mir fallen keine Gründe zu meiner Verteidigung ein. Wird er mich umbringen?

Der Typ überlegt einen Moment und schaut mich dabei unentwegt an, dann seufzt er leicht genervt. »Hau ab!« Im ersten Moment glaube ich, mich verhört zu haben. Als ich ihn überrascht ansehe, zeigt er nach rechts. »Du hast schon richtig verstanden. Verschwinde! Und solltest du mir hier noch mal über den Weg laufen, dann, glaube mir, kannst du froh sein, wenn ich dich nicht sofort umbringe.«

Immer noch verblüfft von seiner Entscheidung, gehe ich schnell in die Richtung, in die er gezeigt hat. Ich schaue nicht zurück, weil ich Angst habe, dass er es sich anders überlegt.

6

Ein Klopfen weckt mich. Als ich die Augen aufschlage, blenden mich warme Sonnenstrahlen, die mein Zimmer durchfluten. Stöhnend stemme ich mich hoch und hieve mich aus dem Bett. Es fühlt sich an, als hätte mich ein Laster überrollt, nur um den Rückwärtsgang einzulegen und mich gleich noch mal zu überfahren.

»Guten Morgen, Samantha!«, begrüßt mich Henry munter, als ich die Tür öffne. »Hab mir schon gedacht, dass du nicht so gut geschlafen hast.«

»Wie kommst du darauf?« Ich reibe mir den Schlaf aus den Augen.

»Na ja.« Er kratzt sich verlegen am Kinn.

»Schon klar«, murmele ich, weil ich nach so einer Nacht bestimmt schrecklich aussehe. Aus reiner Gewohnheit gehe ich ins Bad, um in den Spiegel zu blicken, doch dort hängt keiner. Natürlich.

Missmutig schlurfe ich zurück ins Schlafzimmer. »Hast du zufälligerweise eine Bürste?«

Henry grinst und fährt sich durch die Haare. »Die sind seit meiner Verurteilung nicht mehr gekämmt worden.«

»Ernsthaft?« Ich sehe ihn entgeistert an. »Hier gibt es keine Bürste?«

»Das habe ich nicht behauptet. Aber ich habe mir keine aus der Vorratskammer geholt.«

»Vorratskammer?«

»Dort kannst du dir deine Grundausstattung abholen. Kleidung, Zahnbürste und so. Erin wird sie dir heute sicher noch zeigen.«

»Kannst du mich nicht gleich dort hinbringen?«, bitte ich ihn. Immer noch trage ich die Kleidung vom Tag meiner Verurteilung und ich fühle mich unwohl darin, nicht nur, weil sie mittlerweile riecht, sondern auch, weil sie mich an mein altes Leben erinnert, das nun für immer hinter mir liegt.

»Na gut. Aber dann müssen wir uns beeilen. In einer Viertelstunde fängt der Schießunterricht an, deshalb bin ich eigentlich gekommen. Jeff hasst Verspätungen.«

Ich stöhne leise. Schießunterricht bei Jeff? Heute? Ich habe höchstens zwei Stunden geschlafen und das Frühstück verpasst. Wie soll ich da irgendetwas Vernünftiges zustande kriegen?

In der Vorratskammer begrüßt mich eine junge Frau, die mir ein paar Kleidungsstücke in meiner Größe zusammensucht. Die Kammer quillt förmlich über von Oberteilen, Hosen und Schuhen, die vom Boden bis zur Decke gestapelt sind. »Die T-Shirts sind leider in Männergröße.« Die Frau reicht mir fünf Oberteile in dunklen Farben. »Momentan habe ich keine für Frauen, wir müssen erst wieder Nachschub holen. Ich habe schon mit David gesprochen, aber momentan erlaubt er keine Missionen.«

Ich nehme die Oberteile, drei Jeans, zum Teil an den Knien zerrissen, und zwei Paar Schuhe. Sie sind schwarz und derb, nichts für den Sommer.

Aber ich bin dankbar für diese Sachen und bekomme obendrein noch meine ersehnte Haarbürste sowie eine Zahnbürste.

In meinem Zimmer lade ich die Sachen in Windeseile ab, ziehe mir schnell meine neuen Klamotten an und kämme mir die Haare. Ich komme kaum durch.

»Ich will nicht drängeln, Samantha, aber wir müssten schon seit fünf Minuten unten sein.« Henry sieht nervös aus meinem Fenster.

»Bin schon fertig.« Ich schmeiße die Bürste auf mein Bett und bin sicher, dass meine dunklen bis zu den Achseln reichenden Locken immer noch so zerzaust aussehen wie vor meinem Versuch, sie zu entwirren.

Ich folge Henry im Laufschritt nach unten und hinaus auf die Straße. Zum ersten Mal verlasse ich die Basis bei Tageslicht und kann mich ein wenig umsehen. Die Nachbargebäude sind von Zerfall geprägt und an manchen Häuserwänden ranken sich wilde Pflanzen hoch, um ein kleines Stück Natur zurückzuerobern.

Wir biegen in eine Seitenstraße, als Jeff gerade alte Glasflaschen auf der Fensterbank eines zerbrochenen Fensters platziert. Tim ist auch schon da.

Jeff sieht auf und seine Miene verfinstert sich. »Tim, Henry, wir fangen an.«

Henry schließt sich Tim an und zieht seine Pistole aus dem Gürtel. Am liebsten hätte ich ihn zurückgehalten, mir wäre angesichts von Jeffs schlechter Laune weitaus wohler zumute, wenn ich jemanden neben mir hätte.

Während die beiden anfangen, die Flaschen von der Fensterbank zu schießen, beobachtet Jeff sie genau und gibt ihnen hin und wieder Tipps, mich ignoriert er. Ich weiß nicht, ob ich zu ihm hingehen und etwas sagen soll. Ich kann mich nicht überwinden, sondern schaue lieber eine halbe Stunde zu, wie alle Flaschen nacheinander in tausend Stücke zerspringen. Dann hebt Jeff plötzlich die Hand.

»Ihr könnt für heute aufhören.«

Ich bleibe unschlüssig stehen, weil ich nicht weiß, ob auch ich entlassen bin. Als Henry auf mich zukommen will, winkt Jeff ab. »Geh. Samantha erhält eine Einzelstunde.«

Na toll.

Er wartet, bis die beiden außer Hörweite sind, dann wendet er sich an mich. »Ich bin überrascht, dass du hier auftauchst.«

»Ich dachte, jedes Mitglied muss Schießen lernen«, antworte ich.

Er macht einen Schritt auf mich zu, aber ich widerstehe dem Drang zurückzutreten. »Du verstehst mich falsch. Ich frage dich, wie es sein kann, dass du dich in meine Nähe traust, wenn du deine Aufgabe noch nicht erfüllt hast. Feiglinge wie dich erkenne ich auf den ersten Blick.«

Mistkerl.

Ich sehe ihm in die Augen und trete ebenfalls einen Schritt näher. »Das Gebäude ist ein Krankenhaus.« Seine Augen weiten sich überrascht.

»Und du willst mich auf den ersten Blick durchschaut haben?«, frage ich und lege so viel Verachtung in meine Stimme wie möglich.

»Von wem weißt du das? Hat David es dir erzählt?«

»Von David weiß ich gar nichts. Im Gegenteil, weiß er denn überhaupt, dass du mir eine Aufgabe gegeben hast? Wohl eher nicht, oder? Davon wäre er sicher nicht begeistert.« Noch bevor ich meinen Satz beende, merke ich, dass ich zu weit gegangen bin.

Jeffs Miene versteinert sich. »Pass bloß auf und versuch nicht, mich zu erpressen, wenn dir dein Leben lieb ist.«

»Ich will dich nicht erpressen«, stelle ich schnell klar. »Ich wollte dir damit nur sagen, dass ich die Info von keinem anderen habe.« Im Nachhinein komme ich mir ziemlich dämlich vor, mir ist nicht in den Sinn gekommen, einfach jemanden nach der Basis der Eastside-Gang zu fragen.

Jeff sieht mich einige Sekunden schweigend an, dann drückt er mir eine Pistole in die Hand. »Dann zeig mal, was du draufhast!«

Noch nie in meinem Leben habe ich eine Waffe in der Hand gehalten. Sie ist schwerer, als ich dachte. Der Griff ist mit schwarzem Gummi überzogen und liegt gut in der Hand.

»Auf was soll ich schießen?«, frage ich nervös und sehe mich um.

Jeff hebt eine weitere Glasflasche vom Boden auf und stellt sie auf die Fensterbank. Plötzlich werde ich unsicher. Ich habe großen Respekt vor dieser Waffe. Sie verletzt und tötet Menschen und kann ihren Besitzer zu einem Mörder machen.

Ist es meine gute Seite, die diese Gedanken äußert? Ist es meine böse Seite, die eine leichte Neugier in mir weckt, wenn ich die Pistole betrachte, mir vorstelle, welche Macht sie besitzt?

»Ich habe nicht den ganzen Tag Zeit!«, bemerkt Jeff genervt.

Die Flasche ist ungefähr zehn Meter entfernt und viel zu klein. Ich halte die Pistole so gut es geht gerade, als meine Finger den Abzug berühren. Ich fixiere die Flasche, nehme den leichten grünlichen Schimmer des Glases wahr. Jetzt mach endlich! Tu es einfach!

Ich drücke ab. Die Wucht des Rückstoßes lässt mich taumeln. Ich stolpere und kann einen Sturz gerade noch verhindern. Jeff schlendert zur Flasche, sie steht immer noch im Fenster.

Er streicht mit seiner Hand über die Gebäudewand. »Du hast dein Ziel um einen Meter verfehlt.« Er deutet auf ein kleines Einschussloch in der steinernen Mauer. »So nützt du uns gar nichts, wenn wir angegriffen werden.«

»Woher sollte ich das können?«, frage ich fassungslos. »Bis vor ein paar Tagen habe ich noch in Concordia gelebt.«

»Sagst du.«

»Glaubst du etwa immer noch, dass ich lüge?«

»Wie sonst wüsstest du, wo die Basis der anderen Gang ist? Also, beweis mir das Gegenteil.«

»Und wie, bitte schön?« Ich kann nicht fassen, dass er immer noch denkt, ich würde zur anderen Gang gehören. Nach dem, was ich in der vergangenen Nacht erlebt habe, kommt mir dieser Gedanke mehr als absurd vor.

»Mich würde interessieren, was David mit dir unter vier Augen besprochen hat.«

Natürlich. Ich hätte wissen müssen, dass er darauf hinauswill. Als David ihn aus dem Zimmer geschickt hat, war er richtig wütend, mir hätte klar sein müssen, dass er mich irgendwann danach fragen würde.

David hat mir nicht verboten darüber zu sprechen, und trotzdem zögere ich. Ich kann Jeff ohne schlechtes Gewissen davon erzählen. Aber will ich das überhaupt? Heute Nacht habe ich mir geschworen, mich nur dieses eine Mal auf seine Spielchen einzulassen.

»Bringst du mir das Schießen jetzt bei oder nicht?«

Jeff grinst gehässig. »Verstehe.« Er nimmt mir mit einer raschen Bewegung die Pistole aus der Hand und steckt sie sich in den Gürtel. »Wenn du bereit bist, mir von eurem Gespräch zu erzählen, unterrichte ich dich.«

Wütend balle ich die Hände zu Fäusten. Er erpresst mich. Schon wieder.

»Der Umgang mit einer Waffe ist hier überlebenswichtig. Es ist deine Entscheidung«, grinst er und seine kalten Augen blitzen.

Auf dem Rückweg zur Basis treffe ich Erin, die mich zum Nahkampftraining mitnimmt. Ich bin froh, dass ich das von ihr lernen werde, denn Jeff würde mich bei diesen Übungen vermutlich jedes Mal lächelnd k. o. schlagen.

Heute gehen wir allerdings nur joggen, um die Ausdauer zu trainieren. Erin läuft voraus, durch die leeren Straßen von New York. Trotzdem bleiben wir immer nahe an der Basis. Schon zum vierten Mal kommen wir an dem gleichen alten Blechschild mit der Aufschrift ›West End‹ vorbei. Ich überlege, Erin einzuholen und sie wegen Jeffs Forderung um Rat zu fragen, lasse es dann aber bleiben. Zum einen habe ich das Gefühl, dass ich darüber lieber mit David sprechen sollte, zum anderen laufen wir bereits eine halbe Stunde und ich schätze, dass ich vor Anstrengung keinen ganzen Satz zustande bringen würde. Auch in den Pausen sage ich nichts zu ihr, sondern verschlinge das Brot, das sie für uns mitgenommen hat.

Als es endlich Abendessen gibt, bin ich der lebende Tod. Die lange Nacht, meine Auseinandersetzung mit Jeff und das Training danach haben mich so erschöpft, dass ich auf der Stelle umfallen könnte, aber ich reiße mich zusammen und setze mich zum Essen wieder zu Henry und Tim.

»Du siehst ziemlich fertig aus«, bemerkt Tim, als ich mit halb geschlossenen Lidern versuche, ein paar Bissen herunterzuwürgen.

»Hab nicht so viel geschlafen«, nuschle ich.

»Ging mir anfangs auch so«, gibt Henry zu.

Ich horche auf. »Ach, wirklich?« Hat Jeff auch ihm eine Aufgabe gestellt, als er Mitglied dieser Gang wurde? Musste auch er mitten in der Nacht nach der fremden Basis suchen?

»Ja, klar!« Er nickt. »Ist ja ziemlich viel auf einmal, oder? Die Verurteilung, dann die Verbannung und die Nachwirkungen der Narkose.«

»Ach so. Ja, hast recht.« Ich kippe den letzten Rest Wasser hinunter und kann nicht leugnen, dass ich enttäuscht bin. Warum stellt Jeff nicht allen eine erste Aufgabe? Warum hat er nur von mir eine Mutprobe gefordert? Was hat er gegen mich? Oder möchte Henry, genauso wie ich, nicht darüber reden?

»Ist dir eigentlich aufgefallen, dass Susan dich schon seit Minuten nicht aus den Augen lässt?«

Ich blicke ihn irritiert an. »Was?«

»Sie macht nicht den Eindruck, als wäre sie sonderlich gut drauf.« Er grinst nervös.

Ich wende den Kopf und entdecke Susan ein paar Tische weiter. Er hat recht, Susan sieht alles andere als freundlich aus. Sie starrt mich mit zusammengepressten Lippen an und zuckt nicht einmal mit der Wimper, als ich ihren Blick erwidere. Langsam und mit einer bösen Vorahnung drehe ich mich wieder zu Henry.

»Was ist denn los? Hast du dich mit ihr gestritten?«

»Nicht, dass ich wüsste.«

Tim grinst. »Vielleicht schielt sie und meint eigentlich dich, Henry! Sie flirtet mit dir und du merkst es gar nicht!«

»Ach komm, hör auf! Du redest nur Müll!« Aber Henry lacht und die folgenden Minuten machen sie sich einen Spaß daraus, verschiedene Flirttechniken zu analysieren, eine lächerlicher als die andere.

Susan ist sauer, weil sie die Wette verloren hat. Ich habe die Basis der gegnerischen Gang gefunden und damit Jeff zu einem zweifelhaften Sieg verholfen. Susan kenne ich nicht, aber nach ihrem Gesichtsausdruck zu urteilen, ist sie eine verdammt schlechte Verliererin.

Mein Blick fällt auf David, der sich gerade mit Erin unterhält. Als die beiden an mir vorbeigehen, fasse ich einen Entschluss. Ich springe von der Bank, ohne mich von den anderen zu verabschieden, und laufe ihm hinterher.

»David!«

Erin und er drehen sich um.

»Könnte ich kurz mit dir sprechen?«

Erin sieht von mir zu David, während ich rot werde. Keine Ahnung, warum.

»Schieß los«, sagt er ohne große Begeisterung.

Als Erin uns allein lässt, überlege ich, wie ich am besten anfange. »Heute hatte ich zum ersten Mal Schießunterricht, aber Jeff –«

»Samantha! Ich muss mit dir reden!«

Ich drehe mich um und sehe mich Susan gegenüber. Oh, verdammt.

»Siehst du nicht, dass wir uns gerade unterhalten?«, fährt David sie genervt an.

»Ähm, ist schon in Ordnung«, sage ich kleinlaut zu ihm. »Kann ich dich morgen noch mal darauf ansprechen?«

David sieht aus, als wolle er mich erwürgen. »Überleg dir das nächstes Mal früher und verschwende nicht meine Zeit.« Er dreht sich auf dem Absatz um und folgt Erin aus dem Saal.

»Kluge Entscheidung.« Susan tritt einen Schritt näher. »Jeff hat mir von deinem … Erfolg erzählt.«

Ich warte.

»Wie hast du das geschafft?«, will sie wissen, als ich nichts entgegne. »Nur eine Nacht. Das ist so gut wie unmöglich.«

»Glück?«, antworte ich, obwohl es sich eher wie eine Frage anhört.

»Du hältst dich wohl für ziemlich gerissen.« Mittlerweile flüstert sie fast, sodass ich sie durch das Stimmengewirr nur schwer verstehen kann.

»Wolltest David von deiner kleinen Aufgabe erzählen, oder?«

»Nein, ich wollte nur –« Aber auf die Schnelle fällt mir nichts ein. Ich weiß nicht genau, was ich wollte. Nach einer passenden Ausrede für unser Vieraugengespräch wollte ich fragen. Und ja, vielleicht hätte ich ihm auch von der Mutprobe erzählt, ohne davon auszugehen, dass ihn das groß interessieren würde.

»Hör mir jetzt mal gut zu, kleines Gör. Du wirst David nichts davon erzählen, verstanden? Halt einfach deine Klappe und verhalte dich ruhig. Und wenn ich noch einmal gegen dich wetten sollte, dann rate ich dir, mir nicht in die Quere zu kommen.«

Erst Jeff und jetzt auch noch Susan. Ich habe keine Lust, ohne Grund bedroht zu werden, mich immer wieder ducken zu müssen.

»Sorry, Susan. Wenn du ein Problem mit dem Verlieren hast, dann rate ich dir, nicht mehr zu wetten.« Ohne auf einen Kommentar zu warten, lasse ich sie stehen und gehe aus dem Saal. Ich weiß, dass meine Reaktion unklug war und dass ich dafür büßen werde, aber ich habe mein Leben bisher allein im Griff gehabt, ich werde meine Selbstständigkeit nicht aufgeben.

In meinem Zimmer stelle ich mich ans offene Fenster und atme die kühle Nachtluft ein. Ich bin immer noch aufgeheizt von meiner Diskussion mit Susan und schaffe es kaum, mich zu beruhigen. Warum sind alle gegen mich? Ich habe doch gar nichts getan! Wieder trifft mich Davids Reaktion am meisten. Eigentlich macht er den Eindruck eines intelligenten und fairen Kerls. Aber seit ich ihm erklärt habe, dass ich ihn nicht kenne, ist er mir gegenüber sehr verletzend. Warum ist er darüber so wütend?

Ohne das Fenster zu schließen, schlüpfe ich in eines der großen Männershirts aus der Vorratskammer und lege mich ins Bett. Ich schlafe sofort ein.

Mr Stone sitzt mir gegenüber. Er bespricht mit mir meine Zukunft, erklärt, dass ich von nun an zum Regierungsmitglied ausgebildet werde. Wie meine Eltern damals.

Es ist alles so, wie es sein soll.

Ich brauche einen Moment, bis ich merke, dass ich nicht mehr schlafe. Ein mulmiges Gefühl macht sich in mir breit. Als ich den Grund dafür erkenne, gefriert mir das Blut in den Adern. Ich bin nicht allein. Eine Gestalt steht regungslos vor meinem Bett, und auch wenn es dunkel ist, erkenne ich sie sofort.

»Was willst du hier?« Ich richte mich auf, mein Blick huscht zur Tür.

»Du hast dich mit der Falschen angelegt, Samantha«, zischt Susan. »Glaubst du, ich lass mich von dir verarschen?«

»Susan, was willst du hier?«, wiederhole ich mit bebender Stimme.

Plötzlich stürzt sie sich auf mich. Ich habe nicht den Hauch einer Chance zu entkommen. Ich reagiere viel zu langsam. Susan drückt mich aufs Bett und kniet sich mit ihrem ganzen Gewicht auf meinen linken Arm. »Das ist für meine verlorene Wette!« Sie zieht etwas aus ihrer Jeanstasche. Erst als es leise klickt und eine kleine blaue Flamme aufflackert, weiß ich, was es ist. Ein verdammtes Feuerzeug. Panisch versuche ich mich aus ihrem Griff zu winden, versuche sie von mir herunterzuschieben.

Eine kleine Stelle auf meinem Unterarm wird plötzlich warm, nach wenigen Sekunden heiß und dann brennt es höllisch. Ich schreie, dass sie aufhören soll, immer und immer wieder. Mit aller Kraft versuche ich mich zu befreien und sie hat Mühe, auf mir zu bleiben, aber sie schafft es. Ich bekomme kaum Luft und mein gesamtes Denken wird von dem einen schrecklichen Schmerz auf meinem Arm erstickt.

Dann, wundersamerweise, lassen die Hitze und auch der Druck auf meinem Körper nach. Susan wird von mir heruntergerissen und ich erblicke David. Sein Gesicht ist wutverzerrt. »Was soll die Scheiße?«, brüllt er und fixiert ihre Arme auf dem Rücken.

»Du hältst die Falsche fest, David!«, ruft Susan aufgebracht. »Die ist von den anderen! Jeff hatte recht, die Schlampe hat sich verraten!«

»Das stimmt doch gar nicht! Warum sagst du David nicht, warum du wirklich hier bist?«, fauche ich. Ich bin mir sicher, dass sie nie auch nur eine Minute davon überzeugt war, ich wäre eine Spionin. Mühsam stemme ich mich hoch und versuche nicht auf den Schmerz in meinem Arm zu achten.

»Halt deine Fresse!«, fährt Susan mich an und versucht David ihre Arme zu entwinden. »Das nächste Mal stecke ich deine Haare in Brand!«

David zieht sie zur Tür. »Ich bring sie weg. Du bleibst hier und wartest auf mich«, weist er mich an und verlässt mit Susan das Zimmer. Ich höre sie noch den ganzen Flur entlang fluchen, dann ist es still.

Was ist da gerade passiert? Mein Atem geht flach und nur langsam fange ich an zu realisieren, dass Susan mich mitten in der Nacht überfallen hat. Ich wage einen vorsichtigen Blick auf meine Verletzung. Meinen Unterarm ziert eine rote, Blasen werfende Brandwunde. Es riecht ekelhaft nach verbranntem Fleisch. Angewidert verziehe ich das Gesicht und sehe weg. Während ich warte, lässt der Schmerz nur sehr langsam nach.

Eine Viertelstunde später steht David wieder in meinem Zimmer.

»Wo hast du sie hingebracht?«

»In den Keller«, antwortet er knapp. Ich bleibe auf dem Bett sitzen und warte auf den Beginn des Verhörs.

»Warum hat sie dich angegriffen?« Da ist er auch schon.

»Braucht sie dafür einen Grund? Die ist doch nicht normal!«

»Ich frage nicht noch mal.«

Ich verdrehe die Augen. »Na, schön! Du hast es doch gehört, sie hält mich für ein Mitglied der anderen!«

David lässt nicht locker. »Und warum tut sie das?«

Ich starre ihn einen Augenblick an. Am Abend habe ich noch mit dem Gedanken gespielt, ihm von Jeffs Auftrag und dessen Wette mit Susan zu erzählen, aber jetzt kann ich es nicht mehr, denn meine Angst vor Susan ist größer. »Frag Jeff, ich habe keine Ahnung«, sage ich dann.

David zieht ärgerlich die Augenbrauen zusammen. »Was hat Jeff damit zu tun? So funktioniert das nicht, Samantha! Sag mir verdammt noch mal, was los ist! Du meintest vorhin, Susan solle mir den wahren Grund nennen. Worum gehts?«

Warum müssen mir ausgerechnet jetzt die Tränen kommen? Schnell wische ich mir übers Gesicht. »Ich kann nicht, okay? Susan wird sonst nie aufhören!«

»Das wird sie sowieso nicht!«

»Na, vielen Dank auch! Du hast ja wirklich einen mitreißenden Optimismus!«, schnaube ich wütend.

Für einen winzigen Moment zucken Davids Mundwinkel, doch im nächsten Augenblick tritt ein gleichgültiger Ausdruck auf sein Gesicht. »Warum wolltest du heute nach dem Essen mit mir sprechen?« Er hört mir zu, will es wissen. Ich könnte mich ihm anvertrauen, auch wenn ich nicht auf eine Lösung hoffen kann. Aber meine Verbrennung erinnert mich pochend daran, was passieren kann, wenn ich es tue. Hätte Susan irgendwann aufgehört? Oder hätte sie sich immer neue Stellen an meinem Körper gesucht, die sie misshandeln könnte? Was wäre passiert, wenn David nicht gekommen wäre?

Ich schüttle den Kopf. »Ich kann nicht«, sage ich noch mal und suche in seinen Augen nach Verständnis, vergebens. Vielmehr wird sein Ausdruck noch härter, seine Schultern spannen sich an.

»Wenn du dich weiter so aufführst, brauchst du dich nicht zu wundern, wenn dir irgendwann niemand mehr hilft.« Sein Blick fällt auf meine Brandwunde. »Und lass das behandeln. Im Erdgeschoss ist die Krankenstation.«

Als er schon fast zur Tür raus ist, platzt mir der Kragen.

»Was habe ich dir eigentlich getan?«, stoße ich zwischen zusammengepressten Zähnen hervor.

David dreht sich zu mir um, die Hand auf dem Türknauf. »Du hast mich angelogen. Das hast du getan.« Dann lässt er mich allein.

7

Die Krankenstation befindet sich im hinteren Teil der Eingangshalle, wo auf eine Doppeltür mit roter Sprayfarbe unübersehbar ein Kreuz gesprüht worden ist.

Ich öffne die Tür und betrete einen hell erleuchteten Saal. Insgesamt gibt es zehn Krankenbetten, von deren Eisengestellen der Lack abblättert und den Rost freigibt. Ein Mädchen räumt gerade Handtücher in einen Schrank, ihr Unterarm ist einbandagiert und ich frage mich, ob es in dieser Stadt überhaupt jemanden gibt, der keine Verletzung hat. Sie trägt wie alle Mitglieder feste Schuhe, Jeans und T-Shirt. Ihre hellbraunen Haare hat sie zu einem hohen Pferdeschwanz zusammengebunden.

»Na, endlich!«, sagt sie, ohne sich umzudrehen. »Glaub nicht, dass du mich mit deinem Pseudoschnupfen beeindrucken kannst. Den Dienst mach ich nicht noch mal allein!«

Ich räuspere mich. »Ähm.«

Überrascht dreht das Mädchen sich um. »Oh«, sagt sie nur und mustert mich von oben bis unten. »Wie kann ich dir helfen?«

Ich hebe den linken Arm. »Das müsste behandelt werden.«

Sie kommt mit schnellen Schritten auf mich zu und überprüft die Verletzung.

»Eine Brandwunde?«, fragt sie mit hoher Stimme und ich nicke. »Das haben wir gleich. Setz dich.« Sie deutet auf eines der Betten. Während ich auf der steinharten Matratze Platz nehme, kramt sie aus dem Schrank Verbandszeug und eine große Schüssel. Dann füllt sie eine Kanne mit klarem Wasser und stellt sich vor mich. »Halt deinen Arm über die Schüssel«, weist sie mich an. »Das könnte etwas unangenehm werden.« Langsam lässt sie das Wasser aus der Kanne über meine Brandwunde fließen. Es ist lauwarm und trotzdem ein Schock für meinen Körper. Es brennt und zieht auf meiner Haut und ich muss meine Zähne zusammenbeißen, um ein Stöhnen zu unterdrücken. Aber irgendwann wird es besser, das Wasser kühlt und lässt den Schmerz verschwinden, jedenfalls so lange, bis der letzte Tropfen über meinen Arm geronnen ist.

»Wer war es denn?«

»Was?« Ich blinzle meine Tränen weg. Sie haben sich in meine Augen geschlichen und warten sehnsüchtig darauf, dass ich sie fließen lasse.

»Wer hat dir die Brandwunde verpasst?«

»War nur ein Unfall«, behaupte ich nach kurzem Zögern.

»Susan?«

Ich sehe sie verdutzt an, dann nicke ich langsam. »Woher weißt du das?«

Das Mädchen seufzt, legt das Verbandszeug auf die Seite und hebt ihr T-Shirt an. Sie offenbart eine fast tellergroße vernarbte Verletzung am Bauch. »Rate mal, von wem ich dieses Andenken hab. Feuer ist ihre Lieblingswaffe.«

Ein kalter Schauer läuft mir über den Rücken. »Warum hat sie das getan?«

»Wir waren öfters zusammen für Dienste eingeteilt, aber sie hat jedes Mal geschwänzt. Irgendwann habe ich sie verpfiffen.«

»Wirklich?« Ich bin von ihrem Mut schwer beeindruckt.

Sie zieht das Shirt wieder zurecht und fängt an, mir einen Verband anzulegen.

»Ja, ich habs getan. Ob ich das allerdings weiterempfehlen würde, ist eine andere Frage.«

»David meint, sie würde so oder so nicht aufhören.« Während ich das sage, merke ich an ihrer Reaktion, dass sie ihm recht gibt. Sie lächelt schwach, als sie meinen Verband befestigt.

»Ich würde ihm gerne widersprechen, aber es geht hier um Susan. Wenn du einmal auf ihrer Liste stehst …« Sie lässt den Satz in der Luft hängen.

»Schon gut«, sage ich deprimiert und winke ab. »Hätte ich mir auch denken können.«

Sie wirft die leeren Verpackungen in den Müll. »Ich heiße übrigens Vivien.«

»Samantha«, sage ich und lächle. Auch wenn ich niemandem Susans Wutausbrüche wünsche, bin ich froh, eine Leidensgenossin kennenzulernen. So muss ich Susans Wut nicht mehr persönlich nehmen und diese Erkenntnis entlastet mich.

»Ach, du bist also Samantha.« Sie mustert mich interessiert.

Irritiert runzle ich die Stirn. »Ja, warum?«

»Es ist immer schön, die Gesichter zu den Namen zu kennen«, sagt sie ausweichend.

»Irgendjemand hat dir also von mir erzählt?« Bestimmt Jeff, der seine dämlichen Gerüchte verbreiten will.

»Nein, nein.« Vivien winkt ab und springt vom Bett auf. »Ich hab deinen Namen irgendwo aufgeschnappt. Komm morgen noch mal vorbei, damit wir sichergehen, dass deine Wunde gut verheilt.« Sie hat es plötzlich sehr eilig.

»Irgendwo?«, frage ich und lasse sie nicht aus den Augen.

»Ganz genau!« Sie lächelt verlegen und hält mir die Tür auf. Ein beschönigter Rausschmiss.

Aber ich denke gar nicht daran, mich vom Bett zu erheben, sondern sehe sie mit hochgezogenen Augenbrauen an.

Nach ein paar Sekunden erschlaffen ihre Mundwinkel. »Okay, okay! Ich habe David und Jeff über dich sprechen hören.«

Meine Neugier ist geweckt. »Was haben sie gesagt?«

»Erzähl es aber nicht David, ja? Sonst denkt er noch, ich hätte gelauscht.«

Ich nicke. »Keine Angst, mit dem habe ich sowieso nichts zu tun.« Bitterkeit mischt sich in meine Stimme.

Wenn du dich weiter so aufführst, brauchst du dich nicht zu wundern, wenn dir irgendwann niemand mehr hilft.

Seine Worte hallen immer noch in meinen Ohren. Es ist eine Sache, von Susan und Jeff gehasst zu werden, aber bei David ist es etwas anderes. Die Tatsache, dass mich das so viel mehr stört, ärgert mich. Beinahe hätte ich Viviens ungläubigen Gesichtsausdruck nicht wahrgenommen. Sie gibt sich jedoch auch keine Mühe, ihn zu verbergen.

»Na ja, sie haben eher gestritten«, sagt sie dann. »Jeff wollte von David wissen, was er mit dir besprochen hat. Jeff glaubt, David wüsste etwas über dich und würde es geheim halten.« War ja klar. Und nachdem ihm David keine zufriedenstellende Antwort geliefert hat, will Jeff es jetzt von mir wissen.

»Ich verheimliche nichts.« Ich reibe mir die Schläfen und versuche damit den dumpfen Schmerz zu vertreiben. »Jeff meint, sein Spürsinn wäre unfehlbar. Er hält mich für eine Spionin.«

Vivien sieht mich fragend an. »Und?«

»Natürlich bin ich es nicht!«, rufe ich aufgebracht. Wie oft muss ich mich eigentlich noch verteidigen? »Bis vor ein paar Tagen habe ich in Concordia gelebt und nichts von diesem Ort geahnt! Ich habe mich darauf vorbereitet, ins Berufsleben zu starten!«

»Schon in Ordnung, ich glaube dir ja!«, versucht sie mich zu beruhigen. »David würde dich nicht frei rumlaufen lassen, wenn du zu den anderen gehören würdest. So was riecht er auf hundert Meter.«

»Er ist trotzdem nicht sonderlich gut auf mich zu sprechen.« Am liebsten würde ich das eben Gesagte zurücknehmen. Diese Gedanken gehören in meinen Kopf. *Nur* in meinen Kopf.

Vivien betrachtet mich nachdenklich. »David ist streng. Er ist nur selten zu Späßen aufgelegt und du darfst von ihm keine großen Gefühlsausbrüche erwarten. Wahrscheinlich macht ihn genau das zu einem so guten Anführer. Ich musste mich anfangs selbst an seine Art gewöhnen, aber das wirst du auch.«

Ich bezweifle stark, dass er Vivien genauso angeht und beleidigt wie mich und dass das zu seinem normalen Führungsstil gehört. Aber ich lasse mir nichts anmerken und nicke Vivien zu. »Vermutlich hast du recht.« Ich stehe auf und gehe zur Tür.

»Komm morgen wirklich noch mal vorbei. Ich will sicher sein, dass alles gut verheilt.« Sie weist auf meinen Verband und ich nicke wieder, bevor ich die Krankenstation verlasse.

»Was hast du denn mit deinem Arm angestellt?«, fragt Henry verwundert, als ich mich mit meinem Frühstück neben ihn setze. Mir war klar, dass er danach fragen wird, mein Verband ist nicht zu übersehen. Eine richtig gute Ausrede ist mir aber noch nicht eingefallen.

»Bin auf der Treppe hingefallen«, antworte ich und versuche so zu tun, als wäre mir meine Tollpatschigkeit peinlich.

»Hauptsache, dir geht es gut. Verletzt am Unterricht teilzunehmen ist der Horror.«

»Keine Angst.« Jeff lässt mich sowieso nicht mitmachen.

»Sag das nicht. Die ersten Male hat mir Erin beim Training ganz schön welche verpasst. Ich konnte tagelang nicht richtig laufen.«

»Oh, okay. Das hätte ich ihr gar nicht zugetraut.« Erin ist nicht größer als ich und auch sehr schlank. Andererseits, wie stark ist der schlaksige Henry? »Zumindest wird mir das Schießen nicht schwerer fallen als letztes Mal.«

»Haben wir heute nicht. Schaust du gar nicht auf den Tagesplan?«

Mir fällt ein Stein vom Herzen. Eine Auseinandersetzung mit Jeff bleibt mir heute also erspart.

»Vergessen. Wo ist Tim?«

»Keine Ahnung. Wahrscheinlich lässt er das Frühstück ausfallen. Was war eigentlich gestern mit Susan?«

»Susan?«, wiederhole ich, als wüsste ich nicht, was er meint.

»Na, ihr habt doch gestern Abend noch geredet.«

»Ach, das!« Ich winke ab. »Hab selbst nicht ganz verstanden, was sie wollte.«

Henry sieht nicht so aus, als würde er sich mit meiner schwammigen Antwort zufriedengeben. Die Sache wird mir zu heiß und ich stehe auf.

»Du, ich schau mir vielleicht doch kurz die Pläne an. Wir sehen uns dann gleich!« Mein Brot habe ich nicht einmal angerührt.

»Also, Samantha, während Tim und Henry ihre Übungen machen, werde ich dir erst mal die Basics beibringen. Die Selbstverteidigung, also die Notwehr, ist das Wichtigste, was du beherrschen musst.« Wir stehen in einer Seitenstraße. Henry und Tim führen bereits Kampfübungen aus, als Erin mir den Unterricht erklärt. »Zuerst lernst du, wie du Angreifer in die Flucht schlägst, später dann, wie sie k. o. gehen.«

Henry ächzt laut, als Tim ihn auf den Boden wirft. Es gibt keine Matten, die einen Sturz abfedern würden.

»Gut gemacht, Tim!«, ruft Erin und klatscht in die Hände. Dann wendet sie sich wieder an mich. »Das lernst du erst in ein paar Wochen, keine Sorge.«

»Ich könnte Henry niemals k. o. schlagen. Er ist viel größer als ich!«

»Glaub nicht, dass der Größere immer gewinnt. Natürlich hat er einen gewissen Vorteil, aber das heißt nichts.«

Mein Blick gleitet über ihre muskulösen Oberarme. Sie muss wissen, wovon sie spricht. »Gut, dann fangen wir an. Wie würdest du dich verteidigen?«

»Gegen wen? Mann oder Frau?«

Erin schüttelt den Kopf. »Völlig egal.«

Ich habe nicht die geringste Ahnung von Selbstverteidigung.

»Na ja«, sage ich verlegen, »einen Mann würde ich versuchen zwischen die Beine zu treten.«

Erin sieht mich einen Moment an, dann dreht sie sich zu den beiden Kämpfenden um. »Tim, komm mal bitte kurz!« Sie deutet auf mich. »Greif Samantha von vorne an.«

»Äh, was?« Ich gehe einen Schritt rückwärts, als Tim mit entschuldigender Miene auf mich zukommt.

»Wir probieren deinen Vorschlag gleich mal aus! Keine Angst, ist nur eine Übung.« Erin verschränkt die Arme vor der Brust und beobachtet uns genau.

Tim packt meine Oberarme und bugsiert mich nach hinten, bis ich eine Wand in meinem Rücken spüre. Seine Hände schließen sich um meinen Hals, drücken jedoch nicht zu. Völlig perplex erinnere ich mich erst jetzt, dass ich mich wehren muss. Ich versuche ihn zwischen die Beine zu treten, aber zum einen steht er viel zu nah, als dass ich ihn mit meinem Knie, geschweige denn mit meinem Fuß treffen könnte. Zum anderen macht es mir seine Schrittstellung so gut wie unmöglich, das gewünschte Ziel zu erreichen.

»Alles klar, du kannst sie loslassen!« Erin kommt auf uns zu. »Und, Samantha, hat es funktioniert?«

Ich schüttle den Kopf und versuche mein klopfendes Herz zu ignorieren. Natürlich weiß ich, dass mich Tim nicht wirklich verletzen wollte, trotzdem habe ich einen kleinen Adrenalinschub bekommen, von dem ich mich erholen muss.

»Männer sind nicht blöd.« Sie grinst. »Jedenfalls kommt es vor. Und natürlich wissen sie um ihre Schwachstelle. Tritt ihnen gegen das Schienbein, das hat keine dicke Fettschicht und ist kaum geschützt. Versuche mit den Händen ihre Augen zu treffen.« Sie krümmt ihre Finger und zeigt mir bei Henry in Zeitlupe, wie ich sie wirksam einsetze.

»Gut, wie wehrst du dich gegen eine Frau?«

Die letzte Nacht schiebt sich vor mein inneres Auge. Susan, die sich hasserfüllt auf mich stürzt. Die kleine blaue Flamme ihres Feuerzeugs. Automatisch greife ich mir an den Verband.

»Ich weiß nicht. Vermutlich genauso?«

Erin nickt. »Frauen sind meist kleiner und schmäler, aber sie haben Kraft, vor allem hier, in dieser Stadt. Sie sind trainiert und genauso ernst zu nehmen wie die Männer.«

Ohne Vorwarnung kommt sie auf mich zu und schubst mich gegen die Wand. Diesmal bin ich vorbereitet. Ich trete Erin gegen das Schienbein, erwische sie jedoch nicht richtig, weil sie mir ausweicht. Also versuche ich ihr meine gekrümmten Finger in die Augen zu rammen, aber zu spät. Sie macht eine fließende Bewegung mit dem Bein und ich spüre den Druck in meiner Kniekehle, bevor ich zu Boden gehe.

Sie packt meine Hand und hilft mir hoch. »Vom Ansatz her nicht schlecht. Du musst schneller werden, viel schneller. Aber das wirst du lernen.«

In den folgenden drei Stunden wirft mich Erin noch unzählige Male zu Boden. Hautabschürfungen bleiben dabei nicht aus und am Ende kommt es mir vor, als wäre mein Körper ein einziger blauer Fleck. Trotzdem reagiere ich mit jedem Mal besser und das spornt mich an.

In einer kurzen Pause nimmt mich Erin zur Seite. »David hat mir von deiner Auseinandersetzung mit Susan erzählt«, sagt sie in gedämpftem Ton, damit Henry und Tim sie nicht hören können. »Möchtest du darüber reden?«

Ich nehme einen großen Schluck aus einer Wasserflasche. »Eher nicht«, antworte ich, obwohl ich ernsthaft überlege. Erin ist eine Person, der ich mich anvertrauen könnte, weil sie Verständnis zeigen und mir bestimmt nicht nur vorhalten würde, dass ich ihr etwas verheimlicht habe. Aber ich darf nicht vergessen, dass Jeff ebenfalls Anführer der Gang ist, und wenn ich ihr von der Mutprobe erzählen würde, würde ihn das miteinbeziehen. Wie würde Erin darauf reagieren? Oder ist ihr Jeffs Handeln vielleicht sogar bekannt und sie toleriert es?

»Wenn was ist, kannst du jederzeit zu mir kommen, okay? Susan ist in dieser Hinsicht bereits öfters auffällig geworden«, umschreibt sie den Angriff auf Vivien gekonnt.

»Wie lange wird sie im Keller bleiben?«

»Bis sie sich abreagiert hat«, sagt sie mit ernster Miene. »Sie wird sich nicht ändern. Du darfst nicht vergessen, dass wir alle verurteilt sind. Jeder trägt etwas in sich und das kommt früher oder später zum Vorschein.«

»Bist du nicht sauer auf mich?«, frage ich vorsichtig.

»Sauer? Warum?«

»Als ich David nicht erzählen wollte, warum Susan mich angegriffen hat, war er ziemlich …«, ich suche nach dem richtigen Wort, »angepisst.«

»Ja, das mag er nicht. Aber es ist nicht so, dass ich dich nicht verstehe. Jedenfalls kannst du immer zu mir kommen. Pass in nächster Zeit gut auf, und wenn sie noch mal bei dir auftauchen sollte, mach das, was wir gerade geübt haben – und ruf um Hilfe.« Ich schlucke. Das sind ja tolle Aussichten.

Erin sieht mir prüfend auf die Hüften. »Wo ist deine Waffe, Samantha?«

»Ich habe keine.«

»Hat dir Jeff keine gegeben?«

»Noch nicht«, sage ich nur und geselle mich schnell zu Tim und Henry, bevor sie noch etwas fragen kann. Gestern nach dem Abendessen hätte ich mich beinahe David anvertraut, und als mir Erin gerade eben ihre Hilfe angeboten hat, habe ich es auch nicht geschafft, mich ihr zu öffnen. Susans Angriff mitten in der Nacht hat mir wahnsinnige Angst eingejagt und ich rede mir ein, dass das der Grund für mein Schweigen ist.

8

Am Nachmittag nimmt Erin die Neuen in den Central Park mit. Wir gehen nicht den Weg, den ich letzte Nacht gewählt habe, sondern halten uns ein paar Blocks weiter rechts, bevor wir Richtung Park abbiegen. Bei Tageslicht wirkt er bei Weitem nicht so gruselig wie letzte Nacht, sondern sogar eher wie eine riesige grüne Oase zwischen all dem Asphalt.

Ich bin verblüfft, was Erin dort alles auf die Beine gestellt hat. Die Beete sind jeweils ungefähr fünfzehn Quadratmeter groß und liegen nahe der Straße. Darin wachsen Salat, Karotten und Gurken.

»Gurken brauchen viel Wasser, besonders wenn sich, wie momentan, die Früchte bilden. Dazu fangen wir das Regenwasser in Tonnen auf«, erklärt Erin und führt uns um die Pflanzenreihen herum. Zehn Mitglieder unserer Gang sind gerade dabei, zu gießen und Unkraut zu entfernen. »Hierfür wirst du auch eingeteilt, Samantha. Und ich bitte dich, mit Sorgfalt zu arbeiten, einen Ernteausfall können wir nicht gebrauchen. Henry und Tim haben mittlerweile in fast allen Bereichen schon einmal mitgearbeitet. Wo hat es euch am besten gefallen?«

»Auf jeden Fall hier«, antwortet Henry sofort. In der Sonne glitzern seine Haare golden. Und auch wenn ich bewusst nie darauf geachtet habe, kann ich nicht bestreiten, dass er eigentlich ganz gut aussieht. Tim stimmt Henry brummend zu.

»Man ist an der frischen Luft, strengt sich körperlich an. Nach so einem Tag geht es mir immer besser.« Mit seiner Antwort qualifiziert sich Henry als Liebling unserer kleinen Klasse. Erin strahlt.

»Wunderbar!«, sagt sie begeistert. »Mir geht es genauso! Und am Ende des Tages hat man etwas für die Gemeinschaft geleistet. Ich finde, das ist ein sehr befriedigendes Gefühl.« Wir folgen Erin zu einem mittelgroßen Getreidefeld. »Für die Ernte des Getreides muss die Witterung stimmen, also nicht zu kalt und feucht, und ganz wichtig ist auch die Anzahl der Arbeitskräfte.« Sie bleibt stehen und streicht liebevoll über die Spitzen der Getreidepflanzen. »Dafür brauchen wir viele Leute. Das Korn wird getrocknet, sodass wir es das ganze Jahr über zu Brot verarbeiten können.«

In den Stunden darauf weist Erin mich in die Arbeit auf den Feldern ein. Ich gieße die Gemüsepflanzen und entferne zusammen mit den anderen Helfern das Unkraut. Die Sonne versengt mir den Nacken und Schweiß rinnt mir die Stirn hinunter, aber ich kann verstehen, was Henry vorhin gemeint hat. Die Arbeit ist kräftezehrend, aber sie befriedigt und ist zugleich entspannend, vermutlich auch deshalb, weil meine Gedanken an Susan währenddessen keine Chance haben, mich auszusaugen.

Als wir zurückkommen, hat sich vor unserer Basis auf dem Bordstein eine größere Gruppe versammelt, sie reden und lachen und lassen den lauen Spätsommerabend ausklingen. Die Sonne ist bereits untergegangen. Henry und ich setzen uns etwas abseits auf die Überreste einer Hauswand. Er beginnt leise eine fröhliche Melodie zu pfeifen, während ich meine Finger über die von Rissen durchzogenen Backsteine wandern lasse.

»Du wusstest, dass es New York gibt.« Endlich spreche ich den Gedanken aus, der mich schon den ganzen Tag nicht loslässt. Sein Pfeifen verstummt. »In den Tagen, bevor du verschwunden bist, warst du anders als sonst. Sentimental. Bei unserem letzten Treffen hast du dich von mir verabschiedet, ohne dass ich es geahnt habe. Du wusstest, dass wir uns nicht wiedersehen werden.« Ich kann mich noch gut an jenen Abend vor etwas über zwei Monaten erinnern. Wie so oft waren Henry und ich spazieren und er hat mir von Staatsformen erzählt, die in Concordia als verpönt gelten und über die keine Literatur existiert. Unser Treffen dauerte länger als sonst und am Schluss hat er mich sogar umarmt. Zum ersten Mal. »Du meintest, ich solle meinen Weg finden.« Schon damals kam mir dieser Satz sehr merkwürdig vor. Aber ich konnte ja nicht ahnen, dass das seine Abschiedsworte waren.

Henry rutscht unruhig auf der Mauer herum. »Es tut mir leid, dass ich dir nicht erzählt habe, was los war. Aber ich konnte doch nicht wissen, ob sich deine Zukunft negativ verändert, wenn ich dir erzähle, wozu die Regierung imstande ist.«

Ich sehe ihn von der Seite an, während er konsequent die lärmende Gruppe vor der Basis anstarrt. »Ist New York für dich eine negative Entwicklung?«

»Deine Eltern waren in der Regierung, dir war ein Leben im Rat des Präsidenten vorbestimmt. Das wollte ich nicht gefährden.«

Ich runzle die Stirn. »Du vertrittst die Meinung, die Regierung sei geldgierig und menschenverachtend, und wünschst mir gleichzeitig, dass ich Teil davon werde?«

Endlich wendet er sich zu mir. »Concordia ist darauf aus, der mächtigste Staat auf Erden zu werden. Sie bespitzeln andere Länder, manipulieren sie. Und das Gleiche machen sie mit ihrem eigenen Volk. Sie haben mich verurteilt, mir meine Freiheit genommen, weil ich meine Überzeugungen auch in meiner Zukunft in Concordia vertreten hätte. Aber ja, ich hätte dir ein Leben bei ihnen gewünscht, denn es wäre sorgenfrei gewesen.«

»Wolltest du deshalb nie, dass ich zu einem eurer Treffen mitkomme?«

Er lächelt mich entschuldigend an. »Wir haben eine Quelle in der Regierung. Sie hat mir von New York erzählt, den Bandenkriegen, den Toten. Wenn du dich uns angeschlossen hättest, wäre damit deine Verbannung besiegelt gewesen.« Ich weiß nicht, was ich sagen soll. Henry und ich waren und sind befreundet, aber ich habe das Ausmaß dieser Freundschaft nie erahnt, habe nie gedacht, dass er sich solche Gedanken um mich macht.

Ich räuspere mich. »Danke.«

Er grinst mich an, offensichtlich erleichtert, dass ich verstehe, warum er mich im Dunkeln gelassen und mir nicht erzählt hat, dass er verschwinden würde.

»Weißt du, wie lange Gefangene schon nach New York gebracht werden?«

»Es müssten neun oder zehn Jahre sein, ganz genau weiß ich es nicht. Aber nach dem dritten Weltkrieg, als die Vereinigten Staaten von Amerika dem Untergang geweiht waren, scharte der spätere Gründer von Concordia Gleichgesinnte um sich und sie quartierten sich hier ein. Man erzählt sich, dass er einen großen Beitrag für den Ausgang des Krieges geleistet hat, um seine Visionen eines eigenen Staates zu verwirklichen.«

»Du meinst, Concordia ist in New York gegründet worden?«, frage ich verblüfft. »Aber warum sind sie nicht hier geblieben?«

Henry zuckt mit den Schultern. »Wahrscheinlich wollte er eine Stadt nach seinen eigenen Vorstellungen errichten. Als sie gegangen sind, haben sie die Stadt jedenfalls nicht völlig verfallen lassen, vielleicht wurde damals das Projekt New York bereits geplant und sie wussten, dass sie diesen Ort noch brauchen würden.«

»Aber es gibt doch sicher nicht erst seit zehn Jahren Verurteilungen, oder?«, mutmaße ich.

»Laut der Quelle wurden die Verurteilten in Arbeitslager abgeschoben. Dort haben wohl die schlimmsten Bedingungen geherrscht, New York ist da geradezu human.« Er lacht, als könne er die Absurdität seiner Worte selbst kaum glauben.

»Deine Quelle«, fange ich an, nicht sicher, ob ich damit den Augenblick zerstöre und Henry auf den Boden der Tatsachen zurückhole, »weiß sie, was mit den Familienangehörigen von Verbannten passiert?« Nicht nur Henry ist damals verschwunden, sondern auch seine Eltern.

Tatsächlich verblasst sein Grinsen und er zieht die Augenbrauen zusammen. »Sie meinte, meine Eltern würden gleich nach meiner Verbannung in eine Erziehungsanstalt gebracht werden«, berichtet er dumpf. »Dort wird mithilfe von Folterpraktiken kontrolliert, ob sie die gleichen Ansichten wie ich haben. Es kann Jahre dauern, bis sie wieder rauskommen. Angehörige von Regierungsgegnern habe es am schwersten. Selbst wenn man mit einem Mörder verwandt ist, kommt man schneller auf freien Fuß. Aber als ich das erfahren habe, war es schon zu spät.«

Ich lege meine Hand auf seine Schulter, streichle sie voller Mitgefühl, weil ich nicht weiß, wie ich ihn trösten soll. Wie schlimm muss es sein, zu wissen, dass die eigenen Eltern von der Regierung gequält werden, und sich dafür verantwortlich zu fühlen.

Henry legt seine Hand auf meine und drückt sie leicht. »Ich wollte immer Anwalt werden«, sagt er leise.

»Anwalt?«, frage ich verdutzt. »Was soll das sein?«

Er lacht laut und ein paar Feiernde schauen sich zu uns um. »Anwalt ist ein Beruf, zumindest war er es früher einmal. Concordia hat ihn abgeschafft, weil sie den Einfluss auf ihre Gerichtsverfahren nicht abgeben wollen. Anwälte waren Menschen, die sich für Rechte anderer eingesetzt haben, und das war damals sogar legal. Ist das nicht unglaublich?«

»Stell dir mal vor, du dürftest dir deinen Beruf wirklich selbst aussuchen, ganz egal, was deine Eltern arbeiten.« In Concordia dreht sich alles um die Arbeit. Die Kinder lernen den Beruf ihrer Eltern, ausnahmslos. Die Regierung begründet diese Regelung damit, dass Talente in der Familie liegen und von Generation zu Generation weitergegeben werden. Doch diese Vorschrift trägt nicht nur zur Einschränkung des Berufslebens bei, sondern macht eine gesellschaftliche Entfaltung unmöglich. Henry und ich dürften in Concordia beispielsweise nie ein Paar werden, weil wir uns einen Lebenspartner nur innerhalb der gleichen Berufsgruppe suchen sollen. Alles andere ist verpönt. Dass wiederum dadurch die Gruppenbildung innerhalb des Volkes gefördert wird und es wenige Kontakte oder gar Freundschaften zwischen den unterschiedlichen Berufsgruppen gibt, scheint von der Regierung gewollt. Es wurmt mich, dass ich mir über diese Politik kaum Gedanken gemacht habe, bevor ich Henry kennengelernt habe. Zwar habe ich immer eine gewisse Ungerechtigkeit empfunden, aber nie hätte ich mich getraut, aktiv etwas zu unternehmen.

»Ach, Samantha, ich stelle mir viel vor«, murmelt Henry in Gedanken versunken.

Ich wandere die verlassene Straße entlang. Beeindruckend erheben sich die Hochhäuser als dunkle Schemen in den Nachthimmel. Müdigkeit verspüre ich immer noch nicht, viel zu fasziniert bin ich von ihrem Anblick.

Als Henry zu Bett gegangen ist, konnte ich mich nicht aufraffen, es ihm gleichzutun. Unser Gespräch rührt mich, weil es mir seine Fürsorge offenbart hat, durch ihn habe ich so viel

Interessantes gelernt und hinterfragt. Concordia verbietet sämtliche Kommunikation mit der Außenwelt, dafür hat die Regierung etwa zwanzig Kilometer vor der Stadt eine bewachte Landesgrenze errichtet. Fremdsprachige Filme und Literatur sind ebenfalls nicht gestattet. Noch heute kann ich alle im Kindergarten und in der Schule gelernten Lieder auswendig, die unseren Präsidenten ehren und versprechen, dass kein anderes Land so wunderschön und gütig ist wie unseres. Ich habe sie gelernt und vorgesungen wie jedes andere Kind auch, aber nie habe ich mich getraut, den Gedanken zuzulassen, wie heuchlerisch sie waren. Henry hingegen hatte den Mut.

Ich spüre die Unebenheiten der geteerten Straße unter meinen Schuhen. Ich atme die Nachtluft ein, die so ganz anders riecht als die in Concordia. Abgas und Holzkohle vermischen sich mit der Frische des Spätsommers.

Plötzlich sehe ich sie. Die Kuppel schimmert bläulich. Meine Schritte werden schneller, bis ich schließlich einen Meter vor ihr stehen bleibe. Wärme strahlt mir entgegen und ich kann nicht anders, ich muss ganz langsam meine Hand danach ausstrecken. Ich schaue hoch und lege den Kopf in den Nacken. Der bläuliche Schimmer erstreckt sich über mir und verschwindet in den Höhen, alles dahinter wirkt seltsam verschwommen. Ich sehe den Strom eines Flusses, doch das andere Ufer ist durch die Kuppel kaum zu erkennen. Was liegt dahinter? Sind dort weitere verlassene Städte, zerstört vom Krieg? Kann man New York vom anderen Ufer aus sehen?

Die Wärme auf meiner Haut breitet sich aus, je näher ich mit meiner flachen Hand komme. David meinte, sie wäre gefährlich, tödlich, aber die Faszination lässt mein Herz hüpfen. Wie durch eine magische Anziehungskraft bin ich versucht, die Kuppel zu berühren. Zu gerne würde ich wissen, wie sie sich anfühlt.

Nur noch ein paar Zentimeter trennen mich von ihr, mein Herz schlägt immer schneller. Vorfreude. *Versuchung*.

»Willst du dich umbringen?«

Ich zucke zurück, die Wärme und mein Wohlbefinden verschwinden schlagartig. »Verfolgst du mich?« Ich drehe mich um. Zehn Meter von mir entfernt steht David mitten auf der Straße. Warum habe ich ihn nicht gehört?

»Ach, nein. Ich bin gerade zufällig hier vorbeigekommen.«

Ich verdrehe die Augen. »Soll das etwa lustig sein?«

Er zuckt mit den Schultern. »Keine Ahnung. Ich fand deine Frage einfach nur überflüssig.« Er ist ein unhöflicher Mistkerl.

»Und ich finde deine Anwesenheit überflüssig.« Ich verschränke die Arme und aus den Augenwinkeln nehme ich noch immer den bläulichen Schimmer wahr, spüre die Verlockung. »Lass mich in Ruhe.«

»Kein Dank für die Hilfe in der letzten Nacht?«

»Du machst es mir nicht leicht, Dankbarkeit zu empfinden. Also, ernsthaft, warum verfolgst du mich?«

Er runzelt die Stirn. »Offensichtlich hast du einen stillen Todeswunsch. War meine Warnung nicht ausreichend?« Er nickt zur Kuppel, seine Stimme so scharf wie eine Rasierklinge.

»Ich hätte sie nicht berührt«, antworte ich eisig, auch wenn ich mir selbst gar nicht so sicher bin. »Deine *Sorge* war unbegründet.« Ich dehne das Wort und lege meine ganze Verachtung hinein.

»Selbst wenn dem so wäre«, bemerkt er, den Mund zu einem spöttischen Grinsen verzogen, als wüsste er ganz genau, was in mir vorgeht, »sind deine Nachtspaziergänge gefährlich. Obwohl sich kaum jemand von der anderen Gang hierher verirrt, hast du dich noch nicht gefragt, wo wir das Fleisch auf unseren Tellern herbekommen?«

Ich starre ihn einen Moment an. Tatsächlich habe ich mir keine Gedanken darüber gemacht, wo die Wildschweine leben. »Ich brauche keinen Beschützer. Du kannst wieder gehen.«

»Es geht hier nicht darum, was *du* brauchst und was nicht. Du bist Teil unserer Gang und *wir* brauchen jedes Mitglied. Deine Unverantwortlichkeit ist ziemlich egoistisch, weißt du das?«

»Inwiefern bin ich unverantwortlich? Nur weil ich nicht im Bett bleibe und darauf warte, dass Susan mich umbringt?« Meine Stimme bebt. Ich war bereits in meinem Zimmer, stand eine Stunde lang vor dem Bett und konnte mich nicht überwinden, schlafen zu gehen. Susan wird wiederkommen und ich bin nicht so dumm, sie mit offenen Armen zu begrüßen.

»Du bist unverantwortlich, weil du keine Waffe trägst! Du ignorierst eine unserer wichtigsten Regeln!« Davids Spott verwandelt sich zu einem verärgerten Schnauben.

»Weil ich keine Waffe trage?«, rufe ich aufgebracht und muss fast lachen. »Willst du wissen, warum ich keine Waffe trage?«

»Ich bin ganz Ohr!«

Ich will ihm alles entgegenschreien, von der Mutprobe erzählen, von Jeffs Verweigerung und Susans gekränktem Stolz. Aber dann sehe ich seinen verächtlichen Gesichtsausdruck und koche über. »Weißt *du* was? Du kannst mich mal! Ich habe keinen Bock mehr auf deine Scheißlaune! Ich habe überhaupt nichts falsch gemacht und du behandelst mich wie den letzten Dreck! Darauf kann ich gerne verzichten, also lass mich doch bitte endlich in Ruhe!« Ich will an ihm vorbeistürmen, aber er packt mich an der Schulter und hält mich zurück. Ich erstarre zur Salzsäule. »Lass mich los«, fordere ich mit zusammengepressten Zähnen.

»Sag mir endlich die Wahrheit.«

»Ich habe dich nie angelogen.«

»Hör auf damit. Ich muss unseren Mitgliedern vertrauen können.«

Ich kann seine Berührung kaum ertragen. »Lass mich los«, wiederhole ich und meine Stimme klingt panisch. Ich versuche es zu unterdrücken, aber seine Hand auf meiner Schulter schnürt mir die Kehle zu. Ich kann nicht verhindern, dass mir Tränen in die Augen schießen.

David sieht mich einen Moment überrascht an und lässt dann seine Hand sinken. Zwischen seinen Augen entsteht eine Furche. »Rede mit mir.«

»Ich lüge nicht«, sage ich mit schwacher Stimme, ohne ihn anzusehen. »Ich habe nur nicht alles erzählt.« Jetzt ist es raus. David horcht auf. »Dann raus mit der Sprache.«

Ich seufze. »Na gut. Aber danach lässt du mich in Ruhe, okay?« *Oder behandelst mich so wie die anderen.* Ich brauche keine Streicheleinheiten von ihm, aber ein bisschen mehr Freundlichkeit.

Er zuckt mit den Achseln. »Kommt drauf an, was du mir jetzt sagst.«

Ich schaue in den Nachthimmel, versuche meine Gedanken zu ordnen, und überlege, wo ich anfange. Es kostet mich große Überwindung zu sprechen. »Behältst du es für dich?«

Ohne zu zögern, nickt er und ich zweifle keinen Moment an seiner Aufrichtigkeit. »Ich habe keine Waffe, weil Jeff mir keine gibt.«

Er lässt keine Regung erkennen. »Warum?«

»Jeff möchte wissen, was du mir in unserem Gespräch unter vier Augen gesagt hast.«

David seufzt schwerfällig, seine Schultern sacken ab. »Er gibt also nicht auf«, murmelt er mehr zu sich selbst als zu mir. »Ich hätte es wissen müssen.«

Ich sehe ihn an und warte auf, keine Ahnung, Verständnis oder sogar eine Lösung.

»Du hast ihm nichts erzählt?«, fragt er stattdessen.

Ich zucke mit den Schultern, wieder mal enttäuscht von seiner Reaktion. »Nein.«

Er nickt. »Gut.«

»Ach.« Ich verdrehe die Augen. »Keinen Dank für meine Verschwiegenheit?«

Ein Lächeln huscht über sein Gesicht und lässt mich fast vom Glauben abfallen, meinen Kommentar jedoch lässt er unbeantwortet.

»Das Problem an der Sache ist nur, dass wir Jeff irgendeine Geschichte auftischen müssen«, sagt er nachdenklich.

»Wieso? Kannst du mir nicht einfach eine Pistole geben und zeigen, wie man damit umgeht?«

David schüttelt den Kopf. »Natürlich könnte ich das, aber darum geht es nicht. Jeff wird dich nicht in Ruhe lassen, bis er die Antwort kennt.«

»Hört sich logisch an«, gebe ich zu. »Nachdem du ihm wahrscheinlich nicht die Wahrheit sagen willst, was dann?«

Er überlegt einen Moment und geht dabei auf und ab. Dann bleibt er stehen. »Ich werde gar nichts sagen, sonst weiß er, dass wir uns abgesprochen haben. Wenn du ihm etwas erzählst, wird er glauben, dass du eingeknickt bist.«

Natürlich. Ich bin das verletzliche kleine Mädchen, das sofort zusammenbricht, wenn man es nur einmal böse anschaut. Gerade eben hätte ich unter Davids Berührung beinahe losgeheult. Ich will gar nicht wissen, wie schwach ich in seinen Augen wirken muss. »Nachdem du mich in diese Situation gebracht hast, würde ich mal sagen, die Suche nach der passenden Ausrede ist dein Job.« Ich verschränke die Arme.

Nun ist es an David, die Augen zu verdrehen. »Schon klar.« Er fängt wieder an, auf und ab zu gehen. Eine Minute, zwei Minuten, drei Minuten. Jedenfalls dauert es.

Aber dann bleibt er plötzlich stehen. »Ich habs! Sag ihm einfach, ich wollte mich an dich ranmachen.«

Mir klappt der Mund auf. »Ich glaub, da überleg ich doch lieber selbst«, antworte ich trocken.

»Fällt dir etwa was Besseres ein?« Seine Augen blitzen verächtlich.

»Auf jeden Fall«, sage ich prompt. »Ich meine, du glaubst doch nicht, dass Jeff mir das abkauft?«

»Warum sollte er nicht?«

»Du behandelst mich mies«, erinnere ich ihn.

»Gekränkte Eitelkeit nach einem Korb?«

Ich schnaube und ringe die Hände. »Das kann doch nicht dein Ernst sein!«

»Wenn dir was anderes einfällt, bin ich für Vorschläge offen, aber bevor du Jeff etwas sagst, sprich es mit mir ab.«

»Das werde ich«, versichere ich ihm. Seine Ausrede ist so dämlich, dass mir ganz sicher etwas Besseres einfallen wird. Jedenfalls weiß ich jetzt schon, dass ich Jeff jede erdenkliche Geschichte lieber auf die Nase binden werde als Davids hirnrissigen Vorschlag.

»Dann wäre da noch etwas, das mich interessiert.« Er ist also noch nicht fertig mit seinem Verhör. »Warum hatte Susan ein so großes Interesse daran, dich zu verbrennen?«

Zwar ahne ich, dass ihn meine Mutprobe ziemlich aufregen wird, aber wenn ich jetzt sowieso schon dabei bin, reinen Wein einzuschenken, werde ich auch bei dieser Frage nicht abblocken. Im Gegenteil, dieses Gespräch führt verwirrenderweise dazu, dass es mir Stück für Stück besser geht. Endlich werde ich diesen ganzen Mist los.

»Ich habe dafür gesorgt, dass Susan eine Wette gegen Jeff verliert.«

David hebt aufmerksam die Augenbrauen. »Mutig«, kommentiert er. »Was für eine Wette?«

»Sie haben mich vorgestern abgefangen und mir eine Aufgabe gestellt. Eine Mutprobe. Susan hat gewettet, dass ich es nicht schaffe.«

David spannt sich an, sein Blick verfinstert sich. »Was hast du getan?«

»Jeff meinte, wenn ich nicht herausfinde, wo die anderen ihre Basis haben, würden sie mir das Leben zur Hölle machen. Ich wollte einfach nur meine –« Doch weiter komme ich nicht, weil David mir entgeistert ins Wort fällt.

»Du hast die Todeszone überschritten?«

»Die Todeszone?« Ich erinnere mich, dass auch der Typ von der Eastside-Gang das Wort benutzt hat.

»Den Central Park. Wir haben mit den anderen ein Abkommen geschlossen. Wenn jemand diese Zone überschreitet, ist er zum Abschuss freigegeben, wenn du verstehst, was ich meine.«

»Ja, schon«, sage ich schuldbewusst. »Aber es ist ja nichts passiert, der Typ hat mich gehen lassen.« Der letzte Satz findet den Weg in die Freiheit, bevor ich ihn aufhalten kann, und ich beiße mir auf die Zunge. Verdammt!

David reagiert so, wie ich es befürchtet habe. Er packt meine Oberarme, aber diesmal achtet er nicht auf meine Schreckstarre.

»Was?«, presst er zwischen zusammengebissenen Zähnen hervor. »Wer hat dich gehen lassen?«

»Ich weiß nicht, er hat sich mir nicht vorgestellt.« Falsche Antwort. David findet mich alles andere als witzig. Okay, es war auch nicht mein bester Spruch.

»Was genau hat er gesagt?« Sein Griff um meine Arme wird stärker.

»Nicht viel«, antworte ich, irritiert von seiner Beharrlichkeit. »Er meinte, wenn er mich noch mal sehen sollte, könne ich froh sein, wenn er mich nicht sofort umbringt.«

»Aber warum hat er es dann nicht gleich getan?«

»Äh, vielen Dank auch. Ich dachte, du brauchst jedes Mitglied?« Wie gemein kann er eigentlich noch werden? »Und würdest du mich jetzt bitte loslassen?«

»Du verstehst nicht! Er hätte dich niemals einfach so gehen lassen, außer es gibt einen Grund!«

Langsam drehen sich die Rädchen in meinem Kopf, versuchen ineinanderzugreifen, zu verstehen, worauf er hinauswill. Gerade als ich den Mund aufmache, ertönen in der Ferne Schüsse. David schnellt herum und rennt los. Perplex bleibe ich einen Moment stehen, bevor ich ihm hinterherlaufe.

»Was hat das zu bedeuten?« Aber er ist viel zu schnell und hört mich nicht. In kürzester Zeit rennen wir durch ausgestorbene Straßen zurück zur Basis.

Ich erwarte eine Schießerei, viele Bewaffnete der anderen Gang, doch als ich ankomme und mir keuchend die Hände in die Seiten halte, sehe ich am Haupteingang nur unsere Leute. Wachsam und mit gezückten Gewehren halten sie nach Feinden Ausschau.

David läuft zu einem der Jungs. »War Erin noch dort?«, fragt er nur.

Der Junge nickt. »Jeff ist sofort mit einer Truppe losgelaufen.«

Ich ringe immer noch nach Luft, als David zu mir zurückkommt. »Sie greifen unsere Felder an. Du bleibst hier und versteckst dich«, befiehlt er.

»Kann ich nicht helfen?«

»Du kannst nicht schießen, also nein«, antwortet er knapp und lässt mich stehen. Er winkt ein paar Leute zu sich und zusammen verschwinden sie in der Dunkelheit, laufen in Richtung Central Park.

Angespannt bleibe ich zurück. Was passiert jetzt? Warum sind auch hier alle in Alarmbereitschaft? Warum soll ich mich verstecken? Rechnen wir mit einem Doppelangriff? Die Schüsse sind immer noch zu hören. Ich bekomme Gänsehaut. Verdammt, wo bin ich hier nur gelandet?

»Samantha!« Tim kommt zu mir gelaufen, auch er trägt ein Gewehr. »Wo ist deine Waffe?«

Mein Mund ist trocken, als ich mich räuspere. »Ich weiß nicht. Wahrscheinlich habe ich sie in meinem Zimmer liegen gelassen.« Plötzlich höre ich einen Ruf, eine männliche Stimme. Es kommt von oben, irgendjemand steht auf dem flachen Dach unserer Basis und ruft immer wieder das Gleiche. Zuerst verstehe ich ihn nicht, schaue verwirrt nach oben und danach zu Tim. In dem Moment, in dem ich seinen entsetzten Gesichtsausdruck lese, wird mir klar, was der Ruf bedeutet.

Sie kommen.

»Im Keller ist ein kleines Waffenlager!« Tim schubst mich in Richtung Haupteingang. »Schnell!«

Von Horror gepackt greife ich seinen Arm. »Was ist mit den anderen im Central Park? Wenn sie jetzt hierherkommen, heißt das, die anderen haben unsere Leute besiegt?«

Tim schüttelt den Kopf. »Ich weiß es nicht, Samantha! Du musst ins Gebäude, sie werden gleich hier sein!«

In diesem Moment hallen erneut Schüsse durch die Nacht, diesmal ganz nah. Von links kommen dunkle Gestalten aus einer Seitenstraße. Unsere Wachen gehen in Deckung und fangen an zurückzuschießen. Wie in Trance setze ich mich in Bewegung und renne ins Gebäude, während mir viele entgegenkommen und nach draußen laufen, um sich den Angreifern entgegenzustellen. Ich erreiche die Treppen und springe immer zwei Stufen auf einmal nach unten. Kühl und feucht ist es im Keller und die Geräusche dringen nur gedämpft hierher. Ich muss nicht lange nach dem richtigen Raum suchen. Vier Mitglieder bewachen die hinterste Tür.

»Ich brauche eine Waffe!«, rufe ich ihnen entgegen.

In Angriffsposition stellen sie sich mir gegenüber. »Wie heißt du?«, fragt mich eine Frau und zielt mit ihrer Pistole auf mich.

»Samantha Evans!«, antworte ich atemlos und bremse einige Meter vor ihnen ab. »Ich bin erst seit ein paar Tagen hier! Jeff hat mir noch keine Waffe gegeben!«

John drängt sich an der jungen Frau vorbei. »Sie gehört zu uns, ich kenn sie.«

Die Wächterin lässt die Waffe sinken. »Dann hol ihr eine, beeil dich!«

John verschwindet in dem Kellerabteil und kommt kurze Zeit später mit einer zweiten Pistole heraus. »Du kannst mit ihr umgehen?« Er drückt sie mir in die Hand.

»Ja!«, lüge ich. Ohne Waffe kann ich nicht helfen und ich will mich nicht verstecken müssen.

»Sie ist geladen«, informiert er mich, offenbar hat er mich durchschaut. »Pass auf, schieß nur im absoluten Notfall und ziel gut, bevor du abdrückst!«

Ich nicke und renne wieder zurück zur Treppe. Als ich oben ankomme, verschaffe ich mir einen kurzen Überblick. Der Kampf ist im vollen Gang. Die ersten Angreifer haben es ins Gebäude geschafft. Schreie, ein Knall. Eine Kugel bohrt sich neben mir in die Wand und dann spüre ich plötzlich einen stechenden

Schmerz im linken Oberarm. Ich stolpere rückwärts und falle ins Leere, die Treppen hinunter. Die Kanten der Marmorstufen sind spitz und hart, als ich mit dem Rücken aufschlage. Schwarze Flecken tauchen vor meinen Augen auf und werden immer größer, bis ich schließlich ganz von ihnen verschluckt werde.

Mir ist unwohl, als ich im Büro meiner zukünftigen Ausbilderin sitze und auf sie warte, zumal ich offenbar nicht die Einzige bin, die heute ihre Ausbildung beginnt. Ein Junge in meinem Alter sitzt neben mir auf der eleganten sandfarbenen Couch. Ich vermeide jeden Blickkontakt und außer einer kurzen Begrüßung haben wir kein Wort miteinander gewechselt. Seine selbstsichere, leicht arrogante Ausstrahlung lässt mich wissen, dass er, im Gegensatz zu mir, wohlbehütet im Regierungsviertel aufgewachsen ist. Seinen neugierigen Seitenblicken nach zu urteilen, wundert er sich, dass er mich noch nie gesehen hat.

Endlich betritt unsere Ausbilderin den Raum und durchquert ihn mit zügigen Schritten.

»Herzlich willkommen!« Sie schüttelt erst mir, dann dem Jungen die Hand. Die kleinen Lachfalten um ihre Augen und das strahlende Lächeln lassen sie sehr sympathisch wirken.

»Mein Name ist Natalie. Es freut mich, euch kennenzulernen!« Wir nehmen wieder Platz, während sie sich in einen hellen Ohrensessel uns gegenüber niederlässt. Mir fällt auf, dass es außer dem Schreibtisch und dieser Sitzecke keine Einrichtung gibt, kein Bücherregal mit Lexika, Gesetzbüchern oder Nachschlagewerken. Nichts.

Sie bemerkt meinen verdutzten Blick. »Unsere Büros sind frei von jeder Last«, erklärt sie lächelnd. »Alles, was wir wissen müssen, ist hier drin.« Sie tippt sich an die Schläfe. Innerlich stöhne ich. Bedeutet das, ich muss alles auswendig lernen? Was spricht gegen schriftliche Notizen? »Zum heutigen Beginn eurer Ausbildung will ich mit euch ein paar grundsätzliche Dinge besprechen. Aber beginnen wir doch mit einer klei-

nen Vorstellungsrunde. Samantha, warum fängst du nicht an? Was für ein Mensch bist du und welche Ansichten trägst du im Herzen?«

Sie schlägt die Beine übereinander und lehnt sich entspannt zurück. Jetzt hat der Junge eine Ausrede, mich offen anzustarren. Ich hasse es, von mir zu sprechen. Warum muss ich anfangen? »Mein Name ist Samantha Evans. Meine Eltern waren Regierungsmitglieder.« Ich zucke mit den Schultern. »Mehr gibt es nicht zu sagen.«

»Ich bin mir sicher, dass du eine interessante Persönlichkeit mit einer Geschichte bist, also erzähl sie uns doch bitte.« Natalie zwinkert mir ermutigend zu, aber ich lasse mich nicht erweichen und erwidere ihren Blick, stumm wie ein Fisch. »Welche Erwartungen hast du an deine Ausbildung?« Sie lässt nicht locker.

»Ich weiß nicht«, gebe ich wahrheitsgemäß zu. »Auf jeden Fall möchte ich lernen und Neues kennenlernen.«

Natalie nickt. »Das wirst du zweifellos.«

Während der Junge sich mit dem Namen Logan vorstellt und sehr ausführlich von seinem wunderbaren, beispielhaften Leben in Concordia erzählt, wandert mein Blick zur bodentiefen Fensterfront, durch die sich eine atemberaubende Sicht auf die Stadt bietet. Die Sonne scheint und lässt das Glas der unzähligen Hochhäuser glitzern. Es leben so viele Menschen in Concordia und trotzdem fühle ich mich so einsam wie noch nie. Mein bester Freund Henry hat gegen einen Staat rebelliert, der Perfektion und Macht in sich vereint. Henry hat mich meinem Schicksal überlassen, wusste, dass ich mich nicht dagegen wehren darf, ein Teil dessen zu werden, was er verabscheut. Ich hatte gehofft, dass unsere Freundschaft erst mit dem heutigen Tag, dem Beginn meines Lebens im Regierungsviertel, enden würde, aber er hat den Kontakt bereits vor fast zwei Monaten abgebrochen. In meinem Hals bildet sich ein Kloß und ich versuche mich auf die Worte Natalies zu konzentrieren, bevor mir die Tränen kommen.

»Ich möchte euch nun erklären, welche Aufgabe ihr für Concordia

übernehmen werdet.« Ihr Gesichtsausdruck wird ernst. »Unsere Regierungsmitglieder sind in unterschiedliche Bereiche eingeteilt. Ihr werdet den Unsichtbaren angehören.«

Logan verzieht missmutig sein Gesicht und stellt meine unausgesprochene Frage. »Unsichtbare? Was soll das sein?« Er scheint von seinem künftigen Titel wenig begeistert.

»Oh, lasst euch von dem Namen nicht beirren. Er wurde gewählt, weil unsere Funktion so geheim und schützenswert ist, dass unser Volk und andere Länder nie von uns erfahren dürfen. Wir sind der wichtigste Teil der Regierung.« Sie rückt ihre blaue Krawatte zurecht. »Was ihr in diesem Gebäude erfahren werdet, dürft ihr niemals nach außen tragen, andernfalls riskiert ihr einen Weltkrieg.«

Die Aufmerksamkeit von Logan ist ihr nach dieser Ansprache sicher, doch auch ich kann nicht leugnen, dass meine Neugierde geweckt ist. »Was ist unsere Aufgabe?«

»Wir kontrollieren die Zukunft«, antwortet unsere Ausbilderin schlicht und ohne mit der Wimper zu zucken. Jetzt bin ich so schlau wie vorher. Ich ziehe fragend die Augenbrauen hoch und sie spricht weiter. »Es ist uns möglich, die Zukunft zu sehen, den Weg unseres Staates zu kontrollieren. Welche Verbündeten wählen wir, welche Geschäfte gehen wir ein? Die Unsichtbaren entscheiden. Wir besitzen die Macht, alles zu unserem Vorteil zu nutzen, Samantha.«

»Du meinst, wir sind so was wie Wahrsager?« Ich kann die Skepsis nicht aus meiner Stimme verbannen.

»Wir treffen keine vagen Vorhersagen. Was wir sehen, wird geschehen.« Sie lehnt sich zurück und beobachtet, wie wir auf diese Informationen reagieren. Ich runzle die Stirn, weil ich nicht sicher bin, ob sie sich einen Spaß mit uns erlaubt.

»Okay, nur noch mal zum Verständnis«, sagt Logan verwirrt. »Wovon reden wir hier eigentlich?«

Natalie lächelt. »Zeitmaschinen. Sie sind der Erfolg unseres Landes.

Ohne Zeitmaschinen würde der Staat Concordia genauso schnell untergehen, wie er aufgestiegen ist.«

Der Schmerz drängt sich langsam in mein Bewusstsein. Dumpf pocht er im linken Oberarm, zieht meinen Rücken entlang, über den Nacken zum Kopf. Ich blinzle benommen und will mich aufrichten, aber mein Arm knickt sofort ein. Langsam drehe ich meinen Kopf und stöhne, als mich ein stechender Schmerz durchzuckt. Aua, verdammt!

Die Krankenstation ist schwach beleuchtet und nur ein Bett ist nicht belegt. Die Erinnerung an den Überfall kehrt zurück. Und je mehr ich wieder weiß, desto mehr wünsche ich mir, ich könnte es vergessen. Mit Ruhm habe ich mich jedenfalls nicht bekleckert. Der feste Verband um meinen Oberarm verdeckt die Schusswunde, die davon zeugt, dass ich lächerlicherweise dachte, ich könnte helfen. Wie bin ich auf diese hirnrissige Idee gekommen? Ein paar Stunden Selbstverteidigungstraining und ein Schuss aus einer Pistole machen mich noch lange nicht zur Bezwingerin des Bösen. Das Einzige, was mir zugutegehalten werden kann, ist, dass ich nicht geschossen habe. Vermutlich hätte ich jemanden von uns getroffen.

»Samantha, bist du wach?« Vivien tritt an mein Bett. Ich nicke vorsichtig.

»Wie gehts dir?«

»Es tut weh«, krächze ich heiser.

»Wir haben leider keine Schmerzmittel«, entschuldigt sie sich mitfühlend. »Spürst du Arme und Beine?«

»Mehr als genug. Wie lange liege ich schon hier?«

»Einen Tag. Kannst du dich daran erinnern, was passiert ist?«

Abermals nicke ich.

Sie verschwindet aus meinem Blickfeld und taucht einen

Moment später mit einer Wasserflasche in der Hand wieder auf. »Trink erst mal was.« Sie hilft mir ein paar Schlucke zu nehmen, und als das kühle Nass meine ausgetrocknete Kehle hinunterläuft, seufze ich voller Dankbarkeit.

»David meinte, ich solle ihn holen, sobald du wach bist. Ich bin gleich wieder da.« Sie stellt die Flasche auf den Nachttisch neben meinem Bett und verlässt den Raum. Am liebsten würde ich ihr nachrufen, sie solle hierbleiben, aber meine Stimme macht nicht mit. David ist der Letzte, den ich sehen möchte. Es kann nichts Gutes bedeuten, wenn er an einem Gespräch mit mir interessiert ist.

Zehn Minuten später stehen Vivien und David vor mir.

»Nachher schaue ich mir noch mal deine Verletzungen an«, lässt sie mich wissen und geht hinaus.

Davids Augen bleiben an meinem Verband hängen. »Wie fühlst du dich?«

»Wahrscheinlich so, wie ich aussehe.«

»Darauf antworte ich besser nicht.«

»Vielen Dank.«

»Kein Thema.«

Ich schaue zu den anderen Krankenbetten. Die Patienten scheinen zu schlafen oder ziehen es vor, andere das glauben zu lassen. Keines der Gesichter ist mir bekannt. »Geht es allen gut? Ist jemand schwer verletzt? Was ist mit Henry und Tim?«

David seufzt schwer. »Keine Sorge, den beiden geht es gut. Mit dir sind es neun Verletzte. Fast alles Schusswunden. Bei einem sind wir nicht sicher, ob er durchkommen wird, und Michael ist tot.«

Fassungslos starre ich ihn an. »Tot?« Die Tatsache, dass sogar jemand gestorben ist – auch wenn ich Michael noch gar nicht kannte –, hebt diesen Angriff auf eine neue, grauenvolle Ebene.

»Er, Erin und ein paar andere hatten Wachdienst bei den Feldern.« Aus seiner Stimme höre ich tiefes Bedauern.

»Warum greifen sie die Felder an? Die können doch im Central Park ihr eigenes Zeug anbauen.«

»Haben sie bereits versucht, ist aber gescheitert.« Etwas in seinem Blick sagt mir, dass wir an diesem Fehlversuch nicht ganz unschuldig sind.

Wir schweigen und ich habe Zeit, meine Gedanken zu ordnen. So viel Glück habe ich gehabt, denn wenn mich die Kugel nur etwas weiter rechts getroffen hätte, wäre ich jetzt tot.

»Ich muss mit dir reden«, durchbricht er die Stille.

»Habe ich mir fast gedacht.« Endlich kommt er zum Punkt.

»Weißt du, was wir machen, wenn eines unserer Mitglieder entführt oder umgebracht wird?«

Ich muss nicht lange überlegen. »Zurückschlagen?«

David nickt. »Ganz genau, wir starten einen Gegenangriff. Entweder wir holen uns unser verlorenes Mitglied zurück, entführen im Gegenzug ebenfalls Leute oder sorgen zumindest dafür, dass ihre Mitgliederzahl schrumpft.«

»Jedes Mal?«

»Jedes Mal«, bestätigt er.

»Aber ist das nicht ein Teufelskreis? Wäre es nicht viel sinnvoller, sich nicht auf die Spielchen einzulassen?«

»Im Sinne von ›Der Klügere gibt nach‹? Wenn wir das machen, rotten sie uns aus. Dann holen sie sich einfach, was sie brauchen.«

Natürlich weiß ich, dass er recht hat. Eine friedliche Lösung wäre natürlich für alle das Beste, aber niemand will der Erste sein und Gefahr laufen, reingelegt zu werden. Beide Gangs wollen damit ihre Stärke beweisen.

»Warum erzählst du mir das jetzt?«

Er sieht mir direkt in die Augen. »Ich wollte dir damit erklären, weshalb der Kerl dich bei deiner Mutprobe laufen gelassen hat.«

»Ähm?« Der Zusammenhang erschließt sich mir nicht.

»Sie waren gerade dabei, ihren Angriff auf uns zu planen, und wenn sie dich nicht hätten gehen lassen, hätten sie jederzeit mit unserer Rache rechnen müssen. Verstehst du, was ich meine?«

Ja, das verstehe ich, und zwar so gut, dass ich auch die versteckte Anschuldigung in seinen Worten erkenne. »Du meinst, es war mein Fehler. Wenn ich dir früher von meiner Mutprobe erzählt hätte, wären wir vorbereitet gewesen«, fasse ich nüchtern zusammen.

»Du bist neu. Ich erwarte nicht, dass du sofort alle Zusammenhänge erkennst.«

»Netter Versuch«, murmele ich niedergeschlagen. »Die Krankenbetten sind also nur wegen mir voll.«

»Habe ich nicht behauptet.«

»Ach, komm schon!«

Mein Bettnachbar regt sich. »Scheiße, unterhaltet euch gefälligst leiser! Ich brauch Schlaf!«

David hebt die Hände. »Sorry, bin schon weg.« Als er gehen will, bekomme ich gerade noch seine Hand zu fassen. Überrascht dreht er sich wieder zu mir um. Ein Geheimnis steht noch aus. Danach kann ich David nichts mehr erzählen, nichts mehr geben, was ihn dazu bringen könnte, mich endlich zu akzeptieren.

»Ich kann mich an meine Verurteilung erinnern«, fange ich zögerlich an. »Aber ich wollte euch nicht davon erzählen, weil etwas merkwürdig daran ist. Sie haben mich nicht wegen meiner Zukunft, also wegen einer Straftat, verurteilt. Die haben sie gar nicht gesehen. Irgendjemand hat meine Daten gelöscht, als ich in dieser Röhre lag.« Davids Augen weiten sich überrascht und sein Mund öffnet sich leicht. »Und ich weiß nicht, woher du mich kennst«, flüstere ich dann und lasse ihn los.

Er mustert mich eindringlich und in seinen Augen nehme ich Gefühle wahr, die ich nicht deuten kann. Erkenntnis? Dann nickt er. »Okay.«

9

Zwei Tage später verlasse ich die Krankenstation. Ich kann meinen Arm nicht ohne Schmerzen heben und auch mein Rücken ist ziemlich mitgenommen, sodass ich ihn bei jeder Bewegung spüre und deshalb anfange Treppen zu meiden. Des Öfteren besucht mich Henry in meinem Zimmer und bringt mir etwas zu essen mit, damit ich nicht den langen Weg in den Speisesaal gehen muss. Doch meine Wehwehchen sind nichts gegen das, was ich meiner Gang angetan habe. Der Schwerverletzte, von dem David erzählt hat, ist mittlerweile tot. Hätte ich doch früher mit David gesprochen! Mein schlechtes Gewissen begleitet mich ohne Pause. Es steht morgens mit mir auf und bringt mich nachts um den Schlaf.

Drei Tage nach meiner Entlassung aus der Krankenstation fällt mir ein, dass ich mir eigentlich eine passende Ausrede für Jeff überlegen wollte. Vor dem Speisesaal fange ich David ab. »Du wolltest allein mit mir reden, weil du dachtest, in Gegenwart von Jeff traue ich mich nicht, die Wahrheit zu sagen.«

David sieht mich einen Moment verständnislos an, dann wird ihm klar, wovon ich spreche. »Nein.«

Mein Optimismus verpufft. »Und warum nicht?«

»Erstens: Warum sollte ich ihm das verschweigen? Und zweitens: So sensibel bin ich nicht.«

»Wo du recht hast!« Ich mache auf dem Absatz kehrt und stürme wütend auf mein Zimmer.

Wieso muss David mir das so schwer machen? Jeff kann vielleicht gut schießen, aber ich glaube kaum, dass er so eine Intelligenzbombe ist, dass er meine Antwort ernsthaft hinterfragt. Er würde denken, ich hätte Angst vor ihm. Das genügt, um seinem schon sehr großen Ego einen Höhenflug zu verpassen. Mehr will er doch sowieso nicht!

Bis morgen habe ich eine Schonfrist eingeräumt bekommen, dann muss ich wieder zum Unterricht bei Erin und Jeff antreten. Wie ich das mit meinem verletzten Arm anstellen soll, weiß ich noch nicht. Aber ich will keine Schwäche zeigen und bitte nicht um einen Aufschub. Ich verbringe den Tag auf meinem Zimmer und suche verzweifelt nach neuen Ideen, doch je angestrengter ich mich auf eine glaubhafte Geschichte konzentriere, desto absurder kommt sie mir vor.

Beim Abendessen setze ich mich nicht zu Henry und Tim, sondern quetsche mich neben David. »Du hast mir nicht geglaubt und wolltest die Wahrheit aus mir herausprügeln.« Nicht mein bester Einfall, aber immerhin.

Er verschluckt sich an seinem Wasser und lacht.

»Was ist denn los? Du hast doch gesagt, du bist unsensibel!«

»*So* unsensibel aber auch nicht!«, prustet er.

»Wirklich?«, zweifle ich. »Na gut, dann wolltest du mich fragen, ob ich weiß, wie es deiner Familie geht.«

David schüttelt den Kopf. »Sicher nicht.« Ein Schatten huscht über sein Gesicht, aber dann entspannt er sich wieder. »Meine Geschichte muss dir ja wirklich zuwider sein«, bemerkt er grinsend.

»Ich denk dabei nur an dich!«, weiche ich aus. »Jeff würde doch überall rumerzählen, dass du ... Interesse an mir hast.« Blöderweise werde ich genau jetzt rot. Ich senke den Kopf und stopfe mir ein Stück Fleisch in den Mund.

»Sehr fürsorglich«, spottet er. »Aber keine Sorge, ich werde es verkraften.« Er steht auf und verlässt den Speisesaal, ohne sein Geschirr aufzuräumen.

Diese Nacht verbringe ich, wie die letzten, nicht in meinem Zimmer. Seit dem Überfall ist Susan wieder auf freiem Fuß. Ich habe versucht, in meinem Bett zu schlafen, aber kein Auge zubekommen. Jedes Geräusch ließ mich aufhorchen und meinen Puls in die Höhe schnellen. Überall sah ich Schatten, die sich bewegten, und immer wenn ich panisch aus dem Raum rennen wollte, verschwanden sie. Schließlich hielt ich es nicht mehr aus und besuchte Vivien auf der Krankenstation. Während ihrer Nachtschichten haben wir uns lange unterhalten und ich durfte in ihrem Zimmer schlafen, als sie arbeiten musste. Momentan hat sie keinen Konflikt mit Susan und so konnte ich beruhigt ein paar Stunden meine Augen ausruhen. Trotzdem hat mich der chronische Schlafmangel fest im Griff.

»Mir fällt einfach nichts ein!« Frustriert reibe ich mir die müden Augen. Zusammen mit Vivien sitze ich auf dem Boden der Krankenstation in einer Ecke und so weit von den Krankenbetten entfernt wie nur irgend möglich. Es ist zwei Uhr morgens. Gerade habe ich ihr mein Dilemma bezüglich der fehlenden Ausrede erklärt. Natürlich habe ich ihr nicht erzählt, warum mich David wirklich sprechen wollte, aber es scheint sie nicht weiter zu stören, zumindest hakt sie nicht nach.

»Ach, ich weiß gar nicht, warum du dich so aufregst. Davids Vorschlag ist doch eigentlich ganz plausibel. Von einem Korb will man niemandem berichten, schon gar nicht Jeff.«

»Aber genau der wird es überall herumerzählen!«

Vivien grinst. »Es gibt schlimmere Gerüchte als dieses.«

»Haha.« Mir ist nicht nach Späßen zumute. »Fällt dir nicht irgendetwas ein?«

Sie schüttelt gähnend den Kopf und stemmt sich vom Boden hoch. »Nope.«

»Du hast doch noch gar nicht nachgedacht!«

»Tja, was soll ich sagen?« Sie tätschelt ihre Pistole im Gürtel und zwinkert mir zu. »Ich hab meine Waffe.«

Die Doppeltür schwingt auf und Viviens Schichtkollege Marcus ist wieder da. Er ist nett, aber ungestört unterhalten können wir uns nur, wenn er nicht im Raum ist.

»Schlaf noch ein bisschen«, schlägt sie vor. »Mein Bett ist frei.«

Ich seufze enttäuscht, weil ich mir ein paar Anregungen von ihr erhofft hatte. Ein Geistesblitz käme mir sehr gelegen, aber die restliche Nacht warte ich vergeblich.

»Sieh mal einer an! Samantha beehrt uns mit ihrer Anwesenheit!« Jeff sieht mich verächtlich an.

»Sie hats beim Überfall erwischt«, erklärt Henry überflüssigerweise.

»Das weiß er«, merke ich an.

Henry schaut zwischen uns hin und her. »Oh, okay, ich dachte –«

Jeff beachtet ihn nicht. »Hast du mir etwas zu sagen?«, fragt er an mich gewandt.

Ich nicke widerstrebend und wünsche mir gleichzeitig, dass ich in meiner Ideenfindung etwas kreativer gewesen wäre.

»Also?« Ungeduldig schnalzt er mit der Zunge.

»Ähm.« Verlegen beiße ich mir auf die Unterlippe. Ich habe keine Lust, diese blöde Geschichte auch noch in Anwesenheit von Tim und Henry breitzutreten, und Jeff scheint zu verstehen.

»Ihr beiden, lasst uns mal allein«, herrscht er sie an.

Als sie außer Hörweite sind, räuspere ich mich. »Ähm …«

Warum bringe ich es nicht über die Lippen? Alles in mir sträubt sich und der Drang, einfach umzudrehen und zu gehen, ist so groß, dass ich kaum widerstehen kann, doch ich will endlich aus Jeffs Schusslinie. »David, also er wollte, na ja, wie soll ich sagen«, druckse ich herum. »David wollte was ... von mir.« Jetzt ist es raus. Als ich Jeffs Gesichtsausdruck sehe, würde ich am liebsten die Zeit zurückdrehen und meine Prügelgeschichte erzählen. Seine Lippen formen sich zu einem fiesen Grinsen, seine Augen blitzen erfreut.

»David, der Playboy!«, höhnt er. »Hast du ihn abblitzen lassen, ist er deshalb so schlecht auf dich zu sprechen? Oder möchte er so eure kleine romantische Beziehung verheimlichen?«

»Ich hab es dir gesagt.« Ich ignoriere seine Frage. »Jetzt gib mir eine Pistole.«

»Du bist ja ganz schön ungeduldig. Aber meinetwegen, nach dem Training bekommst du deine Waffe!« Seine Lippen bleiben die restliche Stunde zu einem Grinsen verzogen. Hoffentlich habe ich das Richtige getan.

Nach dem Abendessen findet eine Bandensitzung statt. Alle Mitglieder versammeln sich im ersten Stock, wo sich neben unserer Kantine ein mindestens genauso großer Saal befindet. Ein Kronleuchter in der Mitte spendet spärliches Licht und der Marmorboden ist von tiefen Rissen durchzogen. Ich setze mich zwischen Henry und Vivien in eine der hinteren Reihen und mustere die anderen. Fast jeder hier trägt entweder Jogginghosen oder Jeans, T-Shirts und Sweatshirtjacken. Natürlich ist die Kleidung von jedem Mitglied gebraucht, aber es ist gut erkennbar, wer auf seine Sachen achtgibt und wer nicht. Auch wenn ich schlecht darin bin, das Alter einzuschätzen, über dreißig ist hier keiner. Ich erinnere mich daran, dass Erin mir erklärt hat, warum in

New York die Lebenserwartung sehr niedrig ist. Und auch wenn ich den Gedanken verdränge, bin ich nicht naiv. Ich werde früh sterben. Mir läuft ein Schauer über den Rücken und ich versuche mich wieder zu konzentrieren. Ob ich mir die Blicke der Leute einbilde?

»Wie oft finden diese Versammlungen statt?«, frage ich Vivien und ignoriere zwei Mädchen drei Reihen vor mir, die mich tuschelnd anstarren. Was ist denn auf einmal los?

»Zweimal monatlich. Und dann gibt es noch außerordentliche Sitzungen für aktuelle Anlässe. Heute geht es sicher um den Überfall und unsere Reaktion.« Fast hätte ich vergessen, was David mir erzählt hat. *Wir schlagen zurück. Jedes Mal.*

Also findet die heutige Versammlung nur meinetwegen statt. Und nur meinetwegen können zwei Mitglieder nicht daran teilnehmen, weil sie tot sind. Ich schließe die Augen und versuche meine Scham runterzuschlucken.

»So wie es aussieht, hat sich das mit dir ja bereits rumgesprochen.«

Verwirrt sehe ich Vivien an. »Was meinst du?«

»Na ja, du wirst doch gemerkt haben, dass du das Gesprächsthema des Abends bist!« Sie nickt zu drei anderen Mädchen, die ebenfalls tuschelnd in unsere Richtung starren. Mir wird heiß, meine Handflächen werden feucht. Weiß bereits jeder, dass ich den Überfall zu verschulden habe? »Ach komm, Samantha, schau nicht so! Davon geht doch die Welt nicht unter! Die drei Weiber da vorne sind nur neidisch und alle anderen freuen sich über ein bisschen Klatsch und Tratsch!«

Ach, du Schande. Am liebsten würde ich im Erdboden versinken. Es geht gar nicht um meine Schuld. »Oh, nein. Ich habe David noch gar nicht gesagt, dass ich es erzählt habe«, murmle ich peinlich berührt und halte nach ihm Ausschau.

»Das hat er jetzt sicher schon bemerkt.« Vivien kichert. Ich weiß selbst nicht, warum mich das Gerücht um David und mich so sehr stört. Aber dass die ganze Gang dadurch über Davids vermeintliche Gefühle für mich erfährt, fühlt sich furchtbar an, so als würde ich mich angreifbar machen. Und es verstärkt sich, weil ich tief in meinem Inneren weiß, dass an dem Gerücht vielleicht sogar was dran ist. Jedenfalls was meine Gefühle betrifft. Am liebsten würde ich den Raum verlassen, mich in meinem Zimmer verkriechen, bis alle die Sache vergessen haben. Gerade als ich mich halb erhoben habe, um noch schnell abzuhauen, taucht David vor den Stuhlreihen auf, hebt die Hand und wartet, bis die letzten Gespräche verstummen. Stöhnend lasse ich mich wieder auf meinen Platz fallen.

»Danke, dass ihr alle erschienen seid!« Davids raue Stimme ist auch in den hintersten Reihen gut verständlich, ohne dass er schreien muss. »Der jüngste Angriff erfordert eine Antwort. Wir müssen handeln!« Die Menge klatscht, Pfiffe hallen durch den Saal. Aus irgendeinem Grund bekomme ich Gänsehaut. »Jetzt müssen wir schnell sein, wir müssen sie überraschen! Unsere Antwort muss der anderen Gang wehtun, damit sie uns eine Zeitlang nicht wieder angreifen können!« Die Mitglieder grölen.

»Töten wir sie alle!«, ruft ein Typ.

»Ich brenn ihre Basis nieder!« Dieser Vorschlag kommt natürlich von Susan. Gott sei Dank ist sie einige Reihen vor mir.

David lässt die Anwesenden mit einer Handbewegung wieder verstummen. »Wir brauchen einen Plan, hinter dem wir alle stehen. Deshalb möchte ich abstimmen lassen. Entweder wir schaden ihnen – oder wir schaden ihnen und ziehen daraus einen Nutzen. Soweit wir wissen, hat die andere Gang momentan nur noch zwei Mitglieder, die sich mit der Reparatur ihrer Generatoren auskennen. Wenn wir die beiden entführen, haben wir zum einen wertvolle Arbeitskräfte gewonnen und zum anderen haben unsere Gegner keinen Strom mehr.« Wieder wird es im Saal laut. Ich frage mich, was es da zu diskutieren gibt. Davids Vorschlag klingt plausibel und nicht nur nach reiner Mordlust. Genau das sage ich auch Vivien.

»Entführungen sind immer auch ein zusätzliches Risiko«, erklärt sie mir. »Wenn wir auf ein Ziel fokussiert sind, könnten wir von der Seite getroffen werden, ohne dass wir damit rechnen. Weißt du, was ich meine?«

Ich werfe Tim und Henry einen Blick zu. Sie beraten über beide Vorschläge. Die Pläne, so viele wie möglich zu töten oder zu entführen, schwächt die Eastside-Gang vielleicht für ein paar Wochen, aber dann wird das Ganze wieder von vorne anfangen! Es muss doch irgendeine Möglichkeit geben, diesen Teufelskreis zu durchbrechen!

Plötzlich kommt mir ein Gedanke und ich hebe die Hand. Keiner beachtet mich, die Diskussionen sind noch in vollem Gang.

»Ähm, Samantha?« Vivien sieht mich irritiert an, als ich aufstehe.

»Ich habe auch einen Vorschlag«, rufe ich, so laut ich kann. Die, die mir am nächsten sitzen, drehen sich zu mir um. Auch David bemerkt mich und zieht argwöhnisch eine Augenbraue hoch.

»Ich höre«, sagt er schließlich.

Jetzt habe ich die Aufmerksamkeit aller und mein Puls schnellt in die Höhe. Ich versuche meine Gedanken auf den Punkt zu bringen und nicht zu stottern. »Wäre es nicht sinnvoll, deren Waffen zu zerstören oder zu klauen? Damit wäre sichergestellt, dass sie in nächster Zeit nichts haben, um uns anzugreifen.«

»Ein guter Gedanke, aber wir haben keine Kenntnis über ihr Waffenlager, also ist dein Vorschlag nicht umsetzbar.«

»Ich weiß, wo es ist«, informiere ich David schuldbewusst. Ein

Raunen geht durch die Menge. Vielleicht war die Mutprobe doch für irgendetwas gut.

Davids Gesichtsausdruck bleibt neutral. »Du hast noch nicht genügend Schieß- und Kampfpraxis. Du kannst nicht dabei sein, um uns zu führen.«

»Ist doch egal, wie schlecht trainiert sie ist!«, wirft Jeff ein. »Sie soll uns zeigen, wo das Waffenlager ist!«

David wirft ihm einen vernichtenden Blick zu. »Samantha ist neu und Kanonenfutter, wenn sie die Todeszone überquert.«

»Bedeutet, nur weil du auf die Kleine stehst, müssen wir das jetzt ausbaden?«, stichelt Jeff. Oh, nein, hat er das gerade wirklich gesagt? Warum habe ich nicht einfach meine Klappe gehalten?

»Vorsicht, Jeff«, knurrt David. »Ich lasse niemanden ins offene Messer laufen.«

»Also ich finde Samanthas Vorschlag auch nicht schlecht«, meldet sich Erin zu Wort. »Sorry, David.«

Er sieht aus, als wolle er ihr an die Gurgel gehen, aber er beißt nur die Zähne zusammen und nickt. »Also gut. Stimmen wir ab.«

Zehn Minuten später ist eine Entscheidung getroffen. Wir werden das Waffenlager der anderen Gang überfallen.

10

»Samantha, hast du noch eine Minute?« Vivien holt mich ein, als ich nach der Versammlung fluchtartig den Saal verlassen will, um David nicht zu begegnen.

»Klar«, sage ich, gehe aber weiter. »Worum gehts?«

»Ich muss dir was zeigen.« Vivien wirkt ernst, sodass ich neugierig werde und ihr auf die Krankenstation und in ihr Schwesternzimmer folge.

»Ich war mir nicht sicher, ob ich dich darauf ansprechen soll, weil ich nicht weiß, was es zu bedeuten hat.« Sie zieht eine der Schubladen des Schranks auf und holt eine kleine Blechbüchse hervor. »Als du angeschossen wurdest, habe ich die Kugel aus deinem Arm entfernt«, fängt Vivien an. Gespannt, worauf sie hinauswill, schweige ich. »Die Kugel war aber nicht das Einzige, was ich entfernt habe.«

»Was soll denn da noch drin gewesen sein?«, frage ich verständnislos. Vivien öffnet die Blechbüchse und hält sie mir unter die Nase. Darin befindet sich ein daumennagelgroßer Chip. Er schimmert silbrig und hat keine Aufschrift.

Ich hole den Chip heraus und drehe ihn in meinen Fingern. »Und das war in meinem Arm?«, vergewissere ich mich.

Vivien nickt.

»Was ist das?«

Sie zuckt mit den Schultern. »Ich habe keine Ahnung. Ich dachte, das könntest du mir erklären.«

Ich merke, wie meine Miene versteinert. »Was willst du damit sagen?«

»Jetzt werde halt nicht gleich so misstrauisch!« Vivien verdreht die Augen. »Aber du bist ein kleines Mysterium und verschweigst einiges. Also dachte ich, du wüsstest vielleicht, was es mit dem Chip auf sich hat.«

»Du glaubst, ich gehöre zu den anderen?« Ich kann nicht fassen, dass Vivien sich von Jeffs Gerede beeinflussen lässt.

»Himmel, nein!«

»Was denn dann?«

»Ach, was weiß ich! Dass die andere Gang dir das eingepflanzt hat, können wir ausschließen. Wann sollten sie das bewerkstelligt haben? Außerdem verfügt in New York niemand über diesen hohen technischen und medizinischen Standard.«

»Du meinst, es war Concordia?«

»Wäre doch möglich, oder?«

Nachdem ich verurteilt wurde, haben sie mich in eine dunkle Zelle gesperrt. Irgendwann kam eine Frau und spritzte mir eine Narkose. Was ist danach passiert? Wurde mir der Chip eingesetzt, als ich bewusstlos war? Und wenn ja, wofür? Geistesabwesend fasse ich mir an den Verband am Oberarm. »Zur Kontrolle?«, murmle ich, mehr zu mir selbst als zu Vivien.

Sie nickt. »Möglich. Kannst du dich daran erinnern, wie sie dir den eingepflanzt haben?«

Ich schüttle langsam den Kopf. Noch nicht einmal eine Verletzung hatte ich nach meiner Verurteilung. »Hast du jemandem davon erzählt?«

»Ohne zu wissen, womit ich es zu tun habe?« Vivien schnaubt. »Nein, sicher nicht.«

Erschöpft stelle ich mein Handgepäck in den großen lichtdurchfluteten Flur und sehe mich um. Meine Ausbilderin schließt die Haustür hinter uns.

»Das war das Haus meiner Eltern?«, frage ich verblüfft und lasse den Blick über die gläserne Treppe, die weißen Wände und den ebenfalls weißen Marmorboden schweifen. Es sieht anders aus, als ich mir vorgestellt habe. Der Gedanke an meine Eltern war mir stets ein Anker in der Einsamkeit, hat mir Stärke verliehen, wenn es darauf ankam. Ich dachte, dass sich die Wärme auch in ihrem Haus widerspiegeln würde.

Natalie nickt. »Seit ihrem Tod steht es leer.« Ihre Stimme ist leise und respektvoll.

Als ich den Flur durchquere, hallen meine Schritte unnatürlich laut. »Es ist sehr … steril.«

»So wirken all unsere Häuser. Sie spiegeln unsere Berufung wider. Für Persönliches bleibt in unserem Leben wenig Platz«, erklärt sie. »Du wirst dich daran gewöhnen.«

»Okay«, sage ich nur und gehe weiter ins Wohnzimmer. Eine große weiße Couch hat in der Mitte des Raumes ihren Platz gefunden und die riesige Glasfront gibt den Blick auf einen großen, sehr gepflegten Garten frei. Ich lasse meinen Finger über die leeren Bücherregale streifen. Kein Staub und doch unbewohnt. Ich fühle mich fremd.

Ich schrecke aus dem Schlaf auf. Es ist mitten in der Nacht und stockdunkel. Eine Zeit lang lausche ich in die Stille hinein und lasse den Traum Revue passieren. Doch anders als bei einem normalen Traum verblasst die Erinnerung daran nicht. Ich komme nur langsam wieder zur Ruhe, aber nach einer Weile schlafe ich endlich ein.

Als ich am nächsten Tag einen kurzen Blick auf den Tagesplan werfe, traue ich meinen Augen kaum. Heute Nacht bin ich für den Wachdienst eingeteilt, zusammen mit David.

»Ernsthaft?«, murmele ich entgeistert.

Ich lasse mich neben Henry auf die Bank fallen. Der Speisesaal ist bereits gut besucht. »Willst du gar nichts frühstücken?«, fragt er mit vollem Mund und mit Blick auf meine leeren Hände.

»Hab keinen Hunger mehr.« Ich stütze beide Ellenbogen auf den Tisch und bemitleide mich selbst.

»Was ist los? Gehts dir nicht gut?«

»Da hat wohl schon jemand auf den Tagesplan geschaut.« Vivien rutscht neben mich.

»Ach, halt die Klappe!«, stöhne ich.

»Worum gehts?«, fragt Henry nach.

»Samantha verbringt heute die Nacht mit –«

»Uninteressant!«, schneide ich Vivien das Wort ab und werfe ihr einen bösen Blick zu. Sie verdreht die Augen und wendet sich ihrem Essen zu.

»Ich finds übrigens super, dass du dich für unseren Gegenangriff zur Verfügung stellst«, lässt Henry mich wissen. »Aber woher weißt du eigentlich, wo das Waffenlager ist?«

Ich winke ab. »Längere Geschichte, die größtenteils auf meiner Blödheit beruht, also nicht der Rede wert.«

»Schade, jetzt wo es interessant wird«, grinst er.

Ich schnalze mit der Zunge. »Tja, sorry.«

Henry fragt nicht weiter nach und genau deshalb mag ich ihn so gerne. Er drängt nicht, versteht, wenn ich meine Ruhe möchte, und bohrt nicht in Sachen herum, die ich nicht erzählen will.

Vivien habe ich viel erzählt, aber bei ihr fiel es mir leichter, weil wir durch Susans Hass verbunden sind. Ich teile nur selten Geheimnisse und je mehr davon wissen, desto schneller wird irgendjemand etwas weitererzählen. Und wenn ich eines nicht mag, dann, wenn ich nicht kontrollieren kann, was Leute über mich erfahren.

Der Tag vergeht viel zu schnell. Obwohl ich für eine Nachtschicht eingeteilt bin, muss ich Schießen üben und mich von Erin zu Boden ringen lassen. Nach dem vierten schmerzhaften Mal gelingt es mir tatsächlich, sie so abzuwehren, dass sich eine Möglichkeit zur Flucht ergeben würde. Das erste Mal überhaupt. Danach ist das unangenehme Pochen in meinem Oberarm nicht mehr sehr stark zu spüren.

Zum Abendessen kriege ich kaum einen Bissen runter. Ich habe keine Angst vor David, aber jedes Mal, wenn wir miteinander gesprochen haben, war ich danach entweder unglaublich wütend oder von Schuldgefühlen geplagt. Auf beides kann ich heute gut verzichten, doch weshalb sonst hat David mich heute mit ihm eingeteilt? Das ist kein Zufall. Er ist sauer über meinen Vorschlag, dabei wollte ich mich wenigstens einmal nützlich einbringen.

Als ich in die Eingangshalle herunterkomme, steht ein ernst dreinblickender David bereits dort. Das muss ich mir jetzt vier Stunden antun.

Ich seufze tief. »Hallo David.«

»Hallo Samantha«, antwortet er.

Wir verlassen das Gebäude und gehen geradeaus eine breite Straße entlang. »Und wie läuft das jetzt?«, frage ich nach einer Weile. »Gehen wir vier Stunden lang durch die Stadt?«

»Wir gehen vier Stunden lang *aufmerksam* durch die Stadt«, verbessert er mich. »Bist wohl schlecht drauf.«

»Ich bin nur gespannt, was du mir heute wieder an den Kopf werfen willst.«

»Verstehe.« Wir gehen einige Zeit schweigend nebeneinanderher. David lässt seinen Blick durch die Dunkelheit schweifen. »Ich war überrascht, dass du meinen Vorschlag angenommen hast«, sagt er dann.

Ich weiß, worauf er anspielt. »Nachdem du jeden meiner Vorschläge abgeschmettert hast, blieb mir nichts anderes übrig.«

»Vernünftige Vorschläge hätte ich nicht abgeschmettert.«

»Ach, lass es einfach bleiben.« Schon fängt er wieder an. Ich werde sauer. »Anstatt zu versuchen, darüber ganz schnell Gras wachsen zu lassen, teilst du uns gemeinsam zur Nachtschicht ein. Ich meine, willst du nicht auch, dass es alle so schnell wie möglich wieder vergessen?«

»Das wird sowieso nicht passieren.«

»Und warum bist du dir da so sicher?« Wir biegen nach rechts in eine Seitenstraße ab.

»Weil es bei Erin und Jeff auch nicht funktioniert hat.«

Ich stolpere über einen Ziegelstein. Diese Mistdinger sind in der Dunkelheit kaum zu erkennen. »Was hast du gesagt?«

»Über die beiden sprechen heute noch alle.«

Ich sehe David erstaunt an. »Du meinst, Erin und Jeff waren zusammen?«

»Noch nicht gewusst?«

Ich schüttle den Kopf. »Nein. Das kann ich mir gar nicht vorstellen.«

»So wie fast alle. Erin ist Jeffs wunder Punkt.«

»Wie lange ist das her?«

»Ich beteilige mich nicht an Klatsch und Tratsch. Wenn du mehr erfahren willst, musst du Janine fragen.«

»Wer ist Janine?«, frage ich neugierig.

»Die Tratschtante der Gang.«

»Und warum hast du mich dann nicht mit ihr zur Nachtschicht eingeteilt?«

»Ich teile sie nie für den Wachdienst ein. Sie redet ununterbrochen und achtet nicht auf die Umgebung. Außerdem dachte ich, du wärst froh, ihr nicht ausgesetzt zu sein«, erklärt er.

»Ich kann dir sagen, wer hier *froh* ist. Janine ist sicherlich *froh*, dass du sie durch unsere Nachtschicht mit neuem Redestoff versorgt hast.«

David stöhnt. »Geht das jetzt die nächsten Stunden so weiter?«

»Du hättest es dir ersparen können«, erinnere ich ihn schnippisch.

»Alles klar, können wir das Thema bitte lassen?«

»Gerne. Sag, was du zu sagen hast, und dann lass uns einfach *aufmerksam* durch die Gegend gehen und die Nacht hinter uns bringen«, stimme ich zu.

»Was soll ich zu sagen haben?«, fragt er stirnrunzelnd.

»Na, wie scheiße du meinen Vorschlag auf der Versammlung fandst und wie sehr ich dir damit in den Rücken gefallen bin«, helfe ich David auf die Sprünge.

Er bleibt stehen. »Du glaubst also, dass du mir damit in den Rücken gefallen bist?«

Ich drehe mich zu ihm um. »Ja, natürlich. Fast alle haben für meinen Plan gestimmt. Das hat dich geärgert.«

»Du hältst mich wohl für sehr oberflächlich«, stellt er fest und geht weiter.

»Ist das so wichtig?«, frage ich und folge ihm. »Wir kommen nun mal nicht gut miteinander aus. Was solls? Geht dir doch sicher genauso.«

David verzieht das Gesicht. »Allerdings.«

Den Rest der Zeit machen wir das, wofür wir heute Nacht zuständig sind. Wir streifen durch die Straßen, achten auf Bewegungen und Geräusche und nach endlosen vier Stunden bin ich David endlich los, versuche noch ein wenig Schlaf zu finden und meine Gedanken loszulassen. Aber immer wieder schiebt sich der Chip vor mein inneres Auge. Der Chip, den Vivien in meinem

Arm gefunden hat. Wurde ich tatsächlich von Concordia kontrolliert? Aber warum hatte ich überhaupt keine Wunde an meinem Arm? Irgendwie hätte ich doch merken müssen, dass mir dieses Ding eingepflanzt wurde! Mir kommt kein Geistesblitz zuhilfe. Frustriert wälze ich mich im Bett hin und her, bis ich schließlich in einen unruhigen Schlaf verfalle.

Am folgenden Abend bin ich auf eine kleine taktische Sitzung eingeladen. Erin hat mir Bescheid gegeben, dass dort das Vorgehen unseres Gegenangriffs besprochen wird und das Ergebnis dann am nächsten Morgen dem Rest der Gang präsentiert wird. Ich betrete den Versammlungssaal. Heute sind die Stühle größtenteils an der Wand gestapelt, sodass in der Mitte des Raums ein langer Holztisch Platz gefunden hat, an dem bereits zehn Mitglieder sitzen.

Nachdem ich ein nicht ganz unwichtiger Teil des Plans bin, darf ich heute teilnehmen. Ich bin mir nicht sicher, ob ich mich als Neue geehrt fühlen soll oder besser daran getan hätte, mich nicht in diesem Maß einzubringen. Wenn ich mir David so ansehe, tendiere ich eher zu Letzterem. Von wegen, er ist deswegen nicht sauer auf mich. Als ich mich ihm gegenübersetze, wirft er mir einen kurzen verärgerten Blick zu, seine Lippen sind zu einem schmalen Strich zusammengepresst.

»Nachdem uns nun auch Samantha endlich die Ehre erweist, können wir anfangen.«

Neben ihm rollt Erin mit den Augen. »Alles klar. Also vielen Dank, dass ihr da seid! Wir wollen heute die Einzelheiten besprechen«, fängt sie an.

»Übermorgen werden wir unseren Nachbarn einen kleinen Besuch abstatten und wir möchten wie immer, dass er so effektiv wie möglich abläuft. Jeff, David und ich haben außerdem beratschlagt, ob wir diesmal Sanitäter mitnehmen werden, und uns dagegen entschieden.«

»Und wie sollen die Verletzten dann behandelt werden?«, wirft ein junger Mann mit langen schwarzen Haaren ein. »So effektiv kann das Ganze gar nicht ablaufen. Irgendjemanden erwischts doch immer!«

Erin schüttelt den Kopf. »Glaub mir, Steve, wir sind nicht naiv und natürlich wird es Verletzte geben, das wissen wir. Aber wir haben fast keine Sanitäter mehr, Vivien und Marcus schieben bereits Doppelschichten. Wir können nicht riskieren, dass einer von ihnen draufgeht.« Sie wirft Vivien, die neben mir sitzt, bei ihrer direkten Wortwahl einen Seitenblick zu.

»Wir werden immer einen Mangel an Sanitätern haben, wenn keiner auf die Idee kommt, mal ein paar Neue dafür auszubilden.« Die Stimme von Susan lässt mir das Blut in den Adern gefrieren. Mein Kopf zuckt nach links. Sie sitzt drei Plätze von mir entfernt und sieht Erin angriffslustig an. Ich hatte sie bisher gar nicht bemerkt.

Erin lächelt kühl. »Vielleicht hast du es vergessen, aber bei unserem vorletzten Angriff sind vier Sanitäter ums Leben gekommen. Damals waren wir auch schon dagegen, haben uns aber überreden lassen. Außerdem wäre die Situation auf der Krankenstation ohne dein Zutun sicherlich entspannter.«

Susans Augen flackern zu mir, und auch wenn mir das Herz in die Hose rutscht, halte ich ihrem Blick stand.

»Können wir also endlich zur Sache kommen?«, fragt David mit gelangweilter Stimme. Susan zieht einen Mundwinkel nach oben, verschränkt die Arme und lehnt sich zurück. Ich werde heute ganz sicher nicht in meinem Zimmer schlafen. Wahrscheinlich plant sie bereits, mich mit einem Bunsenbrenner zu attackieren.

»Also, Samantha, dann erzähl doch mal, wo sich das Waffenlager befindet«, fordert David mich auf.

Ich beschreibe so genau wie möglich, wie ich damals gegangen bin. Durch den Central Park, dann geradeaus. An das streitende Pärchen kann ich mich noch bestens erinnern. Auf einem von David sehr detailliert gezeichneten Stadtplan skizziere ich den Weg und versuche an jedes Detail zu denken. »Das Lager ist ungefähr fünf Minuten von deren Basis entfernt.«

»Nachdem ich davon ausgehe, dass du nicht gerannt bist, haben wir höchstens zwei Minuten, bevor ihre Verstärkung eintrifft«, stellt David fest, zieht die Karte zu sich und begutachtet sie mit prüfendem Blick.

»Wir können ihnen den Weg abschneiden«, schlägt Jeff vor und beugt sich über Davids Schulter. »Dadurch verschaffen wir uns mehr Zeit.« Zustimmendes Gemurmel.

»Gute Idee«, stimmt David zu. »Wir sollten uns außerdem in kleine Gruppen aufteilen.«

»Machen wir uns damit nicht angreifbar?«, wirft ein Mädchen am anderen Ende des Tisches ein. Ich glaube, sie bei den Feldern arbeiten gesehen zu haben.

»Im Gegenteil«, widerspricht David. »Falls wir uns nicht trennen und entdeckt werden, können die Verluste viel größer ausfallen.«

»Außerdem sind wir in kleinen Gruppen länger unsichtbar«, bestätigt Erin kopfnickend.

»Und wie teilen wir die Gruppen ein?«, fragt Susan und beugt sich wieder nach vorne.

Davids Augen blitzen. »Das übernehmen Erin, Jeff und ich. Wir geben euch morgen auf der Versammlung Bescheid.«

In dieser Nacht bleibe ich nicht in der Basis. Es zieht mich nach draußen in die Einsamkeit. Der Vollmond leuchtet und lässt die Nacht heller wirken als die vorherigen. Ziellos laufe ich durch die Straßen. Irgendwann bleibe ich stehen und lege den Kopf in den Nacken. Der Nachthimmel ist mit Sternen übersät. Ihr Licht braucht Jahrzehnte, um bei uns anzukommen, es ist ein Blick in die Vergangenheit. Ich stelle mir vor, wie New York früher gewesen sein muss, wie das Leben in dieser Stadt pulsierte und leuchtete. Ich lege mich auf den harten Boden, er ist immer noch warm von den Sonnenstrahlen des heutigen Tages. Ich atme bewusst, strecke die Arme aus und fühle mich frei.

»Willst du mich verarschen?«, zische ich David an, als ich ihn am nächsten Tag vor der Basis erwische. So wie es aussieht, kommt er gerade vom Joggen. Sein T-Shirt ist verschwitzt und klebt an seinem Oberkörper. Er atmet geräuschvoll. Missmutig versuche ich, mich nicht von seinen Muskeln ablenken zu lassen, die sich unter dem Stoff abzeichnen. Er verschränkt die Arme vor der Brust und sieht mit finsterem Blick zu mir herab. »Meines Wissens müsstest du gerade deinen Küchendienst absolvieren.«

Ich übergehe seinen Kommentar, auch wenn er recht hat. In fünf Minuten sollen Tim, Henry und ich in der Küche sein, um uns das Aufgabenfeld dort zeigen zu lassen.

»Du hast uns heute wieder für eine gemeinsame Nachtschicht eingetragen?«

»Ja, und?«, antwortet er gleichgültig.

»Ich dachte, wir wären uns einig!«

»Inwiefern?«

»Na«, ich fuchtle mit den Armen, »dass wir uns lieber aus dem Weg gehen sollten!«

»Davon weiß ich nichts.« Er zuckt die Schultern, und als ich sein leichtes Grinsen bemerke, reicht es mir endgültig.

»Du machst das extra, oder?« Als er mich unschuldig ansieht, schnaube ich. »Tu doch nicht so! Du willst einfach jemanden zur Belustigung und ich blöde Kuh tappe jedes Mal in deine Falle!«

Nun ist David sichtlich verärgert und ich freue mich, ihn mit meinem Kommentar aus der Reserve zu locken und ihm noch dazu das blöde Grinsen aus dem Gesicht argumentiert zu haben. »Ich hoffe, du merkst selbst, was für einen Blödsinn du da redest.«

»Ich habe Menschenkenntnis«, lasse ich ihn wissen. »Das bedeutet, dass ich Menschen richtig beurteilen –«

»Ich weiß, was Menschenkenntnis bedeutet«, knurrt er.

Ich hebe die Hände. »Wollte nur sichergehen.«

»Auf die Gefahr hin, mich zu wiederholen«, sagt David ungehalten, »müsstest du nicht gerade deinen Küchendienst absolvieren?«

»Auf die Gefahr hin, *mich* zu wiederholen«, kontere ich mit seinen Worten, »such dir bitte jemand anderen für heute Nacht.«

»Weißt du was, je länger wir darüber reden, desto mehr freue ich mich auf den Wachdienst. Und wenn du mich noch weiter mit diesem Thema nervst, dann habe ich sogar große Lust auf eine Doppelschicht«, fügt er hinzu und lässt mich stehen.

Henry und Tim sind schon da, als ich kurze Zeit später die Küche betrete. Noch drei weitere Helfer arbeiten hier und schneiden gerade Gemüse.

»Ah, Samantha, schön, dass du da bist!« Ein Mädchen mit blonden Haaren und Sommersprossen gibt mir die Hand. »Ich bin Janine, arbeite hauptsächlich in der Küche und aushilfsweise in der Kleiderkammer.«

Janine, die Tratschtante also. So ein Zufall. Das ist wohl Humor à la David. »Freut mich«, gebe ich zurück. Sie mustert mich länger als nötig und mit einem breiten Grinsen. »Ähm, ja«, sage ich schließlich und sehe mich um, damit ich ihrem neugierigen Blick nicht mehr standhalten muss. »Wie kann ich helfen?«

»Da wir erst vor Kurzem ein neues Versorgungspaket bekommen haben, sind wir noch ganz gut ausgestattet. Die Bohnen weichen gerade ein, die Jungs kümmern sich ums Fleisch und ich wollte gerade den Salat waschen. Dabei kannst du mir gerne helfen!« Ich folge ihr zu den Waschbecken. »Einfach darauf achten, dass du die Erde rausspülst«, sagt sie und drückt mir einen Salatkopf in die Hände. Als sie den Wasserhahn aufdreht und aus den Leitungen nur braunes Wasser fließt, stöhnt sie angeekelt auf.

»Das passiert dauernd«, lässt sie mich naserümpfend wissen. »Aber wir können nichts machen, die Rohre sind einfach zu alt.« Also lassen wir das Wasser so lange fließen, bis es wieder klar wird, bevor wir anfangen können.

Ich bin kaum fünf Minuten beschäftigt, als Janine nicht mehr an sich halten kann. »Du und David also? Das schlug ja ein wie eine Bombe.«

»Hm«, mache ich nur und drehe den Wasserhahn weiter auf, in der Hoffnung, damit jede weitere Frage von ihr zu übertönen.

»Mensch, ich würde so gerne wissen, wie ihr zusammengekommen seid!«

Blöde Frage. »Gar nicht«, antworte ich trocken.

Janine lacht glockenhell. »Du bist total süß, wenn du so verlegen bist.«

»David und ich sind nicht zusammen«, versuche ich klarzustellen.

»Wie hast du es nur geschafft, unseren Anführer weich werden zu lassen?« Sie will mir einfach nicht zuhören.

»Das habe ich nicht«, wiederhole ich mit einem Anflug von

Verzweiflung. Janine hört nur, was sie will. David hat nicht übertrieben, sie ist die hartnäckigste Tratschtante, die ich je kennengelernt habe.

»Nur nicht so bescheiden, liebe Samantha! Ihr zwei seid Gesprächsthema Nummer eins. Du musst wissen, dass es hier einige Mädchen gibt, die gerne mit dir tauschen würden!«

Die folgenden drei Stunden versucht sie mich wie eine Zitrone auszuquetschen, aber ich arbeite so eifrig wie nie, um ihren Fragen auszuweichen. Henry und Tim sind währenddessen sehr schweigsam und wechseln nur wenige Worte. Ich gehe davon aus, dass sie unser Gespräch nicht verpassen wollen und genauso klatschbedürftig sind wie Janine.

Da wir bei der Essensausgabe helfen, essen wir erst zu Mittag, als die anderen bereits fertig sind. Der Speisesaal ist nun fast leer. Janines Befragung hat mich so ausgelaugt, dass ich es nicht mal fertigbringe, sie wiederum über Erin und Jeff zu befragen. *Das* würde *mich* nämlich interessieren. Die starke selbstbewusste Erin und das Arschloch Jeff, eine wirklich unglaubliche Vorstellung. Ich kann es immer noch nicht glauben.

Als Janine schließlich ihr Geschirr wegbringt, atmet Tim einmal tief durch. »Na, das war ja mal ein interessanter Vormittag.«

»Wenn ich heute noch ein einziges Mal ihre Stimme hören muss, renne ich freiwillig durch die Todeszone zur Eastside-Gang und flehe sie an, mich umzubringen«, murmele ich.

Tim lacht laut und Henry verschluckt sich an seinem Wasser. »Dann würde ich lieber Anlauf nehmen! Der Abwasch wartet, schon vergessen?«

»Hey! Lacht nicht, das war mein Ernst!« Aber ich muss grinsen. »Ihr hättet mir heute durchaus helfen und Janine mit eurem männlichen Charme ablenken können!«

»Ich glaube, wir wissen, wann eine Situation aussichtslos ist.«

Henry zwinkert mir zu. »Sie hing an deinen Lippen, als hätte sie jemand mit Sekundenkleber festgepappt.«

Tim beugt sich näher zu mir. »Jetzt wollen wir aber auch wissen, was da zwischen dir und dem Anführer läuft. Und warum erfahren wir das zuletzt? Was passiert denn auf euren nächtlichen Streifen?«

Ich boxe ihm gegen die Schulter. »Lass den Schmarrn! Wir müssen los. Erin wartet nicht.«

Drei Stunden später wünsche ich mir wieder erdigen Salat herbei, den ich waschen kann. Erin hetzt uns durch die ganze Stadt. Okay, ich übertreibe. Aber es fühlt sich zumindest so an. Ich werde Joggen wohl immer furchtbar finden.

Abends nehme ich mir nur etwas Brot mit aufs Zimmer, um genügend Zeit für eine Dusche zu haben. Das kühle Wasser fließt meinen Körper hinunter, ich schließe die Augen und versuche mit dem Wasserstrahl die Verspannungen in meinem Nacken zu lösen, immer darauf bedacht, meinen Verband nicht nass werden zu lassen.

Warum sollte mir Concordia zur Kontrolle einen Chip eingesetzt haben? Wofür soll das gut sein? Welche Informationen, welchen Nutzen könnten sie daraus für sich ziehen? Seitdem Vivien mir ihre Entdeckung offenbart hat, haben wir nicht mehr darüber gesprochen. Es ist ein eigenartiges Gefühl zu wissen, dass ich einen Fremdkörper in mir getragen habe, welcher vermutlich alle möglichen Daten gesammelt hat, und eine leise Stimme in meinem Hinterkopf drängt mich dazu, David oder Erin davon zu berichten, aber ich möchte zuerst wissen, womit ich es zu tun habe. In meinem Leben vor New York habe ich meine Probleme immer selbst regeln können. Ich brauche keine Hilfe. Der Chip hat mit mir persönlich zu tun, er war unter meiner Haut, also ist es meine Angelegenheit. Aber ich bin auch nicht naiv. Wenn der Grund für diesen Chip wirklich die Kontrolle ist, dann bin ich nicht die Einzige, die überwacht wird.

Ich steige aus der Dusche und trockne mich ab. Ein Luftzug gelangt durchs offene Fenster und ich bekomme Gänsehaut. Mitten in der Bewegung halte ich inne. Mir kommt ein Gedanke in den Sinn, eine Idee. Ob das wirklich möglich ist? Ich lasse das Handtuch auf den Boden fallen und trete ans Fenster. Mein Blick gleitet über die Dächer der zerstörten Häuser. Ich kneife meine Augen zusammen und versuche die bläulich schimmernde Kuppel zu erkennen. Warum nicht? Einen Versuch ist es wert.

11

In der Versammlung werden alle über den Plan informiert. In insgesamt fünf Gruppen werden wir mit jeweils zehn Mitgliedern angreifen. Der Rest wird hier die Stellung halten. Tim und David sind in meiner Gruppe, die anderen kenne ich nicht.

»Bist du dir sicher, dass du das machen willst?«

David und ich streifen seit zwei Stunden durch die dunklen und verlassenen Straßen. Unsere Nachtschicht hat gleich nach der Versammlung begonnen.

Ich weiß, was er meint. »Hätte ich es sonst vorgeschlagen?«

»Du bist seit zwei Wochen hier. Bleib in der Basis, wir finden das Waffenlager auch ohne dich«, sagt David mit Nachdruck.

»Ist das ein Befehl?«, frage ich nach.

David schüttelt den Kopf. »Nein. Erin und Jeff haben mich überstimmt.«

»Und das schert dich?«

David sieht mich verständnislos an. »Wir sind alle drei Anführer. Ich mache keine Alleingänge.«

»Okay.« Ich zucke mit den Schultern. »Ehrlich gesagt kommt es mir manchmal so vor, als wärst du der Alleinherrscher.«

Bei meinen letzten Worten verzieht er das Gesicht. »So ist es aber nicht. Genau das wollte ich damals verhindern.«

»Wie bist du denn Anführer geworden?«, frage ich vorsichtig, weil ich nicht möchte, dass er sich ausgequetscht fühlt.

David scheint meine Frage nicht zu stören. »Es ist vier Jahre her, seit ich in New York aufgewacht bin, vier verdammte Jahre. Zu der Zeit war ein Typ namens Dean der Kopf dieser Gang, bis er vor zwei Jahren bei einem Überfall ums Leben gekommen ist. Das war der größte Erfolg für Matthew, den Anführer der Eastside-Gang.« David starrt ins Leere. »Unsere Gang musste sich neu formen, das war ein herber Rückschlag. Schließlich wählten sie mich zum Oberhaupt.«

Seine Offenheit überrascht mich. »Und Erin und Jeff?«

David schüttelt den Kopf. »Ich wollte eben kein Alleinherrscher sein, wie du so schön gesagt hast. Mir war es wichtig, nicht die gesamte Macht zu besitzen.« Ich frage mich, was hinter diesem edlen Gedanken steckt, gehe aber nicht weiter darauf ein. Stattdessen werfe ich ihm einen Seitenblick zu. »Aber, warum Jeff?«

Er lacht bitter. »Erin habe ich ausgewählt, weil sie besonnen, vernünftig, taff und realistisch ist. Sie ist die Beste im Nahkampf und ihr liegt das Wohl jedes Mitglieds sehr am Herzen. Und Jeff ...« Er fährt sich durch die Haare. »Damals war er noch nicht so, wie er heute ist. Glaub es oder auch nicht«, sagt er, als er meinen ungläubigen Blick sieht. »Natürlich war er immer schon etwas rücksichtsloser und aggressiver, aber ich hielt ihn für ein gutes Gegenstück zu Erin.«

Wir verfallen wieder in Schweigen. Egal, wie viele Mitglieder unsere Gang vor zwei Jahren gehabt hat, sicherlich gab es ein Dutzend bessere Kandidaten für einen Anführerjob als Jeff. Aber das spreche ich nicht laut aus, weil ich nicht schon wieder streiten möchte.

»Ich will dir noch etwas zeigen«, sagt David plötzlich und führt mich zurück zur Basis, obwohl unsere Schicht noch lange nicht zu Ende ist. Neugierig und gleichzeitig etwas irritiert folge ich ihm Stockwerk für Stockwerk nach oben. Wir steigen bis in den elften Stock. David stößt eine Tür auf und ich halte den Atem an. Wir stehen auf dem flachen Dach unserer Basis und es bietet sich ein unglaublicher Blick auf die düstere Skyline von New York. Ich gehe ein paar Schritte vor, bis knapp an den Rand, und als ich nach unten sehe, wird mir bei der Höhe ganz anders. Schnell weiche ich zurück und lasse den Blick stattdessen über den Central Park schweifen, der sich vor uns in der Dunkelheit ausbreitet.

»Hier ist es wunderschön.« Ich drehe mich um und merke, dass mich David beobachtet. »Warum hast du es mir gezeigt?«

Er lässt sich mit seiner Antwort Zeit. »Ich bin gerne hier, zum Nachdenken, zum Alleinsein.« Er kommt ein paar Schritte auf mich zu, ohne mich aus den Augen zu lassen. »Ich hatte das Gefühl, dass du diesen Ort auch brauchen könntest. Und es wäre weniger gefährlich, als wenn du nachts immer allein umherwanderst.«

Ich schnaube. »Ach, daher weht der Wind. Hältst du mich immer noch für verantwortungslos?«

»Ich meine es ernst. Du kannst jederzeit hier raufkommen. Den anderen erzähle ich immer, dass das Dach nicht sicher ist, deshalb ist hier so gut wie nie jemand.« Außer David natürlich. Auch wenn ich deshalb immer einen Spaziergang durch die Stadt vorziehen werde, nicke ich.

»Danke. Es ist sehr ... lieb, dass du an mich gedacht hast.« Tatsächlich meine ich es ernst. Ich hätte es nicht für möglich gehalten, dass sich David irgendwann zu einer fürsorglichen Geste hinreißen lassen würde. Aber mir seinen Lieblingsort zu verraten, ist wirklich verdammt nett. Vielleicht sogar mehr als das.

Am Tag unseres geplanten Gegenangriffs ist es beim Essen ruhiger als sonst. Die meisten starren vor sich hin und beteiligen sich nur oberflächlich an Gesprächen. Die Anspannung ist fast greifbar.

Im Kopf gehe ich meine Aufgabe während des Angriffs durch. David hat mich vorhin zur Seite genommen, mir eine Stoppuhr in die Hand gedrückt und den zeitlichen Ablauf nochmals erklärt. Vielleicht denkt er, dass meine Auffassungsgabe nicht reicht, um mir Informationen länger als einen Tag zu merken. Alles, was er mir gesagt hat, weiß ich bereits aus unserer letzten Versammlung. Aber ich habe ihn nicht unterbrochen, weil ich heute viel zu nervös bin, als dass ich auf einen Schlagabtausch Lust hätte. Trotzdem hat er mich die ganze Zeit über so intensiv angestarrt, als wollte er mich allein mit seiner Gedankenkraft dazu zwingen, meine Rolle für die Mission niederzulegen. Vertraut er mir immer noch nicht? Oder liegt es wirklich daran, dass ich kaum trainiert bin und unser Team so in ernste Gefahr bringen könnte? Aber wenn alles nach Plan läuft, werde ich mich gar nicht verteidigen müssen. Natürlich nehme ich meine Pistole mit, aber ich werde sie nur im äußersten Notfall benutzen und allein bei dem Gedanken läuft mir ein eiskalter Schauer über den Rücken.

Um elf Uhr abends schlüpfe ich schließlich in Jeans, Kapuzenpulli und derbe Schuhe mit eingearbeiteten Stahlkappen. Alles in schwarz, um in der Nacht unsichtbar zu werden. Meine Haare binde ich zu einem Pferdeschwanz. Nur vermummen müssen wir uns nicht, da der anderen Gang natürlich klar sein wird, wer ihnen einen Besuch abstattet.

Bevor wir losmarschieren, sammeln wir uns alle in der Eingangshalle. David übergibt mir den Rucksack und ich zurre ihn auf meinem Rücken fest, während Erin die Menge anheizt und uns Mut macht. Diese seltsame Stimmung ist mir fremd. Ich kann die anderen nur bewundern, wie sie diesem Angriff entgegenfiebern, obwohl sie doch wissen, dass sie heute womöglich das letzte Mal die Sonne haben untergehen sehen.

Die Teams bewegen sich von Anfang an auf getrennten Wegen und wieder befinde ich mich in dem kleinen Dschungel, der früher mal eine gepflegte Parkanlage gewesen sein soll. Aber diesmal bin ich nicht allein. David führt uns, besteht aber darauf, dass ich mit ihm an der Spitze laufe. Es ist nicht leicht, sich in der Dunkelheit zu orientieren, trotzdem finde ich mich zurecht und wir nehmen den gleichen Weg wie bei meiner Mutprobe.

Nachdem wir den Park hinter uns gelassen haben, verstecken wir uns in einer Ruine in der Nähe des Waffenlagers und warten auf unseren Einsatz. Immer wieder überprüfe ich meine Munition, teste die Stoppuhr, binde meine Schuhe neu. Mein Herz pocht unangenehm stark gegen meine Rippen, während ich auf einem wackligen Holzstuhl sitze und mit den Beinen wippe. Noch keine Schüsse. Niemand spricht, alle starren vor sich hin und warten angespannt auf das Zeichen.

Und dann fängt es an. Schreie und Schüsse hallen durch die Straße. Ich springe auf und auch alle anderen machen sich bereit. Als das Funkgerät in Davids Hand endlich zu knacken beginnt, schauen Tim und ich uns nervös an. »Im Keller!«, ertönt eine hektische Stimme. »Treppe, zehn Meter auf der linken Seite! Ihr habt eine Minute!«

»Samantha, stopp die Zeit! Und jetzt los, Leute, beeilt euch!«, ruft David und wir rennen nach draußen. Ich bin langsamer als die anderen, weil ich meinen Blick nicht von der Uhr wende.

»Fünfzig Sekunden!«

Wir erreichen den Eingang, müssen uns im Gebäude kurz orientieren. Die hektischen Lichtkegel der Taschenlampen geben den Weg auf eine Kellertreppe frei. Anscheinend haben es unsere Leute tatsächlich geschafft, die gegnerischen Wachen abzudrängen. Der Weg ist frei.

»Vierzig Sekunden!«, informiere ich die anderen und wir stürmen die Treppen hinunter. Unsere Schritte hallen von den Wänden wider. Vor uns erstreckt sich eine große Halle und im Dunklen kann ich die Mengen an Waffen und Munition nur erahnen. Wir sind auf eine Goldgrube gestoßen.

»Dreißig Sekunden!«

Das Team fängt an, Pistolen und Munition in Rucksäcke zu packen und Gewehre zu schultern.

»Zwanzig Sekunden!«

Plötzlich verschwimmt die Uhr vor meinen Augen, Geräusche dringen nur noch gedämpft an mich heran.

»Jetzt bist du offiziell ein Regierungsmitglied.«

Eine Frauenstimme direkt neben mir lässt mich zusammenfahren. Ich wirble herum und versuche mit zusammengekniffenen Augen jemanden zu erkennen. Aber ich sehe niemanden. Die Stimme war so nah, viel zu nah. Klar und deutlich habe ich sie trotz des Durcheinanders um mich herum gehört.

»Zehn Sekunden!«

Beinahe hätte ich meinen Einsatz verpasst. Was ist los mit mir? Meine Knie werden weich, fangen an zu zittern und Schwindel überfällt meinen Körper.

»Die Zeit ist um!«, schreie ich.

Hastig lasse ich meinen Rucksack von den Schultern gleiten und nehme nur am Rande wahr, wie die anderen an mir vorbei zur Treppe hasten, um sich und unsere Beute in Sicherheit zu bringen, bevor die gegnerische Verstärkung eintrifft. Ich kämpfe verzweifelt gegen das Gefühl einer nahenden Ohnmacht an und ziehe den Brandbeschleuniger hervor. Jemand ruft etwas, vermutlich David, aber die Worte vermischen sich zu einem monotonen Geräusch.

»Jetzt bist du offiziell ein Regierungsmitglied.«

Schon wieder diese Stimme. Ich schraube mit tauben Fingern die Flasche auf und schütte ihren Inhalt auf die Waffen, die wir nicht mitnehmen. Die leere Flasche schmeiße ich von mir, dann hole ich die Streichhölzer aus meiner Tasche. Meine Hände zittern und das Streichholz bricht entzwei, doch beim zweiten Mal schaffe ich es. Eine kleine helle Flamme taucht vor meinen Augen auf und ich lasse das Zündholz fallen. Sofort leuchtet die Halle in Orange. Ich packe meinen Rucksack und stolpere zur Treppe, während mein Sichtfeld dunkler wird.

Mit einem zufriedenen Lächeln begutachtet mich meine Ausbilderin von oben bis unten. »Der Anzug sitzt perfekt, wirklich gute Arbeit«, sagt sie anerkennend zu der jungen Schneiderin, die mir meine königsblaue Uniform genäht hat. Die Schneiderin läuft tomatenrot an und bedankt sich leise, ohne Natalie dabei in die Augen zu sehen. Die Ehrfurcht vor Regierungsmitgliedern ist grotesk, aber für alle selbstverständlich.

»Habe ich davor nicht zu euch gehört?«, frage ich und zupfe an meinem taillierten Jackett.

»Doch, natürlich«, beeilt sich Natalie zu sagen. »Aber erst durch die Uniform ist es für alle anderen erkennbar. Du wirst den Unterschied merken.«

»Samantha, hörst du mich? Wach auf!«

Ich liege auf dem Rücken, als ich die Augen aufschlage. David kniet neben mir. »Wir müssen hier weg!«

Ich verstehe nicht, was er meint, bin verwirrt, als ich gedämpfte Schüsse höre und den dunkelgrauen Rauch bemerke, der sich an der Raumdecke sammelt.

David packt meine Arme und zieht mich hoch. »Kannst du laufen?«

Langsam kehre ich aus Concordia zurück und erinnere mich an unseren Angriff. Entsetzt schaue ich mich um. Das Feuer, das ich gelegt habe, breitet sich rasend schnell im gesamten Keller aus. David zieht mich an der Hand zur Treppe und wir stürmen hinauf, weg aus der Flammenhölle.

Am Treppenabsatz erwartet uns Tim. »Sie sind alle draußen.«

Ich will den gleichen Weg wie vorhin einschlagen, aber David zerrt mich in eine andere Richtung. »Wir nehmen einen anderen Ausgang.« Wir rennen weiter durch das Gebäude, gefolgt von Tim, in eine dunkle Lagerhalle. Doch bevor wir sie durch den gegenüberliegenden Ausgang verlassen können, stürzen zwei Gestalten auf uns zu, und als David schießen will, wird er zu Boden geworfen. Unsere Hände werden auseinandergerissen und ich taste hektisch nach meiner eigenen Waffe, die im Gürtel steckt. Ich bekomme sie jedoch nicht zu fassen, denn eine dritte Person taucht auf und packt mich, schlingt die Arme um meinen Hals. Tim zückt seine Waffe, schießt aber nicht, aus Angst David oder mich zu treffen. Ich stoße meine Hüfte nach hinten und gewinne dadurch einen kleinen Abstand zu meinem Angreifer. Mit viel Kraft reiße ich ihm meinen Ellbogen ins Gesicht und mit grimmiger Zufriedenheit höre ich seine Nase knacken. Er flucht und lässt von mir ab. Tim reißt einen der Männer von David, als ein Schuss ertönt. Bevor ich begreife, was gerade passiert ist, knickt Tim ein und stürzt zu Boden.

Ich schreie auf, nun ziehe ich meine Pistole. Meine Kugel verfehlt den Angreifer und er verschwindet durch die Tür. Hastig drehe ich mich um, aber auch der Typ, der mich festgehalten hat, ist nirgends zu sehen.

»Tim!« Ich renne zu ihm, lasse mich auf die Knie fallen, will nach seiner Hand greifen, aber da schrecke ich zurück. Seine Augen sind offen, starren ins Leere. Blut ergießt sich über sein Gesicht und sickert in die kurzen Haare. Die Kugel hat ihn in den Kopf getroffen. Er ist tot.

Eine gefühlte Ewigkeit kann ich meinen Blick nicht von ihm abwenden, mein Atem entweicht stoßweise. Ich schließe die Augen und will es nicht wahrhaben. Nein, nicht er. Warum er? Ich zwinge mich wieder auf die Beine.

David ist mitten im Kampf. Voller Wut stolpere ich zu ihm und ziehe seinem Gegner meine Pistole über den Kopf. Er stöhnt auf und wirbelt herum. Das gibt David eine wertvolle Sekunde Zeit, sodass er seine Waffe ziehen und ihm in den Oberschenkel schießen kann. Der Angreifer schreit schmerzerfüllt auf und stürzt zu Boden. David springt auf die Beine und entwaffnet ihn. Er wischt sich mit dem Ärmel seines schwarzen Langarmshirts über einen Schnitt gleich unter dem Auge, es blutet wie verrückt. Sein Gegner hält sich wimmernd das Bein und seine Augen zucken angsterfüllt zwischen David und dessen Waffen hin und her.

»Tim«, sage ich nur, aber Erklärungen sind überflüssig. David versteht. Er dreht sich um und sein Blick ruht einen Moment auf der Leiche seines Bandenmitglieds, dann holt er das Funkgerät heraus.

»Wir ziehen uns zurück«, entscheidet er mit ruhiger Stimme.

»Ihr wollt schon abhauen? Jetzt, wo die Party erst richtig losgeht?« Die Stimme kommt mir sofort bekannt vor. Noch bevor ich ihn in der Dunkelheit überhaupt richtig erkennen kann, weiß ich, wer gesprochen hat. Es ist der, der mich gehen ließ.

»Matthew«, stellt David bitter fest.

Mir klappt der Mund auf. Matthew? Der Anführer der anderen Gang? Wie ist er hierhergekommen? Er ist allein, was zugegebenermaßen ziemlich mutig ist, wenn man bedenkt, dass wir zu zweit sind. Sein blutendes Mitglied am Boden ist über sein Erscheinen aber offensichtlich erleichtert und lässt seinen Kopf auf den Steinboden sinken.

»Hallo Samantha, so sieht man sich wieder«, begrüßt er mich und bleibt völlig entspannt mit den Händen in den Hosentaschen ein paar Meter von uns entfernt stehen. »Meine Drohung hat bei dir wohl wenig Eindruck hinterlassen.«

Ich spüre Davids Blick auf mir, aber erwidere den von Matthew. Er hält keine Waffe gezückt, so als ob er ganz genau wüsste, dass wir ihn nicht angreifen werden.

»Was willst du?«, fragt David herausfordernd und macht einen Schritt auf ihn zu. Ob ich mir nur einbilde, dass er sich dabei kaum merklich vor mich geschoben hat?

»Ihr brennt gerade mein Waffenlager ab, ich verlange eine Gegenleistung.« Fassungslos starre ich ihn an, der Griff um meine Pistole verkrampft sich. Wie kann er es wagen, nur ein paar Meter von Tim entfernt?

»Vergiss es«, zischt David wütend und berührt mich kurz am Arm. »Gehen wir.« Er hebt Tim über die Schulter.

»So einfach ist das nicht, David«, ruft uns Matthew hinterher. »Du weißt, dass ich nicht aufgeben werde!« Spätestens jetzt hätte ich erwartet, dass er uns mit der Waffe bedroht. Doch nichts passiert.

12

Mit weit geöffneten Augen starre ich an die Decke. Wieder liege ich in einem Krankenbett, obwohl mir dieses Mal überhaupt nichts fehlt. David hat nach unserer Rückkehr darauf bestanden, dass ich wegen meiner plötzlichen Ohnmacht zur Beobachtung die Nacht auf der Krankenstation verbringe.

Wir haben kein Wort miteinander gesprochen. Mit dem toten Tim auf dem Rücken hat David auf dem gesamten Weg zur Basis fast keine Pause gemacht.

Ich kann es immer noch nicht glauben und will gar nicht daran denken, dass zwei kleine Jungs ihren großen Bruder verloren haben, ohne es zu wissen.

Ich lausche den Schritten von Vivien und Marcus, während sie zwischen den Krankenbetten hin und her laufen, höre Geschirr klappern, Schubladen auf- und zugehen und schmerzerfülltes Stöhnen der Verwundeten. Zwar fiel mir in letzter Zeit das Einschlafen immer schwer, doch heute ist absolut nicht daran zu denken. Jedes Mal, wenn ich die Augen schließe, schiebt sich der blutüberströmte erschossene Tim in meine Gedanken.

Ich halte es nicht mehr aus, schlage die Bettdecke zurück und ziehe mir am Bettrand die Schuhe an.

Als ich mich umschaue, sehe ich, dass Vivien meinen Fluchtversuch bereits bemerkt hat, aber sie hält mich nicht auf, sondern nickt mir nur kurz zu. Mit schnellen Schritten durchquere ich die Eingangshalle und verlasse das Gebäude. Für einen Moment bleibe ich stehen und atme ein paarmal tief ein und aus. Aus den Augenwinkeln bemerke ich eine Gestalt, zusammengesunken lehnt sie an der Hauswand.

»Henry?« Er sieht nicht gut aus. Sein Gesicht ist bleich und seine Augen sind geschwollen. Mir fällt auf, dass ich ihn bisher nur gut gelaunt kenne, sprühend vor Optimismus.

»Er war ein guter Kerl«, sagt er mit belegter Stimme. Rasch gehe ich zu Henry hinüber und nehme ihn in den Arm.

»Ich weiß.« Tränen steigen mir in die Augen und nach einer Weile lösen wir uns voneinander.

»Glaubst du, wir werden genauso sinnlos sterben?«

Eine schwierige Frage. »Ich hoffe, nicht«, antworte ich wahrheitsgemäß.

Er nickt traurig. »Es wäre ein Wunder, oder?«

Ja, es wäre tatsächlich ein Wunder, aber das sage ich nicht. Wir schweigen und schauen in die Dunkelheit. »Ob das die Strafe für unsere Verurteilung ist?«, sagt er dann plötzlich.

Ich sehe ihn von der Seite an. Bis jetzt habe ich immer geglaubt, Henry hätte sich schnell in New York eingelebt und mit seinem Schicksal abgefunden. Er wirkte nie betrübt oder nachdenklich, sondern sogar sehr aufgeschlossen für sein neues Leben. Doch Tims Tod scheint ihn auf den Boden der Tatsachen zurückgeholt zu haben und ihm zu zeigen, was New York wirklich bedeutet. Die Zerstörung und das Leid haben uns eingeholt. »Nein. Die wahre Strafe ist, dass die Regierung uns genau zu dem macht, was sie in uns sieht.«

Am nächsten Tag verlasse ich mein Bett nicht. Ich verspüre kein Hungergefühl, also lasse ich Frühstück und Mittagessen ausfallen. Sowieso will ich überhaupt nicht ans Essen denken, wenn es mich nur immer daran erinnert, dass sich Tim im Speisesaal nie wieder neben mich setzen wird. Also liege ich im Bett, starre an die Decke oder aus dem Fenster. Die Wolken hängen tief und es regnet.

Hätte ich Tims Tod verhindern können? Wenn ich mich früher befreit hätte, hätte vielleicht ich den Angreifer von David weggezogen. Vielleicht wäre dann ich gestorben, nicht Tim. Wäre mein Tod nicht eher zu verkraften gewesen? Ich habe keine Familie. Warum war es nicht mein Schicksal zu sterben?

»Wie gehts dir?«

Ich fahre hoch. Vor meinem Bett steht David. »Verdammt, schleichst du dich immer in die Zimmer anderer und stehst vor ihnen wie der Racheengel höchstpersönlich?«, frage ich verärgert und greife mir ans Herz. Es schlägt wieder, aber mein Puls normalisiert sich nur langsam.

Er sieht mich entschuldigend an. »Tut mir leid, ich wollte dich nicht erschrecken. Ich hab angeklopft.«

»Aha«, sage ich skeptisch. »Und du wartest vorsichtshalber mal nicht darauf, dass ich dich hereinbitte?«

»Ich habe viermal geklopft und zwei Minuten vor deiner Tür gestanden, ohne dass du ein Lebenszeichen von dir gegeben hast. Ich wollte sichergehen, dass alles in Ordnung ist.« Er sieht besorgt zu mir herunter. *Besorgt?*

Als mir auffällt, dass ich nur im T-Shirt vor ihm liege, ziehe ich schnell die Bettdecke ein Stück höher. Wenigstens tut David so, als hätte er nichts bemerkt. »Wie geht es dir?«, wiederholt er seine Frage.

Ich rutsche an das Kopfende des Bettes und lehne mich dagegen. »Ich habe mich gestern nicht verletzt.« Aber er beobachtet mich weiterhin, so als würde er erwarten, dass ich jeden Moment bewusstlos zur Seite kippe.

»Ich weiß«, sagt er leise. »Aber du warst mit Tim befreundet.

Wenn du darüber sprechen willst, kannst du jederzeit zu mir kommen.« Das Blut weicht aus meinen Wangen und ich starre auf meine Hände, an denen ich immer noch Tims klebriges warmes Blut spüre.

»Nein.« Meine Stimme ist leblos und schwach, getränkt in meiner Schuld.

David räuspert sich. »Ich bin gekommen, weil ich dir danken möchte.« Überrascht schaue ich von meinen Händen hoch. »Du hast mir gestern das Leben gerettet. Hättest du dem Kerl keine mitgegeben, hätte ich mich nicht befreien können. Also, wie gesagt, danke.«

»Kein Problem, war doch selbstverständlich«, murmele ich und dort, wo gerade noch die Kälte des Verlusts meine Eingeweide gefrieren ließ, breitet sich nun eine wunderbare Wärme aus.

Wir schweigen eine Weile, bis David wieder das Wort ergreift. »Hattest du einen Kreislaufzusammenbruch?«

»Ich weiß nicht«, antworte ich wahrheitsgemäß. »Wenn man bei Kreislaufschwäche abgefahrene Träume über eine Parallelwelt hat, dann ganz sicher.« David sieht mich fragend an, aber ich mache eine wegwerfende Handbewegung. »Ist nicht der Rede wert.«

»Da bin ich aber anderer Meinung.«

Als er mich viel zu ernst und fordernd anblickt, lasse ich die Schultern hängen und seufze. »Na gut. Setz dich und ich erzähl dir davon. Aber bitte denk dran, das sind einfach nur Träume, mehr nicht.« Ich setze mich in den Schneidersitz, während er sich am Bettrand niederlässt.

David hört aufmerksam zu, während ich erzähle. Die Träume, die ich habe, seit ich in New York bin, habe ich anfangs nicht ernst genommen. Mein Geist musste sich auf die neue Situation einstellen, sich von alten Vorstellungen verabschieden. Zumindest habe ich mir das eingeredet.

»Jedes Mal, wenn ich aufwache, kann ich mich bis ins kleinste Detail daran erinnern und das geht mir normalerweise nie so.«

»Wirklich interessant«, kommentiert David, ohne mich dabei anzusehen. »Wie sehen die Träume aus? Fühlen sie sich real an oder passieren Dinge, die so nicht passieren dürften?«

»Abgesehen davon, dass mir meine Ausbilderin weismachen will, dass es Zeitmaschinen gibt, ist alles ganz normal.«

»Natürlich gibt es die.« David nickt wie selbstverständlich. »Wie sonst, glaubst du, wären Verurteilungen unserer Art möglich?«

Ernsthaft? »Na ja, ich dachte halt –« Ohne zu wissen, was ich eigentlich sagen will, ringe ich die Hände.

Davids Augen blitzen amüsiert. »Was dachtest du?«

Ich verdrehe die Augen, weil ich für seine Belustigung sorge. »Jedenfalls dachte ich nicht an Zeitmaschinen.« Auch wenn Davids Argumentation durchaus überzeugen könnte, mein Verstand weigert sich dennoch, die Existenz von Zeitmaschinen zu akzeptieren.

David steht auf und stellt sich ans Fenster mit Blick auf die fallenden Regentropfen und den nahenden Herbst. »Du wirst also zu einer Unsichtbaren ausgebildet?«, fragt er dann.

»Ja.« Ich lasse mir alles noch mal durch den Kopf gehen. »Glaubst du, meine Träume haben irgendetwas zu bedeuten?«

Er stößt sich vom Fensterrahmen ab und wendet sich wieder an mich. »Ich weiß es nicht. Die Frage ist, wie dein Verstand an all die geheimen Infos der Regierung gelangt, wenn es doch nur ein Traum ist.« Er hat recht und das gibt mir zu denken. Zeitmaschinen hätte sich mein Verstand irgendwie zusammenreimen können, nachdem mir erklärt wurde, warum ich hier bin. Aber was ist mit den Unsichtbaren? Wenn es sie wirklich gibt, woher weiß ich dann von ihnen?

»Woher weißt du eigentlich von den Zeitmaschinen und den Unsichtbaren?«

»Fühlst du dich schon wieder fit für den Wachdienst?«

»Wachdienst mit dir?«, frage ich wenig begeistert, weil ich immer noch nicht verstehen kann, warum er die Gerüchteküche anheizen will.

»Diesmal wirst du auf mich verzichten müssen.«

»Tatsächlich?«, frage ich überrascht.

David geht zur Tür und öffnet sie. »Wir sehen uns morgen.«

Erst als er das Zimmer verlässt und die Tür hinter sich schließt, fällt es mir auf.

»Hey!«, rufe ich ihm aufgebracht hinterher, springe vom Bett und laufe auf den Flur. »Du hast mir überhaupt nicht geantwortet!«

David dreht sich um und grinst spitzbübisch. »Fast hätte ich es geschafft.«

»Aber auch nur fast. Also?«

Er seufzt. »Meine Eltern waren Unsichtbare.« Sein Blick wird dunkel, genau wie damals, als ich das Thema Eltern schon einmal angesprochen habe. »Weil sie natürlich damit gerechnet haben, dass ich auch zum Unsichtbaren ausgebildet werde, haben sie vor mir nichts geheim gehalten.«

Mit großen Augen sehe ich ihn an. »Deine Eltern waren Unsichtbare?«, frage ich verblüfft.

»Sie sind es wohl immer noch. Am besten, du ziehst dir was an und gehst zum Abendessen. Wir sehen uns morgen.«

Ich kann mich noch genau erinnern, wie überrascht er war, als ich an meinem ersten Tag erzählt habe, dass ich das Kind von zwei Regierungsmitgliedern bin. David und ich haben die gleiche Herkunft. Aber weil offensichtlich ist, dass er nicht über seine Familie sprechen will, wechsle ich das Thema, bevor er geht. »Was machst du denn dann heute Abend, wenn du schon nicht in den Wachdienst gehst?«, frage ich ihn.

Er legt den Kopf schief und lächelt. »Warum fragst du? Kann es sein, dass du unsere gemeinsamen Nachtschichten doch zu schätzen gelernt hast?«

Ich merke, wie Hitze in mir aufsteigt, und hoffe, dass sich meine Wangen nicht allzu sehr färben. Das Gespräch schlägt eine Richtung ein, gegen die ich mich instinktiv wehren möchte.

»Du solltest etwas essen«, sagt er immer noch grinsend, als ich nicht antworte. Er wendet sich um und lässt mich allein. Diesmal merke ich sofort, dass er wieder nicht auf meine Frage eingegangen ist.

Ich zwinge mich, eine Kleinigkeit zu essen, bevor ich am späten Abend den Wachdienst antrete. Diesmal habe ich Glück mit der Zuteilung meines Partners, denn Henry begleitet mich in meiner Schicht. Uns ist beiden nicht nach Reden zumute, also gehen wir schweigend nebeneinanderher und beobachten die Umgebung. Aber irgendetwas ist heute anders. Immer wieder werfe ich einen Blick über die Schulter, weil ich mich beobachtet fühle. Wenn wir von der anderen Gang verfolgt würden, hätten sie uns bereits angegriffen, also schließe ich das aus.

»Was ist los?«, fragt Henry beunruhigt, als ich zum gefühlt zwanzigsten Mal hinter mich sehe. Gerade als ich antworten will, höre ich Schritte. Ich ziehe Henry ohne ein weiteres Wort zur nächsten Hauswand. Lautlos drücken wir uns dagegen und beobachten die große dunkle Gestalt, die nun in unser Sichtfeld kommt.

Beinahe verlasse ich meine Deckung, als ich ihn erkenne. Was macht David hier, ohne einen Partner, der ihn bei seinem Wachdienst begleitet? Fragend sehe ich Henry an, aber er zuckt nur mit den Schultern.

David entfernt sich mit schnellen Schritten immer weiter von unserem Standort, bis er schließlich aus unserem Blickfeld verschwindet. Als ich ihm nachgehen will, hält mich Henry zurück. »Er wird dich bemerken«, flüstert er. Widerstrebend nicke ich und wir schlagen die entgegengesetzte Richtung ein. Meine Gedanken allerdings folgen David.

13

Am nächsten Tag absolviere ich mein Kampftraining mit letzter Kraft. »Du warst schon mal deutlich besser, Samantha!«, bemerkt Erin streng, als ich mich keuchend auf allen vieren befinde. »Was ist los?«

»Schlecht geschlafen«, bringe ich atemlos hervor.

»Liegt es vielleicht eher daran, dass du nichts isst?« Als sie meinen überraschten Blick sieht, schüttelt sie nur den Kopf. »Glaub nicht, so was fällt uns nicht auf.«

»Uns?«

»Du musst dich fit halten, sonst hast du keine Chance, anzugreifen oder dich zu verteidigen!«

Entrüstet richte ich mich auf. »Essen soll also die Lösung sein? Warum ist Tim dann tot?«

Erin seufzt und reibt sich die Stirn. »Ich weiß, dass ihr gerade in einem Tief steckt«, sagt sie mit ruhiger Stimme. »Tim war ein guter Kerl. Er fehlt uns hier in der Gang, und zwar nicht nur wegen seinen Kampfkünsten. Er war menschlich.«

Ich schlucke schwer und sehe zu Boden. Henry sagt ebenfalls nichts. »Aber genau deshalb müsst ihr jetzt weitermachen! Wir wollen doch, dass irgendwann niemand mehr sinnlos sterben muss!«, spricht sie weiter.

Bei ihren Worten schüttle ich den Kopf. »Du lebst hier schon länger als ich, Erin. Du weißt es doch besser. Solange wir hier gefangen sind, wird der Kampf nicht aufhören.«

Sie antwortet nicht sofort. »Gerade weil ich hier schon länger lebe, weiß ich, dass sich von einem Tag auf den anderen alles ändern kann.«

Ich atme tief durch und sehe an ihr vorbei, um nicht in eine Diskussion zu verfallen. Ich kann den Tod von Tim nicht einfach abhaken und so tun, als wäre es nicht passiert.

»Auch ich habe anfangs mit meinem Schicksal gehadert«, gibt Erin zu. »Aber das Beste ist, sich damit abzufinden, dann lebt es sich leichter.« Ich nicke, auch wenn es mir schwerfällt. Natürlich hat sie recht, aber bestimmt hat sie auch einige Zeit gebraucht und Höhen und extreme Tiefen durchgemacht, bis sie an diesen Punkt gelangt ist.

Da ich heute nicht für die Nachtschicht eingetragen bin, habe ich mir vorgenommen, endlich meiner Theorie nachzugehen. Schon wenn ich daran denke, bekomme ich Gänsehaut, doch mir fällt keine andere Möglichkeit ein herauszufinden, wozu mein Chip gedient hat. Tagelang habe ich es vor mir hergeschoben. Auch habe ich mich gefragt, ob es irgendwelche Konsequenzen hat, wenn sich meine Theorie bestätigen sollte. Oder ob das Risiko für reine Neugier nicht doch zu groß ist.

Aber ich schiebe meine Bedenken so gut es geht beiseite und schleiche kurz nach Mitternacht aus der Basis. Darauf bedacht von keinem gesehen zu werden, bleibe ich dicht an den Gebäuden. Im Vorfeld habe ich mich vergewissert, dass David heute keine Nachtschicht schiebt. Natürlich besteht das Restrisiko, dass er trotzdem unterwegs ist, aber ich hoffe auf das Beste. Er würde mich vermutlich sofort zurückschleifen, ohne überhaupt zu wissen, was ich vorhabe.

Die gleichmäßigen Schläge meines Herzens werden schneller, als die Kuppel in der Ferne sichtbar wird. Ich sehne mich nach ihrer Wärme, nach dem Gefühl von Wohlbefinden, das ihre Nähe das letzte Mal in mir ausgelöst hat. Auf irgendeine Weise ließ sie alle meine Sorgen verstummen. Mit schnellen Schritten überquere ich eine Straße und trete an den Rand der Kuppel. Voller Erwartung strecke ich meine Hand aus, aber ich spüre nichts. Keine Wärme, kein Wohlbefinden. Vielmehr spüre ich Kälte, die sich über meine Hand im ganzen Körper ausbreitet. Unsicher gehe ich zwei Schritte zurück und sofort verschwindet die Kälte wieder. Minutenlang starre ich den bläulichen Schimmer an, immer noch zögernd, ob ich es tatsächlich wagen soll.

Suchend sehe ich mich um und mein Blick fällt auf einen Ziegelstein, zwei Meter von mir entfernt. Ich hebe ihn auf und lasse sein Gewicht einen Moment auf mich wirken. Es ist natürlich nicht das Gleiche wie ein menschlicher Körper, aber einen Versuch ist es wert. Mit viel Schwung werfe ich den Ziegelstein in Richtung Kuppel und beobachte, wie er hindurchgleitet. Ich trete wieder zwei Schritte vor und sehe leicht verschwommen den Fluss, der ruhig und schwarz direkt hinter der Kuppel entlangfließt. Der Ziegelstein ist nicht mehr zu sehen. Ob ich vielleicht doch die Kuppel entlanggehen soll in der Hoffnung, dass der Fluss nicht um die gesamte Stadt reicht? Aber das kann Stunden dauern, und wenn ich noch länger mit meinem Plan warte, mache ich wahrscheinlich einen Rückzieher.

Mein Vorhaben gleicht einem Selbstmordversuch. Sollte ich nicht bei lebendigem Leib verbrennen, könnte ich trotzdem von der Strömung des Flusses mitgerissen werden und ertrinken. Dann frage ich mich, welcher Tod mir lieber wäre.

Ich schüttle den Kopf und beiße mir auf die Lippen. Ich spüre nicht mehr das Gleiche, wenn ich mich der Kuppel nähere. Ist das nicht ein Indiz für meine Theorie? Diesmal strecke ich beide Hände aus und wieder fährt mir Kälte durch die Haut. Ich *muss* recht haben.

Mein Herz pocht schmerzhaft gegen meine Rippen und meine Arme zittern heftig. Ich bin wohl verrückt geworden.

Es wird nichts passieren, weil ich recht habe.

Ich breite meine Arme aus und trete noch einen Schritt näher.

Es wird nichts passieren, weil ich recht habe.

Ich halte den Atem an, schließe die Augen und lasse mich nach vorne fallen. Mein Körper durchstößt eine dünne eiskalte Wand und ich stürze in den Fluss.

Die Kälte lähmt mich, sticht meinen Körper wie mit tausend kleinen Nadeln, sodass ich im ersten Moment nicht in der Lage bin, an die Oberfläche zu schwimmen. Das Wasser drückt mir gegen die Lunge, doch dann fangen meine Glieder endlich wieder an zu arbeiten und ich strample nach oben. Gierig sauge ich die Luft in mich auf und bewege meine Arme, um nicht wieder unterzugehen. Ich grinse triumphierend, als ich zur Kuppel hinaufsehe. Ich hatte recht. Der Chip hindert uns daran, zu entkommen.

Mühsam gegen den Strom anschwimmend, erreiche ich schließlich das Ufer und stemme mich aus dem Wasser. Auf allen vieren krabble ich wieder durch die Kuppel und lege mich schwer atmend auf den Boden. Der Sprung war nicht anstrengend, aber der psychische Druck umso mehr. Eine unglaubliche Dankbarkeit, mit dem Leben davongekommen zu sein, breitet sich in mir aus und lässt mich vor Freude lachen.

Nach einigen Minuten rapple ich mich wieder auf. Meine Kleidung ist triefend nass, und sobald etwas Wind aufkommt, beginne ich zu frösteln. Ich schäle mich aus meinem T-Shirt und wringe es aus.

Plötzlich habe ich wieder dieses eigenartige Gefühl, beobachtet zu werden, so wie bei meinem Wachdienst mit Henry. Ich versuche durch die Dunkelheit etwas zu erkennen, aber es ist niemand da. Schnell ziehe ich mein T-Shirt an und suche mit den Augen jeden noch so dunklen Winkel ab. Nichts.

Also wende ich mich meinen Haaren zu, drücke sie aus und binde sie zu einem Dutt.

Als ich eine halbe Stunde später wieder in der Basis ankomme, ist alles still.

Henry sitzt mit hängenden Schultern neben mir und seine Augen betrachten müde das unberührte Frühstück. Ich weiß nicht, was ich ihm sagen kann, damit er sich besser fühlt. Als Freundin fühle ich mich für ihn verantwortlich, ich will, dass er auf andere Gedanken kommt. Aber wie soll ich ihn aufbauen, wenn es mir selbst so dreckig geht?

»Hey, Vivien!« Ich sehe auf. Ein dunkelblonder Typ tritt an unseren Tisch und beugt sich zu Vivien. »Hast du schon gehört? Jeff hat uns was zu trinken besorgt.«

»Das kommt genau zum richtigen Zeitpunkt«, erwidert sie mit einem müden Lächeln.

Der Blick des Typen wandert zu mir und bleibt hängen. »Heute Abend feiern wir.«

Auch Vivien dreht sich zu Henry und mir. »Kommt ihr auch?« Ich sehe sie fragend an. »Nach einem erfolgreichen Gegenangriff belohnen wir uns und feiern. Jeff treibt dafür regelmäßig Alkohol auf. Wein, Whiskey, alles, was besser wird, je älter es ist.« Erfolgreicher Gegenangriff? Tim ist tot. Was daran ist bitte erfolgreich? Was daran ist feiernswert? Ich habe absolut keine Lust, mir dafür die Birne wegzusaufen.

Vivien weiß offenbar genau, welche Gedanken mir gerade durch den Kopf gehen. »Die wenigsten *feiern*, Samantha. Für die meisten ist es eine notwendige Ablenkung«, erklärt sie sanft.

Einen Abend Auszeit. Ich werfe Henry einen Seitenblick zu.

Vielleicht ist es das, was er braucht, vielleicht kann ihn ein ungezwungener Abend auf andere Gedanken bringen.

Ich zucke mit den Schultern. »Okay, warum nicht.«

»Na, wunderbar.« Der Kerl zwinkert mir zu. »Dann sehen wir uns heute Abend.«

Stirnrunzelnd sehe ich ihm nach. So wie er sich aufführt, geht es ihm heute doch nur ums Feiern, oder aber er ist die ständigen Todesfälle bereits gewohnt und mit der Zeit abgestumpft. Ich fahre mir mit der Hand übers Gesicht und fange wieder an, mein Brot zu zerrupfen. Nichts davon findet den Weg in meinen Magen, auch wenn ich spüre, dass mein Körper Nahrung benötigt. Ich fühle mich schwach und zittrig, aber nachdem ich gestern ein paar Blätter Salat heruntergewürgt habe, musste ich mich übergeben, so lange, bis nichts mehr in mir war. Daher lasse ich heute lieber die Finger davon.

»Dich beim Essen zu beobachten ist ein Trauerspiel.« David setzt sich mir gegenüber und sieht mich kopfschüttelnd an.

Ich lege das Brot zurück auf den Teller und schiebe ihn von mir. »Dann lass es bleiben.«

Vivien muss sich ein Grinsen verkneifen. »Du solltest für heute Abend tatsächlich was im Magen haben, Samantha.«

Überrascht hebt David eine Augenbraue. »Du bist heute Abend dabei?«

Ich nicke widerstrebend. »Ja, Vivien meinte, es wäre gut.«

David betrachtet mich nachdenklich. »Dann gebe ich dir zwei gut gemeinte Tipps. Erstens: Trink nicht mehr als ein Glas. Und zweitens: Halte dich heute Abend von unseren männlichen Mitgliedern fern.«

Ich ziehe die Augenbrauen zusammen. »Und warum, wenn man fragen darf?«

»Weil die Männer meinen ersten Rat nie berücksichtigen.

Darum.« Mit einer fließenden Bewegung springt er auf. »Und bitte, iss endlich was.« Dann nickt er Vivien und Henry freundlich zu und verschwindet.

»Kann es sein, dass da zwischen euch was geht?«, fragt Vivien mich mit einem ungläubigen Grinsen.

»Mir ist grad echt nicht nach Späßen, Viv.« Ich schüttle träge den Kopf. »Du weißt ganz genau, dass die Gerüchte nicht stimmen.«

»Ich meine doch nicht die Gerüchte!« Sie deutet auf Davids verlassenen Platz. »Das da gerade eben, das mein ich.«

»Vivien«, warne ich sie. »Bitte.«

Ihre Augenbrauen verschwinden fast unter ihrem Haaransatz.

»Warum reagierst du auf dieses Thema immer so emotional?«, fragt sie. »Was wäre denn so schlimm daran?«

Wortlos stehe ich auf, packe mit bebender Hand meinen Teller und verabschiede mich von Henry.

14

Es schüttet wie aus Eimern und der sintflutartige Regen lässt die Keller volllaufen. Fast die Hälfte der dort unten gelagerten Kleidung ist nicht mehr zu gebrauchen, weil mit dem Regenwasser auch Schlamm in die Kellerräume gelangt ist. Da wir am Morgen von dem Unwetter überrascht wurden, war die erste Anweisung, die Waffen in Sicherheit zu bringen. Henry und ich haben den ganzen Vormittag über geholfen, so viel wie möglich zu retten. Da wir mit den Aufräumarbeiten jedoch warten müssen, bis es aufhört zu regnen, findet am Nachmittag unser Training mit Erin im zweiten Stock unserer Basis statt. Hier können die Mitglieder in ihrer Freizeit mithilfe von alten Sportgeräten ihre Stärke und Ausdauer trainieren. Die Zweikampfübungen sind nicht so kräftezehrend wie sonst, weil Sportmatten meine Stürze auffangen. Anschließend lässt Erin uns noch gegen Sandsäcke boxen. Ich will gar nicht mehr aufhören, so gut tut es, meine Kraft zu konzentrieren. Ich kann meine Wut, Verzweiflung und Trauer in die Schläge übertragen, alles loslassen, was mich runterzieht. Ich verdränge die Gedanken an Susan und Jeff aus meinem Kopf. Den Angriff, den Gegenangriff. Die Ungerechtigkeit. Die Gewalt. Den Tod. Dieser einfache Sandsack ist die beste Therapie und ich würde ihn am liebsten umarmen, so dankbar bin ich dafür. Das Beste ist, dass es Henry genauso geht wie mir. Nach dem Training schenkt er mir ein Lächeln.

Am Abend bin ich völlig ausgepowert, aber erleichtert. Während ich dusche, ziehen sich mir bei dem kalten Wasser alle Muskeln zusammen, aber ich ignoriere meine klappernden Zähne und schrubbe mir den Schlamm vom Körper. Am liebsten würde ich mich jetzt ins Bett legen und richtig lange schlafen. Aber ich habe die Feier nicht vergessen, die sogenannte Ablenkung, der ich zugestimmt habe. Keine gute Idee. Zumal ich immer noch nichts gegessen habe und weiß, wie ich mit leerem Magen auf Alkohol reagiere. Aber wenn ich mich an Davids Tipp halte und nur ein Glas trinke, ein kleines Glas, dann brauche ich mir keine Gedanken zu machen.

Ich schlüpfe in Jeans und streife mir ein graues T-Shirt über. Weil es viel zu lang ist, knote ich den Saum an der Taille. Ohne dass ich genau weiß, wo die Feier stattfindet, führt mich lautes Stimmengewirr direkt in den Saal, der sonst unseren Versammlungen vorbehalten ist. Ein paar Leute tanzen zum Gesang einer jungen Frau, die eine wirklich beeindruckende Stimme hat. Die meisten jedoch sitzen an den Tischen, reden und lachen.

Als ich mich umschaue, treffen sich unsere Blicke. David sitzt bei einer Gruppe von Männern, mit denen ich noch nie ein Wort gesprochen habe. Langsam lässt er seinen Blick über mich wandern und lächelt dann. Ich werde rot und wende mich schnell ab. Gott sei Dank bemerke ich in diesem Moment Vivien, die mich zu sich winkt. Ich quetsche mich an den Tischen vorbei und lasse mich auf den Platz neben sie fallen.

»Ich dachte schon, du kneifst!«, begrüßt sie mich.

Ich zucke mit den Schultern. »Ich habe drüber nachgedacht.«

Vivien nimmt eine Flasche Weißwein vom Tisch und entkorkt sie mit einer schnellen, geübten Handbewegung. »Du bist meine Trinkpartnerin, du darfst mich nicht im Stich lassen.« Sie nimmt einen großen Schluck. »Ein guter Tropfen«, kommentiert sie und leckt sich die Lippen.

Eigentlich mag ich Wein nicht, aber dieser hier ist gar nicht mal so schlecht. Viviens Schichtkollege, Marcus, und Henry sitzen ebenfalls bei uns. Nach ihren leicht schielenden Blicken zu urteilen, haben sie bereits mehr als das eine angeratene Glas intus. Sie lachen ununterbrochen und finden ihre Umgebung wahnsinnig komisch.

»Dass der Typ wirklich nicht weiß, wann eine Schlacht verloren ist«, meint Vivien kopfschüttelnd. Ich folge ihrem Blick und bekomme gerade noch mit, wie Jeff Erin küsst. Doch sie schiebt ihn mit einem traurigen Lächeln von sich und flüstert ihm etwas ins Ohr. Dann tätschelt sie sanft seine Schulter und lässt ihn stehen. Mit offenem Mund starre ich Jeff an. Der Ausdruck auf seinem Gesicht schockiert mich, weil ich nie gedacht hätte, dass dieser streitsüchtige, aggressive Kerl zu solchen Gefühlen fähig ist. Seine Züge sind weich, seine Augen glänzen vor Sehnsucht und spiegeln eine tiefe Trauer.

»Unglaublich, dass die mal zusammen waren, oder?«, fragt Vivien, als sie bemerkt, wie perplex ich bin. Ich reiße mich von Jeffs Anblick los und nicke.

»Wann haben die beiden denn Schluss gemacht?«

»Das muss so zwei Jahre her sein. Ich selbst habe sie als Paar jedenfalls nicht mehr kennengelernt.«

Ich mache große Augen. »Zwei Jahre?«, wiederhole ich entgeistert. »Und er ist immer noch nicht über sie hinweg?«

»Nein, sieht jedenfalls nicht so aus«, grinst sie. »Aber das geschieht ihm ganz recht. Er ist ein Mistkerl.«

Eigentlich will ich ihr zustimmen. Seit ich Jeff kenne, behandelt er mich wie einen niederen Menschen. Er hat mich zu einer Mutprobe gezwungen, die mich geradewegs in die Arme der anderen Gang und damit normalerweise in den sicheren Tod getrieben hätte. Er hat mich erpresst, um an Informationen zu kommen, die ihn nichts angehen. Nur deshalb habe ich ein Gerücht in die Welt gesetzt, mit dem David und ich jetzt leben müssen. Außerdem ist er vielleicht einer der besten Schützen bei uns, sein Können jedoch gibt er nur an Personen weiter, die er für würdig hält, und ich gehöre definitiv nicht zu diesen Leuten. Ja, er ist ein Mistkerl.

Und trotzdem ... trotzdem tut er mir in genau diesem Moment leid. Abgewiesen von seiner großen Liebe, verlässt er mit hängenden Schultern die Feier.

»Warum haben sie sich denn getrennt?«, frage ich Vivien.

Sie schnaubt. »Das weiß nicht mal Janine! Allerdings weiß auch keiner, warum Erin sich überhaupt in den da verliebt hat. Und das ist doch die viel größere Frage, oder?«

»Da ist was dran.« Ich nehme noch einen Schluck Wein.

»Vielleicht war sie der Meinung, als Teil der Führung müsse man einen klaren Kopf behalten«, vermute ich.

Sie schüttelt den Kopf. »Kann ich mir nicht vorstellen. David hatte ja auch immer seine Affären.«

»Ach, ja?« Meine Stimme klingt ungewöhnlich hoch.

»Würde man nicht meinen, oder? Er ist immer so ...«, sie sucht gestikulierend nach dem richtigen Wort, »beherrscht. Allerdings hat er seine Beziehungen auch nie an die große Glocke gehängt. Deshalb hat es mich wirklich gewundert, dass er sich nicht gegen dieses Gerücht über euch gewehrt hat.«

Um nicht antworten zu müssen, nehme ich noch einen Schluck aus der Flasche. Vivien hat recht. Wenn David seine Beziehungen nie offiziell gemacht hat, warum dann diese blöde Lügengeschichte über uns? Meine Laune sinkt merklich, was auch Vivien nicht entgeht.

»Momentan ist er frei«, sagt sie mit bedeutungsvollem Blick.

»Wen interessierts?«, entgegne ich gereizt. Schon wieder dieses Thema. Sie kann es einfach nicht lassen. Doch in der hintersten Ecke meines Bewusstseins spüre ich eine warme Erleichterung, und das ärgert mich am meisten. Gleichzeitig verunsichert es mich.

Wenigstens belässt es Vivien bei dieser einen Bemerkung. Vielleicht aber auch nur deshalb, weil sich der dunkelblonde Typ von heute Vormittag zwischen uns drängt und sich in unsere Mitte setzt. Mit gespieltem Entsetzen starrt er unsere halb volle Weinflasche an. »Sagt mir bitte, dass das schon eure dritte ist.«

Vivien schnaubt und nickt zu der Whiskeyflasche in seiner Hand. »Trink dein Zeug selbst! Wir sind bestens versorgt.«

Wie als Antwort setzt er die Flasche an seine Lippen und trinkt einen kleinen Schluck. »Aber komm später nicht bei mir angekrochen.«

»Keine Angst«, verspricht sie ihm und wendet sich an Marcus, der bereits Mühe hat, gerade zu sitzen.

Der Dunkelblonde wendet sich an mich. »Nun zu dir«, grinst er. »Hast du wirklich was mit David?«

Ich stöhne. Es ist verflucht! Jeder scheint sich für diesen Tratsch zu interessieren. »Nein«, antworte ich knapp und nehme ihm den Whiskey aus der Hand. Ein großer Schluck. Zu groß, wie ich zu meinem Leidwesen schnell merke. Meine Speiseröhre steht in Flammen und ich huste.

Der Dunkelblonde nickt anerkennend. »Umso besser. Ich will David nicht in die Quere kommen.«

Als ich mich halbwegs wieder gefangen habe, richte ich mich auf. »David und ich sind nicht zusammen. Das bedeutet aber nicht, dass ich auf der Suche bin«, stelle ich keuchend klar.

»Dann werde ich mir alle Mühe geben, das zu ändern.« Er zwinkert mir schelmisch zu und ich verspüre den starken Drang wegzulaufen. Aber das bisschen Alkohol reicht bereits aus, um diesen Drang zu unterdrücken, also bleibe ich und trinke den restlichen Wein und ab und zu den angebotenen Whiskey des Kerls, dessen Namen ich noch nicht mal kenne. Irgendwann huste ich nicht mehr bei jedem Schluck und Sorglosigkeit erwartet mich mit ihren offenen tröstenden Armen. Ich tanze mit dem Typen, lasse zu, dass er einen Arm um meine Schulter legt, lehne mich an ihn. Mein Verstand hat sich bereits vor Stunden verabschiedet und es lebt sich viel entspannter ohne ihn. Ich fühle mich so leicht wie eine Feder, die im Herbstwind ihre Freiheit findet. Aber als der Dunkelblonde mir näher kommt, näher, als ich ihn jemals in nüchternem Zustand gelassen hätte, schreit ein lächerlicher Abklatsch meines Willens auf und verkrampft sich schmerzhaft.

Der Kerl wird von mir weggerissen und stolpert. Im ersten Moment bin ich überzeugt übernatürliche Kräfte zu besitzen und meine benebelten Sinne sind von meiner Willensstärke fasziniert.

»Verzieh dich«, knurrt David. Der Dunkelblonde schaut irritiert von ihm zu mir und verschwindet dann aus meinem Blickfeld.

»Hey«, sage ich und bohre David einen Finger in die Brust. »Das war nicht nett.«

Er betrachtet mich mit prüfendem Blick. »Ein Dankeschön hätte vollkommen gereicht. Hast wohl doch mehr als ein Glas getrunken.«

»Sorry!«, kichere ich. Ich *kichere* nie. »Die hadden alle nur Flaschen, keine Gläser! Aber keine Sorge, ich verdrage das Sseug super! Ich spüre nichds«, betone ich. »Absolud nichds!«

»Blödsinn, du kannst dich doch ohne fremde Hilfe kaum auf den Beinen halten«, entgegnet er, legt jeweils einen Arm an meinen Rücken und unter meine Kniekehlen und hebt mich mit einem Schwung in die Höhe. »Ein bisschen beleidigt bin ich schon. So deutlich musst du mir nicht zeigen, was du auf meine gut gemeinten Tipps gibst.«

»Was solln das werdn?«, rufe ich aufgebracht. »Ich bin kein Kleinkind mehr. Ich kann laufen!«

David schnaubt. »Das bezweifle ich.«

Mein verschwommener Blick sucht seine dunklen Augen. »Warum kümmersd du dich überhaupd um mich? Ich nerve dich doch nur!«

»Behauptet wer?«

»Na, ich.« Hört er mir nicht zu? »Warum sonsd häddesd du gesdern alleine Wache geschoben?«

Sein Griff wird plötzlich hart und angespannt, seine Schultern straffen sich. Wir verlassen die Feier.

»War ja klar!«, lalle ich. »Schon bisde wieder so.«

»Wie bin ich denn?«, fragt er, den Blick starr nach vorne gerichtet, während er mit mir die Stufen hinaufsteigt.

Ich verdrehe die Augen. »Na, hald so wie jetz. Verschlossen, so ernsd. Viel su ernst. Immer weißd du alles besser. Und deine Geheimnisse, nix willsd du verraden.«

»Das sagt die Richtige. Wer hütet denn hier die meisten Geheimnisse?« Langsam scheint er sich wieder zu entspannen.

Ich lache gurgelnd. »Du hast rechd! Sooo rechd! Wie immer, kluger David. Ich hab viiiele Geheimnisse.«

»Und die wären?« Er sieht neugierig zu mir hinab. Mein Gewicht scheint ihn nicht zu stören.

Ich tippe ihm auf die Brust. »Dann wären se doch keine Geheimnisse mehr«, sage ich, als wäre er schwer von Begriff.

»Da hast du natürlich recht.« Er nickt belustigt. »Aber ich dachte, du hättest mir bereits alles verraten.«

»Pfff. Ich würde dir doch niemals ersählen, dass ich dich mag!

Das wirsd du nie erfahren! Niiie!« Ich kichere überschwänglich und schlage mir mit der flachen Hand an die Stirn. »Und dabei bisd du immer so gemein su mir! Das machd gar keinen Sinn.«

David stößt die Tür zu meinem Zimmer auf und legt mich sanft aufs Bett. »Du magst mich also?«

Ich starre ihn erschrocken an und versuche mich nicht darüber zu wundern, warum er mittlerweile drei, nein, sogar vier Augen hat. »Woher weißd du das?«

David lacht und sein Lachen ist ausgelassen und voller Wärme. »Schon gut. Schlaf jetzt, wir sehen uns morgen.«

15

Wer ernsthaft behauptet, nach genügend Alkohol würde man den letzten Abend vergessen, der soll zur Hölle fahren.

Ich liege im Bett und überlege, welche Möglichkeiten mir bleiben. Ich bin im zehnten Stock. Ich könnte aus dem Fenster springen, vielleicht könnte ich mich aber auch einfach in der Dusche ertränken oder hier so lange liegen bleiben, bis mein Skelett zu Staub zerfällt.

Ich schäme mich. Was habe ich nur getan? Warum habe ich mehr als nur ein Glas von diesem verdammten Wein oder Whiskey oder was auch immer sonst noch getrunken? Warum habe ich überhaupt Alkohol getrunken? Ich habe etwas von mir verraten, was ich niemals laut aussprechen wollte. Und schon gar nicht in Anwesenheit von David. Ich bin mir ja selbst noch gar nicht darüber im Klaren, was ich von meinen Gefühlen für ihn halten soll. Warum habe ich sie überhaupt? David traut mir nicht und das beruht auf Gegenseitigkeit. Wir sind alle verurteilt und zusammen in einem Käfig eingesperrt. Wahrscheinlich will die Regierung das Volk nicht nur vor uns schützen, sondern hofft gleichzeitig, dass wir uns hier drinnen gegenseitig zerfleischen. Die Hoffnung ist nicht aus der Luft gegriffen. Wir sind bereits dabei.

Ich richte mich auf und stöhne, als mich die Kopfschmerzen übermannen und von innen dumpf gegen Stirn und Schläfen drücken. Ich komme nicht in den Genuss eines Filmrisses, aber Kopfschmerzen werden mir großzügigerweise gewährt? Ich fluche.

Was denkt David jetzt über mich? Ich habe eine Schwäche zugelassen, sie ausgesprochen. Vor ihm. Obwohl ich mich so sehr dagegen gewehrt habe. Nachdem Henry und ich während unserer Nachtschicht David beobachtet hatten, spürte ich so etwas wie einen kleinen Stich, einen Kloß im Hals, der nicht wegwollte. Offenbar hat David es satt, sich mit mir die Nächte um die Ohren zu schlagen. Aus irgendeinem Grund verletzt mich das, obwohl ich mich doch über seine Diensteinteilung immer selbst beschwert habe.

Ich schlurfe ins Badezimmer und bürste mir die Haare. Zum ersten Mal bin ich froh, dass ich keinen Spiegel habe. Ich kann David *unmöglich* jemals wieder unter die Augen treten. Vielleicht schaffe ich es, meinen Alltag so zu bestreiten, dass ich ihm nie mehr in die Quere komme. Aber eine spöttische, gemeine Stimme in meinem Kopf lacht mich bei diesem Gedanken aus. Wie soll das bitte funktionieren, dummes Mädchen?

Meine verdammte innere Stimme soll recht behalten. Ein Blick auf den Tagesplan und jede Hoffnung ist dahin. David hat uns beide wieder zusammen zu einer Nachtschicht eingeteilt. Hat er mir nicht zugehört? War mein lallendes Liebesgeständnis nicht genug? Oder hat er mich schlichtweg nicht richtig verstanden? Blödsinn. Seine Reaktion war eindeutig. Belustigt darüber, wie ich die Kontrolle über mich verloren habe. Belustigt darüber, dass ich ihn tatsächlich anhimmle wie ein kleines Mädchen.

Der einzige Grund für unsere gemeinsame Nachtschicht ist, dass er ein Gespräch mit mir führen möchte. Er wird mir erklären, dass ich ihn mir so schnell wie möglich aus dem Kopf schlagen soll. Oh, wie gerne ich seiner Bitte nachkommen werde.

Beim Mittagessen schaue ich nicht nach rechts und links, als ich mich an einem der hinteren leeren Tische im Speisesaal verstecke. Zu groß ist die Befürchtung, ich könnte David über den Weg laufen oder dem Dunkelblonden, der mir gestern sehr nahegekommen ist und dessen Namen ich nicht kenne. Verschämt schließe ich die Augen und versuche die Gedanken an die letzte Nacht zu verbannen. Mein Kichern, die Berührungen, mein Kopf an Davids Brust. Ich schüttle mich und stürze mein Wasser hinunter.

»Da bist du ja.« Vivien stellt ihr Tablett neben mir ab. Sie sieht verschlafen aus, ihre Haare sind zerzaust, die Augen verquollen.

Ich schaue kurz hoch. Hoffentlich war sie gestern genauso betrunken wie ich. Hoffentlich waren gestern *alle* genauso betrunken wie ich. Mit etwas Glück hat niemand etwas mitbekommen.

»Ich hab so Kopfweh«, stöhnt sie und vergräbt das Gesicht in ihren Händen. Meine Hoffnung steigt. Eine Zeit lang sitzen wir schweigend nebeneinander, essen und ergeben uns unserem Kater.

»Kannst du dich an alles erinnern?«, frage ich nach einer Weile zögernd.

Sie nickt und deutet an ihre Schläfe. »Da muss ich schon mehr trinken, bevor sich mein Gehirn verabschiedet.« Verdammt. »Und du?«

»Alles weg«, schwindle ich, weil ich nicht will, dass sie mich mit Fragen durchlöchert.

Vivien fährt sich durch die Haare und ihre Mundwinkel heben sich. »Dich gestern zu beobachten war wirklich lustig. Phil schien sich sehr für dich zu interessieren.« Phil. Für mich bleibt der Dunkelblonde namenlos, dadurch fällt es mir leichter, so zu tun, als wäre nie etwas passiert. »Aber dann kam ja David. Mensch, war der sauer! Nachdem er dich weggebracht hat, ist er zurückgekommen und hat Phil so richtig zur Sau gemacht.« Sie lacht ausgelassen. »Ich habe heute auf dem Tagesplan gesehen, dass er für Doppelschichten eingetragen ist, im Putzdienst. Er hat es sich mit David echt verscherzt.«

»Das hast du sicher falsch interpretiert. David hat keinen Grund, auf ihn sauer zu sein. Vielleicht ist jemand ausgefallen und dieser Phil springt ein.«

»Ach, Samantha. Ich glaube langsam, du machst das mit Absicht«, seufzt Vivien und winkt ab. »Solang es dir damit besser geht ...« Ich beiße die Zähne aufeinander und starre meinen Teller an. Immer wenn ein Gespräch in diese Richtung geht, legt sich eine unsichtbare Hand an meinen Hals und drückt sanft zu.

Nach dem Essen helfen alle Mitglieder zusammen, schöpfen mit Eimern das Wasser aus dem Keller und kratzen den Schlamm von Boden und Wänden. Ob wir in den feuchten Räumen in nächster Zeit überhaupt etwas lagern können, wird die Zeit und vor allem das Wetter zeigen.

Rasch ducke ich mich und kann so Henrys Schlag ausweichen. Ich springe auf die Seite, trete ihm gegen das Schienbein und schlage ihm mit der flachen Hand ins Gesicht. Er stöhnt schmerzerfüllt und will meine Arme packen, aber als sich seine Finger um meine Handgelenke schließen, trete ich ihm zwischen die Beine. Volltreffer. Sofort geht er stöhnend in die Knie.

»Tut mir leid, Henry!«, keuche ich und will ihm aufhelfen. Doch er braucht noch einen Moment. Verlegen streiche ich mir ein paar Strähnen aus der Stirn, weil ich ihm nicht wehtun wollte, aber die Wut über mich und den gestrigen Abend haben mich vorangetrieben.

»Nicht übel, Samantha.«

Ich erstarre, weil nicht Erin dieses Lob ausspricht, sondern David. Seit wann ist er hier? Die Hitze in mir gilt nicht mehr dem Kampf, sondern ihm. Ich sehe ihn nicht an, sondern helfe Henry nun doch auf die Beine. Er ist weiß im Gesicht und Schweiß perlt auf seiner Stirn, aber er lächelt müde.

»Ja, Samantha. Ich würde mal sagen: Treffer versenkt.«

»Tut mir leid«, entschuldige ich mich noch mal.

»Kein Problem, du Kampfmaschine. Woher nimmst du nur diesen Elan? Ich bin immer noch total fertig von gestern.«

Gestern. Ich schiele zu David, der sich mit den Händen in den Hosentaschen neben Erin stellt und mir neugierig dabei zusieht, wie ich nach einer Ausrede suche, um von hier wegzukommen.

»Wohin musst du denn?«, fragt er tatsächlich mit einem breiten Grinsen. Kann der Idiot Gedanken lesen? Wahrscheinlich muss er das aber gar nicht. Meine Wangen brennen und trotzdem nutze ich seine Steilvorlage. Ich deute in Richtung Basis.

»Weg«, bringe ich gerade so heraus.

Als ich mit schnellen Schritten die Straße entlanggehe, ruft mir Henry hinterher, dass er nicht verletzt sei und ich mir keine Gedanken machen solle. Der gute alte Henry. Aber ich laufe nur umso schneller.

Den restlichen Nachmittag bekomme ich David nicht wieder zu Gesicht. Trotzdem läuft das Schießtraining suboptimal. Vielleicht liegt es an Jeffreys Schnauben, an seinen gemeinen Bemerkungen, wenn ich wieder und wieder das Ziel verfehle. Ich kann mich mit der Waffe in meiner Hand nicht anfreunden. Sie ist wie ein Fremdkörper, den ich abstoßen muss und der sich mir nicht fügen will. Es ist, als ob die Pistole meine Angst spürt.

Henry hingegen bringt solide Ergebnisse. Es sieht falsch aus.

Auf der Schule war er ein unscheinbarer Junge mit sehr guten Schulnoten, die perfekte Tarnung eines Regierungsgegners. Hier muss er sich nicht mehr verstecken und kann mit seinen Ansichten offen umgehen. Ob er sich hier wohler fühlt als in Concordia? Jedenfalls hat New York es ihm ermöglicht, seine Maske abzulegen.

Ich habe Henry heute Abend beim Essen gebeten meine Nachtschicht zu übernehmen. Ohne mich mit Fragen zu löchern, hat er zugestimmt. Ich bin gerade dabei, David eine kurze Nachricht zu schreiben, die ich Henry mitgeben werde, als es klopft.

Ich reiße die Tür auf. »Super, dass du kom-« Vor der Tür steht nicht Henry, sondern David. Am liebsten würde ich die Tür sofort wieder zuschlagen.

Er zieht eine Augenbraue in die Höhe. »Jemand anderen erwartet?«

Ich wende mich ab, damit er mein Dilemma aus meinem Gesicht nicht ablesen kann. Eigentlich habe ich vorgehabt, heute Abend mit einer vorgetäuschten Grippe im Bett zu bleiben. Eine feige Ausrede.

Ich huste und komme mir dabei absolut idiotisch vor. »Was ist los? Die Nachtschicht fängt doch erst in einer halben Stunde an.«

»Mein Gefühl sagt mir, dass du mich heute versetzen willst«, erklärt er und sieht mich dabei forschend an.

»Und du wolltest dich dafür bedanken?«, rutscht es mir heraus.

Er schüttelt irritiert den Kopf und runzelt die Stirn. »Bedanken?«

Wieder huste ich, diesmal stärker. »Du, hör mal, das kommt mir ganz gelegen. Ich fühl mich nicht besonders. Besser, ich leg mich für ein paar Stunden hin.«

Ich will ihm schon die Tür vor der Nase zuschlagen, als er seinen Fuß in den Türrahmen stellt. »Willst du darüber reden?«, fragt er ruhig, fast sanft.

Verwirrt sehe ich zu ihm auf. »Über meine Erkältung? Ich glaube nicht, dass sie dadurch schneller verschwindet. Aber danke für das Angebot.« Ich erwarte, dass er seinen Fuß aus der Tür nimmt und endlich verschwindet, stattdessen legt er den Kopf in den Nacken und fängt an laut zu lachen. Meine Wangen brennen, noch einmal versuche ich die Tür zuzudrücken. Aber er rührt sich nicht und ich seufze resigniert, drehe mich um und stapfe zum Fenster. Ich brauche Luft.

»Tut mir leid, Samantha.«

Ich versuche das Fenster nach oben zu drücken, aber es klemmt. Verfluchte Ruine. »Du findest bestimmt eine Vertretung für mich«, sage ich über die Schulter.

David schüttelt den Kopf. »Nein, finde ich nicht«, antwortet er sofort und grinst. »Ich komm nicht auf meine tägliche Dosis Ironie, wenn du dich noch länger vor mir versteckst.«

Abrupt stelle ich meine Versuche ein. Das musste ja kommen. Ich atme tief durch. »Hör zu. Egal, was ich gestern gesagt habe – das habe ich nicht so gemeint. Okay?«

David zieht die Tür hinter sich zu, steckt die Hände in die Hosentaschen und geht ein paar Schritte ins Zimmer hinein. Enttäuschung huscht über sein Gesicht. Wahrscheinlich, weil er sich jetzt nicht mehr über mich lustig machen kann. »Das hat sich aber anders angehört.«

»Natürlich hat sich das anders angehört! Ich war betrunken«, erinnere ich ihn und verdrehe die Augen.

»Also hätten wir das geklärt?«

Ich nicke erleichtert.

»Kann ich dann davon ausgehen, dass du in einer Viertelstunde den Wachdienst antreten wirst?« Er streckt seinen Arm aus und öffnet mit einer Hand das Fenster.

Es klopft und erleichtert, um eine Antwort herumgekommen zu sein, gehe ich zur Tür und öffne sie. Henry steht vor mir. »Tut mir leid, dass ich zu spät bin. Hast du schon mit David gesprochen? Hat er deine Ausrede ge-« David tritt neben mich. »-schluckt.« Beim Anblick des Anführers weiten sich Henrys Augen. »Oh, sorry, Samantha.«

Ich schließe vor Scham die Augen und würde am liebsten unsichtbar werden, um mich unbemerkt aus dem Gebäude zu schleichen und im Central Park zwischen Gurken und Karotten zu vergraben.

»Hallo, Henry.« Ich kann Davids Grinsen zwar nicht sehen, aber ich höre es. »Samantha war gerade dabei, mir die erschreckenden Einzelheiten ihrer todbringenden Grippe zu erläutern.«

Ich beiße die Zähne zusammen, zwinge mich hierzubleiben.

»Sorry«, murmelt Henry noch mal, aber ich schüttle nur den Kopf. »Dann verschwinde ich mal wieder.«

Nachdem ich die Tür geschlossen habe, gehe ich, ohne David eines Blickes zu würdigen, ins Bad und fange an, meine Haare zu bürsten. Wenn ich ihn einfach ignoriere, wird er mich hoffentlich in Ruhe lassen.

»Hast du wirklich geglaubt, du könntest mir mit so einer lächerlichen Geschichte kommen?« Er deutet zur Tür, wo eben noch Henry gestanden hat. Ich schweige weiterhin und bürste mich, obwohl mein Haar schon lange knotenfrei ist. »Ich versteh nicht, was dein Problem ist!«

»Ich mag dich! Das ist mein Problem!« Ich dränge mich an ihm vorbei und werfe wütend die Bürste aufs Bett. So viel zu meinem Versuch, ihn zu ignorieren.

Er folgt mir. »Und was ist daran bitte so schlimm?«

»Schlimm daran ist, dass du es jetzt weißt! Und zwar nur, weil ich so dumm war, mich volllaufen zu lassen!« Es mag verrückt klingen, aber obwohl ich meine Gefühle für David nicht verleugnen konnte, hatte ich nie vor, mehr daraus werden zu lassen. Sich auf eine Beziehung einzulassen, sich jemand anderem zu öffnen, bedeutet verletzlicher zu werden.

David bleibt ein paar Meter von mir entfernt stehen. »Ich bin froh, dass du betrunken warst«, sagt er leise. »Sonst hätte ich vermutlich nie erfahren, dass du das Gleiche für mich empfindest wie ich für dich.«

Mein Herzschlag setzt einmal aus und für einen kurzen Moment glaube ich, das Atmen verlernt zu haben. Das kann er nicht wirklich gesagt haben. Nicht David. Nicht derjenige, der mir von Anfang an das Gefühl gegeben hat, ich wäre lästig. Warum ist er plötzlich so anders? Verarscht er mich? Ist ihm langweilig und er sucht eine Ablenkung? Hat ihn mein Liebesgeständnis so belustigt, dass er sich einen Spaß erlauben möchte? Egal, was es ist, ich weiß, dass er es nicht ernst meint.

Plötzlich wird die Luft um mich herum viel zu warm, der Kragen meines T-Shirts viel zu eng und David viel zu präsent. Ich haste an ihm vorbei aus meinem Zimmer, renne den Flur entlang und die Treppen hinunter ins Freie. Erst als ich die kühle Nachtluft einatme, fängt mein Gehirn wieder an zu arbeiten. Ich lehne mich gegen die Ziegelwand unserer Basis und lasse mich daran hinabgleiten. Warum sagt David so was? Ihm sollte klar sein, dass es mich verletzt, wenn er mich so auf den Arm nimmt. Obwohl ich es weiß, will ich es nicht glauben. Ich will, dass David mich mag. Es wäre ein wunderbares Gefühl zu wissen, dass ich ihm wichtig bin.

Ich höre die Eingangstür aufgehen und hoffe, dass es nicht David ist. Gleichzeitig schlägt mein Herz bei dieser Vorstellung schneller.

»Habe ich etwas Falsches gesagt?« Es ist David.

Ich schüttle schnell den Kopf, stehe auf und klopfe mir den Staub von der Jeans. »Alles in Ordnung.«

»Dann macht es dir nichts aus, wenn wir zusammen die Nachtschicht übernehmen?«

Doch, und wie!

Ich winke ab. »Nein, natürlich nicht«, sage ich, und als ich so gleichgültig wie möglich mit den Schultern zucken will, klemme ich mir einen Nerv im Nacken ein. Erbärmlich.

»Na, dann mal los«, stöhne ich und reibe mir den Hals.

Davids Nähe verunsichert mich. Er wirft mir die ganze Zeit Seitenblicke zu. Glaubt er, ich würde ihm nach unserem Gespräch um den Hals fallen? Hält er sich für derart unwiderstehlich? Warum musste ich ihm auch noch in nüchternem Zustand bestätigen, dass ich etwas für ihn empfinde? Ich hätte eine so glaubhafte Ausrede gehabt! Erzählen Menschen unter Alkoholeinfluss nicht immer irgendeinen Schwachsinn?

Außerdem gibt es viel wichtigere Dinge, über die er sich Gedanken machen sollte. Er weiß es nur noch nicht. Über die Möglichkeiten, die sich uns ohne Chip offenbaren, habe ich niemandem auch nur ein Wort erzählt. Himmel, David weiß noch nicht einmal vom Chip selbst! Keine Ahnung, warum ich es die ganze Zeit für mich behalten habe. Aber ihm als Anführer unserer Gang sollte ich es erzählen und er wird entscheiden, wie wir dann weiter vorgehen. Fliehen wir und fangen irgendwo ein neues Leben an? Können wir das überhaupt? Ich kann mir nicht vorstellen, dass die Regierung nicht registrieren würde, wenn wir alle einfach so aus New York hinausspazieren. Sollen wir hierbleiben und das Leben leben, das für uns vorgesehen ist? Wir müssen uns der Zukunft stellen. Außerdem ist es das perfekte Thema, um David abzulenken!

»David«, fange ich an. »Ich muss dir was sagen.«

Er bleibt stehen und nickt. »Gut. Ich dir nämlich auch.«

Das wiederum überrascht mich sehr. »Ach, wirklich?«

»Ja. Aber erzähl du zuerst.«

Ich schüttle den Kopf, die Neugier hat mich gepackt. »Ich lass dir gern den Vortritt.«

»Also gut.« Er seufzt und reibt sich den Nacken. »Ich möchte mich bei dir entschuldigen.«

Ich mache große Augen, das habe ich nicht erwartet. »Wofür genau? Für die Bemerkung, ich wäre egoistisch? Oder dafür, dass ich keine Hilfe erwarten soll, wenn ich mich weiterhin so aufführe?«

»Ich weiß, dass ich gemein zu dir gewesen bin und dir viele unschöne Dinge an den Kopf geworfen habe.« Allerdings. David ist mich Dutzende Male harsch angegangen, ohne Grund.

»Und das alles nur, weil du glaubst, dass wir uns schon vor New York kannten?«

Sein Blick wird düster. »Vielleicht habe ich mich geirrt.«

»Das glaubst du aber nicht wirklich.« Das ist keine Frage, sondern eine Feststellung.

Er sieht zu mir hinunter und sein Gesichtsausdruck verändert sich. Seine Züge werden weicher, seine Augen sanft. Noch nie habe ich diesen Blick bei ihm gesehen. Er beruhigt und macht mir gleichzeitig Angst.

»Ganz am Anfang war ich mir sicher, dass du lügst. Deswegen war ich wütend auf dich. Aber mittlerweile glaube ich, ich habe mich geirrt.« Er kommt einen Schritt auf mich zu und streicht mir eine Locke aus dem Gesicht. Dort, wo er mit seinen Fingerspitzen die Wange berührt, fängt meine Haut an zu kribbeln.

»Wo dachtest du denn, mich kennengelernt zu haben?«, frage ich atemlos.

David schüttelt kaum merklich den Kopf. »Unwichtig.«

»Woher kommt dann der Sinneswandel?«

»Du hast mir bewiesen, dass ich dir vertrauen kann.« Er vertraut mir, aber kann ich ihm vertrauen?

Er ist plötzlich noch näher und mein logisches Denkvermögen setzt aus. Ich kann ihn in der Dunkelheit kaum erkennen, dafür nehme ich seine Wärme umso mehr wahr. Ich spüre seine starken Arme, als er sie um mich legt. »Nimmst du meine Entschuldigung an?«

Ich nicke, unfähig etwas zu sagen. Meine Vernunft erinnert mich daran, dass David weiß, dass er bei mir leichtes Spiel hat, weil ich ihn mag. Aber ich kann ihm nicht böse sein, denn ich fühle eine Vertrautheit, die ich so noch nie für einen anderen Menschen empfunden habe.

»Ich muss dir etwas Wichtiges erzählen«, flüstere ich, doch bevor ich weitersprechen kann, küsst David mich.

Vorsichtig, so als befürchtet er, dass ich ihn zurückstoßen könnte. Die Versuchung ist tatsächlich riesig, aber ich tue es nicht. Der Zwiespalt, in dem ich mich befinde, ist kaum in Worte zu fassen. Auf der einen Seite widerstrebt mir diese Nähe und das Gefühl, sich jemandem zu öffnen. Auf der anderen Seite habe ich noch nie einen schöneren Augenblick erlebt. Zuerst bin ich starr vor Schreck, aber dann lasse ich es zu und erwidere den Kuss. Von meiner Reaktion ermutigt, drückt David mich sanft gegen eine Hauswand. Er nimmt mein Gesicht in seine Hände, sein Kuss wird drängender.

»Volltreffer!« Eine Männerstimme durchschneidet die Nacht.

David lässt mich sofort los und greift blitzschnell zu seiner Waffe. Auch ich will meine Pistole ziehen, aber als ich fünf dunkle Gestalten vor uns sehe, lasse ich die Hände sinken. »Volltreffer!«, sagt der in der Mitte noch mal. »Das ist sie!« Diese Männer gehören nicht zu uns, es sind Mitglieder der anderen Gang. Und als mir die Worte bewusst werden, bekomme ich Gänsehaut. Das ist *sie.* Nicht *er.* Nicht David, der Kopf unserer Gang. Offensichtlich haben sie es nur auf mich abgesehen.

»Runter mit der Waffe, David«, sagt der ganz Rechte und hebt seine Pistole auf Schulterhöhe. Seine Begleiter tun es ihm gleich. »Du hast keine Chance gegen uns.«

Aber David rührt sich nicht. »Halts Maul, Peter.«

»Leg die Waffe auf den Boden, ganz langsam. Und dann schieb sie mit dem Fuß von dir weg«, weist Peter ihn an, ohne auf seinen Kommentar zu achten.

»Tu es«, bitte ich David, als er sich immer noch nicht bewegt. Er sieht mir für ein paar Sekunden in die Augen und ich nicke.

Mit einem bitteren Gesichtsausdruck senkt er seine Waffe und legt sie auf den geteerten Boden. Dann stößt er sie mit einem Fußtritt von sich weg. Peter hebt sie auf, prüft kurz, ob sie geladen ist, und steckt sie dann in den Gürtel. Er kommt auf mich zu und ich mache instinktiv einen großen Schritt zurück. »Deine Pistole, Süße. Gib sie mir.«

Mit dem Gefühl, damit Davids und mein Todesurteil zu unterschreiben, hole ich mit bebenden Händen meine Waffe hervor und drücke sie Peter in die Hand.

»Matthew wird hocherfreut sein. Wir hätten nicht damit gerechnet, dass sich so schnell eine Gelegenheit bietet«, sagt er zufrieden.

»Was will Matthew von ihr?« David nimmt meine Hand und zieht mich zu sich.

»Glaubst du wirklich, dass ich dir darauf eine Antwort gebe?«, höhnt Peter.

»Ihm vielleicht nicht!«, fahre ich dazwischen. »Aber mir! Also?«

Er sieht mich abschätzend an. »Sorry, Kleine, aber das möchte Matthew dann wohl doch unter vier Augen mit dir besprechen. Du wirst uns also leider begleiten müssen.«

»Wenn er mit mir reden will, soll er gefälligst selbst kommen«, stoße ich wütend hervor. Ich habe keine Ahnung, was er von mir braucht, aber ich möchte es auch gar nicht wissen.

Die Männer lachen und Peter schaut mich missbilligend an, als wäre ich ein kleines Mädchen, das sich beim Essen das Kleid bekleckert. »Pass auf, deine vorlaute Klappe kann dir noch zum Verhängnis werden.«

Ich presse die Lippen aufeinander und wäge unsere Chancen ab. Ich brauche nicht lange. Fünf gegen zwei. Das ist keine Chance. »Lässt er mich danach wieder gehen?«

Peter grinst fies. »Das kann ich dir beim besten Willen nicht versprechen.«

»Ist Matthew nicht klar, dass wir über den Großteil seiner Waffen verfügen?« Davids Stimme bebt vor Wut. »Ist ihm nicht klar, was ihrer Entführung folgen wird?«

»Nein«, sage ich bestimmt und drehe mich zu ihm, suche seinen Blick. »Nichts wird folgen, verstanden? Ich will nicht, dass ihr meinetwegen irgendetwas plant.«

»An deiner Stelle würde ich auf dein Mädchen hören«, kommentiert Peter. »Und so herzzerreißend ich euch beide finde, wir wollen hier keine Wurzeln schlagen. Hände auf den Rücken.«

»Warum sollten wir das tun?« Sein Händedruck wird fester.

Peter ist plötzlich ganz nah und hält mir meine Waffe an den Kopf. Ich zucke zusammen. »Wäre das ein Grund für dich?«

David lacht bitter. »Wenn ihr sie mitnehmt, bezweifle ich, dass ihr ein anderes Schicksal bevorsteht.«

»Willst du es nicht lieber drauf ankommen lassen?«, stichelt Peter.

»Ich komme mit«, fordert David.

»Oh, das tut uns leid. Wir haben leider nur ein Gästebett frei.« Peter genießt seine Überlegenheit, während sich die Waffe in meine Schläfe bohrt. Abdrücken wird er nicht. Matthew braucht irgendetwas von mir, und bevor er das nicht hat, werde ich nicht sterben, da bin ich sicher. Aber wenn es so weitergeht, kann die Sache aus dem Ruder laufen. David könnte verletzt werden. Ich entziehe ihm meine Hand und würde seine doch am liebsten sofort wieder packen. Stattdessen drehe ich mich um und nehme die Arme hinter den Rücken.

»Sehr vernünftig.« Ich spüre, wie Peter mir die Hände grob zusammenbindet, und weiche Davids Blick aus. Ich will seine Wut über den verlorenen Kampf nicht sehen. Ich habe ihn gezwungen aufzugeben.

Nach mir werden David ebenfalls die Hände gefesselt, dann die Beine, damit er keine Hilfe holen oder uns folgen kann. Mir ist schlecht und ich zittere am ganzen Körper. Werde ich ihn jemals wiedersehen?

»Wenn ihr irgendwas passiert, bringe ich Matthew höchstpersönlich um! Sagt ihm das!«, brüllt uns David hinterher, als Peter meinen Arm packt und mich zu den anderen Männern zerrt. Einer von ihnen kommt auf mich zu und drückt mir ein Tuch auf Mund und Nase. Ich weiche zurück und pralle mit dem Rücken gegen Peter. Panik überflutet mich wie eine kalte todbringende Welle. Was habe ich getan? Ein süßlicher Geruch lässt meine Sinne verschwimmen und ich verliere die Kontrolle über meinen Körper. Nach kurzer Zeit verschwindet der Boden unter meinen Füßen und ich falle in einen dunklen Nebel.

16

Der feine, feminin geschnittene seidige Stoff fühlt sich ungewohnt an, außerdem scheint er mir, wie von Natalie angekündigt, eine Menge Aufmerksamkeit zu bescheren.

Wieder und wieder weiche ich den Blicken aus, die mich den ganzen Weg durch den Regierungspark begleiten, auch wenn sie anerkennend sind.

Obwohl der Status einer Unsichtbaren gewisse Vorteile mit sich bringt, sorgt er dafür, dass ich mich in meiner Freizeit schnell langweile. Eine Putzfrau hält mein Haus sauber, meine Lebensmitteleinkäufe werden mir geliefert und meine Kleidung wird maßgefertigt. Als Unsichtbare jedoch muss ich mein Leben ganz dem Staat widmen, was bedeutet, dass ich normale Hobbys vergessen kann. Zum Beispiel Musik. Nicht, dass ich als Kind eine Begabung für ein bestimmtes Instrument gehabt oder im Unterricht mit einer besonderen Stimme geglänzt hätte, nein. Ich höre gerne Musik, weil sie Trost spendet, wenn ich traurig bin, und mich innerhalb kurzer Zeit in jede Stimmung versetzen kann. Genau deshalb ist sie mir nun nicht mehr erlaubt. Musik beeinflusst. Unsichtbare dürfen sich nur von ihrem Verstand leiten lassen und nicht nach Gefühl handeln. Das ist die erste Lektion, die uns Natalie beigebracht hat.

Nur Bücher bleiben mir noch. Als ich an der Regierungsbibliothek ankomme und die Eingangstreppe hinaufsteige, nehme ich immer zwei Stufen auf einmal. Um eingelassen zu werden, muss ich meine Augen scannen lassen, was mir einen kleinen Schauer über den Rücken laufen lässt. Ein normaler Dienstausweis wäre mir lieber gewesen. Trotzdem steigt meine Neugierde auf die Bücher hinter diesen Mauern, denn sie werden vor der restlichen Bevölkerung unter Verschluss gehalten.

In der Bibliothek ist es so still, dass ich eine Stecknadel hören würde, die hundert Meter entfernt fallen gelassen würde. Es ist kühl und das Licht ist zwar hell, aber nicht aufdringlich. Ich lasse meinen Blick über die hohen Regale schweifen und gehe vorsichtig durch die Gänge, um keinen Lärm zu machen. Auch wenn ich noch keine Menschenseele gesehen habe, bleibt das Gefühl, beobachtet zu werden.

Hin und wieder ziehe ich ein Buch hervor und lese es an, denn auf keinem der Bücher ist ein Klappentext und nie handelt es sich um einfache fiktive Geschichten, es gibt nur Lexika und Sachbücher. Wegen der hohen Sicherheitsmaßnahmen habe ich angenommen, dass hier vor allem alte wertvolle Bände mit zerschlissenen Einbänden stehen, aber alle sind aus unserer Zeit.

Schließlich nehme ich mir das Buch Staatsgründung und Aufstieg Concordias, *setze mich an einen langen Tisch und fange an zu lesen. Unser Staat wurde von einem mutigen jungen Mann namens Paul Brandon auf dem Fundament der sozialen Gerechtigkeit gegründet. So wird es zumindest berichtet. Ich betrachte Bilder, die Brandon zeigen und das Haus, in dem er an seiner Zeitmaschine bastelte. Er benutzte sie im dritten Weltkrieg, um den Gegnern Amerikas zu einem gerechten Sieg zu verhelfen. Dafür wurde ihm das ehemalige Land der Vereinigten Staaten zugesprochen. Brandon fand Gleichgesinnte, die von seiner Idee überzeugt waren und an seiner Seite standen, als er Concordia verwirklichte. Er ernannte sich zum Präsidenten, während seine Unterstützer der ersten Stunde die Regierung bildeten.*

Nachdenklich klappe ich das Buch wieder zu. Brandon schuf ein Reich, das dabei ist, unvorstellbare Macht zu gewinnen. Die Regierung sieht jeden Schritt ihrer Untertanen voraus, ebenso wie ihre eigenen Schritte. Fehler sind so gut wie ausgeschlossen.

»Wieso schläft sie immer noch? Hat sie zu viel von dem Zeug eingeatmet?« Matthew. Vor meinem geistigen Auge sehe ich den Anführer der anderen Gang vor mir und seine Gelassenheit, als er sich David und mir gegenübergestellt hat.

»Hey, schau mich nicht so an! Ich hab auch keine Ahnung, was mit der ist! Wir wollten sie eigentlich nur für zwei Stunden ruhigstellen, damit sie uns beim Transport keine Probleme macht. Aber keine Sorge, ich hab sie vorhin überprüft und sie atmet noch.«

»Sie atmet noch? Das soll mich beruhigen, Peter? Wie oft muss ich dir sagen, dass die Zeit gegen uns läuft?«

»David wird ein paar Tage brauchen, um seinen Angriff zu planen. Außerdem«, Peter lacht leise, »hat Samantha ihn gebeten, sie nicht zu befreien.«

»Was?«

»Welch selbstlose Geste«, spottet Peter. »Vermutlich ist der Angriff auf unser Waffenlager doch nicht so spurlos an ihnen vorübergegangen.«

»David wird nicht auf sie hören und das weißt du«, stellt Matthew mit kalter Stimme klar.

Ich öffne meine Augen nur ganz leicht, um ihnen nicht zu verraten, dass ich wach bin. Ich liege auf einer Matratze, sie riecht alt und schimmlig. Sonnenlicht wärmt mein Gesicht und erhellt den Raum in einem sanften Goldton. Vermutlich ist es früher Morgen.

»Du wolltest sie haben, Matthew. Hier ist sie.« Ich höre einen Stuhl rücken. »Ich hau mich jetzt aufs Ohr.«

Schritte, eine Tür geht auf. »Ach, bevor ich es vergesse. Ich soll dir von David ausrichten, dass er dich höchstpersönlich umbringt, wenn ihr was passiert.« Ich höre das Grinsen in Peters Stimme, sehe es förmlich in seinem arroganten Gesicht und hasse ihn mit voller Inbrunst. »Du hattest also recht, die beiden sind zusammen.«

Mir stockt der Atem, als mir klar wird, warum man mich entführt hat. Ich bin ein Druckmittel in den Händen der Feinde. Nach unserem Waffenraub haben sie nicht mehr genug, um sich gegen uns zu wehren, geschweige denn uns anzugreifen. Matthew braucht mich, um David zurückzuhalten. Er denkt, ich könnte ihm als Faustpfand dienen, weil David Gefühle für mich hat. Er täuscht sich.

Plötzlich ist es still und ich merke zu spät, dass ich mich gerade verraten habe. Mein gleichmäßiger Atem ist unterbrochen. Sie wissen, dass ich wach bin.

»Wie lange hörst du uns schon zu?« Diese Worte richtet Matthew an mich und es hätte keinen Sinn, dass ich mich weiterhin schlafend stelle. Ich schlage die Augen auf, lasse schnell den Blick durch das Zimmer gleiten. Wir sind nicht im Keller, vor dem Fenster ist kein Gitter. Vielleicht ein Fluchtweg. Dann schaue ich zur Tür. Peter steht dort, die Hand auf dem Knauf. Als sich unsere Blicke treffen, zieht er die Tür wieder zu. Ich richte mich langsam auf, drücke die Ellenbogen durch und will mich so groß wie möglich machen, aber mein Körper macht nicht mit. Eine Schwere liegt in meinen Beinen und drückt meine Schultern nach unten. Als Peter sieht, wie es um mich bestellt ist, zieht sich ein Mundwinkel nach oben und der gleiche überlegene Ausdruck glitzert in seinen Augen, mit dem er schon David bedacht hat.

Mir wird heiß und ich spüre, wie Panik in mir aufsteigt, langsam, aber erbarmungslos zieht sie sich durch meinen Magen und legt sich auf meine Brust. Ich versuche noch mal, mich hochzustemmen. Aber wieder schaffe ich es nicht, und meine Beine bleiben nutzlos.

»Du hast stärker auf das Betäubungsmittel reagiert, als wir dachten. Es wird vermutlich noch ein Weilchen dauern, bis du dich wieder richtig bewegen kannst.« Widerstrebend wende ich mich nun doch Matthew zu, obwohl ich weiterhin auf jede Bewegung von Peter achte. Matthew sitzt zurückgelehnt an einem kleinen Holztisch.

»Ihr habt mich umsonst hierhergebracht«, krächze ich mit trockenem Mund. Meine Stimme ist nicht mehr als ein Flüstern, aber sie verstehen mich. »Ich nutze euch gar nichts.«

Matthew wirkt nicht überrascht, sondern eher so, als hätte er genau mit diesen Worten gerechnet. Belustigt ziehen sich seine Augenbrauen in die Höhe. »Und warum nicht?«, will er wissen.

Meine Augen huschen von ihm zu Peter. Ich muss ihnen klarmachen, dass ich für sie unbrauchbar bin und sie mich nicht als Waffe gegen David verwenden können. »Wir sind nicht zusammen. David wird sich wegen mir zu nichts zwingen lassen.«

Peter kommt ein paar Schritte auf mich zu. Seine Augen blitzen erfreut, als er sieht, wie ich bei seiner Bewegung zusammenzucke. »Spar's dir. Wir sind weder blind noch blöd.«

Mir läuft ein Schauer über den Rücken, weil seine Worte wie eine Drohung klingen. Ich muss Matthew davon überzeugen, dass ich für seine Pläne nutzlos bin und das mit David und mir nichts Festes ist. Mehr als ein Kuss kann es für ihn nicht gewesen sein. Und für mich? Warum ist mein verdammtes Herz so hoffnungsvoll? Ich verbanne diese Gedanken aus meinem Kopf. Es gibt deutlich Drängenderes.

Ich muss so schnell wie möglich hier raus, bevor Matthew mich umbringen kann. Nur wie soll ich das anstellen?

»Es reicht, Peter. Du kannst gehen.« Ein Befehl, den Peter seinem Anführer nicht verweigern kann. Er wirft mir einen letzten verächtlichen Blick zu, dreht sich dann auf dem Absatz um und verlässt den Raum.

Froh darum, dass wenigstens Peter fort ist, atme ich aus, aber Matthew habe ich nicht vergessen und er ist mit Sicherheit der Gefährlichere von beiden. Seinetwegen bin ich hier. Auf seinen Befehl hin haben mich seine Leute verschleppt.

»Was willst du von mir?«, frage ich ihn und versuche herausfordernd zu klingen, aber meine Stimme zittert und lässt mich unmöglich eine Fassade aufbauen.

Matthew beugt sich vor, stützt die Unterarme auf dem Knie ab und verschränkt seine Hände ineinander. Er mustert mich, als wäre er ein Fischer, dem ein besonders dicker Fang gelungen ist. »Fürs Erste genügt es, wenn du mir von dir erzählst.«

Ich blinzle. Seine Forderung bringt mich total aus dem Konzept, und das ist offensichtlich von ihm geplant. »Warum sollte ich?«

Auch diese Frage scheint ihn zu belustigen. »Ich hätte mir etwas mehr Kooperation erwartet. Du vergisst, dass du nur lebst, weil ich dich bei unserer ersten Begegnung habe gehen lassen.«

Ich knirsche mit den Zähnen. »Ich weiß ganz genau, warum du mich damals nicht umgebracht hast. Tu nicht so, als wäre das eine großmütige Geste gewesen.«

Matthew grinst. »Erwischt.«

Ich starre ihn an und kann nicht glauben, dass ihn der Gedanke an seinen letzten Angriff amüsiert. Dessen Vorbereitungen waren der wahre Grund, warum er mich gehen ließ. Zwei Gangmitglieder von uns sind bei diesem Angriff gestorben, getötet von ihm und seinen Leuten.

Offenbar steht mir mein Ekel ins Gesicht geschrieben, denn er wird plötzlich ernst. »Egal, aus welchen Gründen ich dich am Leben gelassen habe, ein bisschen mehr Dankbarkeit erwarte ich schon.«

»Mistkerl«, hauche ich angewidert. »Ist es das? Willst du, dass ich vor dir dankbar auf Knien rutsche?«

Matthew lehnt sich zurück, die Arme verschränkt er vor der Brust. »Ich habe dir schon gesagt, was ich von dir möchte.«

Das macht keinen Sinn. Sucht er etwas, mit dem er mich in der Hand hat? Vielleicht kann ich ihn hinhalten, bis ich eine Möglichkeit zur Flucht finde.

»Du willst, dass ich von mir erzähle?«, wiederhole ich seine Forderung.

Matthew nickt. »Ganz genau.«

»Und wenn ich dir nichts erzähle? Was passiert dann?« Eine direkte Frage, auf die ich mir eine direkte Antwort erhoffe. Ich muss wissen, mit wem ich es zu tun habe. Was für ein Mensch ist Matthew?

Er lässt sich Zeit, begutachtet mich mit prüfendem Blick, so als wolle er herausfinden, wie stark mein Widerstand werden könnte. »Dann wird der Krieg nicht aufhören.«

Eigentlich wollte ich von ihm wissen, ob ich umgebracht werde oder für seine Gang arbeiten muss, wenn ich nicht kooperiere. Gegen meinen Willen werde ich neugierig.

»Was meinst du damit?«

»Erzähl mir von dir und ich werde es dir verraten.«

Ich schüttle den Kopf und rutsche an die Wand, um mich anzulehnen. Meine Arme zittern bereits unter meinem Gewicht.

»Da gibts nichts zu erzählen.«

»Ich habe dich zu mir eingeladen, weil ich vom Gegenteil überzeugt bin. Es gibt sicher einige interessante Dinge über dich, die ich unbedingt erfahren will.« *Eingeladen.*

»Ich bin erst seit ein paar Wochen hier, also habe ich nichts, was –«, fange ich an, doch Matthew unterbricht mich kopfschüttelnd.

»Vorerst genügt mir deine Vergangenheit. Wie sah dein Leben vor deiner Verurteilung aus?«

Was hat er vor? Was sollen ihm diese Informationen im Kampf gegen David bringen? Aber egal welchen Nutzen er aus meinen Erinnerungen ziehen will, ich antworte ihm das Gleiche wie Erin, David und Jeff bei meinem Verhör. »Das geht dich nichts an.«

Ich erwarte, dass meine Sturheit Matthew nervt und wütend macht, aber stattdessen huscht ein anderer Ausdruck über sein Gesicht, so schnell, dass ich ihn kaum deuten kann. Triumph? »Hör mal, Samantha. Ich würde dir ja wirklich gerne eine Eingewöhnungsphase zugestehen, aber David wird sich bereits sehr engagiert um deine Rettung bemühen.«

Ja, das befürchte ich auch. Ich will mich nicht auf sein Spielchen einlassen, aber er darf auch nicht merken, dass er ins Schwarze getroffen hat. »Du willst unseren Angriff verhindern, weil ihr euch nicht verteidigen könnt.«

»Wir haben genügend Waffen, mit denen wir euch aufhalten können«, entgegnet Matthew scharf. »Aber ich muss zugeben, dass der Brand in unserem Waffenlager ein kluger Schachzug war.«

»Vielen Dank«, sage ich mit einem kalten Lächeln.

Er schnalzt mit der Zunge und sieht mich abschätzend an. »Der Plan kam von dir?«

»Überrascht?«

Er lässt sich mit einer Antwort Zeit. »Eigentlich nicht.«

Minute für Minute zieht sich die Schwere aus meinen Beinen zurück. Auch wenn ich noch längst nicht fit bin, schöpfe ich neuen Mut. Ich muss hier raus, bevor unsere Gang versucht, mich zu befreien.

Als ob Matthew meine Gedanken liest, werden seine Augen zu eiskaltem Stahl, seine Lippen zu einem schmalen Strich.

»Mach dir keine Hoffnungen, Samantha. Eine Flucht ist sinnlos. Wir werden dich erwischen und dir wehtun müssen. Das liegt in niemandes Interesse.«

»Dann werde ich wohl warten, bis David kommt.« Oder mich von seiner Drohung nicht beeindrucken lassen. Ich habe nicht vor, hier Däumchen zu drehen und meine Gang unseren Feinden auszuliefern. Sie werden mich verletzen, wenn ich versuche zu fliehen? Was werden sie mir antun, wenn ich Matthew alles gegeben habe, was er braucht?

»Selbst wenn er seine gesamte Gang bei uns anklopfen lässt, dich werden sie nicht bekommen.« Eher würde Matthew mich umbringen. Da habe ich meine Antwort.

Ich nicke, als Zeichen dafür, dass ich ihn verstanden habe. »Wenn das so ist, hast du sicherlich Verständnis dafür, dass ich absolut kein Interesse daran habe, dieses Gespräch weiterzuführen.«

Er verzieht das Gesicht. »Schade. Ich hätte gedacht, dass dir mehr an einem Friedensbündnis liegt.« Friedensbündnis? Darum geht es hier? Aber ich bremse mich schnell, denn es gibt immer einen Haken. Und der Haken an einem Friedensabkommen zwischen den Gangs wird groß sein. Vorausgesetzt, Matthew sagt die Wahrheit und das hier ist nicht nur ein Köder. Er erhebt sich. »In einer Stunde komme ich wieder. Überleg dir bis dahin, hinter welcher Zukunft für New York du stehen willst. Möchtest du, dass wir uns weiterhin bekriegen, bis sich unsere Gangs irgendwann gegenseitig vernichtet haben? Oder schlagen wir ein neues Kapitel auf und arbeiten zusammen?«

Als ich allein bin, atme ich tief durch und versuche meine Panik abzuschütteln. Wenn ich mich in einer Stunde weigere, mit ihm zu sprechen, erklärt er mich dann für unbrauchbar?

Ich richte mich auf und diesmal arbeiten meine Beine mit.

Mühsam stemme ich mich in die Höhe, stütze mich an der Wand ab. Ich muss hier raus. Ich muss zu David und ihm von dem Chip erzählen. Verdammt, warum habe ich nicht schon früher etwas gesagt? Wir hätten nicht auf einen neuen Angriff von Matthew warten müssen, sondern wären einfach gegangen. Es ist die Lösung aller Probleme und ich habe sie für mich behalten, wollte abwarten. Warum? Habe ich Angst davor, New York zu verlassen? Obwohl hier Anarchie und Feindschaft herrschen, fühle ich mich heimischer als in Concordia. Wenn ich umgebracht werde, stirbt das Geheimnis mit mir.

Ich setze einen Fuß vor den anderen, konzentriere mich ganz auf meine Schritte, um das Gleichgewicht zu halten. Am Fenster angekommen krallen sich meine Finger am Rahmen fest. Ich stöhne enttäuscht, denn diese Fluchtmöglichkeit ist so gut wie ausgeschlossen. Ich befinde mich im dritten Stock, springen kommt daher nicht infrage. Ich öffne das Fenster und beuge mich so weit wie möglich vor, um die Fassade in Augenschein zu nehmen. Ja, vielleicht ist es möglich, sich von einem Fenstersims zum anderen zu hangeln. Aber die Höhe ist bedenklich, ein falscher Tritt und ich würde in die Tiefe stürzen und mir alle Knochen brechen. Ich erschaudere und weiche zurück. Es muss einen anderen Ausweg geben. Sowieso muss ich mich erst erholen und wieder zu Kräften kommen, bevor ich eine Flucht in Erwägung ziehen kann. Also brauche ich Zeit und die bekomme ich nur von Matthew.

Mein Körper seufzt dankbar auf, als ich ihm erlaube, sich wieder auf die Matratze zu legen. Informationen über meine Vergangenheit nutzen Matthew nichts, auch wenn er das offenbar nicht glaubt. Eine ganz andere Sache ist, dass ich manche Dinge niemandem erzählen möchte. Die Frage ist, warum will Matthew, dass ich ihm meine Vergangenheit offenlege? Was erhofft er sich dadurch? Und wie viel bin ich bereit ihm zu geben, um Zeit zu schinden?

Ich schließe die Augen, entspanne meine Schultern. Mir bleibt eine knappe Stunde.

17

Als Matthew wiederkommt, bin ich nicht bereit. Er wirft mir eine Wasserflasche zu, die auf meinem Bauch landet und mich aufkeuchen lässt. »Hast du es dir überlegt?«

Ich schlage ärgerlich die Flasche zur Seite und setze mich auf. »Ich habe schon immer gern gelesen. Und jetzt lass mich in Ruhe.«

Er lächelt erfreut. »Zu wenig, meine liebe Samantha. Viel zu wenig. Was hast du noch?«

Ich werde mir alles aus der Nase ziehen lassen, werde mir so viel Zeit nehmen, wie ich will. »Aufdringliche Menschen habe ich schon immer gehasst.« Ich werfe ihm einen kühlen Blick zu.

»Ich habe nicht damit gerechnet, dass wir Freunde werden, falls du das meinst.«

Ich schnaube, verschränke die Arme vor der Brust und sage nichts.

»Weißt du, was ich an Concordia vermisse?«, sagt er plötzlich. Ich zucke mit den Schultern, täusche Desinteresse vor, obwohl ich froh bin, wenn er von mir abkommt.

»Nichts.«

Überrascht sehe ich ihn an, weil ich erwartet habe, dass er seine Familie nennt oder Freunde, Menschen, die ihm wichtig sind. »Gibt es niemanden, den du –« Vermisst? Brauchst?

Seine Mundwinkel ziehen sich nach unten. »Es gibt Menschen, die ich vermissen *sollte*«, entgegnet er schlicht. »Was ist mit dir?«

Nein, ich habe auch nichts und niemanden in Concordia zurückgelassen. Meine Kindheit im Heim ist weder erinnerungswürdig noch habe ich zu irgendwem eine tiefere Bindung aufgebaut. Mir kam mein Leben immer falsch vor, ein Gedanke, den ich nicht gut ausführen und beschreiben kann. Es war in etwa so, als würde ich auf ein anderes Dasein warten.

»Henry war der Einzige, mit dem ich reden konnte. Manchmal wünschte ich mir, ich hätte –« Erschrocken beiße ich mir auf die Zunge, weil ich erst jetzt merke, dass ich meine Gedanken laut ausgesprochen habe. Matthew beugt sich vor. Er manipuliert mich. Seine Erzählung diente nur dazu, mich in Sicherheit zu wiegen und meine Zunge zu lockern. Eine gute Strategie, auf die ich reingefallen bin.

»Was wünschst du dir?«

Manchmal wünschte ich mir, ich hätte Henry näher an mich herangelassen, hätte *irgendjemanden* näher an mich herangelassen. Ich presse die Lippen aufeinander und starre auf die alten Holzdielen.

»Musstest du deinen Geliebten in Concordia zurücklassen? Hat die Regierung euch auseinandergerissen?« Seine Stimme trieft vor Hohn. Verwirrt sehe ich zu ihm auf, weil ich nicht verstehe, wovon er spricht.

»Henry«, erinnert er mich.

»Er ist nicht mein Freund. Wir sind nie zusammen gewesen«, stelle ich klar.

»Du meinst so, wie du nicht mit David zusammen bist?«

»Ja, genau das meine ich«, zische ich wütend.

»Du versuchst es zu leugnen, das verstehe ich. Aber Peter hat mir berichtet, in welch inniger Zweisamkeit er dich und David angetroffen hat. Außerdem kenne ich David und ich habe gesehen, wie er sich in der alten Lagerhalle vor dich gestellt hat.« Es fühlt sich an, als wären diese Ereignisse eine Ewigkeit her. Ich vermisse David.

»Ein Kuss beweist gar nichts. Und in der Lagerhalle hätte David jeden aus seiner Gang beschützt.«

»Der tapfere, selbstlose David«, sagt er mit gedehnter Stimme. »Wenn ihm seine Gang so viel bedeutet, warum ist er dann gegen ein Friedensabkommen? Warum schickt er seine Leute weiterhin in den Tod, obwohl wir doch schon längst darüber hinaus sein könnten?«

»Er hat mit Sicherheit seine Gründe.« Was soll ich sonst sagen? Einmal hat mir David erklärt, dass wir keine Schwäche zeigen dürfen, weil wir sonst von unseren Gegnern ausgerottet werden. Stimmt er einem Waffenstillstand nicht zu, weil er Matthew nicht vertraut und glaubt, es wäre ein Trick?

»Natürlich hat er die«, bestätigt Matthew leise. »Die Frage ist nur welche, oder?«

»Wenn du mich deshalb hast entführen lassen, muss ich dich enttäuschen. Darüber weiß ich gar nichts.«

»Nein, das war nicht der Anlass. Aber gut, dass du mich erinnerst, zurück zum Thema. Erzähl mir mehr über diesen Henry.«

Das werde ich ganz sicher nicht. Wenn er erfährt, dass mein bester Freund auch hier lebt, dann wird er diese Karte gegen mich ausspielen. Aber Matthew wird nicht lockerlassen, also werfe ich ihm ein paar Brocken hin und hoffe, dass er sich damit zufriedengibt. »Henry war ein Freund. Aber bevor du fragst, ich vermisse ihn nicht, ich vermisse nichts in Concordia. Genauso wenig, wie du es tust.«

Er sieht mich nachdenklich an, seine Stirn legt sich in Falten. »Bist du froh, Concordia verlassen zu haben?«

Ich überlege einen Moment. »Die Regierung hat mich hier eingesperrt. Anfangs dachte ich, sie hätten mir die Freiheit genommen, aber mittlerweile kommt es mir so vor, als hätte ich sie dadurch erst erhalten.« Ich schaue aus dem Fenster, versuche die Kuppel zu erkennen, die uns vom Himmel trennt. »Es ist eine andere Art von Freiheit, weißt du, was ich meine?«

Matthew folgt meinem Blick nach draußen und seine Augen werden dunkel. »Trotzdem bevorzuge ich einen Ort, der uns mehr Möglichkeiten bietet.«

Natürlich will ich das auch. Ich möchte nicht in New York sterben, als Opfer eines Bandenkriegs. Es ist ein sinnloser Teufelskreis, in dem sich die Gangs befinden. Aber hier kann ich meine Vergangenheit vergessen, die Hoffnungslosigkeit, die ich so oft verspürt habe.

»Hältst du die Verurteilungen für gerechtfertigt?«

»Wenn du das nächste Mal Lust auf eine kleine politische Diskussion hast, komm doch einfach auf einen Tee bei uns vorbei, anstatt mich entführen zu lassen.« Ich teste seine Geduld, weil ich wissen will, wann er an die Decke geht.

Sein Kiefer mahlt, die Augen werden zu Schlitzen. »Warst du in einem Erziehungslager?« Verwundert schüttle ich den Kopf. »Aber ich«, sagt er mit tödlicher Ruhe. »Die haben dort sehr effektive Möglichkeiten, jemanden zum Reden zu bringen. Du hast Glück, ich kann mich nämlich an jede einzelne Methode erinnern, die sie bei mir angewandt haben, und ich bin gerne bereit sie dir zu zeigen. Was meinst du?«

Zwar war ich nie selbst in einem Erziehungslager, allerdings habe ich durchaus Gerüchte gehört, was sich dort abspielt. Elektroschocks und Schlafentzug waren noch das Harmloseste. »Ich rede mit dir. Aber nur, wenn ich die Spielregeln kenne.« Voller Abscheu sehe ich ihm in die Augen, rechne mit Drohungen oder einem Angriff und spanne meinen Körper an, um seine Schläge aufzufangen. Als er abrupt aufsteht, zucke ich zurück. Er verzieht keine Miene und wendet sich zur Tür. »Ich glaube, du hast immer noch nicht begriffen, dass du auf meine Gnade angewiesen bist. Aber weil ich nicht die Regierung von Concordia bin, gebe ich dir noch eine Chance. Ruh dich aus. Wenn du ins Bad willst, klopf an die Tür.«

Als er weg ist, sacke ich vor Erleichterung in mich zusammen. Ich bin misstrauisch und dankbar zugleich, dass er so geduldig ist.

Das Wasser, das Matthew mir mitgebracht hat, stürze ich innerhalb von wenigen Minuten hinunter. Ich habe immer noch Durst und langsam meldet sich der Hunger. Aber ich will nicht nach Essen fragen, weil ich mir sonst eingestehen muss, dass ich ihnen wirklich ausgeliefert bin und aufgebe.

Als es langsam dunkler wird und das rötliche Licht der Sonne hinter den Hochhäusern verschwindet, halte ich es nicht länger aus. Zögernd klopfe ich an die Tür und warte. Das Schloss klickt und mein Herz rutscht in die Hose, als Peter hereinkommt.

»Was gibts?«

Er ist der Letzte, den ich um den Gang zum Bad bitten will, aber ich tue es. Er packt meinen Arm und bugsiert mich aus meinem Zimmer. Er geht schnell, sodass ich kaum genügend Zeit habe, mich umzusehen. Er führt mich einen breiten Flur entlang und ich sehe überall verschlossene Türen, von denen ich nicht weiß, wo sie hinführen und ob sie einen Weg zur Flucht verbergen.

Das Bad ist ein Stockwerk tiefer. Peter gibt mir zehn Minuten. Im Badezimmer ist ein Fenster, aber auch wenn ich nur noch im zweiten Stock bin, ist die Höhe immer noch tödlich oder zumindest so gefährlich, dass ich nach einem Sprung vermutlich erst mal liegen bleiben würde. Die Fassade ist rau, aber es gibt kaum Unebenheiten, sodass ich auch hier auf die Fenstersimse angewiesen wäre. Und selbst wenn ich es schaffe hinunterzuklettern, direkt unter dem Fenster befindet sich der Haupteingang. Für eine Flucht eher kontraproduktiv. Frustriert schließe ich das Fenster. Ich gehe auf die Toilette und springe danach unter die Dusche, wobei ich aufpassen muss, mich nicht an den gebrochenen Fliesen zu schneiden. Die schimmligen Fugen wellen sich und die Armaturen sind von Rost zerfressen. Als das Wasser über meinen Körper fließt, keuche ich erschrocken auf. Es ist eiskalt und noch dazu braun. Hektisch drücke ich mich an die Wand und warte, bis das Wasser wieder etwas klarer wird. Ich habe keine andere Wahl, als so schnell wie möglich fertig zu werden. Ich wasche meine Haare und steige dann unkontrolliert zitternd aus der Dusche. Meine Kleidung liegt nicht mehr neben dem Waschbecken. Ein Schauer läuft mir über den Rücken, als mir klar wird, dass jemand hier gewesen ist, während ich geduscht habe. Hastig schnappe ich mir aus dem Regal ein Handtuch und schlinge es um meinen Körper. Hat Peter sich diesen schlechten Scherz erlaubt? Ich habe kaum Zeit zu überlegen, wie ich aus dieser Sache herauskomme, als er das Badezimmer betritt.

»Zehn Minuten sind um.« Sein durchtriebenes Grinsen ist Antwort genug.

»Gib mir meine Sachen«, fordere ich und klinge dabei mutiger, als ich mich fühle.

Peter schließt die Tür hinter sich und tritt einen Schritt näher. »Matthew hat mir erzählt, du würdest ihm etwas verheimlichen. Ich lockere dir gerne die Zunge.«

Entsetzt starre ich ihn an. Soll das eine von Matthews Methoden sein, mich zum Reden zu bringen? Ausgerechnet Peter. Ich weiche zurück, bis ich mit dem Hintern gegen das Waschbecken stoße. »Lass mich in Ruhe.«

Sein Grinsen wird breiter und plötzlich ist er viel zu nah. Er beugt sich zu mir herunter, sodass ich seinen Atem an meinem Ohr spüren kann. »Und? Hast du mir etwas zu sagen?«, haucht er. Ich bringe kein Wort heraus. Unfähig mich zu bewegen, spüre ich seine Hand auf meiner Schulter. »Nein? Das ist aber schade.« Seine schwieligen Finger gleiten zu meinem Schlüsselbein. Endlich erwacht mein Körper aus seiner Starre und ich schlage seine Hand weg. Als ich mich schnell an ihm vorbeischieben will, packt er meine Handgelenke und drängt mich gegen die Wand. Panisch trete ich um mich, erwische sein Schienbein, aber weil ich keine Schuhe trage, ist die Wirkung gering und Peter zuckt nicht mal zusammen. Er lacht gehässig und seine Finger schließen sich fester um meine Arme. In diesem Moment schaffe ich es, mein Knie zwischen seine Beine zu bringen. Ich ramme es nach oben, Peter stöhnt laut auf und verzieht schmerzhaft das Gesicht. Ich schubse ihn zur Seite und hechte zur Tür. Als ich sie aufreiße und auf den Flur stolpere, flucht Peter heftig. Ich renne zum Treppenhaus. Das Handtuch lockert sich und ich presse es an meinen Körper. Ich höre Peters schwere Schritte, während er hinter mir herdonnert.

»Bleib stehen!«, brüllt er wutentbrannt. Aber ich denke nicht daran und stürze die Treppe hinunter. Wenn er mich erwischt, bin ich tot, er wird mich in Einzelteile zerlegen. Ich muss fliehen. Jetzt oder nie. Ich kralle mich am Treppengeländer fest, als ich um die Ecke schlittere, um dann mit voller Wucht gegen Matthew zu prallen.

Er hält mich fest und mustert mich stirnrunzelnd, wie ich keuchend nur in einem Handtuch und mit nassen Haaren vor ihm stehe.

»Verdammtes Miststück! Komm zurück!«

Mein Kopf schnellt nach oben und ich will mich Matthew entwinden, aber er lässt nicht los. Natürlich nicht. Schließlich hat er Peter den Befehl gegeben, Antworten aus mir herauszupressen, und dabei ist ihm wohl ganz egal, wie er das anstellt.

»Bitte«, flehe ich Matthew an, während ich höre, wie Peter die Stufen hinunterspringt und immer näher kommt. Dann sage ich etwas, das mir nur aufgrund meiner Todesangst über die Lippen kommt. »Ich erzähl dir alles, alles, was du willst, aber Peter darf mich nicht –« Weiter komme ich nicht.

»Matthew«, keucht Peter hinter mir. Zitternd drehe ich mich zu ihm um und versuche gleichzeitig von ihm wegzukommen, so viel Distanz wie möglich zwischen uns zu bringen, aber Matthews Griff hält mich wie ein Schraubstock an seiner Seite. »Gut, dass du sie erwischt hast.«

»Was ist passiert?«, fragt Matthew argwöhnisch.

»Die Kleine wollte mich austricksen. Sie hat an die Tür geklopft, also habe ich sie ins Bad gebracht.« Peter fährt sich nervös durch die Haare. »Als ich wieder aufgemacht habe, ist sie plötzlich rausgerannt.« Ich stutze, bin überrascht von seiner Lüge.

»Du willst mir erzählen«, knurrt Matthew, »dass Samantha nur mit einem Handtuch bekleidet flüchten wollte?«

»Frag sie doch selbst.« Peters stechender Blick bohrt sich in meine Augen. Ich weiß, was dieser kalte Blick bedeutet, dass seine Augen mir drohen wollen.

Ich knicke ein und schlage die Augenlider nach unten. »Er hat recht.« Ich hasse mich für diesen Satz. Oft lasse ich mich herausfordern, reagiere trotzig. Aber nicht hier, nicht *so*. Wie soll sich eine Chance zur Flucht ergeben, wenn ich mich nicht ruhig verhalten, sondern Unruhe stifte?

»Da hast du ja ganze Arbeit geleistet, Peter.« Matthews Stimme bebt vor Wut. »Ich habe dir gesagt, sie ist tabu.«

Peter klingt plötzlich unsicher. »Ehrlich, Mann, ich hab nichts gemacht.«

»Ich bringe sie in ihr Zimmer zurück. Wir sprechen uns gleich.« Matthew schiebt mich die Treppen hinauf, vorbei an Peter, der mir einen bitterbösen Blick zuwirft.

»Sind deine Sachen noch im Bad?«, fragt Matthew, als wir in meinem Zimmer ankommen.

Ich schüttle den Kopf. »Sie waren nicht mehr da.«

Matthew stöhnt. »Warum deckst du ihn? Du bist doch sonst immer so mutig.« Ich antworte nicht, sondern schaue auf den Boden. Seine Einschätzung überrascht mich und ich frage mich, wie er darauf kommt. Mut zu einer meiner herausragenden Eigenschaften zu zählen, wäre mir nie eingefallen. »Hör mal, es tut mir leid, ich kann Peter nicht von dir abziehen. Er ist tief in dieser Sache drin und weiß viel. Aber ich verspreche dir, er wird dich nicht mehr anrühren.« Auf Matthews Worte gebe ich nichts. Anscheinend hat sich Peter heute seinem Befehl widersetzt, warum also sollte er es nicht wieder tun?

Eine Stunde später kommt eine blonde Frau vorbei und bringt mir meine Kleidung. Außerdem stellt sie mir eine Flasche Wasser und einen Teller mit Fleisch und Brot auf den Tisch. Ich bedanke mich nicht und sie ist schnell wieder verschwunden. Ich seufze erleichtert auf, als ich wieder meine Hose und mein T-Shirt trage. In diesen Sachen fühle ich mich wohl und sicher.

Mir wollen Matthews Worte nicht aus dem Kopf gehen. *Er ist tief in dieser Sache drin und weiß viel.* Was weiß Peter? Ich habe doch noch gar nichts von mir verraten! Er kann nichts wissen! Wollte mich Matthew mit dieser Behauptung einschüchtern, weil er gemerkt hat, wie schnell ich einknicke, wenn Peter mir zu nahe kommt?

In dieser Nacht schlafe ich kaum, weil mir die Anwesenheit der Wache vor meinem Zimmer deutlich bewusst ist und ich bei jedem noch so fernen Geräusch von meiner Matratze hochschrecke. Ich weiß nicht, ob sich Peter hinter der Tür befindet oder vielleicht nur die blonde Frau von vorhin. Jedenfalls hoffe ich auf die Frau.

18

Am Morgen fühle ich mich ausgelaugt und schwach. Es wird nicht gerade besser, als Matthew mich gut gelaunt zum Frühstück mitnehmen will.

»Was willst du damit erreichen?«, frage ich argwöhnisch.

»Immer so misstrauisch.« Matthew geht zum Fenster und öffnet es. »Ich möchte meiner Gefangenen einfach nur ein weiteres Essen in Einsamkeit ersparen.«

Eine kühle Brise streicht über meine nackten Arme und lässt mich erschauern. Der Herbst ist fast da. »Ich bevorzuge die Einsamkeit«, stelle ich klar.

Seine Schultern spannen sich an. »Und wenn ich dir kein Essen bringen lasse?«

Ich lächle süßlich. »Dann hungere ich gerne einsam.«

Matthew gibt sich nett und höflich und genau dieses Verhalten lässt alle Alarmglocken in mir schrillen. Wäre er so wie Peter, wäre ich nicht misstrauisch, weil ich das von meinen Feinden erwarte. Aber Matthew, der Kopf dieser Gang, trägt eine Maske und führt etwas im Schilde. Ich muss höllisch aufpassen, dass ich mich nicht erneut blenden lasse und in seine Falle tappe.

»Los!«, fordert er mich auf, bleibt vor mir stehen und hält mir die Hand hin. Missmutig lasse ich mich von ihm hochziehen.

Wir verlassen mein Zimmer, gehen den breiten Flur entlang zum Treppenhaus. »Du hast meine Frage nicht beantwortet«, erinnere ich ihn schließlich. »Was willst du damit erreichen?«

Matthew sieht mich mit Unschuldsmiene an. »Mit einem

Frühstück? Ich möchte damit erreichen, dass du bei Kräften bleibst.«

Ich verdrehe genervt die Augen. »Verarsch mich nicht.«

»Also gut.« Er bleibt auf dem unteren Treppenabsatz stehen und sieht mich an. »Wir hatten einen schlechten Start. Ich will, dass du uns nicht als Feinde betrachtest.«

Ich verziehe das Gesicht. Das ist das Dämlichste, was ich je gehört habe, schließlich hat er mich gegen meinen Willen hierherbringen lassen. Matthew setzt sich wieder in Bewegung, und als er merkt, dass ich ihn nur anstarre, kommt er zurück, packt meinen Arm und bugsiert mich die Treppen hinunter.

Der Speisesaal ähnelt dem unseren sehr. Statt einer improvisierten Ausgabe gibt es hier jedoch tatsächlich die richtige Ausstattung, so als wäre dieser Saal in früheren Jahren bereits als Kantine genutzt worden. Der beige Linoleumboden ist abgenutzt und von Flecken übersät. Die einst sonnengelbe Tapete ist teils abgerissen oder mit Kritzeleien übermalt. Ich bemerke, dass das Wort ›Eastside‹ besonders oft auftaucht. Es sind kaum noch Leute beim Essen, höchstens fünfzehn. Wie viele Mitglieder hat eigentlich Matthews Gang?

Keiner nimmt von mir Notiz, als ich an Matthews Seite den Saal betrete. Eigentlich habe ich mit vielen feindseligen Blicken und Geflüster gerechnet, aber wenn mich ein Blick der hier Essenden streift, dann ist er nur kurz und prüfend, weil ich niemandem bekannt vorkomme. Matthew lässt mich kein einziges Mal aus den Augen, selbst als er Brot und Hartkäse bereits genommen hat und ich noch in der Schlange stehe.

Mit unserem Essen setzen wir uns an einen freien Tisch.

»Wissen die nicht, wer ich bin?« Meine Frage klingt ziemlich eingebildet. »Also, ich meine«, füge ich schnell hinzu, »dass ich zu Davids Gang gehöre?«

Matthew lässt den Blick durch den Saal wandern. »Nein, wissen sie nicht«, antwortet er dann. »Nur wenige sind eingeweiht und so soll es vorerst auch bleiben.«

»Warum?« Ich hätte gedacht, dass meine Entführung als Matthews Erfolg gefeiert wird und alle denken, man hätte die perfekte Waffe gegen David gefunden.

Er wendet sich zu mir und legt den Kopf schief. »So viele Fragen.«

Ich warte, ob da noch mehr kommt, aber er sieht mich nur ein paar Sekunden an, bevor er sich wieder seinem Essen zuwendet. Frustriert stochere ich auf meinem Teller herum. »Wenn ich dich nicht als Feind ansehen soll, musst du mir schon ein Stück entgegenkommen.«

Als Matthew lauthals zu lachen anfängt, zieht er die Aufmerksamkeit einiger seiner in der Nähe sitzenden Mitglieder auf sich.

Ich starre ihn wütend an und warte, bis er sich wieder eingekriegt hat. »Das meine ich ernst.« Wenn ihm wirklich so viel daran liegt, mich auf seine Seite zu ziehen, dann soll er mir wenigstens ein paar Informationen geben.

Matthew legt sein Messer auf die Seite. »Du willst handeln?«, fragt er belustigt. Ich zucke mit den Schultern.

»Na gut, wie du willst. Verrate mir, warum du Peter deckst, und ich sage dir, warum du eine Geheimmission bist.«

Das wüsste ich selbst gerne. Ich werde rot und starre auf meinen Teller. Warum decke ich Peter? Wieso habe ich David nicht sofort erzählt, warum Susan mich angegriffen hat? Warum finde ich für mein Schweigen immer wieder Ausreden? *Ich weiß es nicht, verdammt noch mal!*

Matthew beobachtet jede Regung in meinem Gesicht und gerade, als ich ihn anfauchen will, tritt die blonde Frau von gestern an unseren Tisch. Sie legt eine Hand auf seine Schulter und beugt sich zu ihm hinunter. Matthew schlingt die Arme um ihre Hüften und ein langer Kuss folgt. Naserümpfend schiebe ich mir nun doch ein Stück Brot in den Mund.

Sie lösen sich voneinander und die Frau macht einen Schmollmund. »Wo warst du heute Nacht?«

»Ich hatte zu tun.«

»Aber doch nicht mit der da, oder?«, fragt sie und macht eine abfällige Handbewegung in meine Richtung. Dann erstarrt sie und ihre Augen weiten sich. »Hast du ihr gar nicht die Hände gefesselt?« Mit einem spöttischen Grinsen greife ich nach meinem Glas.

»Ich bin bei ihr.« Für Matthew ist das Erklärung genug.

Die Blondine schnalzt mit der Zunge. »Kommst du nachher vorbei?«, will sie wissen und klimpert mit ihren langen Wimpern.

»Nichts kann mich davon abhalten, Süße.«

Ich verschlucke mich an meinem Wasser. Die Blondine wirft mir einen bösen Blick zu, bevor sie Matthew einen letzten Kuss zuhaucht und dann verschwindet.

Er dreht sich wieder zu mir. »Schön, dass ich dich erheitern konnte.«

»Sorry, aber ich hätte einfach nicht erwartet –« Ich schüttle den Kopf, huste Wasser aus meiner Luftröhre und lasse den Satz in der Luft hängen.

Matthew hebt eine Augenbraue. »Ja?«

Ich habe nicht erwartet, dass ein Anführer eine Freundin hat, deren niedriger Intelligenzquotient auf hundert Meter zu erkennen ist. Aber das sage ich nicht laut und zucke stattdessen mit den Schultern. Langsam lerne ich, wann ich meine Meinung besser für mich behalte. »Nicht so wichtig.«

Matthew kann sein Versprechen nicht halten. Die nächsten Stunden verbringt er damit, mich nach meiner Vergangenheit auszufragen, jedenfalls versucht er es. Die blonde Tussi wartet vergebens auf ihn. Ich weiß nicht, warum er unbedingt meine Meinung zu den Traditionen von Concordia hören will. Sollte uns das in diesem Gefängnis nicht egal sein? Zugegeben, die Regierung zeigt ihre Macht in jeder Regel, die sie aufstellt. Nichts bleibt dem Zufall überlassen, das fängt bei der Berufswahl an. Jeder Beruf wird vererbt, dadurch bleibt jeder Mensch in dem Käfig, in den seine ersten Vorfahren gesteckt wurden. So bleiben wir und unsere Fähigkeiten berechenbar.

Ich wäre zu einem Regierungsmitglied ausgebildet worden, so wie ich es in meinen Träumen erlebe. Und irgendwann hätte ich ein Regierungsmitglied geheiratet. *Nur* ein Regierungsmitglied, denn es ist nicht erlaubt, seinen angeborenen Käfig zu verlassen. Ich wäre ein Regierungsmitglied von größtem Ansehen gewesen und hätte zum Rat des Präsidenten gehört. Genau deshalb war David so verwundert, als ich erzählt habe, was meine Eltern waren. Denn noch nie ist ein Kind von Regierungsmitgliedern verurteilt und verbannt worden. David und ich sind die großen Ausnahmen. Warum ist David hier? Auch seine Zukunft muss so düster sein, dass er der Regierung keine andere Wahl gelassen hat.

»Ich möchte ins Bad«, sage ich plötzlich. Ich muss nicht auf die Toilette, brauche keine Dusche, aber Kopfschmerzen plagen mich schon seit über einer Stunde und ich hoffe, dass kühles Wasser helfen wird.

Matthew verstummt und ich habe keine Ahnung, was er gerade erzählt hat, weil ich ihm schon lange nicht mehr zuhöre. Er verengt die Augen. »Meinetwegen«, seufzt er dann. Ihm läuft die Zeit davon und offenbar habe ich mich für ihn noch nicht als nützlich erwiesen.

Er bleibt dicht an meiner Seite, öffnet mir die Badezimmertür und überprüft, ob jemand in den Duschen ist. Dann lässt er mich allein. Ich stöhne, massiere mir die Schläfen und schaue in den Spiegel über dem Waschbecken. Dunkle Augenringe haben sich in mein Gesicht gegraben, das Blau in meiner Iris wirkt dumpf. Mein Blick verschwimmt kurz und wird wieder klar. Wehe, diese Schmerzen sorgen dafür, dass ich um meine Sinne gebracht werde!

Ich streife meine Kleidung ab, steige in eine der Duschen und ziehe den zerschlissenen Vorhang hinter mir zu. Diesmal versuche ich erst gar nicht, dass Wasser warm werden zu lassen. Im Gegenteil, ich seufze erleichtert, als mir kaltes Wasser über den Kopf läuft und mein Haar durchnässt. Meine Schmerzen werden betäubt, aber der Schwindel hört nicht auf. Wieder verschwimmt mein Blick für einige Sekunden und ich wanke. Plötzlich höre ich fernes Piepen. Ich drehe das Wasser ab und lausche. Immer noch ist es zu hören. Vorsichtig ziehe ich den Vorhang zurück, aber das Bad ist leer. Die Geräusche sind nur in meinem Kopf. Ärgerlich ziehe ich den Vorhang wieder zu und schüttle den Kopf. Ich darf nicht die Kontrolle über mich verlieren! Ich lasse das Wasser wieder laufen und seife meinen Körper ein. Doch immer wieder verschwimmen die Hände vor meinen Augen und meine Knie werden weich. Das Piepen wird lauter und jemand fängt an zu sprechen.

»Die Überprüfung der Jugendlichen gehört zu unseren Standardaufgaben, sie erfordern höchste Sorgfalt.«

Logan und ich stehen in der Mitte eines großen Kontrollraums und sehen unserer Ausbilderin dabei zu, wie sie sich an einem Computer zu schaffen macht. In regelmäßigen Abständen ist ein hohes Piepen zu hören und ich frage mich, ob es von einem der vielen Bildschirme an der Wand herrührt.

»Muss die Zukunft von allen Jugendlichen überprüft werden?«

Sie nickt, ohne den Kopf vom Bildschirm zu wenden, und auch ich lasse ihn nicht aus den Augen. Ich darf keinen ihrer Handgriffe verpassen.

»Ja, natürlich. Das Ziel dabei ist die vollkommene Säuberung unseres Volkes zum Zwecke eines friedvollen Zusammenlebens. Das ist nur möglich, wenn wir die Analysen flächendeckend durchführen.« Säuberung. Bei diesem Wort dreht sich mir der Magen um.

»Aber ich wurde nicht überprüft«, wundere ich mich.

»Doch, doch. Wir tarnen die Analysen immer als Berufseinführungsgespräch, das auch du hattest.« Natalie tritt vom Computer zurück und wendet sich an uns. »Ihr werdet viel Theorie zu diesem Thema lernen und einige Male bei den Analysen zusehen, damit ihr sie am Ende selbst durchführen könnt. Allerdings werden wir dies bis dahin nur von diesem Raum aus tun, da wir die Jugendlichen nicht zusätzlich nervös machen wollen.«

Ich nicke gespannt. Bis vor Kurzem habe ich von der Existenz der Zeitmaschinen nichts gewusst und so verstörend es auch ist, so aufregend ist es dennoch.

»Von hier aus lässt sich jeder Computer in diesem Gebäude steuern, natürlich auch die, die wir mit der Zeitmaschine verbunden haben, also könnt ihr euch sicher vorstellen, was für eine Verantwortung wir haben. Ihr könntet dem Kollegen während der Analyse sogar ins Handwerk pfuschen, daher fordere ich euch strengstens dazu auf, währenddessen die Hände vom Computer zu lassen. Eine falsche Eingabe und ihr verändert das Schicksal eines Jugendlichen. Hier zum Beispiel«, sie deutet auf die Menüfunktion, »hätte ich die Möglichkeit, alle Daten zu löschen, die während einer Analyse gewonnen werden.«

»Was passiert mit denen, die verurteilt werden?«, frage ich und trete vorsichtshalber einen Schritt von den technischen Anlagen zurück, aus Angst, versehentlich irgendetwas zu berühren.

»Das werde ich euch erklären, aber nicht jetzt. Der zu Überprüfende ist eingetroffen.« Sie deutet auf einen Bildschirm oberhalb des Computers und wir sehen durch die Überwachungskameras in ein Büro. Ein hagerer rothaariger Junge betritt den Raum und wird von einem Unsichtbaren begrüßt.

»Mr Thompson, schön Sie kennenzulernen«, höre ich ihn sprechen. Tatsächlich erzählt der Mann dem Jungen genau die gleiche Lüge, die auch mir bei meinem vermeintlichen Einführungsgespräch aufgetischt wurde. Ich spüre einen kleinen Stich, weil ich in Zukunft das Gleiche tun werde.

Wir verfolgen die Geschehnisse auf dem Bildschirm, während Natalie uns genau erklärt, was gerade passiert. »Er wird dem Jungen nun neun Fragen stellen, so wie es bei euch auch war. Sie zielen alle darauf ab, wie er sich in bestimmten Situationen verhalten und welche Entscheidungen er treffen wird. Je nachdem, wie sich seine Zukunft dadurch verändert, muss die Frage angepasst werden.«

Mir schwirrt der Kopf. »Warum müssen die Fragen angepasst werden?«

»Ihr müsst wissen, dass die Zukunft bei Geburt nicht in Stein gemeißelt ist. Jede Entscheidung kann alles beeinflussen. Wenn wir also die Zukunft analysieren, müssen wir wissen, wie die Betroffenen auf lebensverändernde Situationen reagieren, um wirklich alles zu sehen.« Der rothaarige Junge ist bereits auf der Liege in die Röhre gefahren worden, die ersten Fragen hat er auch schon hinter sich. »Der Jugendliche ist mit dem Computer des Unsichtbaren verbunden. Dieser hat so die volle Kontrolle und sieht auf dem Bildschirm die zukünftigen Ereignisse des Jugendlichen und welche konkrete Entscheidung durch dessen Antwort getroffen wird.« Plötzlich richtet sich Natalie auf und tritt näher an den Computer.

»Was ist los?«, fragt Logan erwartungsfroh.

»Das sieht nicht gut aus, unser Kollege ist fündig geworden.«

»Woher weißt du das?«, piepse ich.

»Hier.« Sie winkt uns an den Computer heran. »Der Unsichtbare gibt seine Erkenntnisse sofort ins System ein, seht ihr?«

Tatsächlich können wir in Echtzeit beobachten, welche Notizen sich der Mann macht.

Öffentliches Misstrauen gegenüber der Regierung, *lese ich auf dem Bildschirm vor mir an der Wand.*

Als der verängstigte Junge aus der Röhre gefahren wird, betreten Uniformierte das Büro und führen ihn sofort ab.

»Öffentliches Misstrauen gegenüber dem Staat? Das ist alles? Deswegen wurde der Junge verurteilt?«, frage ich entsetzt.

Die Ausbilderin mustert mich nachdenklich und beim Hinausgehen murmelt sie: »Behalte diese Meinung lieber für dich. Der Staat ist unantastbar.«

19

Meine Augenlider flattern. Das Zimmer ist in dämmriges Abendlicht getaucht. Ich spüre eine Decke, die bis über meine Schultern liegt. Aber darunter ... Ich taste über meinen Körper. Nur ein Handtuch. Ich habe mich von Matthew ins Bad bringen lassen, aber was ist dann passiert? Ein leichtes Ziehen an meiner Stirn, ein Pochen. Meine Hand schießt zu meinem Kopf und ich fühle feuchte Haare und einen strammen Verband.

»Wie geht es dir?«

Ich zucke zusammen. Matthew sitzt im Schatten und beobachtet mich. Ich kralle meine Finger in die Decke und versuche einen klaren Gedanken zu fassen. Aber Concordia ist viel näher, realer, als die Erinnerung an das Badezimmer. »Was ist passiert?«, frage ich langsam. Meine Stimme klingt heiser.

»Ich habe auf dich gewartet, aber du bist nicht wiedergekommen«, fängt er an. »Du hast nicht geantwortet, als ich an die Tür geklopft habe, und ich dachte schon, du hättest einen leichtsinnigen Fluchtversuch durch das Fenster unternommen, also bin ich rein.« Er fährt sich durch die Haare, ohne den Blick von mir abzuwenden. »Das Wasser lief und du hast bewusstlos halb in der Dusche, halb auf den Fliesen gelegen. Mit einer Platzwunde am Kopf.«

Ich klammere mich noch fester an die Decke und Röte schießt mir ins Gesicht, als ich mir vorstelle, welchen Anblick ich Matthew geboten haben muss, voller Blut und ... nackt. Ich bin schon wieder ohnmächtig geworden. Diese Träume geraten langsam außer Kontrolle und scheinen sich ihre Berechtigung zu erzwingen.

»Sollte ich irgendetwas wissen, Samantha?«, fragt Matthew drängend, als ich nichts sage. »Bist du krank?«

Beinahe lache ich, weil ich meine, echte Sorge aus seiner Stimme zu vernehmen. Wenn ich es mir jedoch recht überlege, sind aus seiner Sicht Sorgen gar nicht so unberechtigt. Er ist offensichtlich noch nicht fertig mit mir. Wenn ich vorher schwächle, weil ich unter einer mysteriösen Krankheit leide, wird es für ihn umso schwieriger, zu bekommen, was auch immer er will. Einen verführerischen Moment spiele ich mit dem Gedanken, ihn in diesem Glauben zu lassen.

Aber dann schüttle ich nur müde den Kopf. »Nein«, seufze ich. »Keine Ahnung, warum ich diese Anfälle habe.«

Seine Augen weiten sich überrascht. »Das ist dir schon öfter passiert?«

Ich zucke mit den Schultern, um ihm zu zeigen, dass es mich nicht weiter beunruhigt. Aber das tut es. Und wie! Innerlich schnürt es mir die Brust zusammen. Was ist los mit mir? Was haben diese Träume zu bedeuten und warum zwingen sie mich immer öfter in die Knie? Mein Kontrollverlust ängstigt mich mehr, als ich zugeben will.

Matthew erhebt sich von seinem Stuhl. »Ich lasse dir noch etwas zu essen bringen. Und wenn was ist, klopf an die Tür, okay?«

Als ich allein bin, schließe ich die Augen und lasse mir meinen Traum durch den Kopf gehen. Will mich das Schicksal verhöhnen und mir zeigen, welches Leben mir durch meine Verurteilung verwehrt bleibt? Doch nichts von dem, was ich gesehen habe, ist beneidenswert.

Wieder werde ich von Matthew zum Frühstück mitgenommen. Wieder halte ich es für einen absoluten Witz, aber diesmal protestiere ich nicht, weil ich für eine Auseinandersetzung viel zu erschöpft bin. Die letzten Tage haben an meiner Willenskraft gezehrt.

Ich lasse meinen Blick durch den Saal schweifen, als mein Herz zwei Schläge aussetzt. Mein Brot fällt mir aus den Fingern neben den Teller. In der Menge habe ich jemanden entdeckt, der nicht da sein kann, der nicht da sein *darf*. Ich schließe die Augen, öffne sie wieder, aber er sitzt immer noch dort, zwischen all den anderen.

»Wer ist das?«, stoße ich hervor und kann meine Augen nicht von ihm abwenden. Eigentlich ist meine Frage überflüssig, denn ich weiß ganz genau, wer der Junge ist. Die treffendere Frage wäre: Leide ich an Halluzinationen?

Matthew folgt meinem Blick und nickt kurz. »Der Rothaarige? Das ist Freddy Thompson, wir haben ihn gestern Nacht aufgelesen. Frisch verurteilt, der Junge.«

Die erste Verurteilung, die ich in meiner Ausbildung miterlebt habe. Aber das war ein Traum. Ein Traum! Der Junge *kann* gar nicht existieren! Er ist nur das Ergebnis meiner Fantasie! Ich starre auf die Tischplatte, fahre mir mit beiden Händen durch die Haare und mein Herz klopft so hart gegen die Rippen, dass sie brechen müssten. Es ist keine Verwechslung, er ist hager, rothaarig und hat diesen unsicheren Ausdruck in den Augen, den ich bei ihm gesehen habe, als ich ihn über den Bildschirm im Kontrollraum beobachtet habe.

»Was ist los? Kennst du ihn?«

Aber ich kann Matthew nicht antworten, sondern stehe auf, wie aus weiter Ferne höre ich ihn wieder etwas sagen. Ich stolpere weiter, muss hier raus. *Nein, nein, nein* … Ich spüre einen festen Griff um meinen Arm und versuche ihn abzuschütteln. »Bitte, ich brauche frische Luft.« Matthew lässt mich gewähren, bleibt mir jedoch dicht auf den Fersen, weil er zweifellos an einen Fluchtversuch glaubt. Ja, er hat recht. Es ist die Flucht vor einer Erkenntnis, die mich wie eine tödliche Welle überflutet und mit sich reißt. Meine Träume sind keine Träume. Sie sind *Realität*.

Kühle Morgenluft streicht mir durchs Haar und lässt den Schweiß in meinem Nacken trocknen. Ich stehe einfach nur da, atme flach und starre in die Ferne.

»Was ist los, Samantha?«, ertönt Matthews Stimme hinter mir. »Ist dir wieder schwindlig?«

Dankbar für diese Ausrede nicke ich. »Es geht schon wieder«, nuschle ich und streiche mir die Haare zurück. Ich darf mir nichts anmerken lassen, sonst wird es Matthew um jeden Preis wissen wollen. Aber es ist verrückt, *ich* bin verrückt. Zwei Welten zur gleichen Zeit, das ergibt keinen Sinn. Es muss eine logische Erklärung dafür geben, eine, mit der ich leben kann, die mich nicht zu einer Verrückten macht.

Matthew tritt neben mich und wirft mir einen Seitenblick zu. »Es nützt nichts, noch länger zu warten. Ich möchte dir erklären, warum du hier bist.«

Ohne mich von ihm loszureißen, lasse ich mich wieder auf mein Zimmer bringen.

Matthew verschwindet für ein paar Minuten und ich sehe ihn entsetzt an, als er mit Peter mein Zimmer betritt. Matthew wirft mir einen beschwichtigenden Blick zu, aber das ist keine Antwort auf meine unausgesprochene Frage.

Nur widerwillig setze ich mich mit den beiden an einen Tisch, wobei ich trotzdem versuche, so viel Abstand wie möglich zu ihnen zu halten. Aber meine Neugierde wächst, weil ich endlich erfahren werde, worum es hier wirklich geht und warum ich entführt worden bin.

»Als ihr unser Waffenlager abgebrannt habt und ich dich mit David gesehen habe«, beginnt Matthew ohne Umschweife, »da war es nur eine Vermutung, dass er mehr für dich empfindet. Schon lange habe ich jemanden gesucht, der David beeinflussen kann, der in der Lage ist, ihn von meinen Plänen zu überzeugen. Und ich habe gehofft, du wärst diese Person. Um sicherzugehen, dass ich mich nicht irre, habe ich Peter auf dich angesetzt.«

Mein Blick zuckt zu Peter und ein widerliches Grinsen huscht über sein Gesicht. »Anfangs habe ich nichts von Matthews Vermutung bestätigen können«, ergreift dieser das Wort. »Du warst viel in der Basis und dort konnte ich dich nicht beobachten. Draußen hast du kaum etwas mit David zu tun gehabt, hast dich eher mit einem anderen blonden Typen verstanden.« Er meint sicher Henry. Meine Handflächen werden feucht vor Schweiß. »Mittelmäßige Kampfkunst, katastrophale Schießkünste«, zählt Peter gelangweilt auf, während ich rot werde. »Aber dann, eines Nachts, hast du mir deinen Wert präsentiert. Ich wollte meinen Augen nicht trauen.« Mein Mund wird trocken, weil ich weiß, was jetzt kommt. »Du hast an der Kuppel gestanden, minutenlang. Ich dachte schon, du willst dich umbringen oder wärst wie viele Neue so dämlich, dich von der Kraft der Kuppel beeinflussen zu lassen. Und tatsächlich bist du gesprungen, aber anstatt an der Kuppel kleben zu bleiben und bei lebendigem Leib gebraten zu werden, bist du einfach hindurch und ins Wasser. Ich habe gewartet, fest davon überzeugt, du wärst trotzdem irgendwie gestorben. Aber du bist aus dem Fluss einfach wieder auf die Straße gekrochen, so als gäbe es kein Hindernis.«

»Peter ist sofort zu mir gekommen und ich konnte mein Glück kaum fassen«, ergreift Matthew wieder das Wort. »Ich hatte gehofft, du würdest mir behilflich sein, aber ich habe keine Ahnung gehabt, wie *wertvoll* du wirklich bist. Die Frage, ob du und David ein Paar seid, war damit in den Hintergrund gerückt. Jetzt wollte ich mich unbedingt mit dir unterhalten.«

»Dafür musstest du mich verschleppen lassen? Du hättest mich auch einfach fragen können«, sage ich trocken.

»Wir wissen beide, dass du mir keine Antworten gegeben hättest.«

»Vielleicht hast du recht. Aber wenn du wirklich so scharf auf dieses Gespräch warst, wieso hast du dich dann so lange mit dem Blödsinn aus meiner Vergangenheit aufgehalten?«

»Ich wollte dich daran erinnern, was die Regierung uns angetan hat. Ich wollte, dass du für meine Pläne bereit bist.«

»Und welche Pläne hast du?«, frage ich bissig, aber auch froh, endlich zu erfahren, worum es ihm eigentlich geht.

Matthew beugt sich vor und lässt sich mit seiner Antwort Zeit. »Wir werden uns verbünden, meine und Davids Gang. Und dann wirst du uns helfen hier rauszukommen. Ich möchte einen neuen Staat gründen, sodass wir nicht länger der Regierung ausgeliefert sind. Wir werden ihnen ebenbürtig sein.«

Ich blinzle. Ich würde lachen, es als Scherz abtun, wenn ich nicht die ernsthafte Entschlossenheit in seinen Augen erkennen würde. »Du meinst es ernst«, stelle ich verblüfft fest und werfe einen kurzen Blick auf Peter, auch er scheint nicht belustigt.

»Natürlich meine ich es ernst! Zuerst ging es mir nur um den Zusammenschluss beider Gangs. Aber seit du einen Weg nach draußen gefunden hast, geht es um so viel mehr!«

Ich lege die Hände flach auf die Tischplatte. »Mal abgesehen von deinem sehr größenwahnsinnigen Plan, warum sollte David nicht zustimmen, wenn es um ein Friedensabkommen geht?«

Matthew zögert, seine Antwort kommt einen Moment zu spät. »Ich weiß es nicht.«

Ich schnaube. »Ja, klar. Du willst, dass ich euch helfe hier rauszukommen? Dann will ich die Wahrheit wissen. Wo ist der Haken?«

»Ich freue mich, dass du meinen Vorschlag anscheinend so gut findest, dass du ihm einen Haken unterstellst.« Matthews Augen leuchten beinah wahnsinnig. »David passt es nicht, die Führung abgeben zu müssen, da ich den alleinigen Vorsitz übernehmen werde.«

»Du meinst, wie ein Diktator?«

Auf Matthews Schläfe tritt eine Ader hervor, und wenn er mich nicht so dringend für die Umsetzung seines Plans bräuchte, würde er vermutlich das Gespräch an dieser Stelle beenden.

»Ich halte nicht viel von Davids Führungsstil, von seiner Idee, die Verantwortung auf drei Personen zu verteilen. Ich vertraue mir, *nur* mir.«

Seine Selbstsicherheit fasziniert mich und gleichzeitig hasse ich ihn für diesen arroganten Egoismus. »Da hast du ja wirklich wunderbare Pläne geschmiedet«, sage ich voller Ironie. »Aber eine Sache hast du dabei nicht bedacht.« Er hebt kaum merklich die Augenbrauen. »Wie kommst du darauf, dass ich euch mein kleines Geheimnis verrate?« Jeder in New York hat das Recht, es zu wissen, und ich werde es niemandem vorenthalten. Aber in diesem Moment will ich Matthew und seiner Überheblichkeit einen Dämpfer verpassen.

Seine Augen werden zu Eis, jeder Muskel spannt sich an und ich weiß, dass ich mein Ziel erreicht habe. »Falls du wirklich so dumm sein solltest, eine Information vorzuenthalten, auf die wir alle ein Anrecht haben, dann werde ich dich dazu bringen müssen, den Mund aufzumachen. Als du Zicken gemacht hast, weil du nicht über deine Vergangenheit sprechen wolltest, hatte ich ein Nachsehen. Aber das hier ist etwas anderes. Also lass dir gesagt sein, ich werde dich dazu zwingen, mir die Wahrheit zu sagen. Egal mit welchen Mitteln.« Bei seinen letzten Worten wirft er einen Seitenblick auf Peter.

Arschloch. Sein wahres Gesicht hat sich eben offenbart, die Maske ist gefallen. Am liebsten würde ich mich quer über den Tisch werfen und ihm die Augen auskratzen.

»Ich habe David für heute Abend zu einem Gespräch eingeladen. Du wirst daran teilnehmen und dafür sorgen, dass er meinem Vorschlag zustimmt.« Seine aalglatte Stimme geht mir durch Mark und Bein. »Falls du es nicht schaffst, sind meine Leute bereit. Wir können noch heute Nacht eure Basis überfallen und einnehmen. Dir ist sicher klar, dass damit niemand rechnen würde. Für einen Überraschungsangriff reichen unsere Waffen immer noch aus.«

»Hinterhältiger Mistkerl«, zische ich angewidert.

Matthew zuckt ungerührt mit den Schultern. »Ich habe eine Vision, die ich verwirklichen werde, und du wirst mir dabei nicht im Weg stehen.«

Noch lange hallen Matthews Worte in meinem Kopf nach und ich bin enttäuscht, so enttäuscht. Nicht von Matthew, der innerhalb weniger Sekunden bewiesen hat, warum jedes Misstrauen gegen ihn berechtigt ist. Ich bin enttäuscht von mir selbst. Warum habe ich nicht einen Fluchtversuch unternommen? Die Flucht vor Peter zählt nicht, sie hätte niemals geklappt. Aber wenn ich ernsthaft geplant hätte und mich nicht von Matthews blödem Gerede über die Vergangenheit hätte ablenken lassen, dann wäre ich vielleicht schon gar nicht mehr hier.

Ich sitze auf der Matratze, die Beine an den Körper gezogen, während ich mir die Haare raufe. Bei allem Ärger und bei aller Wut auf Matthew kann ich die Erleichterung nicht leugnen, die mich überkam, als er mir das Treffen mit David angekündigt hat. Die letzten Tage habe ich mich geweigert, auch nur einmal an David zu denken, aber ich mache mir nichts mehr vor. Ich brauche ihn, muss ihm von dem rothaarigen Jungen erzählen, dessen Auftauchen mich an meiner Existenz zweifeln lässt.

Ich warte ungeduldig und sehe der Sonne dabei zu, wie sie langsam dem Horizont entgegenwandert.

20

Meine Hände sind hinter dem Rücken gefesselt, so fest, dass ich mich unmöglich selbst befreien könnte. Peter schleift mich mit sich. Am liebsten würde ich ihn anspucken, aber ich beherrsche mich.

»Du weißt, was du zu tun hast«, erinnert mich Matthew zu meiner Linken.

Ich schnaube. »Ich glaube, du überschätzt meine Überzeugungskraft.«

Er wirft mir einen verächtlichen Blick zu. »Ich habe David befohlen, allein zu kommen. So kann er sich ganz auf den Rat seiner Liebsten verlassen.«

Ich entgegne nichts. Wie soll ich ihn jetzt noch davon überzeugen, dass David und ich kein Paar sind, wenn ich es selbst nicht mal genau weiß? So wird mir Matthew nie glauben, egal was ich sage. Wir gehen mindestens eine Viertelstunde durch die Stadt und ich kann mich schon nach ein paar Minuten nicht mehr orientieren. Die Dunkelheit legt sich wie ein Schleier über New York, die Ruhe ist unheimlich und dämpft unsere Schritte. Ich wundere mich, dass Matthew neben Peter keine zusätzlichen Wachen mitnimmt. Warum ist er sich so sicher, dass David sich an seine Forderung hält und allein zum Treffen erscheint?

Dann sehe ich ihn. David steht zwanzig Meter von uns entfernt, mitten auf der Straße, zwischen Schutt und Geröll. Die Ruinen ringsherum haben nichts mit unserer Basis gemein, weil sie Kälte und Einsamkeit ausstrahlen, während mir unsere Basis vertraut ist. Er wartet auf uns.

»Es freut mich, dass du meiner Einladung gefolgt bist«, begrüßt Matthew ihn hochmütig.

David antwortet nicht, sucht meinen Blick und es fällt mir so unfassbar leicht, ihn zu erwidern. Wären meine Hände nicht gefesselt und würde Peter mich nicht wie ein Schraubstock an seine Seite pressen, würde ich David umarmen und ihn erst wieder loslassen, wenn alles vorbei ist.

»Gehts dir gut? Bist du verletzt?«, fragt er mich mit der vertrauten rauen Stimme. Seine kurzen Bartstoppeln sind länger geworden.

Bevor ich den Mund aufmachen kann, kommt mir Matthew zuvor. »Es geht ihr gut. Kommen wir gleich zur Sache.«

Davids Kopf ruckt in Matthews Richtung und Hass lodert in seinen Augen. »Bist du für ihre Verletzung an der Stirn verantwortlich?«

»Dein Mädchen ist ausgerutscht und hat sich den Kopf angeschlagen, ganz ohne mein Zutun.«

David sieht mich fragend an und ich nicke. »Ich bin ohnmächtig geworden.« Er weiß, dass ich wieder geträumt habe.

»Mach ihre Arme frei«, fordert er an Matthew gewandt.

Dieser sieht sich mit gespielter Verwunderung in der ausgestorbenen Straße um. »Bin ich von einer unsichtbaren Armee umzingelt, die mich dazu zwingen könnte?«

David kneift die Lippen zusammen, kommt auf uns zu und bleibt dicht vor Peter stehen. David ist ein paar Zentimeter größer und sieht abschätzig zu ihm hinab. »Was will eigentlich die halbe Nummer hier?«, fragt er Matthew, ohne Peter aus den Augen zu lassen.

Matthew wirkt amüsiert, während Peter rot anläuft und seinen Griff um meinen Arm so verstärkt, dass ich zusammenzucke. Ich spüre bereits spitze kleine Nadelstiche, die sich in den Teil des Arms bohren, der von der Blutzufuhr abgeschnitten wird.

»Er hat deine Angebetete tagelang beobachtet und sie zu mir gebracht. Er hat es verdient, hier dabei zu sein.«

David wendet sich zu ihm. »Fick dich.«

Matthew schüttelt gelangweilt den Kopf. »Ich bin nicht hier, um mich mit dir zu messen. Du weißt, wieso ich dieses Treffen wollte, und du kennst mein Anliegen.« Er wirft mir einen gierigen Seitenblick zu. »Aber mittlerweile sind noch ein paar Bedingungen hinzugekommen. Deine kleine Samantha hat sich als wahrer Glücksgriff erwiesen.«

»Sie glauben, wir sind zusammen«, sage ich schnell, versuche David zu warnen und ihm mitzuteilen, was auf dem Spiel steht. »Ich soll dich dazu bringen –«

Aber Matthew schneidet mir das Wort ab. »Überleg dir das jetzt gut, Samantha. Du weißt, was ich dir gesagt habe.« Wenn ich etwas falsch mache, wird unsere Basis heute Nacht eingenommen, mit allen Mitteln. Ich beiße mir auf die Lippe.

Davids Augen ruhen auf mir, so als wollte er meine Gedanken lesen. »Sag, was du zu sagen hast, Matthew.«

Während Matthew seinen Plan erläutert, schaue ich schuldbewusst auf den Boden. Doch als er erzählt, dass ich es durch die Kuppel schaffe, wirft David mir nur einen kurzen Blick zu, weder überrascht noch verärgert. Nach Matthews Worten schweigt David eine Weile, runzelt die Stirn, als würde er sich tatsächlich über den Plan Gedanken machen.

»Um dir die Entscheidung ein wenig zu erleichtern, möchte ich hinzufügen, dass du Samantha nie wiedersehen wirst, wenn du ablehnst. Bei Angriff eurerseits, bei einem Versuch, sie zu befreien, werden wir sie umbringen, bevor ihr auch nur in ihre

Nähe kommt.« Matthew bringt es eiskalt und nüchtern auf den Punkt.

David starrt ihn zähnefletschend an. »Ich will mit ihr sprechen. Allein.«

Matthew zuckt mit den Schultern. »Wie du willst, aber keine faulen Tricks und ihre Arme bleiben gefesselt, verstanden?«

Wir gehen außer Hörweite und ich balle meine Hand zur Faust, öffne sie wieder, immer und immer wieder, um das Gefühl in meinen eingeschlafenen Arm zurückzubekommen. »Wie geht es dir?«, will David noch mal wissen und seine Blicke bohren sich in meine.

»Gut«, lüge ich.

»Du kannst mir die Wahrheit sagen. Wie behandeln sie dich?«

Ich werfe einen kurzen Blick auf Peter, der mich mit grimmiger Miene beobachtet. David entgeht das nicht. »Hat er dir was getan?«, knurrt er.

»Es ist nichts«, wehre ich ab und lenke das Gespräch in eine andere Richtung. »Das mit der Kuppel, ich wollte es dir sagen, in der Nacht, als ich entführt wurde.«

»Ich weiß.«

Warum fragt er mich nicht, wie ich lebend durch die Kuppel gelange? »Was wirst du tun, David?«

»Ich werde annehmen.«

Ich schüttele den Kopf, die Fesseln schneiden mir in die Handgelenke und Tränen steigen mir in die Augen. »Tu es nicht.« Ja, ich weiß, was auf dem Spiel steht, aber ich habe ein schlechtes Gefühl, wenn ich an Matthews Forderungen denke. »Bereitet euch auf einen Angriff vor. *So schnell wie möglich.*«

Er lächelt schwach und seine dunkelblauen Augen erinnern mich an die unergründlichen Tiefen des Ozeans. »Ich rechne es dir hoch an, dass du dich opfern willst und mir einen Tipp gibst, obwohl Matthew es dir verboten hat. Aber es ist nicht nötig, weil ich meine Entscheidung schon getroffen habe.«

Meine Zunge fühlt sich unglaublich träge an und meine Worte kommen mir nur schwerfällig über die Lippen. »Stimmst du Matthew meinetwegen zu?«

David schweigt und sieht mich lange an, lässt seinen Blick über mein Gesicht wandern und ich sehe Trauer und Besorgnis.

»Bitte, tu es nicht. Ihr müsst euch Matthew nicht anschließen, ihr könnt aus New York raus, alle können das.«

»Ich überlasse kein Mitglied meiner Gang freiwillig dem Tod«, sagt er schlicht und ich frage mich, ob er die Wahrheit sagt, weil ich New York als einen Ort der Effizienz kennengelernt habe.

Ich seufze verzweifelt und spüre die stechenden Blicke meiner Entführer im Nacken. Matthew wird gewinnen und Anführer beider Gangs. Ein egoistischer Mann, der unmögliche Pläne verfolgt und den Blick für die Realität verloren hat. Aber ich weiß, dass ich David nicht umstimmen kann und er seine Entscheidung vermutlich schon getroffen hat, bevor er herkam und die Einzelheiten erfuhr.

»Seid ihr fertig?« Matthew tritt an meine Seite, die Arme vor der Brust verschränkt. Er wirft mir einen missbilligenden Blick zu, so als wisse er ganz genau, dass ich entgegen seiner Anweisung gehandelt habe. »Und, mein lieber Freund, wie hast du entschieden?«

David strafft die Schultern. »Für diese Entscheidung muss ich mich erst mit Erin und Jeff abstimmen.« Offensichtlich will er Matthew nicht das Gefühl geben, leichtes Spiel zu haben.

Matthew verdreht die Augen. »So ein Schwachsinn. Wir wissen beide, dass du entscheiden kannst, ohne diese Möchtegernanführer um Erlaubnis zu bitten.«

»Ich teile deine Führungsmentalität nicht. Erin, Jeff und ich werden uns beraten.« Auch wenn ich weiß, dass David sich tatsächlich schon entschieden hat, freue ich mich, dass er Matthew noch so lange wie möglich hinhält.

»Willst du, dass ich Samantha hier und jetzt vor deinen Augen erschieße?«, knurrt Matthew und zieht eine Pistole aus seinem Gürtel. Es läuft nicht nach seinen Vorstellungen und das macht ihn ungeduldig.

»Aber ich habe dir doch noch gar nicht verraten, wie ich es durch die Kuppel geschafft habe«, sage ich und schaue ihn mit großen unschuldigen Augen an. David hüstelt amüsiert und ich verkneife mir ein Grinsen.

Matthews Fingerknöchel werden weiß, als er seine Pistole immer fester umschließt, und er schafft offenbar nur mit großer Mühe ein kaltes, schmallippiges Lächeln.

»Nicht schlecht, Kleine. Eins zu null für dich, zumindest für den Moment.« Er schiebt seine Waffe wieder zurück in den Gürtel und wendet sich an David. »Wie viele Mitglieder zählt deine Gang mittlerweile noch?«

»Einundzwanzig weniger als deine.« Ich bin beeindruckt, weil David scheinbar über alle Vorgänge in New York Bescheid weiß. Auch Matthew ist verblüfft und seine Augen weiten sich für eine Sekunde, aber er gewinnt schnell seine Fassung zurück.

»Ich hoffe doch, dass wir an euren schrumpfenden Zahlen schuld sind, ungern würde ich diese Ehre an eine Krankheitswelle abgeben.« Er lacht höhnisch und auch Peter, der an Matthews Seite getreten ist, stimmt mit ein. Ein kalter Schauer läuft mir über den Rücken. Wie kann man nur so grausam sein?

Als David nicht antwortet, wird Matthews Lächeln noch selbstgefälliger. »Du hast zwei Tage, um eure Angelegenheiten zu regeln. Euer Gebäude ist groß genug für uns alle.«

»Ihr wollt bei uns einziehen?«, unterbricht ihn David ungläubig. »Das wird in einem Chaos enden, Tote nicht ausgeschlossen.«

»Oh, das hört sich ja sehr verlockend an«, bemerkt Peter mit glänzenden Augen.

»Ich meine es ernst, Matthew. Das kann nicht in deinem Sinne sein.«

Matthew fährt sich nachdenklich durchs Haar. »Natürlich weiß ich, dass niemand erfreut sein wird. Fakt ist allerdings, dass eure Basis um einiges größer ist als unsere, und nachdem es nur eine Zwischenstation sein wird, ist es nicht notwendig, nach einem neuen geeigneten Gebäude zu suchen.«

»Warum bleiben nicht einfach alle da, wo sie sind, und hören auf sich zu bekriegen?«, frage ich mit gerunzelter Stirn.

»Mein Volk soll zusammenwachsen.« Eine schlichte und verrückte Antwort.

Ich schüttle fassungslos den Kopf. »Das wird interessant«, murmele ich.

Als Antwort packt mich Matthew am Oberarm. »Zwei Tage, bis wir kommen, und ich werde Samantha die ganze Zeit bei mir haben, und wenn mir auch nur die kleinste Sache komisch vorkommt, werde ich sie umbringen und sie dir vor die Füße werfen. Zwei Tage, David.« Er nickt Peter zu, fasst mich am Arm und zieht mich davon. Als ich zu David zurücksehe, spüre ich einen dicken Kloß in meinem Hals. Ich konnte ihm nicht von dem rothaarigen Jungen erzählen oder ihn darum bitten, mich trotz meiner gefesselten Hände zu umarmen, damit ich wenigstens seine Nähe wieder spüre.

Auf meiner dünnen Matratze im Zimmer kommt mir ein Gedanke: Ich habe ein Ass im Ärmel. Solange Matthew nicht erfährt, wie er aus New York ausbrechen kann, habe ich nichts zu befürchten, und wenn ich mutig bin, stelle ich sogar noch ein paar gewinnbringende Forderungen. Je länger ich mein Geheimnis bewahre, desto besser. Zum ersten Mal seit ich hier bin, schlafe ich mit einem Lächeln ein.

21

»Du stehst also auf Rothaarige? Der arme David.«

Ich reiße meinen Blick von dem Jungen los und funkle Matthew verärgert an. »Ach, halt die Klappe.«

Wir sitzen beim Frühstücken und seit dem Moment, als der rothaarige Junge den Saal betreten hat, lasse ich ihn nicht aus den Augen, als ob sich alle Fragen beantworten würden, wenn ich ihn nur lang genug anstarre.

»Was willst du denn dann von Freddy?«

Ich sage nichts und schaue demonstrativ in die andere Richtung.

»Was ist los? Anfangs warst du wenigstens noch etwas redefreudiger und hast mich beleidigt, wenn dir was nicht gepasst hat. Das war lustig.«

Wütend fahre ich zu ihm herum. »Du hättest mir vielleicht nicht damit drohen sollen, Peter auf mich loszulassen!«, fauche ich.

Matthew schüttet sein Wasser hinunter, dann sieht er mich mit grimmiger Miene an. »Du bist stur. Ich habe irgendetwas gebraucht, um dich aus der Fassung zu bringen, mehr nicht.«

»*Mehr nicht?*«, zische ich und packe meine Gabel, unschlüssig, ob ich sie ihm in die Augen oder zwischen die Beine rammen soll.

Er seufzt genervt auf. »Krieg dich wieder ein. Mir ist wichtig, dass die Sache funktioniert. Warum sperrst du dich so gegen meinen Plan?«

»Weil er absolut hirnrissig ist!«

»Und an was machst du das bitte fest?«

»Du willst einen neuen Staat gründen, dann wie ein großer Diktator über uns alle herrschen und Concordia *ebenbürtig* sein.« Ich ziehe das Wort verächtlich in die Länge. »Du bist schon länger hier als ich, vielleicht hast du mittlerweile vergessen, dass die Regierung von Concordia über zwanzig Millionen Bürger unter sich hat.«

»Du wärst überrascht, wie viele sich uns anschließen würden.«

»Einem Staat mit zweihundert Menschen, der so blöd ist, Concordia die Stirn zu bieten?« Ich sehe ihn mitleidig an. »Sorry, aber sei nicht enttäuscht, wenn sich die Bewerbungen in Grenzen halten werden. Obwohl, der ein oder andere Geisteskranke wird sich vielleicht dazu hinreißen lassen.« Langsam komme ich richtig in Fahrt. »Oh, oder es stellt sich heraus, dass wir alle Superkräfte haben, die das große böse Reich zum Schmelzen bringen können.« Ich habe damit gerechnet, dass Matthew wütend wird, mir wieder erklärt, wie wichtig es ist, mit ihm zusammenzuarbeiten, aber ich habe nicht damit gerechnet, dass er anfängt zu lachen. Laut und ehrlich.

Irgendwie passt mir das gar nicht und ich verschränke die Arme vor der Brust, während ich darauf warte, dass er endlich aufhört.

»Du bist einfach –« Er wischt sich die Augenwinkel und lässt den Satz in der Luft hängen.

Bevor ich ihn fragen kann, was genau ich in seinen Augen bin, sehe ich, wie sich seine Freundin einen Weg an den Tischen vorbei bahnt und auf uns zusteuert.

»Kannst du mich bitte in mein Zimmer bringen, bevor –« Zu spät.

»Matthew!«, flötet sie und wie schon beim ersten Mal nimmt sie ihn in die Arme und küsst ihn.

Er windet sich aus ihren Tentakeln und ich zolle ihm Respekt dafür, dass er das in unter einer Minute schafft. »Ich muss Samantha nach oben bringen, dann komme ich vorbei.«

Sie macht einen Schmollmund. »Das hast du das letzte Mal auch schon gesagt.«

»Diesmal meint er es sicher ernst«, werfe ich ein und spreche mit ihr wie mit einem Baby. Ich will so wenig wie möglich mit ihr zu tun haben, aber sie bettelt förmlich um einen blöden Kommentar.

Empört macht sie den Mund auf, aber Matthew geht dazwischen. »Lass dich von ihr nicht provozieren, das ist ihr Hobby.« Er nickt mir zu. »Und dich bring ich jetzt nach oben.«

»Du könntest mir keinen größeren Gefallen tun«, sage ich mit zuckersüßer Stimme, obwohl ich es durchaus ernst meine.

Diesmal bringt mich Matthew tatsächlich nur in mein Zimmer, ohne mich mit weiteren Fragen zu löchern, und verschwindet. So kann ich in Ruhe darüber nachdenken, welche Forderungen ich stellen möchte, wenn er das nächste Mal die Kuppel anspricht. Ich mache es mir so gut es geht auf einem der Stühle bequem und lehne meinen Kopf an die raue Wand. Ich will meinen Vorteil nicht leichtfertig verschenken, indem ich ihm unbedachte, nicht ausgeformte Gedanken offenlege. Lange denke ich darüber nach, was mich am meisten an Matthews Plan stört. Größenwahn und Rachegelüste fallen mir zuerst ein. Darauf lässt sich keine neue Welt aufbauen! Und ja, das ist es, was mir dabei die meisten Sorgen bereitet. Ich glaube, dass ein neues, besseres Reich zum Scheitern verurteilt ist, wenn es von Matthew geführt wird.

Früher als ich gedacht hätte, ist er wieder da. Ich löse meinen Kopf von der Wand und sehe ihn stirnrunzelnd an.

»Lange hast du es bei der Blonden aber nicht ausgehalten.«

»Die Blonde hat einen Namen«, teilt er mir mit.

Ich zucke desinteressiert mit den Schultern. »Sie hat sich mir nicht vorgestellt.«

»Pauline.«

Verständnislos sehe ich ihn an. »Ja, und?«

»Du wirst sie näher kennenlernen.«

Ich verziehe das Gesicht, weil mir Pauline seit unserer ersten Begegnung unsympathisch ist. »Danke, ich verzichte. Ich habe wahrlich Besseres zu tun.«

»Du meinst, mit David rummachen und durch Wände laufen?«

»Ich würde sogar lieber sämtliche Toiletten putzen«, umgehe ich seinen Kommentar.

»Oh, das ist ein guter Einfall«, lobt Matthew und setzt sich zu mir an den Tisch. »Gleich nachdem du mir dein Geheimnis verraten hast, darfst du damit anfangen.«

Ich rümpfe die Nase und lehne meinen Kopf wieder an die Wand. »Danke, nein.«

Matthew grinst. »Das war kein Angebot. Aber ich würde über deine mangelnden Putzambitionen hinwegsehen, wenn du jetzt keine Probleme machst und redest.«

Ich atme tief durch. »Ich sage es dir, wenn wir in Davids Basis sind und die Zusammenführung friedlich verlaufen ist, ohne Verletzte und ohne Tote. Ich sage es dir, wenn wir demokratische Wahlen über die Führung abhalten.« Es ist raus und ich merke, wie viel Mühe es Matthew kostet, seinen neutralen Gesichtsausdruck nicht entgleisen zu lassen. Das mit anzusehen ist herrlich und entschädigt mich für einige Gemeinheiten seinerseits.

»Das ist nicht dein Ernst.«

»Natürlich ist es das. Entweder du bleibst Anführer, aber für immer in New York, oder wir alle brechen aus und versuchen gemeinsam etwas Neues zu erschaffen.«

Seine Miene verhärtet sich, sein Blick wird zu Eis. »Ich respektiere dich und deinen Mut, aber du musst noch lernen, dass es manchmal klüger ist, sich zurückzuhalten. Sag mir, was ich wissen will, oder du wirst es bereuen.«

»Wieso?«, frage ich angriffslustig. »Schickst du sonst Peter zu mir?«

Matthew brüllt wütend auf und donnert seine Faust gegen die Wand. Ich zucke erschrocken zusammen. »Du weißt, dass ich das nicht machen werde!«

Verblüfft starre ich ihn an, nehme die unterschwellige Verzweiflung wahr, die sich in seine Stimme mischt. Plötzlich glaube ich ihm und nehme ihm ab, dass er mich nicht mit Gewalt zum Reden bringen möchte, obwohl er diese Informationen von mir unbedingt braucht. Er hätte die Antworten, auf die er schon tagelang scharf ist, einfach aus mir herausprügeln können, aber er hat es nicht getan. Matthew hat immer nur *gefragt*.

»Warum gehst du davon aus, dass du die Wahl verlieren würdest?«, frage ich leise.

»Was?«

»Wenn du dich so gegen meine Forderung sperrst, könnte man den Eindruck gewinnen, dass du nicht damit rechnest, zum Anführer gewählt zu werden«, erkläre ich ihm und hoffe, dass er nicht gleich wieder ausflippt.

»Ich frage mich nur eine Sache«, knurrt er und ignoriert meine Frage. »Wenn ich deinen Wünschen nicht zustimme, wirst du dann als Einzige New York verlassen und uns alle zurücklassen oder wirst du das Privileg der Freiheit nur denjenigen zugestehen, die es deiner Meinung nach wert sind?«

Das hat gesessen. Ich muss mir kurz klarmachen, dass ich niemals darüber entscheiden würde, wer freikommt und wer nicht. Aber ich selbst habe dafür gesorgt, dass es genau diesen Eindruck erweckt. Wenn ich das Matthew jetzt aber so sage, habe ich meinen Trumpf verspielt, also hebe ich leicht das Kinn und sehe ihm in die Augen. »Vielleicht.«

Er sieht mich abschätzig an. »Wenn dir so viel daran liegt, räume ich David ein gewisses Mitspracherecht ein.«

»Ich will, dass *alle* Mitspracherecht haben, nicht nur David«, berichtige ich ihn.

Blitzschnell beugt sich Matthew über den Tisch, packt mich am Kragen und zieht mich so dicht an sich heran, dass ich seinen Atem spüre. »Jetzt hör mir mal gut zu«, sagt er ganz leise. »Du wirst mir sagen, wie ich diese verdammte Stadt verlassen kann, und zwar ohne dass du die Heldin spielst und schwachsinnige Forderungen stellst. Was muss ich tun, damit du kapierst, dass ich die Zügel in der Hand halte und sonst niemand?« Er lässt los und ich falle zurück auf meinen Stuhl. Als ich merke, dass meine Hände zittern, schiebe ich sie mir unter die Oberschenkel. Ich will nicht, dass er sieht, wie mich seine plötzlichen Wutausbrüche verunsichern. Wie weit kann ich gehen, wann ist er so gereizt, dass er vielleicht doch Peter beauftragt, meine Aussage zu erzwingen? Oder dass er so lange auf mich einprügelt, bis ich meine edlen demokratischen Ziele vergesse und ihm alles verrate, was er wissen will, und zwar ohne Gegenleistung. Ich gebe zu, dass ich auf beides recht wenig Lust habe, also bleibt mir nur eins.

»Okay«, sage ich ruhig. »Vergiss das mit den Wahlen, ich nehme dein Angebot an. Ich möchte, dass David zusammen mit dir die Führung übernimmt.« Es ist nicht das, was ich will, aber Matthew hat recht. In meiner derzeitigen Situation nehme ich lieber, was ich kriegen kann, und David weiterhin als besonnenen

Anführer zu behalten scheint mir ein guter Kompromiss, zumindest für den Moment.

Matthew verengt die Augen, sieht mich mit einem bohrenden, missmutigen Blick an. »Na gut«, seufzt er. »Dann soll David eben neben mir stehen. Aber ich verlange deine Loyalität, ich will, dass du zu mir stehst, ohne Forderungen zu stellen und ohne dass du dich mit anderen gegen mich verschwörst. Ist das klar?«

Zum Abendessen werde ich von Peter und Pauline abgeholt. Als ich die beiden sehe, würde ich am liebsten das Fenster aufreißen und mein Glück doch an der rauen Außenwand versuchen. Plötzlich ist die Vorstellung, diesen Fluchtweg zu nehmen, doch nicht mehr ganz so schlimm.

Matthew lässt sich nicht blicken, als wir uns an einen Tisch quetschen, an dem schon ein Typ und eine junge Frau sitzen, die mit ihrem Essen fast fertig sind. Sehnsüchtig schiele ich zu einem der hinteren leeren Tische, aber Peter würde mich sowieso nicht gehen lassen, also frage ich erst gar nicht.

Peter macht eine abfällige Handbewegung in meine Richtung. »Leute, das ist Samantha, die Geliebte von David. Ich hab sie vor ein paar Tagen in geheimer Mission entführt.« So hat mich auch noch niemand vorgestellt. Was für ein Idiot.

Es wundert mich, dass Peter so offen erzählt, wer ich bin, da mir Matthew vor Kurzem noch gesagt hat, dass er meine Identität vorerst geheim halten möchte.

»Dann sind die Gerüchte also wahr«, sagt der blonde Kerl, der mir am nächsten sitzt, und mustert mich. »Die Braut des Feindes ist unter uns.«

Die junge Frau sieht mich ebenfalls neugierig an. »Na, jetzt wissen wir auch, worüber Matthew heute mit uns sprechen will.« Sie warten auf meine Reaktion. Oh, wie gerne würde ich ihnen erzählen, was Matthew vorhat. Sie haben noch keine Ahnung, dass sie bald mit dem Feind unter einem Dach wohnen werden und heile Welt spielen sollen. Aber anstelle eines Kommentars halte ich den Mund und wende mich meinem Essen zu.

»Was machen wir denn jetzt mit der?«, fragt Pauline Peter, so als wäre ich gar nicht da. »Matthew hat doch sicher mit dir gesprochen.«

Er lässt sich mit einer Antwort Zeit, genießt die Aufmerksamkeit, als ihn alle erwartungsvoll anschauen.

»Natürlich weiß ich Bescheid. Aber ihr müsst euch noch ein wenig gedulden, Matthew wird euch nach dem Essen informieren.«

»Eigentlich ist es doch ganz logisch. Es kann nur so sein, dass wir David mit ihr erpressen. Vielleicht bekommen wir so die Gemüsefelder.« Erin würde die Wände hochgehen.

Peter gähnt gelangweilt. »Fantasie hast du aber auch keine.«

»Wozu soll sie denn sonst nutzen?«, fragt Pauline und wirft mir einen verächtlichen Blick zu.

»Du klingst ziemlich eifersüchtig«, bemerkt die andere beiläufig.

Pauline wird bis unter ihre Haarwurzeln rot. »Und was ist mit dir, Sarah?«, fährt sie die Frau unwirsch an. »Immer noch getrennt?«

Peter und der andere brechen in Gelächter aus, während Sarah mit den Schultern zuckt, ihre Augen blitzen gekränkt. »Ich mein ja nur, Matthews Interesse an ihr scheint dich ziemlich zu stören.«

»Sie ist eine Feindin und eine Gefangene, Matthew benutzt sie nur«, faucht Pauline und ich kann es kaum fassen, als ich begreife, dass Sarah mit ihrer Vermutung recht hat.

»Samantha hat sich bereits einen Anführer geangelt«, bemerkt

Peter immer noch lachend. »Warum nicht also noch einen zweiten?«

Jetzt reichts. Ich habe nicht die geringste Lust, noch weiter zu ihrer Belustigung hier rumzusitzen. Vor Wut bebend wende ich mich an Pauline. »Weder habe ich mir David geangelt, noch habe ich auch nur das kleinste Interesse an deinem Matthew. Glaubst du etwa, ich bin gerne hier? Ich bin gegen meinen Willen von diesem Idioten verschleppt worden.« Ich nicke zu Peter, dessen selbstgefälliges Grinsen augenblicklich verschwindet. »Also, bitte, lasst mich in Ruhe und sucht euch jemand anderen für euer Geschwätz.«

Ihren überraschten Gesichtern sehe ich an, dass sie mit so einer Reaktion nicht gerechnet haben, und ich bin mir nicht sicher, ob es klug ist, in der Höhle des Löwen zu brüllen, aber ich konnte nicht an mich halten.

Ich schiebe meinen Teller weg und stehe auf. Sofort packt mich Peter am Arm. »Wo willst du hin?« Seine Laune ist nach meiner Bemerkung im Keller.

»Zurück in meine Zelle.«

»Matthew hat mich beauftragt, dich beim Essen zu überwachen.«

»Siehst du mich etwa essen?«

Er zieht mich grob auf die Bank zurück. »Wenn du willst, starr die Wand an. Ob du isst oder nicht, ist mir scheißegal. Aber halt ab jetzt deine vorlaute Klappe oder ich werde sie dir eigenhändig stopfen.« Ich funkle ihn zornig an, entreiße ihm meinen Arm, bleibe aber sitzen.

»Warum ist sie überhaupt im Speisesaal?«, ergreift Pauline wieder das Wort. »Sie ist immer noch eine Gefangene.«

Peter stöhnt genervt. »Stell doch nicht immer Fragen, auf die du sowieso keine Antwort bekommst! Wenn dein *Freund* dich nicht in Kenntnis gesetzt hat, dann warte, wie alle anderen auch, auf die Ankündigung.«

Beleidigt schürzt sie die Lippen und widmet sich ihrem Teller.

Sarah hingegen lässt ihren Blick nachdenklich zwischen mir und Peter hin- und herwandern. »Es ist etwas Großes, oder? Nicht nur irgendein Rachefeldzug.« Sie ist klug, klüger als die anderen drei am Tisch. Auch wenn ich es mir nicht eingestehen will, empfinde ich so etwas wie Sympathie. Auf ihre Frage schweigt Peter eisern. Ich hingegen fange ihren Blick auf und nicke kaum merklich. Sarahs Augen weiten sich, aber sie sagt nichts und greift nach ihrem Wasserglas.

Selbst als alle an unserem Tisch und die Leute um uns herum aufgegessen haben, bleiben sie auf ihren Plätzen. Gerne würde ich mich in mein Zimmer verkriechen und für mich sein. Abhauen bringt jetzt nichts mehr. Selbst wenn es mir gelingen würde, würde ein sofortiger Angriff von Matthew folgen. Er hat viel mehr Mitglieder, als ich gedacht habe, und offenbar noch irgendwo Waffen gelagert, die wir nicht zerstört haben. Außerdem hat ein Friedensabkommen auch Vorteile, obwohl ich Davids Meinung teile und sicher bin, dass die Zusammenführung nicht so harmonisch abläuft, wie Matthew sich das vorstellt.

Nach einer gefühlten Ewigkeit betritt Matthew den Saal und kommt mit zügigen Schritten auf mich zu. »Komm mit«, befiehlt er und wartet ungeduldig darauf, dass ich mich unter Paulines bösem Blick erhebe. Ich folge ihm in die Mitte des Saals zu einem freien Tisch und mir schwant Übles. Matthew springt mit einer fließenden Bewegung auf den Tisch, während ich daneben stehen bleibe und am liebsten unsichtbar werden möchte. Um uns herum verstummen die Ersten.

»Danke, dass ihr alle noch hiergeblieben seid!«, fängt Matthew mit erhobener Stimme an und im Saal wird es still.

»Ich habe eine Ankündigung für euch! Bevor ihr etwas Falsches hineininterpretiert, möchte ich vorab schon mal sagen, dass alles, was in den nächsten Tagen passiert, auf meinen Befehl hin geschieht.« Seine Mitglieder werfen sich verstohlene Blicke zu, weil ihre Versammlungen vermutlich noch nie so begonnen haben. »Vor ein paar Tagen habe ich angeordnet ein Mitglied von Davids Gang zu entführen.« Er weist auf mich und Köpfe recken sich, um zumindest einen kleinen Blick auf mich zu erhaschen. Ich fühle mich wie ein Ausstellungsstück und werde rot. »Das ist Samantha. Weil sie Davids Geliebte ist, hatte ich damit ein Druckmittel, um den Anführer der anderen zu einer Übereinkunft zu zwingen, auf die ich bereits seit einiger Zeit hinarbeite.« Matthew macht eine Pause und am liebsten würde ich ihn bitten nicht weiterzureden, zumindest nicht bis ich aus dem Saal verschwunden bin. Meine Kopfhaut fängt an zu prickeln und ich sehe zu Boden. »Ich habe ein Friedensabkommen mit David geschlossen, aber dieses Übereinkommen geht über eine einfache wehende weiße Fahne hinaus. Wir werden unsere Gangs zusammenschließen und unsere Basis auf die Westside verlegen.« Die Katze ist aus dem Sack und es folgt ein Moment der Stille, dann fangen die Ersten an zu lachen. Matthew zieht die Augenbrauen hoch, offenbar genervt. »Das ist mein Ernst, Leute! Wir fangen morgen mit den Vorbereitungen an!«

Endlich scheint es einer nach dem anderen zu begreifen und der Geräuschpegel schwillt an. Die Mitglieder tauschen ungläubige Blicke, springen auf, wütende Rufen hallen durch den Saal und ich sehe zu Matthew und fange seinen Blick auf. Was hat er erwartet?

»Verdammte Schlampe, was hast du uns eingebrockt?« Irgendjemand boxt mir in den Rücken, nicht auf einen Angriff gefasst taumle ich und stürze gegen den Tisch. Schmerz durchzuckt meine Rippen. Als ich mich umdrehe, trifft mich eine Faust im Gesicht und ich stoße abermals gegen den Tisch. Die Menge um mich herum wird größer und alle sehen mit hasserfüllten Gesichtern auf mich herab, brüllen mir Beleidigungen entgegen. Meine Wange brennt höllisch. Matthew springt herunter, schubst den Angreifer so heftig, dass dieser auf jemanden fällt und ihn mit nach unten zieht. »Ich habe das beschlossen, niemand sonst!«, bellt Matthew in die Runde. »Wenn ihr an jemandem eure Wut auslassen müsst, dann an mir!« Er sieht einen nach dem anderen an. »Dieses Abkommen bedeutet Frieden! Niemand von unseren Brüdern und Schwestern wird mehr in sinnlosen Kämpfen umgebracht! Weshalb regt ihr euch auf?«

Daraufhin höre ich nur noch unterdrücktes Murren, aber mein Herz hört nicht auf wie wild zu pochen, obwohl das Adrenalin langsam verschwindet. Matthew wartet nicht auf Antworten, sondern schleift mich durch die Menge. Fast rechne ich mit erneuten Übergriffen, aber stattdessen weichen sie vor uns zurück. Als wir den Saal verlassen und ich endlich dem Blick der Masse entkomme, atme ich tief durch.

»Tut mir leid«, murmelt Matthew.

Wütend reiße ich mich von ihm los und stoße ihn von mir.

»Es tut dir leid?«, wiederhole ich aufgebracht und deute in Richtung Speisesaal. »Heißt das, du hast damit nicht gerechnet, obwohl David und ich dich gewarnt haben? Bist du wirklich so blauäugig?«

Seine Augen funkeln verärgert. »Stell mich nicht wie einen Naivling dar!«

»Du zwingst deine Mitglieder, sich mit dem Feind zu verbrüdern. Mit uns! Hast du wirklich geglaubt, irgendjemand wäre von deinen Plänen begeistert?«

»Sie wissen nicht, dass es um ihre Freiheit geht!«

»Und warum sagst du es ihnen dann nicht einfach?«, frage ich genervt.

Matthew verschränkt die Arme vor seiner Brust. »Ohne Beweise mache ich gar nichts.«

Mir klappt der Mund auf. »Du vertraust mir nicht, oder? Du erzählst ihnen nichts von der Kuppel, weil du nicht sicher bist, ob ich dir jemals sage, wie ich es geschafft habe.«

Matthew durchbohrt mich mit einem langen, prüfenden Blick und nickt schließlich. »Woher soll ich wissen, dass du nicht in einem unbeobachteten Moment abhaust und uns alle zurücklässt?«

»Warum zwingst du mich dann nicht?« Es ist keine Frage, mit der ich ihn herausfordern will, ich kann mir nur sein Verhalten nicht erklären. Er ist von seinen Plänen so besessen und für die benötigt er mein Wissen. Es überrascht mich ehrlich, dass er keine weiteren Schritte einleitet, um sich dieses Wissen zu beschaffen.

Matthew antwortet nicht sofort. »Ich bin nicht Concordia.«

22

Vorsichtig taste ich meine Wange ab und zucke zusammen. Meine Haut ist gereizt und ich spüre einen kleinen Schnitt an der Wange.

Ich öffne das Fenster und schaue in die Dunkelheit. Eine kühle Brise streicht über mein Gesicht und fährt durch meine Haare. Meine einsamen Nachtwanderungen fehlen mir, auch wenn ich mittlerweile weiß, dass ich meistens nicht so allein war, wie ich dachte. Meiner Kehle entfährt ein frustrierter Laut. Ich habe das Gefühl, alles falsch zu machen. Ich hätte David früher von dem Chip erzählen sollen, dann wäre ich wahrscheinlich nie entführt worden und Matthew hätte keine Grundlage für seine Pläne gehabt. Wenn bei der Zusammenführung jemand verletzt wird, trage ich Mitschuld.

Bevor Vivien den Chip entdeckt hat, war es zu leicht, sich einzureden, dass wir unserem Schicksal überlassen wurden. Ich glaube, dass ich dieses Gefühl nicht verlieren wollte. Aber der Chip hat vermutlich jede meiner Bewegungen analysiert und meine Herzschläge gespeichert. Hält die Regierung mich nun für tot? Seit die Kugel an jenem Abend meinen Arm durchbohrt hat, ist der Chip nicht mehr in meinem Körper. Ob es überhaupt jemanden berührt hat, als vermeintlich ein weiteres Leben sein Ende gefunden hat?

Wie Matthew bereits angekündigt hat, werden am nächsten Tag die Vorbereitungen für den Umzug beschlossen. Peter holt mich aus meinem Zimmer und bringt mich auf den großen Platz vor der Basis, damit ich helfe, Essensvorräte auf alte Transportschiebewagen zu laden. Einmal erhasche ich einen Blick auf Kartons, von denen mich Peter sofort wegzieht. Gewehre und Pistolen, fein säuberlich sortiert, daneben Kisten voller Munition, die von ein paar Jungs aus dem Keller hochgetragen werden. Matthew hat also tatsächlich nicht gelogen. In dem Waffenlager, das wir abgebrannt haben, befand sich nicht die gesamte Ausrüstung.

»Warum so beunruhigt?«, frage ich trocken. »Meine Schießkünste sind doch katastrophal.« Ich benutze extra Peters Wortwahl.

»Genau deshalb«, knurrt Peter und drückt mir einen großen Behälter mit Trockenfleisch in die Hände, unter dessen Gewicht meine Arme schnell zu zittern beginnen. »Und jetzt arbeite weiter und halte mich nicht auf.«

Böse Blicke begleiten mich über den ganzen Tag und immer wieder flüstern mir Matthews Mitglieder Gemeinheiten zu. Irgendwann gewöhne ich mich daran und mein Puls beschleunigt sich nicht mehr bei jedem hasserfüllten Kommentar. Ein Stück weit kann ich die Leute sogar verstehen und sicher wäre es jemandem von hier in Davids Gang nicht anders ergangen. Ich frage mich, wie Henry, Vivien und all die anderen die Nachricht über das Friedensabkommen aufgenommen haben. Susan ist sicherlich die Wände hochgegangen und Jeffs Reaktion will ich mir gar nicht erst vorstellen, vor allem weil David sich nicht zuerst mit Erin und ihm besprochen, sondern über ihre Köpfe hinweg entschieden hat.

Plötzlich wird die Stimmung unruhig und laute Pfiffe ertönen. Sofort ist Peter wieder an meiner Seite, so als wäre ich für den plötzlichen Umschwung verantwortlich. Ich wuchte einen Karton auf den Schiebewagen und schaue mich um. Mir klappt der Mund auf, als ich Matthew und David gemeinsam auf mich zukommen sehe. Matthew deutet auf die Kartons und erklärt irgendetwas, während David aufmerksam nickt. Den wütenden Leuten um sie herum schenken sie keine Beachtung und anders als bei mir gestern Abend hält sich die Menge zurück und beschränkt sich auf verbale Gewalt. Der Respekt ist zu groß. Als Davids Blick schließlich auf mich fällt, werden seine Schritte schneller und Matthew verdreht genervt die Augen, als er David zu mir folgt.

»Alles in Ordnung?« David nimmt mich in Augenschein, so als wolle er sichergehen, dass ich noch ganz bin. Sein Blick bleibt an meiner Stirn hängen. Weil ich den Verband heute Morgen im Bad abgenommen habe, um mir die Haare zu waschen, ist meine Platzwunde gut zu erkennen.

»Ja«, sage ich, noch immer überrascht, ihn hier zu sehen. »Warum bist du –?«

Doch Matthew beantwortet meine Frage, bevor ich sie zu Ende stellen kann. »Du wolltest, dass er Einfluss hat, also ziehen wir das gemeinsam durch.« Mit einer ausladenden Geste weist er um sich. »Unsere Abmachung, schon vergessen?«

Ich starre ihn ungläubig an, weil ich nie gedacht hätte, dass er sich daran hält.

»Also, du hast sie gesehen, ihr geht es gut«, sagt Matthew gelangweilt an David gewandt. »Machen wir weiter.«

Aber David schüttelt nur den Kopf, ohne den Blick von mir zu wenden. »Was hast du ihm geboten?« Anscheinend ist Matthew in seinen Gesprächen mit ihm nicht näher darauf eingegangen.

»Mein Geheimnis. Nur mein Geheimnis«, antworte ich schnell.

»Und ihre Loyalität«, fügt Matthew mit einem Grinsen hinzu. »Mir gegenüber.«

»Was spielt das für eine Rolle?«, frage ich Matthew, als David wütend den Mund aufmacht. »Die Loyalität von mir und jedem anderen hier gilt der Führung unseres neuen Zusammenschlusses. Und das seid ihr beide.« Ich deute auf ihn und David. Matthew runzelt ärgerlich die Stirn, während David mir anerkennend zuzwinkert.

»Hast du nicht noch ein paar Kisten zu schleppen?« Matthew nimmt mir meinen Kommentar übel, aber das ist es wert. Er nickt Peter zu und sofort spüre ich dessen Hand in meinem Rücken, als er mich zu den unzähligen Kartons schiebt, die alle darauf warten, von mir aufgeladen zu werden.

»Ist Peter dein neues Schoßhündchen?«, höre ich David noch verächtlich fragen, die Antwort von Matthew bekomme ich leider nicht mehr mit.

Als der nächste Tag beginnt, steigen meine Vorfreude und Sorge gleichermaßen. Ich bin unwahrscheinlich erleichtert, zu meiner Gang zurückzukehren, und freue mich, Vivien und Henry endlich wieder zu sehen. Andererseits treffen heute zwei Lager aufeinander, die sich abgrundtief hassen, und es wäre ein Wunder, wenn dies friedvoll vonstattengeht. Ich habe Angst, dass es Verletzte geben könnte oder Tote. Außerdem befürchte ich, dass unsere Leute sauer auf mich sind, da ich für das neue Bündnis mitverantwortlich bin.

Matthew lässt mich, wie versprochen, nicht aus den Augen und ist an meiner Seite, seit ich in der Früh aufgewacht bin. Die Pistole steckt griffbereit in seinem Gürtel, sodass er mich jederzeit umbringen könnte, wenn er das Gefühl hat, dass etwas nicht so läuft, wie es soll. Auch wenn er mich heute nicht mindestens zehnmal darauf hingewiesen hätte, ist mir bewusst, dass er diesmal abdrücken würde, auch wenn er noch nicht weiß, wie man New York verlässt.

Da die ehemals betonierten Straßen im Central Park kaum mehr passierbar sind, müssen wir einen längeren Weg nehmen und links um den Park herumgehen. So kommen die Leute mit den voll beladenen Schiebewagen schneller voran. Obwohl ich angeboten habe, beim Transport zu helfen, hat Matthew abgelehnt. Er, Peter und ich gehen voraus und sind die Einzigen, die nichts schieben oder tragen.

»Hast du dir schon überlegt, mit wem du in ein Zimmer möchtest?« Ich sehe Matthew fragend an. »Eure Basis ist zwar groß, aber nicht alle Zimmer sind benutzbar, deshalb müssen die meisten doppelt belegt werden.«

»Was?« Sicher habe ich mich verhört.

»Schau nicht so.« Matthew runzelt die Stirn. »Im Grunde war das doch klar. Also, mit wem ziehst du in ein Zimmer?«

»Vivien«, sage ich spontan. »Sie ist eine Freundin.«

»Oh, das tut mir leid. Ich will, dass die Gangs sich untereinander mischen.«

Ich bleibe stehen. »Das ist nicht dein Ernst«, stöhne ich entsetzt. »Du kannst nicht verlangen, dass wir unsere Zimmer mit Feinden teilen.«

Matthews Augen funkeln, er packt mich am Arm. »Seit heute sind wir keine Feinde mehr, schon vergessen?«

Ich schlucke meine Antwort hinunter. »Mit wem wirst du dir denn ein Zimmer teilen?«, frage ich stattdessen.

»Als Anführer steht mir ein eigenes Zimmer zu.«

Ich schnaube. »Na klar, hätte ich mir denken können. Und du?« Ich wende mich an Peter, gespannt darauf, wie er Matthews wahnwitzige Maßnahme findet. »Hast du dir schon deinen Zimmergenossen ausgesucht?«

Er sieht mich an und grinst. »Klar. Du und ich, wir werden uns glänzend verstehen.«

»Gar nichts werdet ihr«, entgegnet Matthew mit schneidender Stimme, bevor ich etwas sagen kann. »Wahrscheinlich ist es besser, wenn David und ich die Zimmeraufteilung übernehmen.«

»Oder wir suchen doch nach einer größeren Basis«, schlage ich vor.

»Hör auf, mich infrage zu stellen.« Damit ist das Gespräch beendet und den restlichen Weg verbringen wir schweigend. In Zukunft werde ich mich zurückhalten müssen. Wir werden nur überleben, wenn wir uns nicht gegenseitig die Köpfe einschlagen.

Ungefähr eineinhalb Stunden später stolpere ich über ein Blechschild mit der Aufschrift *West End* und Freude überkommt mich, denn damit weiß ich, dass wir fast da sind. Auf dieser Straße waren wir mit Erin joggen, doch seitdem scheint eine Ewigkeit vergangen. Automatisch gehe ich schneller, weil ich endlich David wiedersehen will und wissen muss, ob es auch Vivien und Henry gut geht. Nun erkenne ich die einzelnen Gebäude wieder, das eine, das von Efeu überwuchert wird, und das andere, dessen dreistöckige vordere Hauswand fast komplett runtergebrochen ist, sodass die Ziegelsteinhaufen die halbe Straße blockieren. Hinter mir murren die Leute und es bildet sich Stau, als sie die Ruinenreste mit ihren Schiebewagen umrunden müssen.

Endlich sehe ich unsere Basis. Sie ragt ein paar Stockwerke über die Häuser in der Umgebung hinaus und auch wenn sie heruntergekommen ist, fühlt sich ihr Anblick vertraut an, fast so, als wäre sie ein richtiges Zuhause und nicht nur eine Unterkunft.

Vor der Basis steht David. Seine Miene ist grimmig, so als würde auch er das Schlimmste erwarten. Meine Beine tragen mich vorwärts, ohne dass ich sie bewusst steuern kann, und als ich bei David ankomme, schlinge ich meine Arme um ihn. Er erwidert meine Umarmung lange und fest, seinen Atem spüre ich im Nacken. »Es tut mir leid, dass ich dir nicht helfen konnte«, flüstert er so leise, dass nur ich ihn hören kann.

»Wo sind deine Mitglieder?«, unterbricht Matthew unseren gemeinsamen Moment. David lässt mich los und nimmt wieder Haltung an.

»Sie sind im Versammlungssaal und warten auf uns.«

»Na, dann mal los.« Matthew schiebt sich zwischen David und mich, eine Hand auf seiner Pistole.

Wir steigen die Treppe nach oben und betreten den Saal. Viele Köpfe wenden sich uns zu und augenblicklich wird es still. Matthew schiebt mich mit nach vorne, als plötzlich ein Mädchen aus der Menge auf mich zurennt und sich mir um den Hals wirft.

»Samantha! Ich bin so froh, dass du lebst!«, keucht Vivien erleichtert, aber Matthew drängt mich weiter, sodass ich ihre Begrüßung nicht erwidern kann. Tränen steigen mir in die Augen, weil sie zu mir steht und mich für das Schlamassel nicht verantwortlich macht. Sie ist meine Freundin.

Auf einmal wird die Stimmung unruhig, wütende Rufe und Pfiffe hallen durch den Saal. Ein Blick zurück verrät mir den Grund. Die ersten Mitglieder von Matthew betreten den Raum, unter ihnen auch Pauline, deren arrogantes Grinsen ich ihr gerne mit einem Faustschlag aus dem Gesicht wischen würde. Begreift sie nicht, dass das hier kein Spiel ist?

David und Matthew bemühen sich die Leute zu beruhigen, aber je mehr von Matthews Mitgliedern den Raum betreten, desto schlimmer wird es. Auch sie werfen mit Beleidigungen und Drohungen um sich, kaum jemand hält sich zurück. Dann passiert das Unausweichliche. Erst sind es nur zwei, die aufeinander losgehen, und ich meine, Susans Kurzhaarschnitt in der Menge zu erkennen. Die Ersten stürmen los, um sie zu verteidigen und mit ihr zu kämpfen. Es ist wie in einem schlechten Film.

Auch wenn ich befürchtet habe, dass das passieren würde, wie sehr habe ich gehofft, dass alles gut geht. Am liebsten würde ich die Augen schließen, mir die Ohren zuhalten und dann merken, dass ich nur träume. David eilt zu den Kämpfenden, will trennen, schlichten, aufhalten, aber es ist ein aussichtsloses Unterfangen, nachdem fast die Hälfte aller Anwesenden an der Prügelei beteiligt ist.

Ich sehe Henry. Er wird von einem Kerl in den Schwitzkasten genommen und sein Gesicht läuft bereits rot an. Entsetzt renne ich los. »Lass ihn in Ruhe! Hör auf!«, schreie ich und trotzdem bin ich durch den Lärm kaum zu hören. Ich werfe mich mit meinem ganzen Gewicht gegen den Angreifer und beiße in seinen Arm. Er verzieht schmerzhaft das Gesicht, lockert seinen Griff, aber dann werde ich weggezogen und zu Boden geworfen. Sämtliche Luft wird aus meiner Lunge gepresst. Jemand stürzt sich auf mich und es geht so schnell, dass ich ihn nicht mal richtig erkenne. Ein Schlag gegen meine Schläfe lässt mich fast das Bewusstsein verlieren, aber ich bleibe und spüre noch eine Faust in meinem Magen. Ich schaffe es nicht, meine Hände zu heben, mich zu verteidigen, wie ein Magnet klebe ich am Boden. Immer wieder harte Schläge gegen meinen Körper. Diese Schmerzen.

Drei kurz aufeinanderfolgende Schüsse ertönen. Eine plötzliche Stille tritt ein und mein Angreifer lässt von mir ab. Als ich sein Gewicht nicht mehr spüre, drehe ich mich zur Seite, huste und röchle, um wieder Luft zu bekommen.

»Habt ihr alle den Verstand verloren?«, höre ich Matthews Stimme in der Ferne brüllen. Auch ohne ihn zu sehen, seine Stimme verrät, dass er fuchsteufelswild ist.

»Samantha, bist du okay?« Henry kniet über mir und berührt vorsichtig meinen Arm. Erst jetzt spüre ich etwas Warmes und

Nasses über meine Finger laufen. Meine Wunde am Arm ist aufgerissen, das Blut fließt in einem kleinen Rinnsal der Schwerkraft entgegen. »Du musst auf die Krankenstation!«

»Schon gut«, krächze ich und stemme mich in eine aufrechte Position. Mein ganzer Körper schreit bei dieser Anstrengung vor Schmerz auf, aber ich versuche ihn zu ignorieren. »Ich will nur auf mein Zimmer.« Henry nickt und hilft mir hoch. Sein Gesicht zieren Schrammen und sein Haar ist ziemlich zerzaust. Er legt mir einen Arm um die Hüfte und bugsiert mich nach draußen, vorbei an den vielen Verletzten, die sich gegenseitig immer wieder Beleidigungen entgegenschleudern und deren herausfordernde Gesichtsausdrücke verraten, dass ihr Rachedurst immer noch nicht gestillt ist.

Jedes Stockwerk ist eine Qual und ich spüre sämtliche Knochen und jeden Muskel meines Körpers. Als Henry und ich endlich in meinem Zimmer angekommen sind, legen wir uns erschöpft aufs Bett.

»Wir müssen deine Wunde säubern«, sagt er nach ein paar Minuten.

Ich schüttle den Kopf, zu schwach jetzt ins Bad zu gehen. »Das passt schon.« Henry widerspricht nicht, auch er ist schwer mitgenommen. Irgendwann verfalle ich in einen Dämmerschlaf.

23

Es ziept an meinem Arm und da sind Hände, die ihn festhalten. Erschrocken ziehe ich ihn zurück.

»Nein, nein, halt still! Ich muss das sauber machen, bevor ich es verbinden kann.« Viviens Stimme lässt mich aufatmen und ich entspanne mich wieder.

»Danke, Viv«, murmle ich und halte meine Augen geschlossen, weil mich der Schlaf noch nicht freilässt. Jemand macht das Fenster auf, vermutlich ist Henry schon wieder auf den Beinen.

»Wie ist es unten weitergegangen?«, höre ich ihn fragen.

»Wenn Matthew und David im Vorfeld nicht alle Waffen einkassiert hätten, hätte es ein Blutbad gegeben. Sie haben die Lage weitgehend unter Kontrolle, aber nur weil sie beide Gangs in verschiedene Säle gesperrt haben.« Vivien bindet etwas Straffes um meinen Arm. »Ich weiß wirklich nicht, wie das weitergehen soll.«

»Matthew ist von seinem Plan überzeugt«, krächze ich und öffne die Augen. Ich liege in meinem alten Zimmer, in unserer Basis. Endlich bin ich wieder hier. Es ist nicht so hell wie vermutet, da die Sonnenstrahlen hinter dicken dunkelgrauen Regenwolken verborgen sind. Behutsam legt Vivien meinen Arm zurück auf die Matratze.

»Er ist ein Arschloch«, sagt sie mit zusammengepressten Zähnen. »Dich zu entführen, nur weil du Davids Freundin bist, das ist widerlich.« *Davids Freundin.* Bei ihren Worten macht mein Herz einen kleinen Hüpfer.

Erst will ich nichts erwidern, es auf später verschieben, aber dann entscheide ich mich um. Die Frage, ob ich tatsächlich Davids Freundin bin oder nicht, ist jetzt nicht so wichtig. Aber das andere – das habe ich immer aufgeschoben, immer eine Ausrede gefunden, um mein Misstrauen gegenüber anderen zu rechtfertigen. Aber ich muss mich ändern. Ich will mich ändern. Also erzähle ich den beiden von der Funktion des Chips und von Matthews Plan einer neuen Staatsgründung. Sie starren mich völlig entgeistert an und Henry ist der Erste, der seine Sprache wiederfindet.

»Die werden es merken, wenn wir plötzlich verschwinden«, flüstert er. »Die Regierung wird uns alle umbringen.«

»Ich weiß«, murmle ich. »Aber Matthew will nichts davon hören.«

Henry lehnt sich gegen das Fensterbrett. »Ist er so grausam, wie alle sagen?«

Ich schüttle den Kopf. »Nein, finde ich nicht. Aber er ist besessen, irgendwie. Er lässt von seinen Vorstellungen nicht ab und ist so überzeugt, egal wie viele gute Gründe dagegensprechen.«

Vivien kaut nachdenklich auf ihrer Lippe. »Ich habe mir gedacht, dass Matthew dich nicht willkürlich als Entführungsopfer ausgewählt hat. Als David uns verkündet hat, was heute passieren würde, dachte jeder, er würde sich einen schlechten Scherz erlauben. Mir war sofort klar, dass er es ernst meint.« Sie bindet sich ihren Pferdeschwanz neu, um die heraushängenden Haarsträhnen wieder in den Haargummi zu zwängen. »Keine Gangs mehr, kein Krieg. Der Grundgedanke ist ja auch nicht schlecht, aber –«

»– aber an der Umsetzung hakt es noch ganz gewaltig«, nicke ich zustimmend.

Viviens Mundwinkel heben sich, bevor sie wieder ernst wird.

»Gehts dir wirklich gut?«

Eine direkte Frage, der ich durch meine Antwort auszuweichen versuche. »Ich bin froh, wieder hier zu sein. Bei euch.«

Gerade als Henry etwas sagen will, wird die Tür aufgestoßen und Matthew betritt, gefolgt von Pauline, den Raum. Er bewegt sich so selbstverständlich durch mein Zimmer zu meinem Bett, als gehörte ihm das hier alles. Henry richtet sich auf und Vivien versteift sich neben mir. Als Matthew vor mir stehen bleibt und mich von Kopf bis Fuß betrachtet, rückt sie noch näher an mich heran.

»Ist es was Ernstes?«, fragt er knapp und nickt zu meinem Arm.

Ich antworte nicht, sondern starre Pauline an, die mit säuerlicher Miene an der Tür stehen bleibt. »Was macht die hier?«

Matthew grinst und sieht über die Schulter. »Darf ich dir deine neue Mitbewohnerin vorstellen?« Er weist mit ausladender Geste zu Pauline.

Ich schließe kurz die Augen, sicher habe ich mich verhört. »Lass das bitte einen Scherz sein.«

»Warum kann ich nicht einfach bei dir wohnen?«, jammert Pauline mit hoher Stimme und zum ersten Mal bin ich mit ihr einer Meinung.

»Ja«, stimme ich sofort zu. »Warum nimmst du sie nicht mit zu dir?«

Matthew zuckt mit den Schultern. »Ich dachte, das passt. Die Freundinnen der Anführer in einem Zimmer.« Er will mich aus der Reserve locken, aber ich lasse mich nicht darauf ein. Mittlerweile kann es ihm egal sein, ob ich mit David wirklich zusammen bin oder nicht. Jetzt, da wir eine Gang sind, bringt ihm diese Information nichts mehr.

»Warum solltest du überhaupt das Recht haben, zu entscheiden, wer mit wem zusammenzieht?« Ich schnaube mürrisch.

»Außerdem hab ich dir doch schon gesagt, dass ich mir mit Vivien ein Zimmer teilen werde.« Vivien nickt eifrig.

Endlich scheint Matthew zu bemerken, dass ich nicht allein bin. »Freut mich dich kennenzulernen, Vivien«, begrüßt er sie übertrieben höflich und wendet sich dann an Henry. »Und wer bist du?«

Als er sich vorstellt, stutzt Matthew und dreht sich zu mir um. »*Der* Henry?« Mir fällt ein, dass ich ihm von Henry erzählt habe, und nicke widerstrebend. Er schnalzt mit der Zunge. »So ein Zufall.«

Aber er wartet nicht auf weitere Erklärungen, wünscht mir eine gute Besserung und verschwindet so schnell, wie er gekommen ist. Vermutlich will er vermeiden, dass ich loswerden kann, was ich ihm schon seit dem Ausbruch der Massenschlägerei an den Kopf werfen möchte: Ich habs dir doch gesagt.

Pauline steht noch immer unschlüssig im Zimmer und ihr Blick huscht von mir zu den anderen.

Ich seufze geschlagen. »Am besten, du gewöhnst dir an, öfter mal die Klappe zu halten, dann gehen wir uns vielleicht nicht gleich am ersten Tag an die Gurgel. Und ich geh in der Früh zuerst ins Bad, verstanden?«

»Warum solltest du die Regeln aufstellen dürfen? Du bist wirklich die Letzte, mit der ich zusammenwohnen will«, faucht sie.

»Dann haben wir wenigstens eine Sache gemeinsam«, entgegne ich süßlich und Vivien prustet los.

»Ich glaub, wir sollten in unsere Zimmer, damit wir die Ankunft unserer neuen Mitbewohner nicht verpassen«, sagt Henry und Vivien nickt, noch immer grinsend.

Als sie gegangen sind, lasse ich meinen Kopf wieder in das Kissen sinken und versuche Pauline zu ignorieren. Obwohl sie sich nicht bemerkbar macht, halte ich es nicht lange aus und mache mich auf die Suche nach David. Ich will sehen, ob es ihm gut geht, nachdem er versucht hat, die Kämpfenden voneinander zu trennen. Aber egal wo ich ihn suche, im Speisesaal oder in der Krankenstation, ich finde ihn nicht. Langsam mache ich mir Sorgen.

In der Krankenstation treffe ich auf Erin, die bis auf einen Schnitt an der Wange fit aussieht.

»Kannst du mir sagen, wo Davids Zimmer ist?«, frage ich und versuche den Drang in meiner Stimme mit einem gleichgültigen Gesichtsausdruck zu überspielen. Sein Zimmer ist der einzige Ort, an dem er noch sein könnte.

»Gegenüber von deinem.«

Mir klappt der Mund auf. Er wohnt gegenüber von mir und es ist mir noch nicht aufgefallen? Vielleicht war er deshalb so schnell bei mir, als Susan mich angegriffen hat.

»Aber er ist gerade in Sachen Zimmerverteilung unterwegs. Kein angenehmer Job.« Oh ja, das kann ich mir vorstellen.

Ich bedanke mich und steige wieder zehn Stockwerke nach oben. Auch wenn Erin meinte, er sei nicht da, klopfe ich an und warte, dann ein weiteres Mal, aber er macht nicht auf. Also schlüpfe ich durch die Tür.

Davids Zimmer ist wie meines, ausgestattet mit Doppelbett, Schrank, Tisch und zwei Stühlen. Auch das Bad sieht aus wie meines, nur dass das Waschbecken nicht kaputt ist. Vermutlich ähneln sich alle Räume, wenn das Gebäude früher wirklich mal ein Hotel gewesen ist.

In Davids Zimmer türmen sich an den Wänden viele wacklige Bücherstapel. Ich nehme das erstbeste Buch und lasse meine Finger ehrfürchtig über den zerschlissenen Einband streichen. Es ist ein altes Buch, aus einer anderen Zeit. Ich betrachte das

Cover, mustere die Frau darauf, die mit ernster Miene zu mir hinaufsieht. Es handelt sich um eine Biografie. Solange ich auf David warte, könnte ich ja kurz reinlesen. Auf jeden Fall besser, als zurück zu Pauline zu gehen. Ich lege mich aufs Bett und fange an zu lesen.

Ich schrecke hoch und die Decke rutscht mir von den Schultern. Es ist dunkel. Mein Buch liegt aufgeschlagen auf dem Nachttisch, ohne dass ich mich erinnern kann, es dort hingelegt zu haben. Als ich jemanden neben mir atmen höre, falle ich vor Schreck fast vom Bett. David schläft auf dem Bauch, das Gesicht mir zugewandt. Seine Züge sind entspannt. Ich habe ihn noch nie so erlebt, nur nachdenklich, misstrauisch oder wütend. Meistens wütend. Zugegeben, in letzter Zeit war er verständnisvoll und sogar fürsorglich. Irgendwie habe ich immer das Bedürfnis, seine Nähe zu spüren, wenn ich ihn sehe. Fast hätte ich meine Hand ausgestreckt und seine Wange berührt, stattdessen lege ich mich wieder hin und betrachte ihn so lange, bis ich einschlafe.

Ich werde wach, als er aus dem Bad kommt. Ich setze mich auf, schlinge die Arme um die Knie und sehe ihm dabei zu, wie er in einen Kapuzenpulli schlüpft.

»Du hast eine große Sammlung«, bemerke ich dann und weise auf die Bücher.

»Sie sind alle aus der Zeit, in der New York in der Nacht noch geleuchtet hat. Die Stadt, die niemals schlief. In Concordia wäre es strengstens untersagt, die Bücher von damals zu lesen, aber ich bin schon verurteilt, also ...« Er grinst.

»Wenn es dir nichts ausmacht, würde ich mir gern ein paar leihen.«

»Du kannst sie auch hier lesen.«

Natürlich werde ich rot. »Matthew hat gestern Pauline bei mir einquartiert«, erkläre ich meinen Besuch und verschweige den wahren Grund. Erleichtert mustere ich ihn von Kopf bis Fuß, bis auf ein paar Kratzer erkenne ich keine ernsthafte Verletzung.

»Da wäre ich auch abgehauen.« David grinst immer noch. »Das Angebot steht. Du kannst jederzeit in mein Zimmer zum Lesen oder einfach nur, um dich zu verstecken.«

»Danke.« Mehr bringe ich nicht zustande, ohne dass ich zu stottern anfangen würde. Er war so lange gemein zu mir, dass mich jede seiner Nettigkeiten fast umhaut. Blöderweise scheint sich mein Herz an die Wärme zu gewöhnen, sodass ich gar nicht wissen will, was passieren würde, wenn David sich entscheidet, sein Verhalten wieder einem Eisblock anzupassen.

Ich schlage die Bettdecke zurück und stehe auf. Ich strecke meine verschlafenen Glieder und will an David vorbei, um zurück in mein Zimmer zu gehen. Mein Bedürfnis nach Wasser auf der Haut, und sei es auch noch so kalt, ist so groß, dass ich Pauline in hohem Bogen aus dem Badezimmer werfen werde, wenn sie es blockieren sollte.

Aber ich komme nicht bis zur Tür. David hält mich mit einer sanften Berührung an meiner Schulter auf. »Es tut mir leid, Samantha«, sagt er leise. »Es tut mir so leid.« Reue glänzt in seinen Augen.

»Du bist nicht schuld. Du konntest gegen meine Entführung nichts ausrichten. Wir waren zwei gegen fünf. Beziehungsweise eineinhalb gegen fünf«, ergänze ich bitter und denke dabei an meine kaum vorhandenen Fähigkeiten. Ich kann nicht schießen, ich kann nicht kämpfen, ich kann mich nicht selbst behaupten.

David tritt einen Schritt näher, schüttelt kaum merklich den

Kopf und seine Blicke bohren sich in meine. »Du redest Schwachsinn«, sagt er mit ernster Stimme, so als könne er meine Gedanken lesen. »Du bist eine starke Person.«

Unsicher schaue ich auf die Seite, entziehe mich Davids Blick, weil ich seine Meinung nicht teilen will oder einfach nicht teilen kann. Ich bin nicht stark, das war ich noch nie. Ich habe kein Vertrauen in meine Fähigkeiten.

David legt seine Finger an mein Kinn und zwingt mich mit sanftem Druck, ihn anzusehen. »Du bist eine starke Person«, wiederholt er mit Nachdruck. »Du bist intelligent und selbstlos. Lass dir nichts anderes einreden und ganz sicher nicht von einem Idioten wie mir.«

Ich stutze.

»Ich weiß, was ich dir anfangs alles an den Kopf geworfen habe, glaub mir. Hätte ich mich dir gegenüber nicht wie ein Arschloch verhalten, hättest du dich mir vielleicht schneller anvertraut. Ich hätte dich beschützt.« *Hätte.* Jedes Mal wenn er dieses Wort ausspricht, verzieht er schuldbewusst das Gesicht.

Ich gebe ihm nicht recht, widerspreche aber auch nicht. Bei seiner letzten Entschuldigung wurden wir unterbrochen. Aber jetzt möchte ich sichergehen. »Du wirst dich mir gegenüber also nicht mehr wie am Anfang verhalten?«

»Nein, das verspreche ich dir.«

Ich schließe die Augen, sauge diese wunderschönen Worte in mich auf und fühle meine Seele leicht werden.

Als ich die Augen wieder öffne, streicht David über meinen verbundenen Arm. »Ich habe gestern gesehen, wie du versucht hast Henry zu verteidigen.«

Ich lächle schwach. »Die Betonung liegt auf *versucht.*«

Aber David schüttelt energisch den Kopf, sein Blick ist so warm. »Es spielt überhaupt keine Rolle, ob du die Kraft hast, alles zu Brei zu schlagen. Was zählt, ist der Wille, für jemanden einzustehen.«

Mit unseren Frühstückstabletts setzen wir uns an den Tisch zu Vivien und Henry. Vivien wirft mir einen vielsagenden Blick zu und zwinkert. Ich weiß jetzt schon, dass ich mich nachher ihren Fragen stellen muss, weil ich mit David hergekommen bin. Und natürlich wird sie mir meine Geschichte nicht abkaufen und uns eine heimliche Beziehung unterstellen. Na ja, was heißt *heimlich*? Jeder hier ist von diesem Gerücht überzeugt und ich komme schon lange nicht mehr dagegen an.

»Und, wen habt ihr in eure Zimmer bekommen?«, frage ich die beiden neugierig.

»Ein Mädchen namens Sarah«, antwortet Vivien kauend. »Sie ist sehr ruhig, also habe ich wohl Glück im Unglück.«

»Das kannst du laut sagen«, murrt Henry. »Ich dagegen hab einen Typen am Hals, der sich für den Größten hält. Seinen Namen hab ich dafür schon wieder vergessen.«

»Er heißt Peter.« Davids Stimme ist scharf wie eine Rasierklinge. »Wenn ich du wäre, würde ich ihm so gut es geht aus dem Weg gehen.« Er wirft mir einen kurzen Blick zu.

Henry nickt grimmig. »Danke für den Tipp.«

»Also wirklich, David!« Matthew taucht plötzlich hinter uns auf und setzt sich neben mich. »Als Anführer solltest du keine Vorurteile gegen uns haben. Wir sind ein Team.«

Davids Kiefermuskeln spannen sich an. »Ich habe keine Vorurteile, mein Wissen beruht auf Erfahrung.«

»Ich weiß, ich weiß. Er hat deine Braut entführt, aber das nur auf meinen Befehl hin. Komm darüber hinweg.«

Genervt drehe ich mich zu Matthew. »Ich habe einen Namen, okay? Wenn du willst, erzähle ich gerne ein bisschen über deinen

Liebling Peter. Nicht nur David hat Erfahrungswerte gesammelt.« Wir starren uns wütend an, bis Matthew schließlich seufzt, den Blick abwendet und wieder aufsteht.

»Wir sehen uns gleich zur Besprechung.«

»Was für eine Besprechung?«, frage ich an David gewandt, als Matthew verschwunden ist.

»Du bist ihm noch ein Geheimnis schuldig«, erinnert er mich und mustert mich mit einer nachdenklichen Traurigkeit.

Nach dem Essen verabschieden wir uns von den anderen und machen uns auf den Weg zu Matthews Zimmer im dritten Stock.

Bevor wir reingehen, hält David mich zurück. »Welche Erfahrungswerte hast du gesammelt?«

»Was meinst du?«, frage ich verwirrt.

»Welche Erfahrungen hast du mit Peter gemacht?«

»Die gleichen, die wahrscheinlich jeder sammelt, wenn er mehr als eine Minute mit Peter verbringt«, antworte ich ausweichend, schiebe mich an ihm vorbei und betrete das Zimmer.

24

»Ah, da kommt ja das dramatische Liebespaar. Setzt euch.« Matthew weist auf seinen Tisch mit vier Stühlen.

Ich verdrehe die Augen und lasse mich auf einen der Stühle fallen. »Bringen wir es hinter uns.«

»Warum so pessimistisch? Du solltest stolz sein, dass du uns die Freiheit schenken kannst.«

»Wäre ich wahrscheinlich auch, wenn nicht jemand bestimmen wollte, wie wir diese Freiheit ausleben müssen«, gifte ich.

David und Matthew setzen sich ebenfalls. Matthew verzieht missbilligend das Gesicht. »Du warst schon bei meinen Verhören nicht gerade handzahm.« Ich zucke die Schultern.

Die Tür geht auf und Peter betritt den Raum. Ein kalter Schauer läuft mir über den Rücken und ich versteife mich augenblicklich.

»Habe ich was verpasst?« Er setzt sich auf den einzigen freien Platz mir gegenüber.

»Warum ist er hier?«, stoße ich zwischen zusammengepressten Zähnen hervor.

Peter grinst verächtlich. »Warum sollte ich nicht?«

Gegen seine ständige Anwesenheit in der anderen Gang konnte ich nichts machen, aber hier bin ich zu Hause. Er hat kein Recht, mich in unserer Basis einzuschüchtern, so zu tun, als hätte er Macht.

Ich wende mich fassungslos an Matthew. »Warum tust du

das? Du hast mir versprochen, dass er nicht wieder in meine Nähe kommt.«

Peter schnaubt und Matthew schüttelt den Kopf. »Ich habe dir aber auch gesagt, dass ich ihn nicht komplett aus dieser Sache heraushalten werde. Er hat dein Geheimnis entdeckt, er war von Anfang an dabei.«

»Entweder Peter verlässt sofort den Raum oder wir gehen und du kannst bis an dein Lebensende in New York schmoren«, sagt David plötzlich mit einer tödlichen Ruhe.

Ich sehe zu ihm. An seinen Armen treten die Adern hervor, so fest hat er die Hände zu Fäusten geballt. Er ist kurz vorm Explodieren.

Matthews Blick ruht auf mir. »Schon gut«, sagt er nach einer Weile. »Peter, geh. Ich komm später zu dir.«

Peter steht so abrupt auf, dass sein Stuhl umkippt. Angriffslustig sieht er zu mir hinunter. »Freu dich nicht zu früh«, zischt er und stürmt hinaus.

Matthew lehnt sich nach vorne und stützt seine Unterarme auf dem Tisch ab. »Also, Samantha, erzähl deine Geschichte.«

Mit einem letzten Blick auf David fange ich an. Ich beginne mit dem Gegenangriff von Matthews Gang, der Schusswunde und dem Gespräch mit Vivien. Ich erzähle von meinen Überlegungen darüber, wozu uns der Chip eingepflanzt wurde.

»Die Regierung überwacht uns«, murmelt Matthew. »Ich dachte, sie würden nur die lächerlichen Versorgungspakete abladen und ansonsten wäre ihnen egal, was aus uns wird.«

»Ist es ihnen auch«, bemerkt David mit kalter Stimme. »Sie wollen nur mitbekommen, wie wir uns gegenseitig umbringen.«

Ich runzle die Stirn. »Eine Bestätigung für ihr System?«

David zuckt die Schultern. »Nenn es, wie du willst. Eine Bestätigung, eine Studie über Gewalt, die ihnen recht gibt.«

»Die reine Vermutung hat dich durch die Kuppel gehen lassen?«, hakt Matthew nach.

Ich nicke. »Dass das leichtsinnig war, musst du mir nicht sagen.«

»Jedenfalls war es sehr mutig«, gibt er zu. »Das heißt also, wir müssen uns alle diesen Chip aus dem Arm schneiden, um hier rauszukommen.«

»Wir haben kein Betäubungsmittel dafür. Das wäre reine Folter.« Davids Blick bleibt an meinem Verband hängen.

»Doch«, berichtigt Matthew ihn. »*Wir* haben genug, um die Operationen durchzuführen.«

»Du meinst, ihr habt genug, seit ihr uns alles bei einem eurer Überfälle geklaut habt?«, fragt David mit eisiger Stimme.

»Hey, wir sind alle keine Unschuldslämmer, okay?«

David lehnt sich mit verschränkten Armen zurück. »Ich finde, du solltest den Anfang machen. Ich schneide dir gerne den Chip aus dem Arm, wir können gleich loslegen.«

Matthew zieht die Augenbrauen nach oben. »Das sollte dann doch lieber die eine machen, die ihn bei Samantha entdeckt hat.«

»Vivien«, sage ich automatisch.

»Genau, die.« Er nickt zustimmend.

»Schade.« David macht ein enttäuschtes Gesicht. »Ich hätte so gerne in deinem Arm rumgestochert.«

Matthew ignoriert ihn. »Wir fangen noch heute an, ich will so schnell wie möglich hier raus.«

»Das dürfen wir nicht machen.« Davids Gesichtsausdruck verändert sich, er wird hektisch. »Überleg doch mal! Die Regierung überwacht uns, und wenn plötzlich alle auf einmal von der Bildfläche verschwinden, werden sie misstrauisch.«

»Ich will so schnell wie möglich hier raus«, wiederholt Matthew wie ein bockiges Kind.

»Heute fünf, übermorgen zwei, den Tag darauf einer. Nur so wahren wir zumindest ansatzweise die Chance, dass sie es nicht bemerken. Mit etwas Glück glaubt die Regierung, wir schlachten uns gegenseitig ab.«

»Das wird Wochen dauern«, flucht Matthew.

»Ich finde Davids Vorschlag gut«, werfe ich ein. »So halten wir das Risiko so klein wie möglich.«

»Ja, verdammt, ist in Ordnung!«, ruft Matthew genervt und steht auf. Er weiß, dass wir recht haben, und das versaut ihm mächtig die Stimmung. »David, geh zu dieser Vivien und gib ihr Bescheid. Wir fangen heute mit den Ersten an.«

Schreie dringen gedämpft durch die Tür. Erschrocken blicke ich zu David, aber er ist schon aufgesprungen. Auch Matthew marschiert hinaus, ich hinterher. Die Zimmertür schräg gegenüber steht sperrangelweit offen.

»Hast du den Verstand verloren?«, höre ich David brüllen. Ich renne hinein, bereit ihm zu helfen, aber bei dem Anblick muss ich hörbar nach Luft schnappen.

David kniet auf Susan, ihre Arme am Boden fixiert. Im Bett liegt eine Frau, die ich nicht kenne. Ihr Körper ist schlaff, ihre Augenlider flattern, aber am schlimmsten ist die große Blutlache, die sich unter ihr ausbreitet und in die Bettlaken sickert. Das Messer steckt noch in ihrem Bein.

Als Susans irrer Blick auf mich fällt, versucht sie sich aufzubäumen. »Du bist an allem schuld!«, faucht sie mich an und David hat Mühe, sie festzuhalten. »Ich verspreche dir, wenn der Affe mich loslässt, bring ich dich um!«

Ich weiche erschrocken zurück und Matthew schiebt sich an mir vorbei zu der Frau auf dem Bett. »Tamara«, flüstert er entsetzt. Er zieht seinen Gürtel aus den Hosenschlaufen und bindet damit vorsichtig ihren Oberschenkel ab.

»Hol Vivien, sie hat Tagdienst«, bittet mich David und seine drängende Stimme lässt mich aus meiner Starre erwachen.

Ich renne zum Treppenhaus, springe hastig die Stufen hinunter und strauchle, als ich den kaputten Treppenabsatz übersehe. Ich kann mich gerade noch ans Geländer klammern, damit ich die letzten Stufen nicht runterfalle. Ich laufe quer durch die Eingangshalle und stoße keuchend die Doppeltür zur Krankenstation auf. Es ist niemand da. Verdammt, David meinte doch, sie hätte Dienst! Fluchend drehe ich mich um und pralle fast mit Vivien zusammen.

»Suchst du mich?«

Hektisch erkläre ich ihr, was vorgefallen ist. Sie schnappt sich ihre Sanitätstasche und wir rennen in den dritten Stock.

»Geh beiseite«, weist sie Matthew keuchend an, öffnet ihre Tasche und holt Verbandszeug hervor. Matthew weicht zurück und hilft stattdessen David, Susan aus dem Zimmer zu schleifen. Sie wehrt sich mit Zähnen und Klauen, aber gegen die beiden Jungs hat sie keine Chance.

Während Vivien Tamara vorsichtig das Messer aus dem Bein zieht und einen Druckverband anlegt, nehme ich ihre schlaffe Hand und rede. Ihre Augen zucken wild umher, finden mich, als ich ihr die Formen der Wolken beschreibe, den Geruch einer Sommernacht und die Klarheit von Wasser. Ich komme mir so nutzlos vor. Inständig hoffe ich, dass ihr Blutverlust nicht lebensgefährlich ist, in New York sind Transfusionen unmöglich.

Schließlich kommen David und Matthew mit einer Trage zurück und bringen Tamara auf die Krankenstation. Vivien folgt ihnen und behält das totenbleiche Gesicht der Frau im Auge. Ich bleibe allein zurück, die Hände voller Blut.

Susan ist grausam, hinterhältig und unberechenbar. Ihre Wut macht mir tierische Angst. Bei so vielen frage ich mich, was der

Grund für ihre Verbannung nach New York ist, bei Susan nicht. Bei ihr ist es offensichtlich.

Ich gehe ins Bad, wasche meine Hände und Arme, bis sich das Wasser nicht mehr rot färbt, und trotzdem bleibt das klebrige Gefühl an meinen Fingern. Dann ziehe ich das Bett ab, und weil die Matratze ebenfalls Blut abbekommen hat und ich den Anblick nicht ertragen kann, drehe ich sie um. Die blutgetränkten Laken bringe ich in den Waschraum im Keller. Die ganze Zeit über kann ich nicht aufhören an den Hass und die Wut zu denken, welche Susan zu dieser Grausamkeit verleitet haben. Bei ihr müssen alle Sicherungen durchgebrannt sein, als feststand, dass die Gangs sich zusammentun werden, und wahrscheinlich war es für sie der Gipfel, als sie eine von den anderen als Mitbewohnerin vor die Nase gesetzt bekam. Zugegeben, auch ich bin nicht begeistert von Pauline und werde mich in nächster Zeit bestimmt öfter mit ihr streiten, als mir lieb ist, aber niemals würde ich sie so verletzen, niemals würde ich sie töten wollen.

Weil ich unbedingt mit David sprechen muss, warte ich wieder in seinem Zimmer auf ihn. Nur greife ich diesmal nicht zu einem Buch, lege mich nicht auf sein Bett, weil ich viel zu zittrig bin und die Gedanken an Susan nicht fortschieben kann. Unruhig laufe ich durchs Zimmer, öffne das Fenster, schließe das Fenster und kaue auf meiner Wange, bis sie wund ist. Ich warte lange und David kommt erst, als die Sonne verschwindet.

»Ist sie im Keller?«, frage ich sofort, ohne ihn zu begrüßen.

Er setzt sich aufs Bett, stützt seine Ellbogen auf die Knie und vergräbt das Gesicht in den Händen. »Ja«, antwortet er gedämpft. »Ich habe mit ihr geredet, aber sie ist«, er schüttelt den Kopf, »unbelehrbar.«

Ich setze mich zu ihm und betrachte ihn von der Seite.

»Sie wird sich nicht ändern«, sage ich dann. »Wir dürfen ihren

Chip nicht entfernen.« Ich spreche laut aus, worüber ich schon den ganzen Tag nachgedacht habe. Es scheint mir, als wäre das die einzige Möglichkeit, die Allgemeinheit vor Susan zu schützen.

David sieht mit einem gequälten Gesichtsausdruck zu mir hoch. »Natürlich verstehe ich, warum du das möchtest, aber ich will das für niemanden bestimmen müssen. Wenn wir jetzt anfangen auszusortieren, dann, fürchte ich, sind wir nicht besser als die Regierung.«

»Nein.« Ich schüttle energisch den Kopf. »Genau deshalb sind wir eben nicht wie Concordia! Die Regierung sortiert aus, bevor irgendjemand etwas verbrochen hat, und gibt niemandem eine Chance, sich zu beweisen. Susan hingegen hat hier weit mehr Chancen bekommen, als ihr zustehen. Wenn ich nur an die Brandnarbe von Vivien denke, wird mir schlecht.«

David richtet sich auf, sein Blick verschleiert sich und er streicht mir eine Strähne aus dem Gesicht. Mein Herz macht einen Hüpfer und es verschlägt mir die Sprache.

»Du wärst dort die einzig würdige Unsichtbare geworden.« Er lässt seinen Blick nachdenklich über mein Gesicht wandern.

»Irgendjemand hatte wohl etwas dagegen«, krächze ich.

»Offensichtlich«, murmelt er. »Ich frage mich nur, warum.«

Ich reiße mich zusammen, auch wenn ich Davids Nähe mit jeder Faser meines Körpers spüre. »Darf ich dich etwas fragen?«

»Klar, nur zu.« Er sieht mir neugierig in die Augen, ohne von mir abzurücken.

»Ich weiß, dass keiner Bescheid bekommt, warum er verurteilt wurde. Aber warum, glaubst du, bist du hier?«

Seine Augen werden dunkel und durchbohren mich, er öffnet den Mund und schließt ihn dann wieder. Bevor ich mich für meine sehr private Frage entschuldigen kann, antwortet er: »Meine Loyalität.« Eine merkwürdige Antwort, aber ich will nicht nachfragen, weil ich das Gefühl habe, dass er es mir nicht erklären wird, doch dann spricht er weiter. »So oder so, die Regierung sieht es nicht gerne, wenn man sich für diejenigen starkmacht, die keine Stimme erhalten.«

David ist kein böser Mensch, er ist intelligent und kümmert sich um jedes Mitglied seiner Gang. Er kämpft für die größtmögliche Freiheit und es quält ihn, durchgreifen zu müssen. Selbst Susan sperrt er nur ungern in den Keller und er tut es nur, weil er genau weiß, dass es kein milderes wirksames Mittel gibt, sie zu bestrafen. Ja, ich kann mir gut vorstellen, dass er verurteilt wurde, weil er, obwohl ein Kind von Unsichtbaren, den Menschen ohne Stimme gegenüber loyal gewesen wäre.

»Wie geht es dir? Was machen deine Träume?« Der plötzliche Themenwechsel überrascht mich zwar, ruft mir aber auch wieder den rothaarigen Jungen in Erinnerung. Endlich kann ich in Ruhe mit David darüber reden.

»Als ich bei den anderen war, da hatte ich wieder einen Traum«, fange ich an und versuche meine Stimme ruhig klingen zu lassen. Die Panik, die ich jedes Mal spüre, wenn ich darüber nachdenke, breitet sich in meiner Brust aus. »Ich habe die Verurteilung eines Jungen beobachtet. Es war wie jeder meiner anderen Träume. Aber einen Tag später habe ich den Jungen wiedergesehen – nicht in meinen Träumen, sondern in Matthews Gang.«

»Du meinst –«

»Er wurde in der Nacht nach meinem Traum von Matthews Leuten gefunden«, beantworte ich seine unausgesprochene Frage und kann nicht mehr zurückhalten, was ich fühle. Tränen steigen mir in die Augen, eine unsichtbare Hand drückt mir die Luft ab. »Ich werde verrückt, David«, jammere ich verzweifelt. »Meine Träume passieren wirklich.«

David schließt mich in seine Arme und ich weine an seiner

Schulter, kann die Tränen nicht mehr stoppen, die ich so lange unterdrückt habe. »Du bist nicht verrückt«, sagt er leise.

»Ach, nein?«, schluchze ich ärgerlich und winde mich aus seiner Umarmung. »Hast du mir denn überhaupt zugehört?«

»Natürlich habe ich das und trotzdem halte ich dich nicht für verrückt.«

»Na, dann appelliere ich an deinen gesunden Menschenverstand. Es ist nicht möglich, dass ich als Verbannte in New York lebe und gleichzeitig in Concordia zu einer Unsichtbaren ausgebildet werde!«

»Woher weißt du, dass es nicht möglich ist?«, wirft er nachdenklich ein. »Bis vor Kurzem wusstest du nicht einmal, dass die Regierung die Zukunft sehen kann.«

Ich starre ihn an, als hätte er mir gerade verkündet, Susan würde zum Friedenscorps gehen. »Wie soll das möglich sein?«, wiederhole ich. »Jeder Unsichtbare weiß von meiner Verurteilung, also würde es doch auffallen, wenn mein zweites Ich vor ihrer Nase rumtanzt.«

»Ich verstehe dich ja«, will mich David beruhigen, ohne großen Erfolg, »aber wir müssen alle Aspekte betrachten. Fakt ist, dass du von Machenschaften der Regierung weißt, von denen du eigentlich gar nicht wissen dürftest. Fakt ist auch, dass der Junge, den du in einem Traum gesehen hast, wirklich existiert. Entweder deine Träume sind real oder deine Fantasie hat eine verdammt hohe Trefferquote.«

Eine leise vernünftige Stimme in meinem Kopf versucht mich zu besänftigen: *Du kannst froh sein, dass David dich nicht für verrückt hält. Er glaubt dir. Er nimmt dich ernst.*

»Und trotzdem hast du recht«, spricht David weiter. »Du kannst nicht hier und gleichzeitig dort sein, ohne dass es auffallen würde.«

Ich lasse mir all meine Träume durch den Kopf gehen, aber ich finde keinen Anhaltspunkt, nichts erklärt mir, was mit mir passiert.

»Vielleicht«, beginnt er langsam, »hat es etwas mit deiner Verurteilung zu tun.«

Ich richte mich auf. »Wie meinst du das?«

»Du hast mir erzählt, dass du nicht aufgrund eines zukünftigen Ereignisses verurteilt worden bist, sondern weil jemand deine Daten gelöscht hat, richtig?«

Noch immer verstehe ich nicht, worauf David hinauswill. »Meine Verurteilung war anscheinend eine Art Vorsichtsmaßnahme«, bestätige ich.

»Könnte es nicht sein, dass deine Träume die Welt zeigen, wie sie wäre, wenn du nicht verurteilt worden wärst, wenn niemand deine Zukunft aus dem Computer gelöscht hätte?«

»Theoretisch möglich«, sage ich zögernd. »Aber dann wäre es ja doch nur eine Art Traum, oder?«

»Nicht, wenn jemand erst im Nachhinein auf die Idee kommt, deine Daten zu löschen.«

»Hä?«

Angesichts meiner Verständnislosigkeit huscht ein kleines Lächeln über Davids Gesicht. »Du bist nur hier, weil jemand deine Daten gelöscht hat«, versucht er mich am Anfang abzuholen. »Was, wenn dieser Jemand das noch nicht getan hat?«

Mein Mund klappt auf. »Du meinst, am Tag meiner Verurteilung kam der Unbekannte aus der Zukunft?«

Er nickt. »Ganz genau. Und solange sich dieser Jemand noch nicht entschlossen hat, in die Vergangenheit zu reisen, um deine Daten zu löschen, bist du zwischen den Welten gefangen.«

»Das klingt absolut –« Ich ringe die Hände. Absurd. Idiotisch. Lächerlich. Ich finde kein Wort, dass diese Theorie in Gänze trifft.

»Logisch. Du meinst, es klingt absolut logisch!«, hilft mir David auf die Sprünge und grinst.

»Ja, sicher. Das war das Wort, nach dem ich gesucht habe«, gebe ich trocken zurück, erwidere aber sein Lächeln. Er ist ein Schwachkopf. »Aber jetzt mal im Ernst. Ich weiß, dass die Regierung die Zukunft sehen kann. Aber die Vergangenheit?«

»Eine Zeitreise ist in beide Richtungen möglich. Die Regierung untersagt allerdings eine Reise in die Vergangenheit unter allen Umständen, da dabei jede Handlung eine Veränderung der Zukunft bedeuten könnte und damit auch die Macht der Regierung in Gefahr wäre. Auf dieses Vergehen steht die Todesstrafe.«

Ich reiße die Augen auf. »Die Todesstrafe?«

David spricht aus, was ich denke. »Dein Schicksal muss für jemanden so wichtig sein, dass er dafür sogar den Tod riskiert.«

»Es muss ein Unsichtbarer sein. Nur sie kennen sich mit den Zeitreisen aus«, überlege ich laut, stehe auf und fahre mir mit beiden Händen durch die Haare. Wenn Davids Theorie wirklich stimmt, dann gibt es in der Regierung jemand, der mich unbedingt loswerden will und deshalb in die Vergangenheit reist, um meine Daten zu löschen, oder es noch tun wird. Wer soll sich da noch auskennen? Mein Kopf schwirrt und ich bekomme Kopfweh. »Ich habe niemandem etwas getan. Warum sollte jemand ein Interesse daran haben, mich in die Verbannung zu schicken, und sich dabei selbst in Lebensgefahr bringen?«

David mustert mich nachdenklich, doch dann zuckt er mit den Schultern. »Da kann ich dir leider nicht weiterhelfen. Vielleicht ist es jemand, an den du im ersten Moment gar nicht denkst.«

Ich kaue auf der Innenseite meiner Wange und wühle in den Geschehnissen meiner Träume. »Ich kenne die Unsichtbaren nur oberflächlich. Das mag bei dir was anderes sein, weil du bei deinen Eltern aufgewachsen bist, aber im Heim hatte ich nie Kontakt zu Regierungsmitgliedern.«

»Vielleicht kennst du sie nicht so gut wie sie dich?«, gibt David zu bedenken. Insgeheim habe ich bereits darüber nachgedacht, den Gedanken aber wieder fallen gelassen. Ich müsste in der Vergangenheit in irgendeiner Weise negativ aufgefallen sein, um mir in der Regierung Feinde zu machen. Aber mein Leben war so unsichtbar wie die Funktion der Regierungsmitglieder.

Ich ziehe die Augenbrauen hoch. »Du weißt doch viel über die Regierung. Hast du irgendjemanden schon mal über mich reden hören, war ich dort ein Gesprächsthema?«

David wird auf einmal ganz ruhig und ich weiß sofort, dass ich auf etwas gestoßen bin. »Und?«, dränge ich und setze mich wieder neben ihn.

»Sie haben nicht über dich geredet.«

»Über wen dann?«

David sieht mir in die Augen und Mitleid huscht über sein Gesicht. »Über deine Eltern.«

25

Ich blinzle verwirrt. »Über meine Eltern?«, wiederhole ich stotternd. »Warum?«

»Wenn die Gerüchte stimmen, dann haben sie sich gegen die Regierung gestellt.«

Im Grunde weiß ich nichts über meine Eltern. Immer wieder habe ich meinen Heimleiter auf sie angesprochen, wollte wissen, wo ich herkomme, aber er hat meine Fragen abgeblockt. Nur zwei Dinge sind mir bekannt. Als meine Eltern gestorben sind, war ich zwei Jahre alt und von Beruf waren sie Regierungsmitglieder. Dank meiner Träume habe ich immerhin mein Elternhaus kennengelernt. »Was haben sie getan?«

David schüttelt ratlos den Kopf. »Mehr weiß ich leider nicht.«

Meine Eltern waren Rebellen. Anscheinend waren sie mit dem Kurs der Regierung nicht einverstanden und wollten etwas verändern. Ein Kloß steckt in meinem Hals und egal wie oft ich schlucke, er verschwindet nicht. Wollten meine Eltern für Gerechtigkeit kämpfen? Ihre einzige Tochter hingegen wurde nicht wegen öffentlichen Misstrauens gegen die Regierung verurteilt, so wie der rothaarige Junge, sondern nur, weil jemand ihre Daten gelöscht hat. Wäre ich zu feige etwas zu verändern? Oder würde ich das Leid der anderen in Kauf nehmen, nur um die Annehmlichkeiten des Lebens in der Regierung genießen zu können?

»Aber warum wurden meine Eltern dann nicht im Vorfeld verurteilt?«, frage ich stirnrunzelnd. Regierungsgegner sind die Ersten, die aussortiert werden.

David schnaubt. »Bis zu diesem Zeitpunkt mussten sich die Kinder von Unsichtbaren keiner Überprüfung unterziehen. Man ging davon aus, dass das Leben im Regierungsviertel ausreichen würde, um ihnen den richtigen Weg zu weisen. Durch deine Eltern waren sie wohl zum Umdenken gezwungen.«

»Warst du das erste Kind, das verurteilt wurde?«, frage ich vorsichtig.

Davids Lächeln reicht nicht bis zu seinen Augen. »Einer musste den Anfang machen.«

»Tut mir leid«, entschuldige ich mich. Ohne meine Eltern wäre er also nie in New York gelandet.

»Ich bin froh, dass ich hier bin. Ehrlich.« Er sagt es mit einer solchen Überzeugung, dass ich ihm glaube. Auch ich sehe nicht nur die schlechten Seiten an diesem Leben, außerdem wird es sich in Zukunft drastisch ändern.

Ich atme tief durch. »Glaubst du, meine Eltern sind bei einem Hovercraftunfall ums Leben gekommen?«

»Nein«, sagt er, ohne zu überlegen.

»Weißt du es?«

Er schüttelt den Kopf. »Nein, alles, was mit deinen Eltern zu tun hat, unterliegt der höchsten Sicherheitsstufe. Kaum jemand weiß über sie Bescheid.«

»Und warum hast du mir das alles bis jetzt verschwiegen?«, frage ich schließlich.

Sein Blick wird weich. »Ich war mir nicht sicher, ob du mit mir darüber reden möchtest.«

Im Nachhinein bin ich tatsächlich froh, dass er mich nicht darauf angesprochen hat. Bei all unseren Streitereien kurz nach meiner Ankunft in New York wäre es gut möglich gewesen, dass ich es nicht besonders gelassen aufgenommen hätte. »Wir beide hatten keinen leichten Start«, sage ich ausweichend.

David legt den Kopf schief und grinst. »Sorry.«

Ich schüttle den Kopf. »Schon vergessen.«

David sieht auf seine Uhr. »Wollen wir was essen? Ich brauch was zwischen meine Zähne.«

Ich stehe auf und streiche meine Haare zurück. »Ich brauche jetzt was ganz anderes.«

David hebt eine Augenbraue. »Was denn?«

»Einen Sandsack.«

Zur Essenszeit ist der Fitnessraum fast leer. Als ich eintrete, stemmt Erin gerade Gewichte. Ich bin immer wieder erstaunt, wie stark sie ist, denn obwohl ihre Arme muskulös sind, ist sie sehr zierlich.

»Hi Samantha, gar keinen Hunger?« Sie setzt sich auf und wischt sich mit einem Handtuch den Schweiß von der Stirn. Mein Blick fällt auf die Hantelscheiben. Sie sind stark verrostet, sodass man sich lieber nicht an ihnen verletzen sollte. Aber auch bei den beiden Trimmrädern ist Vorsicht geboten. Die Schrauben müssen ständig nachgezogen werden, weil die Geräte sonst auseinanderfallen würden.

»Du anscheinend auch nicht.«

»Die letzten Tage waren nicht einfach und Sport lenkt mich ab«, erklärt sie. Ich kann mir vorstellen, warum es für Erin besonders schwer ist, die Veränderungen zu akzeptieren. Als eine von drei Anführern unserer Gang hatte sie das Sagen, und die Position nun von einem Tag auf den anderen wieder abzugeben setzt sicherlich einiges an Aggressionen frei.

»Es tut mir leid, wie das alles abgelaufen ist. Ich wollte Matthew nie zur Macht verhelfen«, gebe ich zu.

Sie lächelt schwach. »Früher oder später wäre es sowieso passiert. Matthew war schon immer scharf auf einen Zusammenschluss, aber den Vorschlag unsererseits, einen gemeinsamen Rat zu gründen, hat er immer abgelehnt.«

»Weißt du, warum ich entführt worden bin?«, frage ich vorsichtig, um herauszufinden, ob sie den wahren Grund kennt. Noch gehen alle davon aus, dass ich verschleppt wurde, weil es heißt, ich wäre Davids Freundin.

Sie legt das Handtuch beiseite und mustert mich lange, bevor sie antwortet. »David hat es mir erzählt«, sagt sie dann.

»Was sagst du zu Matthews Plan?« Ich halte Erin für eine sehr kluge Frau und mich interessiert ihre Sicht auf die Dinge.

»Es wäre eine Lüge, wenn ich behaupten würde, ich wäre gerne hier. Matthew ist ein katastrophaler Anführer, aber mit David an seiner Seite habe ich Hoffnung. Wir könnten es tatsächlich schaffen. Ich würde alles dafür geben, meiner Mutter wenigstens noch ein einziges Mal in die Augen zu sehen und mich dafür zu entschuldigen, dass ich sie zurückgelassen habe.«

Sie spricht leise, als wäre sie in Gedanken. Erst als mein Körper gierig nach Sauerstoff verlangt, merke ich, dass ich den Atem angehalten habe. Noch nie habe ich Erin so offen erlebt. »Du bist an deiner Verurteilung nicht schuld, Erin. Das weißt du doch, oder?«

Sie blinzelt und sieht mich überrascht an, so als hätte sie meine Anwesenheit vergessen. Doch dann wird ihr Blick kalt. »Das ist meine Sache.«

Das Gespräch ist beendet. Sie steht auf, um noch mehr Gewichte zu holen. Irgendwie habe ich das Gefühl, mich entschuldigen zu müssen. Aber stattdessen binde ich meine Haare zu einem Zopf und steige über die zerschlissenen Matten, die Stürze während des Nahkampftrainings abschwächen sollen, zu den Sandsäcken hinüber. Jeder Schlag auf das verblichene, abgewetzte Leder lässt die Bilder des heutigen Tages erträglicher erscheinen.

Das Messer in Tamaras Bein. Der Hass in Susans Augen, als sie mir droht. Nichts, womit ich nicht fertigwerden kann.

Als Erin plötzlich neben mir steht, lasse ich meine Hände sinken. »Es ist schwer, darüber zu reden«, sagt sie. »Nimm es nicht persönlich.« Bevor ich etwas erwidern kann, dreht sie sich um und verlässt mit zügigen Schritten den Raum. Noch lange nachdem sie verschwunden ist, starre ich auf den Ausgang. Ich habe Erin immer bewundert, weil sie sich mit ihrem Leben abgefunden und ihre Verurteilung akzeptiert hat. Zumindest hat sie das behauptet und ich habe ihr geglaubt.

Die Karte einer Stadt taucht als riesiges Hologramm vor Logan und mir auf. »Du wolltest wissen, was mit ihnen geschieht, nachdem wir sie verurteilt haben.«

Ich sehe Natalie fragend an.

»Das ist die Antwort«, erklärt sie.

Ich mustere die Skyline der Stadt, bemerke die kleinen leuchtend blauen Punkte, die sich auf den Straßen bewegen und an zwei Orten der Stadt zu sammeln scheinen. »Was ist das?«

»Das ist New York. Eine vergessene Stadt, gelöscht aus den Aufzeichnungen unserer Welt. Sie liegt etliche Meilen von uns entfernt.«

Ich habe von New York gehört, doch das Wenige, was mir erzählt wurde, klang wie die Fantasie eines Traums. »Die Verbannten werden dorthin gebracht?«

»Sie haben keine Möglichkeit, von dort zu entkommen, niemand wird je wieder freigelassen.«

»Aber wenn sich in New York das Gefängnis befindet, wieso können sich die Gefangenen dann frei bewegen?«, frage ich irritiert.

»New York ist das Gefängnis«, antwortet Natalie.

Mir klappt der Mund auf und ich starre sie an. »Die Stadt ist das Gefängnis? Wie ist das möglich?«

»Die Regierung hat eine hochkomplexe Kuppel installiert. Den Verbannten ist es unmöglich hindurchzugelangen.«

»Aber wie wollen die Gefängniswärter so viele Leute in einer so großen Stadt in Schach halten?« Als sie kaum merklich mit dem Kopf schüttelt, werden meine Augen noch größer. »Es gibt gar keine Gefängniswärter?« Ich denke an den verängstigten rothaarigen Jungen und stelle mir vor, wie er versucht in der riesigen Stadt voller Straftäter zu überleben.

»Und wer kümmert sich dann um die Versorgung?«

»Einmal monatlich werden dort Pakete abgeladen, allerdings nur mit dem Allernötigsten.« Natalie weist auf die sich bewegenden Punkte im Hologramm. »Wie du siehst, schaffen sie es größtenteils, sich selbst zu versorgen – obwohl die Stadt in Trümmern liegt. Wir beobachten die Verbannten sehr genau und haben Kenntnis über alle Vorgänge in New York. Sie schlagen sich regelmäßig die Köpfe ein.« Als sie meinen erschrockenen Ausdruck sieht, schüttelt sie den Kopf. »Du darfst nicht vergessen, dass es sich bei den Insassen um Straftäter handelt, und wenn sie aufeinandertreffen, ist Gewalt im Spiel. Das Projekt New York ist für uns die einmalige Möglichkeit, in die Psyche vieler Straftäter zu blicken, und wir erhalten seit Jahren sehr aufschlussreiche Daten über gruppendynamische Prozesse.«

»Wie viele Insassen sind es?«, fragt Logan interessiert. Er scheint sich über die fragwürdige Haltung zum Thema Menschenwürde keine Gedanken zu machen.

»Knapp zweihundert«, antwortet sie und drückt auf den Knopf einer Fernbedienung. Das Hologramm verschwindet und stattdessen tauchen Fotos auf, viele Fotos. Gebannt blicke ich in die ernsten Gesichter der Verbannten. »Diese Bilder werden am Tag ihrer Verurteilung aufgenommen. Da die durchschnittliche Verweildauer in New York sieben Jahre beträgt, benötigen wir keine aktuelleren Bilder.«

Ich kann es nicht fassen. Wir sperren junge Menschen in eine Ruinenstadt und lassen sie sich gegenseitig umbringen. Ich hätte ein besseres

Gewissen, wenn ich wüsste, dass es sich ausschließlich um Mörder handeln würde und sie ihre Strafe verdient haben.

Plötzlich stockt mir der Atem und es fühlt sich an, als würde jemand einen Kübel mit Eiswasser über meinem Kopf ausleeren. »Henry!«, stoße ich entsetzt hervor. Das Bild meines besten Freundes leuchtet mir entgegen.

»Kennst du den?«, fragt Logan stirnrunzelnd und mustert mich genau.

Ich weiß nicht, warum, aber aus irgendeinem Grund schaue ich zu Natalie und sehe, wie sie kaum merklich den Kopf schüttelt und instinktiv folge ich ihrem Rat. »Nein, nicht wirklich. Er war nur auf meiner Schule«, antworte ich so beiläufig wie möglich. »Hätte nie gedacht, dass der was auf dem Kerbholz hat, weil er immer so ruhig war.«

»Ja, ja.« Natalie schnalzt mit der Zunge. »Eines hat mich mein Beruf gelehrt. Die Ruhigen sind meist die Schlimmsten.« Mit einem Klick auf die Fernbedienung taucht neben Henrys Foto ein Steckbrief auf. »Verurteilung wegen eines Hackerangriffs auf die Server der Regierung«, liest Natalie vor. »Der Junge hätte einen ziemlichen Schaden angerichtet.«

Tränen steigen mir in die Augen und sammeln sich in meinen Augenwinkeln. Heimlich versuche ich sie zu trocknen. Ich war so gekränkt und dachte, es läge an meiner künftigen Berufung zur Unsichtbaren, dass er ohne ein Wort verschwunden ist. Aber anstatt dass Henry irgendwo auf dieser Welt sein Glück findet, ist er nun ein kleiner blauer Punkt auf diesem Hologramm und sein Licht verschwindet vermutlich in spätestens sieben Jahren vom Radar. Ich sehe wieder auf und bemerke, wie Logan mich beobachtet.

Als ich zu mir komme, liege ich auf den harten Matten im Fitnessraum. Wieder ein Traum, oder eben kein Traum. Eine verschobene Realität, auf die ich keinen Einfluss habe. Ich setze mich auf. Wenigstens haben die Matten meinen Sturz abgefangen, sodass ich keine Verletzungen davongetragen habe, und ich stelle erleichtert fest, dass ich allein bin. Ich möchte mir jetzt keine Fragen stellen lassen, auf die ich nur eine Antwort habe, die ich noch nicht einmal selbst verstehe. Davids Theorie ziehe ich nur deshalb in Betracht, weil er so unglaublich viel über die Machenschaften der Regierung weiß. Seine Eltern müssen ihn wie selbstverständlich an ihrem Arbeitsleben haben Anteil nehmen lassen oder aber er war schlicht sehr neugierig. Trotzdem stört mich etwas an seiner Theorie, doch je angestrengter ich darüber nachdenke, desto weniger komme ich darauf, was es sein kann. Ich seufze und reibe mir die Schläfen, denn noch immer plagen mich dumpfe Schmerzen, allerdings nicht mehr so stark wie vor dem Traum.

Weil ich mich ausgelaugt fühle, setze ich das Training nicht weiter fort und gehe auf mein Zimmer. Zu meiner Überraschung ist Pauline da. Eigentlich dachte ich, sie wäre entweder beim Essen oder würde ihrer großen Liebe noch einen Besuch abstatten. Leider falsch gedacht. Wir würdigen uns keines Blickes und ich verschwinde schnell ins Bad, einfach nur, um nicht mit ihr in einem Raum zu sein. Meine Fingerknöchel sind vom Training gerötet und brennen leicht, als das Wasser darüberläuft. Aber der Schmerz erinnert mich daran, dass dies die Realität ist. Die wiederkehrenden Träume und die ständigen Ohnmachtsanfälle halte ich nicht mehr lange aus. Es fühlt sich an, als würde ich mich mit jedem Traum weiter von hier entfernen und in eine andere Welt abdriften. Wer auch immer meine Zukunft verändern möchte, möge sich bitte beeilen.

26

»Muss ich auf Henry eifersüchtig sein?«, höre ich David neben mir.

Ich reiße meinen Blick von Henry los, der noch immer in der Schlange zur Essensausgabe wartet, während er von Janine bearbeitet wird, und sehe stattdessen zu David.

»Was?«, frage ich verwirrt.

Er lehnt sich betont lässig in seinem Stuhl zurück. »Muss ich eifersüchtig sein?«, wiederholt er seine Frage und nickt zu meinem besten Freund hinüber.

»Warum?«

»Na, weil du ihn schon stundenlang verträumt ansiehst.« Diesmal schwingt eine leichte Sorge in seiner Stimme mit.

Ich schnaube. »Stundenlang? Du übertreibst.« Der Traum von gestern lässt mich nicht los. Ich kann das Gefühl des Entsetzens nicht abschütteln, das mich begleitet hat, als ich Henrys Foto gesehen habe.

David verdreht die Augen. »Schön, wie du willst. Dann himmelst du ihn eben erst seit ein paar Minuten an.«

»Ich himmle Henry überhaupt nicht an«, stelle ich klar.

»Was hat er denn getan, um deine Aufmerksamkeit so in den Bann zu ziehen? Soll ich mir was von ihm abschauen?«

Meine Wangen färben sich rosa und ich kann mir ein Lächeln nicht verkneifen. »Ach, du bist ein Idiot.«

»Ärger im Paradies?« Matthew tritt an unseren Tisch, mit Pauline im Schlepptau.

Sie zupft an seinem Ärmel. »Wollen wir nicht den Tisch dort hinten nehmen? Der ist noch ganz leer«, flüstert sie ihm zu, allerdings so laut, dass es alle hören. Aber er ignoriert sie, stellt sein Frühstück auf unserem Tisch ab und setzt sich mir gegenüber.

Matthews Blick wandert neugierig von mir zu David, aber wir machen uns beide nicht die Mühe, auf seinen Kommentar einzugehen. Sein Grinsen verblasst. »Oh, habt ihr tatsächlich gestritten? Tut einfach so, als wären wir nicht da.« Ich schaue gerade noch rechtzeitig zu David, um zu sehen, wie er genervt die Augen verdreht.

Gott sei Dank lässt sich in diesem Moment Henry neben mich fallen. »Das hat ewig gedauert«, stöhnt er und stopft sich ein großes Stück Brot in den Mund. »Statt das Essen auszugeben, konnte Janine einfach nicht ihre Klappe halten. Ich habe Hunger!«

»Wie lang bist du schon in New York, Henry?«, fragt David mit einem amüsierten Grinsen. »Es wird langsam Zeit, dir einen festen Arbeitsbereich zuzuteilen. Du könntest Janine in der Küche zur Hand gehen.«

Henry tippt sich an die Stirn. »Ja, klaaaar.«

Plötzlich spüre ich Davids Hand auf meinem Rücken. Seine Finger streicheln mich so leicht, dass ich es kaum spüre.

»Gutes Stichwort, David«, wirft Matthew ein. »Wir müssen uns wegen der Aufgabenverteilung noch zusammensetzen.«

David nickt. »Ich weiß. Am besten, ich komm heut Abend zu dir.« Mir läuft ein angenehmer Schauer über den Rücken und ich rutsche näher zu David. Ich genieße die Nähe und möchte nicht, dass seine Hand verschwindet.

»Kannst du mich nicht einmal in Ruhe essen lassen?«, faucht Matthew plötzlich. David, Henry und ich starren ihn an. Pauline errötet und rückt gekränkt ein Stück von ihm ab.

Als sich eine peinliche Stille am Tisch ausbreitet, räuspere ich mich. »Ich schau noch kurz bei Viv vorbei.« Ich drücke schnell Davids Hand und stehe auf. »Wir sehen uns beim Training, Henry.«

Vivien arbeitet in der Krankenstation. Immer noch oder schon wieder, ich weiß es nicht. Mit gebührendem Abstand sehe ich ihr zu, wie sie sich um ein Prügelopfer kümmert und dessen Schnitt an der Wange säubert. Nachdem sie den Jungen entlassen und sich die Arme bis zu den Ellbogen gewaschen hat, drücke ich ihr ein Stück Brot und Hartkäse in die Hand.

»Ich gehe davon aus, du hast noch nichts gegessen?«

»Du bist ein Schatz!« Wir setzen uns auf ein leeres Bett und ich beobachte, wie das Essen in Sekundenschnelle verschwindet.

»Wo ist Marcus?« Ich sehe mich nach ihrem Schichtkollegen um. »Wieder eine Erkältung?« Mittlerweile habe ich mitbekommen, dass er gerne mal im Bett liegen bleibt und den Sterbenden spielt.

»Nein, diesmal ist er wirklich krank«, erklärt Viv mit vollem Mund. »Er hat bei der Massenschlägerei ziemlich was abbekommen und sich zwei Rippen gebrochen.«

»Aber du kannst die Krankenstation doch nicht allein schmeißen. Dir muss irgendjemand helfen!«

»So einfach ist das nicht. Die Arbeit hier ist nicht vergleichbar mit der Küche oder der Kleiderkammer. Es soll keiner gezwungen werden, Wunden zu verarzten. Das muss auf freiwilliger Basis passieren.«

»Was ist mit Matthews Gang? Ist da niemand dabei?«

Sie macht eine wegwerfende Handbewegung. »Die kannst du alle in der Pfeife rauchen. Matthew hat mir schon zwei vorbeigeschickt, aber die konnten noch nicht einmal einen Verband richtig anlegen.«

»Wer hat dir das eigentlich beigebracht? Marcus?«

Viv schüttelt den Kopf und wischt ein paar Brotkrumen vom Bett. »Meine Eltern sind Ärzte und wahnsinnig stolz darauf. Ihren Enthusiasmus haben sie auf mich übertragen. Schon mit zehn Jahren kannte ich die Grundtechniken der Erstversorgung und seitdem habe ich mich um meine Mitschüler gekümmert, wenn sie sich im Sportunterricht oder in der Pause verletzt haben.«

»Das ist beeindruckend.«

»Als mich David vor einem Jahr von der Straße aufgesammelt hat, konnte ich mich gleich nützlich machen und in die Arbeit stürzen. Es macht mich glücklich, für andere da zu sein.«

Auf einmal komme ich mir ziemlich unbrauchbar vor. Viv hat ihre Bestimmung gefunden und ich beneide sie darum. Sie hat nicht nur Spaß an ihrer Arbeit, sondern hilft damit uns allen. David muss froh gewesen sein, jemand so Talentierten in seiner Gang aufnehmen zu können. Bei diesem Gedanken verspüre ich einen kleinen Stich, aber ich versuche ihn zu ignorieren und lächle Vivien stattdessen an. Es ist gut, sie als Freundin zu haben.

»Soll ich dir mehr zu essen bringen?«

Sie grinst von einem Ohr zum anderen. »Wenn du schon so fragst!«

Also hole ich Vivien gleich noch zwei Brote, bevor ich mich verabschiede und auf den Weg zum Schießunterricht mache. Neben Henry und mir ist heute noch der rothaarige Junge namens Freddy da. Ich starre ihn länger an als nötig, aber es fällt zum Glück niemandem auf. Unser Lehrer ist leider immer noch Jeff, da ihm anscheinend niemand von Matthews Leuten das Wasser reichen kann.

»Dir haben wir das ganze Schlamassel also zu verdanken«, sagt Jeff mit spöttischem Unterton in mein Ohr.

Ich lasse genervt meine Pistole sinken und wende mich zu ihm. »Kannst du mich nicht einfach in Ruhe üben lassen?« Wenn er noch länger so dicht neben mir steht, werde ich das Ziel nie treffen, aber natürlich legt er es genau darauf an.

Er zuckt mit den Schultern. »Bei dir ist sowieso Hopfen und Malz verloren.«

Ich presse die Lippen aufeinander und wende mich wieder den Glasflaschen zu. Meine endlich bemerkbaren Fortschritte ignoriert Jeff und das ärgert mich. »Verrate mir doch bitte mal, was so schlimm daran ist, ein Friedensbündnis zu schließen.«

»Du meinst, abgesehen davon, dass ich Matthews Gang nicht leiden kann?«

Ich drücke ab und die grüne Flasche auf der zwanzig Meter entfernten Fensterbank zerspringt. Ich unterdrücke ein zufriedenes Lächeln und sehe wieder zu ihm. »Du solltest deine Vorurteile mal überdenken. Natürlich waren es jahrelang eure Feinde, aber trotzdem sind wir alle immer noch Menschen. Zusammen sind wir stärker.«

Jeffs Kiefer spannt sich an und seine Wangen färben sich rot, als er sich zu mir herunterbeugt. Sein Gesicht ist so nah an meinem, dass ich seinen Atem spüren kann. »Sie hätten fast Erins Kopf aufgeschlitzt. Nennst du das menschlich?«, knurrt er zähnefletschend.

Am liebsten würde ich meinen Kommentar rückgängig machen. Ich kann mich noch genau an den Schnitt erinnern, den Erin bei unserer ersten Begegnung hatte. Mittlerweile sind bereits ein paar Millimeter ihres dunklen Haars nachgewachsen und verbergen dadurch die heilende Wunde.

»Wie ist das passiert?«, frage ich vorsichtig.

Er atmet tief durch, so als müsse er sich selbst beruhigen.

»Ein Überfall. Ein paar Frischlinge dachten, durch Erins Tod könnten sie unsere Führung stürzen. Bevor sie Erin entführt haben, hat ihr einer von ihnen ins Bein geschossen und sie am Kopf verletzt, damit sie nicht weglaufen konnte.« Ich bekomme Gänsehaut. Wahrscheinlich konnte Erin nur entkommen, weil sie den Nahkampf wie keine andere beherrscht. Jeff sieht mir mein Entsetzen offenbar an und sein rechter Mundwinkel zieht sich voller Bitterkeit nach oben. »Wenn du also das nächste Mal so einen Schwachsinn von dir gibst, erwarte nicht, dass ich dir dafür keine runterhaue, verstanden?«

Bevor ich meine Sprache wiederfinde, lässt er mich stehen und geht zu Freddy, dessen Hände augenblicklich zu zittern beginnen.

Ich weiche Henrys fragendem Blick aus, stecke mir die Waffe in den Gürtel und verlasse das Training frühzeitig, ausnahmsweise scheint Jeff sich daran nicht zu stören. Er starrt auf die Flaschen, die Freddy zerschießen soll, und scheint mit den Gedanken woanders zu sein. Mir ist die Laune vergangen, weil er recht hat und ich seine Schläge verdient hätte. Dabei habe ich genau das erreicht, was ich wollte. Ich wollte Jeff provozieren, weil er mich jeden Tag schikaniert. Aber ich bin zu weit gegangen. Ich lebe hier erst seit wenigen Wochen und tue so, als wüsste ich bestens Bescheid. Ich kenne nicht das Leid der Verbannten, den Hass und die Verzweiflung, Gefühle, die sich bei vielen mit den Jahren angestaut haben.

Ziellos wandere ich durch die Straßen. Bis Erins Unterricht beginnt, habe ich noch etwas Zeit, deshalb gönne ich mir ein paar ruhige Minuten. Noch erhitzt von meinem Streit mit Jeff, öffne ich meine graue Sweatshirtjacke und setze mich auf den kühlen Asphalt einer mehrspurigen Straße. Mir fällt auf, dass sie die einzige ist, die nicht in das rasterförmige Straßennetz der Stadt passt. An einem achtstöckigen Gebäude zu meiner Linken sind sämtliche Balkone abgebrochen. Ich lege mich auf den Rücken und verschränke die Arme hinter dem Kopf. Die Sonne steht noch nicht ganz im Süden und wird immer wieder von Schleierwolken verdunkelt.

»Da bist du ja«, höre ich Henrys Stimme hinter mir. Ich recke den Kopf und lächle ihn an.

»Jeff und ich haben nicht das beste Verhältnis«, antworte ich auf seine unausgesprochene Frage. »Manchmal ist es besser, wenn ich schnell verschwinde.«

Er setzt sich im Schneidersitz neben mich und sieht zu mir herunter. »Jeff hat zu niemandem ein gutes Verhältnis. Mach dir nichts draus, das ist allein sein Verdienst.«

Ich schüttle den Kopf. »Diesmal bin ich nicht ganz unschuldig.«

Er wartet, bis ich weiterspreche. »Ich wollte ihn provozieren, indem ich gesagt habe, das Friedensbündnis wäre eine tolle Sache.« Ich seufze schwer. »Warum mache ich das immer wieder? Ich provoziere und lasse mich provozieren.«

Henry lächelt. »Ich muss gestehen, dass ich deine Kommentare manchmal etwas mutig finde. Sehr mutig, um genau zu sein. Aber du lässt dir eben nichts gefallen. Das ist doch gut.«

Ich setze mich auf und sehe die leere Straße entlang. Wann ist das Leben aus dieser Stadt gewichen? »Manchmal wäre es besser, wenn ich einfach die Klappe halten würde.«

Er entgegnet nichts, eine lautlose Zustimmung.

»Heute Nachmittag entfernt mir Vivien den Chip«, sagt er nach einer Weile. »Ich hoffe, sie findet ihn gleich. Sie meinte, sie würde noch ein bisschen in meinem Arm stochern, wenn ich nicht endlich aufhöre zu fragen, wie viel Erfahrung sie mit Operationen hat.«

Ich lache laut auf. Das sieht Viv ähnlich. Sie ist stolz auf ihr

Können, ihre Berufung. Vivien weiß, was sie kann, und lässt sich das von niemandem streitig machen. »Wenn du sie nicht weiter nervst, wird sie sich bestimmt Mühe geben, dich nicht länger als nötig zu quälen.«

»Ich werde dich daran erinnern, wenn ich morgen mit einem Arm weniger aufwache und Hilfe beim Essen brauche.«

Ich tätschle seinen Arm. »War schön dich kennengelernt zu haben.«

Henry schnaubt. »Warum verabschiedest du dich jetzt schon von ihm? Dieser Arm wird dich heute noch mindestens einmal über die Schulter werfen.«

Und das macht er eine Stunde später tatsächlich. Während Erin Freddy die Grundlagen der Selbstverteidigung erklärt, trainieren Henry und ich miteinander. Wir machen Witze, und weil ich viel lachen muss und mich ablenken lasse, stecke ich ein paar saftige Schläge ein. Aber trotzdem hatte ich lange nicht mehr so großen Spaß.

Beim Mittagessen setzt sich Vivien mit dunklen Augenringen an unseren Tisch. Bei dem erschöpften Eindruck, den sie macht, wird Henry blass und ich entschließe mich, noch etwas Öl ins Feuer zu gießen, schließlich bin ich vorhin seinetwegen unzählige Male zu Boden gegangen.

»Ich glaub nicht, dass ich deinen Arm sehr vermissen werde«, sage ich mit einem leichten Grinsen und berühre vorsichtig einen hellroten Fleck auf meinem Oberarm, der mit Sicherheit in kurzer Zeit blau und grün leuchten wird. Den habe ich Henry zu verdanken.

»Ha, ha.« Ein unsicherer Ausdruck erscheint in seinen Augen.

Vivien verdreht die Augen. »Geht es immer noch um heute Nachmittag?«

»Ich behaupte ja nicht, dass du das nicht könntest, Vivien«, sagt er schnell. »Trotzdem musst du zugeben, dass du seit Tagen kaum geschlafen hast.«

Sie zuckt mit den Schultern. »Stell dich nicht so an. Samantha hat es schließlich auch überlebt.« Henry murmelt etwas Unverständliches und bleibt das restliche Essen über still. Ein klein bisschen bereue ich meine Stichelei und hoffe, dass er die Ironie darin verstanden hat.

Als er sich von uns verabschiedet, schaue ich ihm nach, bis er den Saal verlässt, und mein Mitgefühl wird beim Anblick seiner hängenden Schultern noch verstärkt.

Ich beuge mich zu Vivien. »Kann ich dir bei Henrys Operation helfen?«

Ihre Augen werden groß. »Zweifelst du etwa auch an mir? Keine Angst, Henry wird seinen Arm schon nicht verlieren.«

Ich schüttle den Kopf. »Von deinen Fähigkeiten bin ich überzeugt, glaub mir. Aber ich dachte, du könntest Hilfe gebrauchen, jetzt, da Marcus ausfällt.«

»Für Operationen braucht er seine Rippen nicht.« Sie mustert mich einen Moment mit einem unergründlichen Blick.

»Aber, danke, ich weiß dein Angebot wirklich zu schätzen.«

Ich zucke mit den Schultern. »Kein Ding.«

»Weißt du schon, welchem Aufgabenbereich du zugeteilt werden möchtest?«

Ich werfe einen Blick zur Essensausgabe, an der sich noch ein paar Nachzügler ihr Mittagessen abholen. »Jedenfalls möchte ich nicht in den Küchendienst, auch wenn da ja eine Stelle frei zu sein scheint.«

»Mach dir da mal keine Gedanken. Rede mit David, er wird dich dort einsetzen, wo du hinwillst.« Die Frage ist nur, wo will ich hin? Der Wachdienst hat mir bis jetzt am meisten Spaß gemacht, trotz der Auseinandersetzungen mit David. Die Dunkelheit, die Ruhe, so fühle ich mich wohl. Zwar hat mir auch die Feldarbeit gefallen, aber einen grünen Daumen hatte ich noch nie und ich möchte keine eingegangenen Pflanzen auf dem Gewissen haben.

»Wann, meinst du, werde ich Henry besuchen können?« Ich habe keine Ahnung, wie viel Zeit Vivien benötigt, um den Chip zu entfernen, und wie lange die Narkose Henry danach noch bewusstlos hält.

»Am Abend sollte er wieder wach sein.« Sie streckt sich und steht auf. »Ich muss den Eingriff vorbereiten. Wir sehen uns später.«

Den Nachmittag verbringe ich im Fitnessraum und bearbeite den Sandsack mit meinen immer stärker werdenden Faustschlägen. Das Training zahlt sich langsam aus. Ich trainiere, bis ich nicht mehr kann und glaube, dass es an der Zeit ist, Henry zu besuchen. Ich wasche mich kurz und nehme mir auf dem Weg zur Krankenstation ein Stück Brot mit.

Henry schläft, als ich einen Stuhl an sein Bett ziehe. Er sieht blass aus und sein Oberarm ist dick bandagiert. »Er war ein ziemlicher Schisser, sodass ich ihm mehr von dem Narkosemittel geben musste als normal«, bemerkt Vivien hinter mir, während ihr Blick ebenfalls auf ihm ruht. »Es ist alles gut gelaufen, aber er wird wohl doch etwas länger schlafen. Am besten, du besuchst ihn morgen früh noch mal.«

»Hm.« Ich nicke, bleibe jedoch sitzen. Vivien lässt mich allein und fängt an die leeren Krankenbetten neu zu beziehen. Ich starre auf Henrys geschlossene Lider, beobachte, wie sich darunter seine Augen bewegen. Soll ich ihm von meinem letzten Traum erzählen? Was würde sich für ihn ändern, wenn er wüsste, warum er hierher abgeschoben wurde? Außerdem ist sein Verbannungsgrund keine Überraschung. Ihm ist klar, dass er wegen seiner Regierungsgegnerschaft hier gelandet ist. Würde ich von Henry erwarten, dass er es mir sagt, wenn nicht ich, sondern er diese Träume hätte?

Ich sitze noch eine Weile neben ihm, bis sich mein Körper schließlich, müde vom Training, ein Bett herbeisehnt.

Meine Hand bleibt über dem Knauf schweben, als ich vor meinem Zimmer stehe. Ich stöhne genervt auf, weil ich von drinnen Mädchengekicher höre. Pauline muss sich Freundinnen eingeladen haben, selbstverständlich ohne mich zu fragen. Ich gähne erschöpft. Kurz entschlossen drehe ich mich um und klopfe an Davids Tür. Er ist nicht da, aber da er mir erlaubt hat, vor Pauline in sein Zimmer zu flüchten, trete ich ein. Ich ziehe meine Jeans aus und lege sie zusammengefaltet neben das Bett. Dann lege ich mich hin und ziehe mir die Decke bis über die Schultern. Es dauert nicht lange und ich schlafe ein.

27

Es ist schon dunkel, als es an der Haustür klingelt. Ich runzle die Stirn und lege das Buch auf den gläsernen Couchtisch, das ich mir aus der Bibliothek ausgeliehen habe. Außer meiner Putzfrau, die jeden zweiten Tag bei mir vorbeischaut, habe ich noch keinen Besuch gehabt. Wen soll ich schon zu mir einladen? Logan?

Als ich die Tür öffne und meine Ausbilderin vor mir steht, bin ich überrascht. »Ich muss mit dir reden«, sagt sie, bevor ich sie fragen kann, und schiebt sich an mir vorbei ins Haus.

»Was ist los?« Beunruhigt folge ich ihr zurück in mein Wohnzimmer.

Natalie bleibt mitten im Raum stehen. »Früher war ich oft hier«, seufzt sie und lässt ihren Blick durch den Raum wandern. »Ich erinnere mich gerne an deine Eltern, sie waren wunderbare Menschen.«

Ich starre sie an, nicht sicher, was ich sagen soll. Alkohol rieche ich nicht, sonst wäre das auf jeden Fall eine mögliche Erklärung für ihr merkwürdiges Verhalten. Ist sie zu mir gekommen, um von meinen Eltern zu schwärmen?

Sie dreht sich zu mir um und ihr Gesichtsausdruck wird ernst. »Niemand darf je erfahren, dass du mit Henry befreundet warst.«

»Oh.« Nervös fahre ich mir durch die Haare. »Also«, stottere ich, »wir haben uns zwar ganz gut verstanden, aber es war keine wirklich enge –«

»Henry hat mir von dir erzählt«, unterbricht sie mich.

Ich reiße vor Überraschung die Augen auf. »Du kennst ihn?«

»Ja, wir standen in Kontakt.« Sie schließt die Augen und beißt sich auf die Lippen, fast so, als würde sie sich vor ihren eigenen Worten fürchten.

»Du bist seine Quelle«, stelle ich verblüfft fest. Ich kann gar nicht glauben, was sie mir gerade offenbart. Meine Ausbilderin ist Teil der Widerstandsbewegung, eine Vertraute von Henry!

Mit eiligen Schritten kommt sie auf mich zu und bleibt direkt vor mir stehen, sodass ich ihren schnellen Atem auf meiner Haut spüren kann. »Niemand darf von unserer Freundschaft zu Henry erfahren«, flüstert sie. »Hast du mich verstanden?«

»Natürlich«, antworte ich sofort. »Aber warum ist die Verbindung zu ihm so ein großes Problem? Wir haben keinen Kontakt mehr.«

»Du findest seine Verbannung ungerecht, nicht wahr?«

Ertappt schaue ich auf die Seite.

»Was ist, wenn du plötzlich der Meinung bist, es gäbe noch ein paar weitere unschuldige Menschen in New York?«

Ich schweige, denn die Verurteilung des Rothaarigen hat mich tatsächlich zweifeln lassen. »Wenn du von ihrem System nicht überzeugt bist, stellst du eine Gefahr für die Regierung dar.«

»Aber ich wurde doch analysiert! Hätte ich mich irgendwann gegen die Regierung gestellt, wäre das bei der Überprüfung erkannt worden. Oder etwa nicht?«

Natalie schüttelt den Kopf. »Die Analysen garantieren keine hundertprozentige Sicherheit. Oft werden äußere Einflüsse nicht miteinbezogen, was zu einer hohen Fehlerquote führt. Genau das haben deine Eltern damals herausgefunden.«

Mein Kopf schnellt in ihre Richtung. »Was haben meine Eltern damit zu tun?«

Noch während ich die Frage stelle, schüttelt sie den Kopf.

»Das kann ich dir nicht erzählen. Je weniger du weißt, desto besser.«

»Es geht um meine Eltern! Ich will wissen, was damals passiert ist!«, fordere ich wütend. »Wurden sie umgebracht?«

Wieder schüttelt sie den Kopf. »Ich kann es dir nicht erzählen.«

Ich will laut werden, die Geschichte über meine Eltern aus ihr heraus-

quetschen. Wie kann sie es wagen, diese Informationen für sich zu behalten? »Moment mal, weiß Henry Bescheid?«, frage ich stattdessen.

»Jeder aus dem Widerstand kennt ihre Geschichte«, sagt sie ehrfürchtig.

Als ich von Stimmen aus dem Schlaf gerissen werde, kann ich nur an eines denken. Henry kennt die Wahrheit.

»Was machst du hier, Matthew?« David klingt wütend.

»Blöde Frage. Wir müssen die Aufgabenverteilung durchgehen.«

»Das weiß ich. Ich meine, was machst du *hier*? Wir wollten uns bei dir treffen.«

Ich setze mich verschlafen auf und sehe, wie sich David und Matthew im Halbdunkeln gegenüberstehen.

»Bei Sonnenuntergang war ausgemacht«, erinnert ihn Matthew. »Als du nicht gekommen bist, habe ich eben hier auf dich gewartet.«

»Und Samantha beim Schlafen zugesehen?«

»Hätte ich sie wecken sollen?«, fragt er mit einem spöttischen Grinsen.

»Tu nicht so scheinheilig. Glaubst du, ich merk das nicht? Wenn dich deine Blondine langweilt, dann ist das dein Problem.«

»Hast du etwa Schiss, dass ich dir die Freundin ausspanne?«

Sie sind vollkommen aufeinander fixiert und merken dabei gar nicht, dass ich mittlerweile wach bin.

David zuckt mit den Schultern. »Das würde ich mir an deiner Stelle gut überlegen. Im Gegensatz zu deiner Freundin hat Samantha ein Gehirn. Ich bin mir nicht sicher, ob du damit klarkommen würdest.« Ich muss mir ein Lachen verkneifen, weil ich David von ganzem Herzen recht gebe.

Matthew hingegen scheint es alles andere als lustig zu finden. Er verzieht verärgert das Gesicht. »Vorsicht, David. Noch ein Wort …« Er lässt den Rest des Satzes als Drohung in der Luft hängen.

David schnaubt verächtlich. »Dann mach hier nicht einen auf Spanner. Willst du ihr vielleicht das nächste Mal beim Duschen zusehen, wenn ich nicht rechtzeitig zu einer Besprechung komme?«

»Das wäre nichts, was ich nicht schon mal gesehen hätte.«

Mir stockt der Atem. Für einen Moment ist es still, dann geht David auf Matthew los.

»Stopp!« Ich springe aus dem Bett. »Hört auf, verdammt noch mal!« In wenigen Schritten bin ich bei ihnen und packe Davids Arm gerade noch rechtzeitig, bevor sich dessen Faust in Matthews Gesicht verewigen kann. Ich dränge mich zwischen die beiden und sehe Matthew an. »Sag ihm, wie es gewesen ist!«, fordere ich ihn auf.

Er rollt mit den Augen. »Na gut. Samantha ist in der Dusche ohnmächtig geworden. Ich hab sie gefunden.«

David entspannt sich kaum merklich und lässt die Arme sinken. »Hau ab«, sagt er zu Matthew, ohne ihn anzuschauen. »Wir verschieben die Besprechung auf morgen.« Matthew brummt mürrisch und stapft aus dem Zimmer.

Als er verschwunden ist, wende ich mich mit fragendem Blick zu David. »Normalerweise bin ich nicht eifersüchtig«, fängt er an und klingt dabei fast verlegen.

Meine Wangen werden heiß. »Und warum bist du es jetzt?«

Er schaut mich an, als wäre es offensichtlich. »Weil ich dich mag?«

Ich laufe tomatenrot an. Ich muss ihm nicht mehr sagen, dass ich ihn ebenfalls mag. Das hat bereits der Wein mithilfe des Whiskeys für mich getan. Na, vielen Dank auch.

»Es gibt wirklich keinen Grund, eifersüchtig zu sein«, stottere ich.

David grinst schief. »Ach, ja? Das sehe ich aber anders. Und was ich schon längst fragen wollte, was war das eigentlich letztens mit Phil auf der Feier?« Am liebsten würde ich im Erdboden versinken und die Erinnerung gleich mit in den Abgrund nehmen. »Mal im Ernst, ist da was zwischen euch gelaufen?«

»Nein!« Ich schüttele energisch den Kopf. »Ich wollte einfach nur«, *alles vergessen,* »an etwas anderes denken«, sage ich dann. David sieht erleichtert aus, obwohl er zweifellos bemerkt, dass ich etwas zurückhalte.

»Du hast so verloren ausgesehen, deshalb bin ich dazwischengegangen.«

»Danke«, sage ich leise, weil ich weiß, dass ich eine Nacht mit Phil bitter bereut hätte.

David tritt näher und lässt seine Hände über meine Arme wandern, hinauf zu meinen Schultern. Seine Finger streicheln sanft mein Schlüsselbein. Ich hingegen mustere sein Gesicht, das ich bisher meist nur aus sicherer Entfernung betrachtet habe. Seine dichten Augenbrauen, die scharfe Linie seiner Wangenknochen und der leichte Schwung seiner schmalen Lippen, all das ist mir vertrauter, als es eigentlich sein sollte, so, als würde ich ihn schon ewig kennen. Schließlich halte ich es nicht länger aus, stelle mich auf Zehenspitzen und lege meine Lippen auf seine. Er nimmt die Einladung an, lässt sich jedoch mehr Zeit als bei unserem ersten Kuss. Er zieht mich näher zu sich heran, während seine Hände den Weg unter mein T-Shirt finden. Plötzlich kann ich mich nicht mehr auf den Kuss konzentrieren und löse mich ein kleines Stück von David. Er sieht mich fragend an.

»Bist du nicht müde?«, frage ich mit einem verräterischen Piepsen in der Stimme. Er versteht sofort und nimmt die Hände von meiner Taille. »Es ist nur –« Ich frage mich, wie ich mich jetzt noch rausreden kann.

Aber er fordert keine weitere Erklärung und drückt mir stattdessen einen sanften Kuss auf die Stirn. »Alles gut.«

Erleichtert stelle ich weder Enttäuschung noch Verärgerung in seinem Blick fest.

Mit meinem Kopf auf Davids Brust schlafe ich wenig später ein. Seine Wärme hat etwas Tröstliches und lässt mich in einen traumlosen Schlaf gleiten.

Ich bin schon eine Weile wach, aber ich will mich noch nicht von David lösen, mich anziehen und nach unten gehen. Dafür sind mein Wille und mein Hungergefühl zu schwach. Aus seiner regelmäßigen normalen Atmung schließe ich, dass auch er wach ist.

»Woran denkst du gerade?«, fragt er plötzlich in die Stille hinein.

Ich zögere kurz. »Ach, es ist wegen Henry.«

Seine Bauchmuskeln spannen sich an, als er sich leicht aufrichtet. »Du denkst jetzt an Henry und willst mir auf der anderen Seite erzählen, du würdest ihn nicht anhimmeln?«

»Es ist nicht so, wie du denkst. Ich habe nur von ihm geträumt.«

»Okay. Ich weiß wirklich nicht, ob ich das jetzt hören will.«

Ich verdrehe die Augen und nehme meinen Kopf von seiner Brust, um ihn ansehen zu können. »Ich habe nicht *so* von ihm geträumt. Es war wieder einer dieser anderen Träume, verstehst du? Einer dieser echten Träume.«

Davids Skepsis verwandelt sich in Interesse. »Wurde Henry in der anderen Welt etwa auch nicht verurteilt?«

»Doch, doch«, murmle ich. »Aber ich habe erfahren, dass er über meine Eltern Bescheid weiß.«

»Du meinst, er weiß, warum sie gestorben sind?«, fragt er überrascht. »Woher?«

Ich nicke und kaue nachdenklich auf meiner Lippe. »Er war im Widerstand und die haben in der Regierung eine Quelle, die es ihm erzählt hat.«

David setzt sich abrupt auf, sodass mein Kopf unsanft von seiner Brust rutscht. »Eine Quelle?«

Ich schiebe die Decke weg und richte mich ebenfalls auf, irritiert von seiner Reaktion. »Ja. Die Unsichtbare, die mich in der Parallelwelt ausbildet. Ihr Name ist Natalie.«

David starrt aus dem Fenster, sein Blick ist abwesend. »David?«, sage ich unsicher. Er schaut mich an, als würde er mich gerade zum ersten Mal sehen. Sehr merkwürdig. »Was ist los?«, frage ich deshalb.

»Nichts«, antwortet er sofort, aber als ich ungläubig die Augenbrauen hochziehe, lenkt er ein. »Ich hätte nur nicht gedacht, dass es der Widerstand bis in den Kern der Regierung schafft. Ich bin dort aufgewachsen und jeder war überzeugt von dem, was er tat. Zumindest hatte es für mich den Anschein.«

»Während man für die Regierung ausgebildet wird, kommt man zwangsläufig zum Nachdenken«, wende ich ein und denke dabei an die Porträtfotos aller Verbannten, denn hinter jedem Bild steckt eine Persönlichkeit und ihre Geschichte. Wer von ihnen hat es wirklich verdient, nach New York abgeschoben zu werden?

Lächelnd schüttelt er den Kopf. »Der Gedanke, dass du parallel zwei Leben lebst, ist unglaublich.«

»Unglaublich absurd.«

»Unglaublich interessant«, verbessert er mich.

Ich verdrehe die Augen und spreche an, was mir seit gestern Abend auf der Seele brennt. »Ich weiß nicht, ob ich Henry bitten soll, es mir zu erzählen.«

»Möchtest du die Geschichte deiner Eltern denn erfahren?« David betrachtet mich mit nachdenklichem Blick und ich bin froh, dass er mich ernst nimmt.

»Natürlich möchte ich! Aber wenn ich ihn frage, muss ich ihm auch meine Träume erklären«, überlege ich laut. »Er wird mich für verrückt halten.«

»Du dachtest auch, ich würde dich für verrückt halten, und trotzdem habe ich es nicht getan«, erinnert mich David und streicht mir die Locken aus dem Gesicht.

»Das ist was anderes. Du bist das Kind von Unsichtbaren, du hast Hintergrundwissen. Wegen dir habe ich diese Träume erst verstanden.«

»Mag sein. Aber verschwende deine Gedanken nicht, indem du dich fragst, was die anderen von dir halten könnten. Henry ist dein Freund und er wird dich verstehen.«

Ich nicke langsam, immer noch nicht überzeugt, und trotzdem treffe ich eine Entscheidung. Jetzt, da ich weiß, dass Henry mir über meine Eltern mehr erzählen kann, will ich das nicht ignorieren. Besser gesagt kann ich es nicht ignorieren. Ein Leben lang habe ich mich gefragt, warum ich im Heim aufwachsen musste, während so viele andere Kinder ganz selbstverständlich wussten, wer ihre Eltern sind.

Gleichzeitig soll mir Henry aber auch erklären, warum er mir Wissen vorenthalten hat, auf das ich ein Anrecht habe.

Vor dem Speisesaal verabschiede ich mich von David und gehe stattdessen zur Krankenstation. Jetzt, da ich meine Entscheidung getroffen habe, möchte ich sofort mit Henry reden, möchte ihm alles erzählen und gleichzeitig alles erfahren.

Aber er ist nicht dort. Von Vivien erfahre ich, dass sie ihn bereits entlassen hat und er auf sein Zimmer gegangen ist, also klopfe ich wenig später an seiner Tür.

Als ich keine Antwort erhalte, öffne ich sie vorsichtig. »Henry?« Ich betrete das Zimmer. Sein Bett ist ungemacht und leer. Ein schneller Blick ins Badezimmer, aber auch hier ist er nicht. Ich runzle die Stirn. Wo sollte er sonst sein? Vivien meinte, er müsse sich noch schonen.

Gerade als ich wieder gehen will, öffnet sich die Tür. Aber nicht Henry steht vor mir, sondern Peter.

28

Das Herz rutscht mir in die Hose. Wie konnte ich vergessen, welcher Mitbewohner Henry aufgezwungen wurde?

Peter stutzt, als er mich sieht, doch schnell taucht das schiefe Grinsen auf, das ich so verabscheue. »Je früher der Morgen, desto schöner die Gäste. Oder wie ging der Spruch doch gleich?«

Ich verdrehe die Augen und will mich an ihm vorbei zur Tür drücken, aber er stellt sich mir breitbeinig in den Weg.

»Willst du etwa schon wieder gehen, Süße?«

»Ich wollte zu Henry«, erkläre ich kurz angebunden.

»Der ist nicht hier.«

»Deswegen gehe ich ja auch wieder«, sage ich trocken und wage noch mal einen Versuch zur Tür. Peter bewegt sich keinen Zentimeter. »Lass mich durch.«

Er ignoriert meine Forderung. »Wolltest du hier rumschnüffeln?«

Ich schaue mich im Zimmer um, das genau die gleiche Ausstattung besitzt wie jedes andere in diesem Gebäude auch. Ein Blick genügt, um zu wissen, dass es hier nichts Interessantes zu entdecken gibt. »Glaubst du wirklich, ich habe nichts Besseres zu tun?«

»Ja, genau das glaube ich.« Er tritt einen Schritt vor. »Du legst dich zu gerne mit mir an, ohne an die Konsequenzen zu denken.«

»Ach, hör auf mit dem Schwachsinn.« Meine Stimme klingt

sicherer, als ich mich fühle. Allein mit Peter in einem Raum und sämtliche Alarmglocken in mir schrillen. Ich muss so schnell wie möglich hier weg. Auch wenn ich in den letzten Tagen viel trainiert habe, bin ich noch lange nicht stark genug, um mich erfolgreich gegen Peter zu verteidigen.

»Ach, tatsächlich?« Er ist beunruhigend leise. »Dann wolltest du bei der Besprechung letztens nicht, dass ich rausgeworfen werde?«

»Das hast du dir selbst zuzuschreiben, das weißt du ganz genau«, zische ich zwischen zusammengepressten Zähnen. Als ich ein drittes Mal an ihm vorbeiwill, packt er mich am Handgelenk. »Lass mich los.« Diesmal zittert meine Stimme leicht.

Sein Griff verstärkt sich. »Ich will uns doch nicht den ganzen Spaß verderben.«

Wenn ich noch länger warte, verpasse ich meine letzte Chance zur Flucht. Mit einem Ruck befreie ich mein Handgelenk, ducke mich unter seinem Arm durch, doch gerade, als ich die Tür erreiche, schlingt er seine Arme um meine Taille und hebt mich mit Leichtigkeit in die Höhe. Ich strample mit den Beinen und versuche irgendetwas an seinem Körper stark genug zu treffen, dass er mich loslässt, aber ich trete immer wieder ins Leere. Er trägt mich, weg von der Tür, in die Mitte des Raumes und lässt mich fallen. Weil ich nicht damit gerechnet habe, kann ich mich nur mit Mühe und Not mit den Händen abfangen. Mir wird schwarz vor Augen, als ich auf dem Steißbein lande, und ein stechender Schmerz fährt durch mein rechtes Handgelenk. Ich stöhne und blinzele benommen. Peter lässt sich Zeit. Mit gemächlichen Schritten kommt er auf mich zu, während ich vor ihm davonrutsche, ohne ihn aus den Augen zu lassen.

»Lass es gut sein, Süße.« Sein Grinsen wird breiter, aber ich habe nicht vor aufzugeben. Als ich am Bettpfosten anstoße, ziehe ich mich mit meinem gesunden Handgelenk daran hoch. Mir ist immer noch schwindlig, und anstatt aufzustehen, lasse ich mich aufs Bett sinken. Mit siegessicherer Miene beugt sich Peter nach vorne und drückt meine Schultern nach hinten. Genau darauf habe ich gewartet. Ich ziehe meinen Fuß an und treffe ihn zwischen die Beine. Punktlandung. Er knurrt wütend, stolpert rückwärts. Ich reiße mich zusammen, springe vom Bett auf und stoße meinen Handballen von unten gegen seine Nase. Er brüllt vor Schmerz auf und reißt seine Hände zum Gesicht.

»Samy, was ist hier los?« Henry taucht mit erschrockener Miene hinter Peter auf. Dieser presst sich immer noch die Finger auf die Nase, während erste große Blutstropfen daran herunterlaufen. Mit einem mordlustigen Gesichtsausdruck dreht er sich um, stößt Henry zur Seite und verschwindet aus dem Zimmer.

Noch nie habe ich mich so über den Anblick von Henrys blondem Haarschopf gefreut. Erleichtert lasse ich mich wieder aufs Bett fallen, bereue es jedoch, als mein Steißbein schmerzhaft protestiert.

»Was war los?« Henry durchquert schnell den Raum und lässt sich vor mir auf die Knie sinken, damit er mir in die Augen sehen kann. »Ist Peter auf dich losgegangen? Hat er dir wehgetan?«

»Ich wollte dich besuchen«, erkläre ich mit schwacher Stimme. »Viv meinte, sie hätte dich entlassen.«

Henry nickt. »Hat sie auch, aber ich habe mir was zu essen gesucht.«

Ich versuche mein rechtes Handgelenk zu bewegen, und als mich erneut der Schmerz durchzuckt, verziehe ich das Gesicht.

»Hätte ich mir auch denken können.«

»Du musst David sagen, dass Peter dich angegriffen hat. Oder erzähl es Matthew, der hat Peter ganz gut im Griff.«

Ich schüttle entschieden den Kopf. »Passt schon. Es ist alles gut, mach dir keine Gedanken.« Ich versuche zu lächeln und stehe auf. Ich werde sicherlich nicht zu David rennen und petzen. Er würde sich unnötig aufregen, dabei bin ich stolz, dass ich ohne fremde Hilfe gegen Peter angekommen bin. Henry sieht nicht überzeugt aus.

»Versprichst du mir, dass du nichts davon erzählst?«

Henry lässt seinen Blick über mein Gesicht wandern. »Na gut«, stimmt er schließlich wiederwillig zu. »Aber lass das wenigstens von Vivien anschauen.« Er deutet auf mein rotes und mittlerweile leicht geschwollenes Handgelenk. Als er Anstalten macht, mich zu begleiten, halte ich ihn zurück.

»Du legst dich besser hin und schonst deinen Arm. Ich schaffe das schon, ist bestimmt nur eine Stauchung.« Henry wirkt nicht glücklich, ist aber klug genug, nicht mit mir zu diskutieren.

Als ich die Treppe zur Eingangshalle hinuntersteige, höre ich Rufe und Schreie. Dort, nur wenige Meter vom Eingang entfernt, hat sich eine Menschenmenge versammelt, die zwei Kämpfende anfeuert. Außer Erin scheint niemand auf die Idee zu kommen, die beiden Jungen voneinander zu trennen. Vielmehr scheinen die anderen über den Kampf begeistert zu sein, sie grölen und johlen. Wann werden die Gangs untereinander Frieden schließen? Normalerweise wäre ich Erin sofort zu Hilfe geeilt, aber mit meinem Handgelenk kann ich unmöglich jemanden festhalten, noch dazu, wenn dieser fest entschlossen ist, den Kiefer seines Gegners zu zerschmettern.

Als ich mich gerade abwende, lässt Erins Schrei mich erstarren. »Hör auf, David! Du bringst ihn noch um!«

David?

Mein schmerzendes Handgelenk ist plötzlich vergessen. Ich renne durch die Eingangshalle und dränge mich durch die Menge zu David. Er sitzt auf einer zusammengekrümmten Gestalt und seine Faustschläge treffen jeden Zentimeter von Peters blutüberströmtem Körper.

»David? Was tust du da?«

David scheint aus einer Art Trance zu erwachen. Unsere Blicke treffen sich. »Hör auf! Bitte!«

Er sieht mit vor Ekel verzogenem Gesichtsausdruck zu Peter hinunter und lässt die Arme sinken. Erin nutzt die Chance und zerrt David von ihm herunter. »Was ist nur in dich gefahren?«, faucht sie. Außer einer aufgeplatzten Lippe und einem blauen Auge sieht David unverletzt aus.

Peter hingegen schafft es ohne fremde Hilfe nicht auf die Beine. Niemand von den Herumstehenden macht Anstalten, ihm zu helfen, sodass sich schließlich Erin erbarmt. »Jetzt hilf mir gefälligst!«, knurrt sie David an. Mit zusammengepressten Lippen, so als müsse er sich davon abhalten, erneut auf ihn loszugehen, nimmt er Peter mit Erin in die Mitte und gemeinsam schleifen sie ihn Richtung Krankenstation. Während sich die Menschenmenge auflöst, enttäuscht über dieses abrupte Kampfende, bleibe ich wie angewurzelt stehen. Was hat sich David nur dabei gedacht? Er lässt sich doch sonst nie auf so einen Schwachsinn ein!

Gerade als ich mich besinne und ihnen folgen will, stößt Erin die Tür auf. Sie sieht abgekämpft und wütend aus, sodass ich einen Moment überlege, ob ich sie besser nicht anspreche und warte, bis sie weg ist, um David selbst zur Rede zu stellen. Aber dann sieht sie mich und ihre Gesichtszüge spannen sich an. Sorge liegt in ihrem Blick.

»Bist du verletzt?«

»Nein, gar nicht«, antworte ich schnell. Was für eine überflüssige Frage – ich hatte doch nichts mit der Schlägerei zu tun!

»Geht es David gut?« Peters Gesundheitszustand interessiert mich herzlich wenig.

Aber anstatt mir zu antworten, betrachtet mich Erin prüfend von Kopf bis Fuß und ihr Blick bleibt an meinem geschwollenen Handgelenk hängen. »Wie ist das passiert?«

»Nur verstaucht, nichts Wichtiges. Was ist mit David?«

»David geht es gut, er hat nur ein paar Kratzer«, beruhigt sie mich.

»Aber was war los? Warum ist Peter auf ihn losgegangen?«

Erin schüttelt müde den Kopf. »Peter ist nicht auf ihn losgegangen. David ist ausgerastet, als Peter ihm erzählt hat, dass er dich in seinem Zimmer abgefangen hat. Er wollte ihn provozieren, keine Frage. Er hat es darauf angelegt und David hat angebissen.«

»Oh«, sage ich tonlos. »Ich rede mit ihm.«

Als ich an Erin vorbei zur Krankenstation will, hält sie mich auf und mustert mich aufmerksam. »Ist wirklich alles in Ordnung?«

Auch wenn ich mich schrecklich fühle, versuche ich es mit einem Grinsen. »Ich habe Peter die Nase gebrochen. Endlich hat sich mein hartes Training bei dir ausgezahlt.«

»Ich bin stolz auf dich«, sagt sie ernst, ohne dabei herablassend zu wirken. »Wenn du jemanden zum Reden brauchst, kannst du jederzeit zu mir kommen, das weißt du.«

»Danke, Erin.« Sie hat mir bereits einmal ihr offenes Ohr angeboten und hinter ihrem Angebot stecken echtes Interesse und allem voran Fürsorge. Genau diese Fürsorge irritiert und verunsichert mich. Anscheinend musste ich erst nach New York verbannt werden, um dieses Gefühl kennenzulernen.

David sitzt auf dem der Tür am nächsten stehenden Krankenbett, während Marcus einen Schnitt auf seiner Wange säubert. Peter liegt drei Betten von ihm entfernt und wird von Vivien zusammengeflickt. Er sieht schwach aus und ihm fehlt jede Kraft, aufrecht zu sitzen.

Als ich eintrete, will David sofort aufstehen, aber Marcus drückt ihn wieder aufs Bett zurück. »Ich bin noch nicht fertig«, teilt er ihm bestimmt mit und macht weiter.

Ungeduldig lässt David die Behandlung über sich ergehen und lässt mich nicht aus den Augen, während ich auf ihn warte und es vermeide, Peters zerschundenes Gesicht anzustarren. Auch wenn er benommen wirkt und von seiner Umgebung vermutlich nur sehr wenig mitbekommt, will ich vor ihm nicht mit David sprechen. Niemand und ganz bestimmt nicht er soll mitkriegen, wie sehr mich sein Angriff mitgenommen hat. Auch wenn ich mich selbst verteidigen konnte, bin ich nicht nur stolz, sondern fühle mich immer noch zittrig und möchte Peter keine Schwäche zeigen.

Fünf Minuten später wird David entlassen. Dafür, dass er laut Erin nur ein paar Kratzer abbekommen hat, sieht er fürchterlich aus. Sein linkes Auge ist leicht zugeschwollen und seine Lippe blutet immer noch. Bevor ich ein Taschentuch hervorziehen kann, wischt er sich nur kurz mit dem Ärmel über den Mund, nimmt meine Hand und wir verlassen das Gebäude.

Wir spazieren eine Weile schweigend durch New York und schlagen den gleichen Weg ein, den ich gegangen bin, als ich zum ersten Mal die Kuppel entdeckt habe. Damals fand ich die Straßen zwar beeindruckend, aber die langen Schatten der Gebäude waren gruselig. Mit David an meiner Seite fühle ich mich trotz der lebensfeindlichen Umgebung wohl. Ich genieße die Stille und ein Frösteln durchfährt meinen Körper jedes Mal, wenn der Wind seinen Weg durch die Straßen der Geisterstadt findet. Ich ziehe den Reißverschluss meiner Jacke höher. Die Spitzen der

Hochhäuser kratzen an den dunklen, tief hängenden Wolken, der Regen lässt sicherlich nicht mehr lange auf sich warten. Als wir an der schimmernden Kuppel ankommen, verfolgen wir den Fluss in südlicher Richtung, bis wir uns schließlich auf eine Bordsteinkante setzen.

»Heute Morgen wollte ich joggen gehen«, fängt David ohne Umschweife an zu erklären, so als hätte er sich während unseres stillen Spaziergangs jedes Wort zurechtgelegt, »und Peter war gerade auf dem Weg zur Krankenstation, um seine blutende Nase behandeln zu lassen. Ich habe ihn gefragt, wie das passiert ist, und er meinte –« David stoppt kurz und atmet tief durch, »er meinte, du hast ihm die Nase gebrochen, als er dich überfallen hat. Zum zweiten Mal.« Immer noch hält er meine Hand und der Druck verstärkt sich bei seinen letzten Worten. »Er hat gelacht.«

Mir läuft ein Schauer über den Rücken, weil ich Peters überlegenes, gehässiges Grinsen vor mir sehe. Ich kann es David nicht verübeln, dass er sich von ihm hat provozieren lassen. »Er hat mir nicht wehgetan«, beruhige ich ihn, auch wenn ich mein Steißbein immer noch spüren kann. »Peter hat einfach eine zu große Klappe.«

Davids Blick ist intensiv. »Wenn du mit mir nicht darüber reden willst, dann versteh ich das.«

Ich schüttle entschieden den Kopf. »Nein, das ist es nicht. Er hat mich überfallen und wollte mich verletzen, aber ich habe mich gewehrt, wie du selbst sehen konntest.«

David nickt kurz, auch wenn er nicht überzeugt scheint. »Hättest du mir je davon erzählt, wenn es nicht durch Peter rausgekommen wäre?«

Mein Schweigen ist Antwort genug. Er nimmt das zerbrochene Stück eines Ziegelsteins, wiegt es in der Hand und schleudert es dann auf die andere Straßenseite. »Du vertraust mir nicht«, stellt er fest und Verbitterung zeichnet sich in seinem Gesicht ab. »Vielleicht ist das sogar besser.«

»Doch.« Mein Mund ist trocken und ich schaffe es nicht, meinen Blick vom brüchigen Boden abzuwenden. »Ich habe dir von Anfang an vertraut.« Es ist die Wahrheit. Obwohl wir uns die erste Zeit nicht verstanden haben, habe ich ihm jedes Wort geglaubt. Ich habe immer Vertrauen in seine Führung, weil er eine natürliche Autorität besitzt und seinen Mitgliedern das Gefühl gibt, in jeder Situation die Kontrolle zu haben und den richtigen Weg zu kennen. »Ich wollte dir nichts davon erzählen, weil ich Angst hatte, dass du so reagierst, wie du es vorhin getan hast. Du hättest dich ernsthaft verletzen können und Peter hat genau das erreicht, was er wollte. Er hatte seine Bühne.«

Die zweite Hälfte des Ziegelsteins fliegt mindestens zehn Meter weiter. »Ich weiß«, flucht er. »Ich hätte mich nicht darauf einlassen sollen. Aber als er gelacht hat, habe ich rotgesehen. Ich wollte ihm die Seele aus dem Leib prügeln.« Er schüttelt den Kopf und mustert seine aufgerissenen Fingerknöchel. »Glaub mir, normalerweise würde ich mich nie auf sein Niveau herablassen.«

Überrascht schaue ich ihn an, sehe die Scham in seinem Gesicht. »Das hast du auch heute nicht getan!«, widerspreche ich eindringlich. »Du wolltest mich beschützen. Das ist ein anderer Beweggrund, als er ihn hatte.«

»Ich hätte ihn umgebracht, wenn du nicht gekommen wärst! Das ist nicht zu entschuldigen.« Er erwidert missmutig meinen Blick.

»Dann hast du heute daraus gelernt und wirst es nicht wieder tun.« Ich greife nach seiner Hand und drücke sie leicht. »In Ordnung?« Er nickt und verschränkt seine Finger mit meinen. Erst als es anfängt zu regnen, kehren wir zur Basis zurück.

29

Dauerregen hat eingesetzt und auf den Fluren unter den zerbrochenen Fenstern bilden sich große Pfützen. Die Feuchtigkeit dringt durch die Wände und lässt die Kleidung klamm werden. Nachdem ich weiß, dass Peter immer noch ausgeknockt auf der Krankenstation liegt, besuche ich Henry am Nachmittag in seinem Zimmer. Er öffnet mir mit verschlafenem Blick und verwuschelten Haaren die Tür. »Samy«, nuschelt er überrascht und macht einen Schritt zur Seite, sodass ich eintreten kann. »Was macht dein Handgelenk?«

»Alles gut. Soll ich später noch mal kommen?«, frage ich, als er ausgiebig gähnt.

»Nein, schon gut«, winkt er ab. »Ich muss sowieso aufstehen.«

»Wie geht es deinem Arm?«

»Er ist noch dran.« Zum Beweis hebt Henry ihn leicht an und verzieht dabei das Gesicht vor Schmerzen. »Viel damit machen kann ich allerdings noch nicht.«

Als ich nichts mehr sage, mustert er mich neugierig. »Aber du besuchst mich bestimmt nicht, um das Überleben meines Arms zu feiern, obwohl er das ohne Zweifel verdient hätte.«

Ich kratze meinen ganzen Mut zusammen. »Ich muss mit dir über meine Eltern reden.«

Er stutzt einen Moment, bleibt aber betont lässig. »Klar, was hast du denn auf dem Herzen?« Ich bin enttäuscht, weil er mir immer noch vormachen will, er wüsste von nichts, dabei gibt es keinen Grund, es mir zu verheimlichen.

»Erzähl mir von ihnen«, fordere ich schroffer als beabsichtigt.

Er wird blass. »Woher weißt du es?« Ich muss ihm zugutehalten, dass er nicht versucht, sich rauszureden.

Ich stemme meine Hände in die Hüften und verlagere mein Gewicht auf die Fußballen, um ihm annähernd auf Augenhöhe zu begegnen. »Du meinst, woher ich weiß, dass du mir seit Jahren Wissen über meine Eltern vorenthältst? Verdammt, Henry!«

Henry fährt sich nervös durch die Haare, legt den Kopf in den Nacken und starrt an die Decke. »Ich habe dir nichts erzählt, aus dem gleichen Grund, warum ich nicht wollte, dass du dem Widerstand beitrittst. Wenn du gewusst hättest, weshalb deine Eltern gestorben sind, dann hätte deine Zukunft wahrscheinlich ganz anders ausgesehen.«

»Dann erzähl es mir jetzt! Ich will alles wissen!« Ich schiebe Henry zum Tisch und drücke ihn auf einen der Stühle. Erwartungsvoll lasse ich mich ihm gegenüber sinken.

Er reibt sich den Schlaf aus den Augen und räuspert sich. »Ich habe sie natürlich nicht gekannt, sondern nur ihre Geschichte gehört«, fängt er an. »Deine Eltern haben ein gut organisiertes Doppelleben geführt. Nach außen waren sie die perfekten Regierungsmitglieder, scheinbar überzeugt von der systematischen Auslese der Straftäter. Im Inneren galt ihre Treue jedoch uns. In der heutigen Zeit wäre das kaum mehr möglich, sie hatten das Glück, dass damals noch keine Zukunftsanalysen an Regierungsmitgliedern vorgenommen wurden. Das Insiderwissen deiner Eltern hat die Regierungsgegner gestärkt, der heutige Widerstand ist ein schwacher Abklatsch der damaligen Zeiten. Mit ihnen hatten wir zumindest eine Chance, Samy.« In seine Augen tritt ein sehnsüchtiger Ausdruck. »Anders als heute. Mit Flugblättern bringst du die wenigsten Leute zum Umdenken, die meisten werfen sie sofort weg. Kaum einer hört unsere Botschaft, und alle, die auch nur das geringste Interesse haben, werden sowieso aussortiert und hierhergeschafft.«

Ein kluger Schachzug der Regierung. Sie bekämpft den Widerstand, indem sie jeden Zweifelnden sofort aussiebt. »Glaubst du, dass Concordia jemals ein Land wird, in dem die Menschen selbst entscheiden können, wer sie sein wollen?«, frage ich.

»Nein, leider nicht«, sagt er nach kurzem Zögern. »Ich weiß, als Regierungsgegner sollte ich eigentlich optimistisch sein, aber seit ich hier bin, weiß ich es besser.« Er lehnt sich zurück und verschränkt die Arme hinter dem Kopf. Kummer spiegelt sich in seinen Augen. »Als ich in New York aufgewacht bin, wusste ich, dass alle Jugendlichen, die ich jemals für unsere Sache anwerben konnte, auch hier landen werden. Unser Widerstand kann sich gar nicht so schnell formen, wie er zerbricht.«

»Trotzdem ist es wichtig, dass es ihn gibt. Irgendwann ist jede Zeit gekommen«, muntere ich ihn auf.

Er lächelt traurig und lässt die Arme sinken. »Sollte ich dir nicht von deinen Eltern erzählen?«, erinnert er mich, und als ich nicke, spricht er weiter. »Sie haben viel riskiert und versucht Concordias Zukunftsanalysen zu sabotieren, die dem Staat nicht nur die Kontrolle über seine Bürger verschaffen, sondern auch helfen, noch mehr Geld und noch mehr Macht zu erhalten. Die Regierungsgegner hatten die Hoffnung, dass Concordia durch falsche Investitionen bankrottgeht.«

»Kein schlechter Plan«, gebe ich zu.

»Leider ist er katastrophal gescheitert. Deine Eltern wurden erwischt und –«, er stockt.

»Was?«

»Sie wurden erwischt und monatelang gefoltert, bevor sie schließlich erschossen wurden. Den Hovercraftabsturz, von dem man dir erzählt hat, gab es nie.«

Ich ziehe die Luft scharf ein und schließe für einen Moment die Augen. Das also waren meine Mutter und mein Vater. Natürlich bin ich froh, dass sie für die gute Sache gekämpft haben, für ein freies Land. Aber warum sind es ausgerechnet meine Eltern gewesen, die sich heldenhaft für das Richtige eingesetzt haben? Warum sind sie es gewesen, die sich opfern mussten?

»Okay«, sage ich nach einer Weile leise und stehe auf, weil ich nicht einfach nur dasitzen kann, nachdem ich endlich erfahren habe, wonach ich seit Jahren gesucht habe. Ich öffne das Fenster und lasse die kühle Herbstluft herein. »Mein Schicksal war besiegelt, als ich in dieser Stadt aufgewacht bin. Du hättest es mir jederzeit erzählen können.«

»Ich hatte Angst, dass du mich hassen würdest, wenn du herausfindest, was ich weiß.«

Ich drehe mich zu ihm um. »Solltest du mich nicht wenigstens so gut kennen, dass du weißt, dass ich das nicht tue?«

»Ein schlechtes Gewissen kann dem Menschen alles einreden, Samy.«

Dem kann ich nicht widersprechen, also entscheide ich mich im Stillen, dass ich Henry nicht böse bin. Das hat er nicht verdient.

»Woher weißt du es?«, wiederholt er seine Frage von vorhin.

Ich zögere kurz, weil ich gehofft habe, dass wir dieses Thema überspringen könnten, aber nicht nur ich habe Anrecht auf die Wahrheit. Ich erzähle ihm von meinen Träumen und dem Grund für seine Verbannung. Währenddessen starrt er mich mit offenem Mund an, und als ich ende, erwarte ich, dass er mich auslacht.

Er sagt jedoch gar nichts. »Du glaubst mir nicht«, stelle ich fest.

»Natürlich glaube ich dir!«, erwidert Henry sofort.

»Aber so schaust du nicht aus«, lasse ich ihn wissen.

»Na, ich hätte dich mal gern gesehen, als du das erste Mal von der Bedeutung deiner Träume erfahren hast!«, schnaubt er. Gut, er hat recht.

»Natalie ist deine Ausbilderin …«, murmelt Henry. »Das Schicksal schreibt wirklich die besten Geschichten.«

In der Nacht sitze ich draußen und lehne mich an die Steinwand unserer Basis. Den Kopf in den Nacken gelegt, starre ich die Sterne an, ohne sie wirklich zu sehen. Starke Kopfschmerzen begleiten mich schon seit dem frühen Abend und nur in der frischen kühlen Nachtluft sind sie halbwegs erträglich. Mehrmals musste ich mit einem Würgereiz kämpfen, als das dumpfe Hämmern mich zu übermannen drohte.

Habe ich mich beim Überfall heute Morgen doch schlimmer verletzt, als ich geglaubt habe? Ich lasse den Kopf in meine Hände sinken, sodass sich meine Handballen auf meine Augen pressen. Ich sollte in mein Zimmer gehen, versuchen noch etwas zu schlafen, aber ich kann mich nicht überwinden aufzustehen.

Plötzlich höre ich aus dem Gebäude zornige Stimmen. Ich stöhne entnervt auf. Alles, was ich brauche, ist ein bisschen Ruhe, aber nicht einmal die ist mir vergönnt. Warum gibt es nicht einen Moment, in dem sich nicht irgendwelche Kampfhähne die Köpfe einschlagen möchten? Eigentlich will ich nichts lieber, als zwei Blocks weiter zu laufen und für mich zu sein. Der Vorfall von heute Morgen, die Schlägerei zwischen David und Peter lässt mich innehalten. Ich muss wenigstens kurz nachsehen, was los ist. Ich raffe mich auf und drücke die Eingangstür auf.

Matthew steht auf dem Treppenabsatz und sieht zu Jeff hinunter. »Ich habe dich für die Waffenwache eingeteilt«, erinnert Matthew ihn missbilligend.

Jeff schnaubt und die zwei vollen Whiskeyflaschen in seiner Hand klirren. »Hast du mir nicht zugehört? Du hast mir überhaupt nichts zu sagen.«

»Es ist mir egal, was du von mir hältst. Ich bin dein Anführer. Ich habe das Sagen. Mit deinen kleinen Saufpartys ist jetzt Schluss.«

Ich trete einen Schritt in die Eingangshalle. »Wollt ihr das ganze Haus aufwecken?«, frage ich genervt.

Jeff wirbelt herum. »Was willst du denn hier? Solltest du nicht Davids Bett wärmen?«

Ich verdrehe nur die Augen und übergehe seinen Kommentar. »Ich hab einfach keinen Bock, euren sinnlosen Streit mit anzuhören.«

»Dann verpiss dich«, knurrt Jeff und wendet sich wieder an Matthew. »Und für dich gilt das Gleiche. Hör auf, mir hinterherzuspionieren.«

»Hör auf, dich wie ein bockiges Kleinkind zu benehmen«, feuert Matthew zurück.

Ich will ihnen sagen, dass sie endlich die Klappe halten sollen, als plötzlich der Horizont kippt.

Logan streckt seinen Kopf durch die Tür. »Da bist du ja!«

Schon vor Stunden habe ich mich in den Kontrollraum verkrochen, um Natalie dabei zuzusehen, wie sie über die Schicksale von vier ahnungslosen Jugendlichen entscheidet. Seit ich weiß, dass Henry nach New York gebracht worden ist, muss ich viel Kraft aufbringen, um das Gute in dieser Maßnahme zu finden. Durch Verbannungen schafft es die Regierung, Straftaten zu vermeiden. Ich glaube zwar nicht, dass Henry eine Gefahr für das Volk darstellt, aber kein System ist perfekt und viel-

leicht sind Opfer nötig, um die allgemeine Sicherheit zu gewährleisten. Der Gedanke lässt mich erschaudern.

Widerwillig reiße ich meinen Blick von dem dritten Jungen los, einem blonden Lockenkopf mit Sommersprossen, dem Natalie gerade die Psychotest-Lüge erzählt. »Was gibts?«

Logan schließt die Tür hinter sich und plötzlich überkommt mich ein beengendes Gefühl. Er nickt zu den Monitoren hinüber. »Die Zukunftsanalysen scheinen dich ganz schön zu interessieren.«

»Dich nicht? Sie gehören schließlich zu unserem späteren Aufgabengebiet.«

Doch anstatt auf meine Gegenfrage einzugehen, verschränkt er die Arme und sein Blick bohrt sich in mich hinein.

»Mir geht unsere letzte Lehrstunde nicht aus dem Kopf. Du weißt schon, als Natalie uns das Gefängnis und die Bilder der Insassen gezeigt hat.«

»Warum?«, frage ich und versuche dabei neutral zu klingen, denn innerlich klopft mein Herz so stark, dass es nicht mehr lange dauern kann, bis mir die erste Rippe bricht.

»Deine Reaktion auf einen der Verbannten war merkwürdig. Wie hieß er? Henry?«

»Merkwürdig?«, echoe ich und diesmal ist meine Tonlage einen Tick höher, was auch Logan bemerkt. Seine Zähne mahlen aufeinander.

»Kennst du ihn gut?« Seine Frage trifft mich wie ein Schlag ins Gesicht.

Ich räuspere mich, um Zeit zu gewinnen und mir eine möglichst unverfängliche Antwort zu überlegen. »Ja«, gebe ich zu, um nahe an der Wahrheit zu bleiben. »Zwangsläufig.«

Er zieht die Augenbrauen hoch. »Wie darf ich das verstehen?«

Ich seufze und stehe auf, weil ich mir sonst wie in einem Verhör vorkomme. »Henry und ich waren nicht befreundet, wenn du das meinst. Ich bin nicht im Regierungsviertel aufgewachsen, war kein Teil der Elite, so wie du. Ich habe im Heim und in der Schule zwangsläufig mit anderen Leuten zu tun gehabt.«

»Mag sein.« Seine Miene ist unergründlich. »Trotzdem habe ich mein Anliegen Mr Stone geschildert und er hat den Präsidenten unterrichtet. Er möchte mit dir sprechen.«

Sämtliches Blut weicht aus meinem Gesicht und ich brauche einen Moment, bis seine Worte in mein Bewusstsein eindringen. »Du hast was?«, keuche ich entsetzt.

»Für unsere Arbeit ist jede Verbindung zu Menschen außerhalb unserer Kreise schädlich, Samantha! Der Präsident wird dir sagen, wie du damit umgehen musst!«

Ich öffne den Mund, um mich zu verteidigen, besinne mich dann aber eines Besseren. Wenn ich mich gegen das Gespräch mit dem Präsidenten wehre, ist das auffällig und ich könnte unter Verdacht geraten. Ich werde einfach Ja und Amen sagen und hoffen, dass sich damit der Fall erledigt hat.

»Du hast recht«, sage ich deshalb. »Wann darf ich zu ihm?«

»Jetzt. Sie sind gekommen, um dich hinzubringen.« Er öffnet die Tür und Stone betritt mit einem Sicherheitsmann den Raum. Ich komme mir vor wie eine Schwerverbrecherin, als Stone mit kaltem Blick zur Tür weist. »Nach Ihnen, Ms Evans.«

Mir ist klar, warum sie mir den Termin nicht im Vorfeld angekündigt haben. Ich soll keine Zeit haben, mich vorzubereiten und mir Antworten oder gar Ausreden zurechtzulegen.

Wir verlassen den Kontrollraum. Stone geht voraus, während der Sicherheitsmann mir folgt. Ich ignoriere mein armes Herz, das gerade die doppelte Leistungskraft erbringen muss. Anders als erwartet bringt mich Stone nicht zu dem Büro des Präsidenten, sondern in einen Besprechungsraum. Die Wände sind weiß, ganz im Gegenteil zum Teppichboden, welcher aus dem gleichen Königsblau ist wie unsere Uniformen. Um den gläsernen Tisch in der Mitte stehen weiß lackierte Stühle. Als Stone *mich anweist, hier zu warten, und mich dann allein lässt, werde ich unruhig. Warum bleibt er nicht? Nervös tigere ich vor der Fensterfront auf und ab. Manchmal wage ich einen Blick nach unten und bereue es jedes Mal, denn dieses Zimmer befindet sich in schwindelerregender Höhe. Vor dem Gebäude erstreckt sich der große wunderschöne Regierungspark mit ornamentalen Rasenflächen, beschnittenen Buchsbäumchen und Wasserspielen. Die Bibliothek mit ihrer gläsernen Kuppel bildet das Zentrum des Parks. Die Wolkenkratzer rings um die Grünanlage dienen als Verwaltungsgebäude. In der Ferne kann ich das Wohnviertel der Regierung sehen, dort ist ein Haus prächtiger als das andere.*

Als sich die Tür öffnet, zucke ich zusammen. Ich habe den Präsidenten bis jetzt immer nur aus gebührender Entfernung oder auf Bildern gesehen, sodass ich gar nicht weiß, wie ich reagieren soll, als er jetzt vor mir steht. Er mustert mich eingehend von Kopf bis Fuß, bevor er mir die Hand hinhält. »Es freut mich, Sie kennenzulernen, Ms Evans«, sagt er mit einem Lächeln. Ich kann mich nicht entscheiden, ob ich es für echt halten soll oder nicht.

»Es ist mir eine Ehre, Präsident Abrams«, bringe ich gerade so heraus und schüttle seine Hand. Es macht mich nervös, dass wir allein sind.

Er weist mir einen Stuhl an dem großen Glastisch zu und setzt sich mir gegenüber.

»Sie haben die Ausbildung gerade erst begonnen.« Das ist keine Frage. Ich nicke nur, weil mein Mund so trocken ist, dass ich wahrscheinlich keinen ganzen Satz zustande bringen würde.

»Wissen Sie, die Umstände Ihrer Kindheit sind nicht bedacht worden. Es hätte klar sein müssen, dass Sie vorbelastet sind.« Es brodelt in mir. Hat er Henry gerade als Ballast bezeichnet? Gleichzeitig tut mir der Mitarbeiter leid, der »meine Umstände nicht bedacht« hat, denn dieser hat nach dem missbilligenden Tonfall des Präsidenten nun mächtig Ärger. »Aber es gibt kein Problem, das man nicht aus der Welt schaffen kann.«

Ich nicke abermals und versuche möglichst erleichtert auszusehen. Wahrscheinlich werde ich später nicht im Bereich der Zukunftsanalysen arbeiten dürfen. Soll er machen, was er meint. Es ist seltsam genug, dass sie überhaupt durchgeführt werden.

»Wir werden das Projekt New York neu beginnen, so werden Sie keinen persönlichen Bezug zu irgendwelchen Insassen haben und sich voll und ganz auf Ihre Aufgaben konzentrieren können.«

»Sir?« Ich bin nicht sicher, wie ich diese Information werten soll.

»Um es kurz zu sagen: Wir entsorgen die jetzigen Gefangenen und starten von vorn.«

Das Blut weicht aus meinem Gesicht und fließt in die Beine. Ich fühle mich leer und ein Schwindelgefühl überfällt meinen Körper. »E-Entsorgen?«

Abrams hebt die Augenbrauen. »Haben Sie Einwände?«

»Ich bin nicht mit Henry befreundet!« Auch wenn ich versuche meine Verzweiflung zu verbergen, verrät mich die Panik in meiner hohen Stimme, aber das ist mir egal. Ich muss Abrams davon überzeugen, dass ich keine Gefahr für sein schreckliches Projekt bin. »Meinetwegen soll niemand sterben müssen!«

»Ach, machen Sie sich darüber keine Gedanken, Ms Evans.« Er vollführt eine wegwerfende Handbewegung, was mein Entsetzen nur noch steigert. »Ich denke schon seit Längerem über diesen Schritt nach. Die Informationen meines Kontaktmanns sind schon lange nicht mehr verwertbar. Zudem möchten wir mit einer neuen Besetzung herausfinden, ob sie sich in gleicher Weise entwickeln werden, wie ihre Vorgänger es getan haben. Ein spannendes Experiment der Psychologie, welches Sie live miterleben werden. Sie können sich glücklich schätzen!«

»B-Bitte, Sir«, hauche ich verzweifelt. »Das können Sie nicht machen.« Henry hat das nicht verdient. Sie haben das alle nicht verdient! Ich kann nicht fassen, dass ich die Verantwortung für das Ende von so vielen Menschenleben tragen soll!

»Sie reagieren sehr emotional.« Abrams beobachtet mich interessiert. »Ich werde Sie in Einzelbehandlung entsenden, dort können Sie über Ihre Gefühle sprechen und Ihnen wird der richtige Weg aufgezeigt.«

Richtig? Ich spüre, wie sich bittere Galle meine Speiseröhre emporfrisst.

30

Ich schnappe nach Luft und zittere so stark, dass es mich schüttelt.

»Ruhig atmen«, höre ich Davids sanfte Stimme wie aus weiter Ferne. »Du bist in New York. Du bist hier. Ich bin bei dir.«

Ich reiße die Augen auf und nehme nur am Rande wahr, wie Jeff und Matthew mich verwirrt ansehen, als ich Davids Hand packe, die gerade über meine Wange streicht.

»Jetzt weiß ich es«, stoße ich keuchend hervor. »*Ich* war es. *Ich* habe sie gelöscht.«

David drückt meine Hand. Ein freudloses Lächeln liegt auf seinen Lippen. Dann schiebt sich Viviens überraschtes tränennasses Gesicht in mein Blickfeld. »Samantha!«, flüstert sie erleichtert.

»Ich habe sie gelöscht!«, sage ich noch mal mit Nachdruck zu David, ohne auf Vivien zu achten. Es ist wichtig.

Meine Freundschaft zu Henry ist der Grund, warum die Regierung alle Gefangenen von New York umbringen würde. Wenn ich also vor ein paar Wochen nicht verbannt, sondern zu einer Unsichtbaren ausgebildet worden wäre, hätten sie das Leben in New York ausgelöscht, nur damit ich keine persönliche Bindung mehr zu dieser Stadt habe. Also muss ich meine Daten bei der Zukunftsanalyse löschen, damit diese Situation nie eintreffen wird. Nur so kann ich einen Massenmord verhindern!

David bleibt vollkommen ruhig. »Warum?«

»Was ist los, David? Wovon redet sie?«, fragt Matthew mit

zusammengezogenen Brauen, ohne mich aus den Augen zu lassen. Jeff sieht mit undurchdringlicher Miene abwechselnd von David zu mir.

»Warum hast du sie gelöscht?«, wiederholt David seine Frage, ohne auf Matthew zu achten. Als ich mich mit rasendem Herzen aufrichte, fällt mir auf, dass David mich in sein Zimmer gebracht und aufs Bett gelegt haben muss. Mit fahrigen Händen streiche ich über die Bettdecke. Ich kann nicht laut aussprechen, dass meinetwegen sämtliches Leben in New York ausgelöscht werden wird. Ich schäme mich zu sehr.

»Was zum Teufel ist hier los?«, knurrt Matthew, offensichtlich sauer, dass er ignoriert wird. »Warum ist Samantha noch am Leben?«

Stille. Ich sehe erst ihn und dann David an, sicher mich verhört zu haben.

David richtet sich auf, bleibt jedoch neben mir sitzen. Ausdruckslos sieht er zu Matthew hinüber. »Sie war nur ohnmächtig.«

Matthew reißt die Augen auf. »Willst du mich verarschen? Als Samantha ohnmächtig geworden ist, haben wir Vivien gerufen. Sie hat tausendmal ihre Atmung und ihren Herzschlag überprüft und versucht sie wiederzubeleben. Samantha war tot, noch bevor du überhaupt mitbekommen hast, was los ist!«

»Tot?«, frage ich mit hohler Stimme. »Aber ich bin nicht tot.«

»Du warst es.« Matthew lässt sich nicht beirren.

»Stimmt das?«, frage ich mit bebender Stimme an David gewandt, während ich Vivien aus den Augenwinkeln zittern sehe.

»Dein Herz hat aufgehört zu schlagen«, bestätigt er mir nach einigen Sekunden mit dumpfer Stimme. Mir wird heiß, mir wird kalt und meine Arme knicken unter mir ein, als sie mein Gewicht nicht mehr tragen können. Ich soll tot gewesen sein? Aber das kann nicht sein! Ich hatte doch nur wieder einen dieser Träume. Träume, die mich immer häufiger heimsuchen. Träume, die immer länger dauern.

»Ich muss so schnell wie möglich nach Concordia!«, flüstere ich entsetzt. »Sonst wache ich irgendwann nicht mehr auf und ihr werdet –« *Sterben*. Ich bringe dieses Wort nicht über die Lippen. Erst jetzt wird mir das gesamte Ausmaß bewusst. Je länger ich warte, desto mehr übernimmt mein Leben in Concordia die Kontrolle. Die Zeit in New York wird immer kürzer und verschwindet bald, außer ich greife ein.

»Ich frage jetzt das letzte Mal!« Matthew legt so viel Autorität wie möglich in seine Stimme. »Was ist hier los?«

Jeff beobachtet das Szenario mit zusammengepressten Lippen. David mustert mich mit fragendem Blick. Er will von mir das Einverständnis, dass er die Wahrheit sagen darf. Ausgerechnet Matthew und Jeff. Ich müsste ihnen so viele private Dinge über mich erzählen, dass mir schon allein bei dem Gedanken das Atmen schwerer fällt. Aber mir ist klar, dass ich keine andere Wahl habe, also nicke ich.

Und so erzählt David ihnen von meinen Ohnmachtsanfällen und unserer Vermutung. Denn mehr als eine Vermutung ist es nicht. Zwar bin ich mir mittlerweile sicher, dass wir recht haben, trotzdem haben wir keinen Beweis für diese unfassbare Theorie.

Als David endet, starrt Matthew mich mit offenem Mund an, während Jeff vortritt. »Wie und warum solltest du deine Vergangenheit verändern?«

Ich winde mich, blinzle die Tränen weg, die mir allein bei der Erinnerung in die Augen steigen. »Ich … ich …«, stottere ich leise. Aber ich kann meine Schuld nicht aussprechen, habe Angst vor ihrer Reaktion, wenn ich ihnen erkläre, dass ich für einen Massenmord verantwortlich sein werde.

»Keine Angst, du kannst es mir erzählen. Wir kriegen das hin«, sagt David beschwichtigend und seine tiefblauen Augen lassen mich vergessen, dass wir nicht allein sind.

Ich atme tief durch. »Es war etwas furchtbar Banales«, stöhne ich kraftlos. »Ein Mitauszubildender hat mitbekommen, dass ich einen der Verbannten in New York kenne. Er ist sofort zu einem Unsichtbaren gelaufen.« Ich vergrabe den Kopf in den Händen. »Präsident Abrams hat daraufhin beschlossen, das Projekt New York neu zu beginnen.«

»Neu beginnen?«, wiederholt David tonlos, seine Augen werden dunkel. Als ich nicht antworte, sondern zu schluchzen anfange, zieht er mir sanft die Hände vom Gesicht. »Was haben sie vor?«

Ich sehe in seinen Augen, dass er meine Antwort bereits kennt oder zumindest vermutet, worauf es hinausläuft.

»Sie werden euch umbringen. Alle.« Einen Moment lang sagt niemand ein Wort. Vom Flur höre ich jemanden etwas rufen und kurz darauf ein Lachen.

»Bist du dir sicher?«, stößt Matthew hervor.

»Hundertprozentig.« Ich habe keinen Zweifel. »Irgendwie muss ich an diese Zeitmaschine kommen und versuchen, in die Vergangenheit zu reisen.«

Matthew und Jeff tauschen beunruhigte Blicke. »Du kennst die Regierung doch am besten, David«, meint Matthew hoffnungsvoll. »Glaubst du wirklich, dass die zweihundert Menschen auf einen Schlag töten würden?«

»Concordia wurde aus dem Nichts geschaffen. Wir wurden zum einflussreichsten Staat mit einem unermesslichen Vermögen. Das alles wird durch eine Erfindung gehalten, von deren Existenz nur die Regierung weiß.« Mit grimmigem Ausdruck sieht er zu Matthew. »Normalerweise gibt es ein Kontaktverbot zwischen Unsichtbaren und der Bevölkerung. Aber Samantha ist in einem Heim außerhalb des Regierungsviertels aufgewachsen und hat in diesen Jahren Henry kennengelernt. Normalerweise beobachtet die Regierung ihre zukünftigen Mitglieder sehr genau. Ein Detail muss ihnen durch die Lappen gegangen sein.«

»Drück dich klar aus, Alter«, sagt Jeff ungeduldig.

»Wenn die Regierung von der Freundschaft zwischen Samantha und Henry gewusst hätte, wäre Samy niemals zu einer Unsichtbaren ausgebildet worden. Aber so ist ihre Loyalität gefährdet, also entfernen sie entweder sie, eine wertvolle Unsichtbare, oder uns Verbannte.« David schnaubt. »Du kannst dir vorstellen, dass der Regierung diese Wahl nicht schwerfällt.«

Jeff nickt in meine Richtung. »Also werden wir wegen der da alle sterben«, fasst er zusammen. Es fühlt sich an, als hätte er mir eine Ohrfeige verpasst, und das Schlimmste ist, dass ich ihm nicht mal widersprechen kann.

David erhebt sich so schnell, dass ich zusammenzucke. Auge in Auge mit Jeff knurrt er: »Dein Humor war schon immer grenzwertig. *Die Regierung* wird uns umbringen. Du kannst dich geehrt fühlen, dass sie dich mit einer Begründung abschlachten. Nicht viele haben dieses Glück.«

An Jeffs Schläfe pulsiert eine Ader, aber er starrt David nur böse an, ohne etwas zu erwidern.

»Also müssen wir es irgendwie in die Zentrale der Unsichtbaren schaffen«, ergreift Matthew das Wort und reibt sich nachdenklich die Stirn.

Nur widerwillig löst David den Blickkontakt zu Jeff und wendet sich an Matthew. »Wir?«, wiederholt er langsam. »Samantha und ich schaffen das schon, wir brauchen keine Hilfe.« Seine Zuversicht verwundert mich, vor allem, weil ich sie absolut nicht teilen kann. Wie sollen wir es unbemerkt nach Concordia schaffen und dann in die Zentrale der Unsichtbaren einbrechen?

»Das könnte dir so passen.« Jeff richtet sich zu seiner vollen Größe auf. »Ich komme mit.«

David seufzt genervt, aber Jeff lässt sich nicht beirren. »Du weißt, dass ich der beste Schütze bin.«

»Ich habe nicht vor, uns den Weg nach Concordia frei zu schießen«, erwidert David trocken. »Wir wollen unbemerkt bleiben.«

»Ich lasse nicht zu, dass unser aller Schicksal in euren unfähigen Händen liegt. Da kann ich mich gleich umbringen.«

»Das sind ja wunderbare Voraussetzungen für eine Zusammenarbeit«, murmle ich stirnrunzelnd. Vivien hüstelt neben mir.

Jeff deutet mit seinem Finger auf mich. »Du musst ganz still sein! Nur wegen dir stecken wir in der Scheiße.«

»Diese Streitereien führen doch zu nichts.« Matthew stellt sich zwischen uns und unterbricht damit den Blickkontakt zwischen Jeff und mir. »Jeff hat recht. Wir müssen auf alles vorbereitet sein, und wenn ihr erwischt werdet, sind zwei zusätzliche Männer nicht schlecht.«

»Du vergisst eine Frau, die euch zusammenflickt, wenn ihr am Verbluten seid«, meldet sich Vivien bissig zu Wort.

»Wenn sie uns erwischen, ist es egal, ob wir zu zweit oder zu zehnt sind. So oder so haben wir keine Chance.« David macht mir nicht gerade Mut, und obwohl ich keine Lust habe, mit Matthew und Jeff nach Concordia aufzubrechen, sehe ich auch den Vorteil darin. Mehr Köpfe bedeuten mehr Meinungen und mehr Ideen, eine unmögliche Mission möglich werden zu lassen. Meine Zeit in New York hat mich gelehrt, dass ein Alleingang nicht immer der beste Weg ist, um ans Ziel zu gelangen.

»Wenn ihr mitkommen wollt, müssen wir uns gegenseitig zu hundert Prozent vertrauen.« Ich schaue einen nach dem anderen an. Davids Blick ist bei meinen Worten wie versteinert. Ob er wütend ist, weil ich mich nicht seiner Meinung anschließe?

Für den Bruchteil einer Sekunde glaube ich allerdings, Angst in seinen Augen zu erkennen, aber als ich kurz blinzle, ist der Ausdruck schon wieder verschwunden.

»Das werden wir«, beteuert Matthew, aber auch er weiß, dass ich bei meinen Worten vor allem Jeff angesprochen habe.

Dieser zieht die Augenbrauen zusammen. »Gebt mir keinen Grund, euch zu misstrauen, und ich werde es auch nicht tun.« Ich seufze. Na, das wird ja ein lustiger Ausflug.

31

In den nächsten Tagen planen David, Matthew, Jeff, Vivien und ich unsere gefährliche Reise nach Concordia. Wir haben beschlossen, außer Erin niemanden einzuweihen. Während unserer Abwesenheit wird Erin die Führung übernehmen, denn niemand wäre für diesen Job besser geeignet als sie. David, Jeff, Matthew und Vivien werden die Chips entfernt.

David besteht darauf, dass ich Zusatzunterricht im Schießen und Nahkampf erhalte. Er hat mir schonend beigebracht, dass er beide Fähigkeiten für ausbaufähig hält. Natürlich weiß ich, dass ich für unsere bevorstehende Mission Nachholbedarf habe, trotzdem finde ich, dass ich für die kurze Zeit, die ich hier bin, schon recht gute Leistungen erziele. Und das, obwohl mir Jeff als Lehrer jede Menge Steine in den Weg gelegt hat. Als ich allerdings meine erste Einzelstunde im Schießen erhalte, bin ich verblüfft. Plötzlich gibt Jeff mir Tipps, verbessert meine Haltung und kommentiert Fehlschüsse nur mit einem knappen Nicken. Sonst hat er sich gerne minutenlang darüber ausgelassen, dass ich doch im Falle eines Angriffs besser auf unsere eigenen Leute ziele, weil dann die Chance größer sei, den Gegner zu treffen. Aber das ist, zumindest für den Moment, vergessen. Er scheint unsere gemeinsame Mission tatsächlich ernst zu nehmen.

Drei Tage vor unserer Abreise will ich gerade das Zimmer verlassen, da höre ich hastig näher kommende Schritte und Stimmen. Ich lasse die Tür angelehnt und gebe keinen Laut von mir.

»Das bringt doch nichts! Du hast David versprochen, hier die Stellung zu halten!«

»Ich werde noch mal mit ihm reden. Ich will mit.«

Als mir bewusst wird, dass die Stimmen Erin und Jeff gehören, wird mir heiß. Ihr Gespräch ist vertraulich und ich will sie eigentlich nicht belauschen. Mittlerweile sind sie vor Davids Zimmertür angekommen.

»Wenn alles vorbei ist, werden wir deine Mutter befreien. Aber jetzt nicht, das würde die Mission gefährden. Überleg doch mal«, sagt Jeff eindringlich, »falls wir erwischt werden, töten sie uns alle. Dann kannst du deiner Mutter gar nicht mehr helfen.«

»Sie ist seit meiner Verurteilung im Erziehungslager. Ich habe dir erzählt, wie labil sie ist. Ich muss sie rausholen, jeder Tag zählt!« Erin klingt verzweifelt und ich erinnere mich an unser Gespräch im Trainingsraum, als sie zugegeben hat, wegen ihrer Mutter Schuldgefühle zu haben.

»Du weißt doch gar nicht, ob sie nicht vielleicht schon wieder freigelassen wurde!«

Erin schnaubt. »Wenn es um deinen Bruder ginge, würdest du doch genauso denken, oder etwa nicht?« Es folgt eine ziemlich lange Stille, dann räuspert sich Erin. »Es tut mir leid, ich wollte nicht –« Sie bricht ab.

Am liebsten würde ich die Tür schließen, um ihnen nicht länger zuhören zu können, aber damit würde ich mich verraten. Jeff ist sowieso immer sauer auf mich, aber ich möchte Erins Respekt nicht verlieren.

»Schon in Ordnung«, murmelt Jeff. Als wieder Stille folgt, meine ich zu hören, wie sie sich küssen.

»Sein Tod hat alles verändert.« Jeff klingt so traurig, dass er mir augenblicklich leidtut. Ist sein Bruder in New York gestorben?

»Leider hat er vor allem dich verändert«, entgegnet Erin tonlos.

»Gibt es die geringste Chance, dass zwischen uns alles wieder so wird wie früher?«, fragt er mit fast flehender Stimme.

Erin seufzt. »Das Thema hatten wir doch schon.«

»Ich werde mich ändern, versprochen!« Verblüfft starre ich die Tür an, so als könne ich hindurchsehen und die beiden beobachten. Wer ist dieser Mensch? Er hat absolut nichts mit dem Jeff zu tun, den ich zu kennen glaubte.

»Das hast du schon mal behauptet und nur eine Woche später hast du Samantha erpresst, mit Susan an deiner Seite. Wie soll ich dir vertrauen, wenn du deine Versprechen ständig brichst?«

»Ich weiß, und es tut mir leid. Samantha sieht ihr so ähnlich, da sind mir die Sicherungen durchgebrannt!« Wem soll ich ähnlich sehen und warum rechtfertigt das eine Erpressung?

»Sie haben nicht die geringste Ähnlichkeit. Der Hass macht dich blind und du siehst nur, was du sehen willst.« Erin ist nicht wütend, vielmehr klingt sie verzweifelt.

»Wenn wir New York verlassen, fangen wir ein neues Leben an. Ich werde meinen Bruder loslassen.« Seine letzten Worte kommen nur stockend.

»Glaubst du wirklich, dass du das kannst?«, fragt Erin vorsichtig.

»Mit dir kann ich es. Bitte, vertrau mir dieses eine Mal und bleib in New York. Ich will dich nicht auch noch verlieren.« Seine Stimme ist von Schmerz durchzogen und sicher ist Erin die Einzige, die Jeff so reden hören darf.

»Versprichst du mir, dass ihr es schafft und zurückkommt? Versprichst du mir, dass alles gut wird?«

»Natürlich.« Jeffs Versprechen ist kaum mehr als ein Flüstern.

»Hey, ihr beiden! Wolltet ihr zu mir?« Das ist David.

»Nein, ich war nur –« Sie beendet ihren Satz nicht und ich höre ihre Schritte, die sich hastig entfernen.

»Wir müssen alles dafür tun, dass unsere Mission gelingt«, sagt Jeff nun.

»Keine Sorge, Alter.« David klingt überrascht. »Ich habe nicht vor, mich erwischen zu lassen.«

»Dann hoffen wir mal, dass das reicht.« Jeffs schwere Schritte entfernen sich und ich öffne langsam die Tür. David steht im Flur und starrt ins Leere.

»Ist alles in Ordnung?«, frage ich vorsichtig.

Er schreckt hoch und sieht mich einen Moment verwirrt an, dann schüttelt er kaum merklich den Kopf. »Manchmal glaube ich, dass ich dieser Verantwortung nicht gerecht werde.« Seine Offenheit macht mich sprachlos. Niemals hätte ich gedacht, dass so eine starke Person wie David Selbstzweifel plagen, und ich will ihm helfen.

»Ich glaube, du brauchst jetzt das Dach«, flüstere ich, nehme seine Hand und ziehe ihn zu den Treppen. David meinte, das Dach sei sein Rückzugsort und dort könne er in Ruhe nachdenken.

Und tatsächlich, als wir oben stehen, der kühle Wind unsere Haare zerzaust und wir der Sonne dabei zusehen, wie sie am Horizont verschwindet, räuspert sich David. »Ich habe viele Fehler gemacht«, gibt er mit leiser Stimme zu. »Vor New York, aber auch seit ich hier bin. Weißt du, wie viele Menschen sterben mussten, weil ich als Anführer versagt habe?«

»Niemand ist fehlerlos.«

David schüttelt den Kopf und verzieht das Gesicht, als hätte er gerade auf eine Zitrone gebissen. »Zweiundfünfzig.«

Diese Zahl ist so erschreckend hoch, ein Abbild der Grausamkeit von Concordia, aber keinesfalls der Schuld Davids.

»Das Blut klebt an der Regierung, nicht an dir.« Mit zwei Schritten verringere ich die Distanz, sodass ich direkt vor ihm stehe, und als ich ihn umarme, spüre ich seine Anspannung.

»Ich bin ein Kind der Regierung.«

»Das bin ich auch«, erinnere ich ihn. »Aber wir haben rein gar nichts mit ihnen gemein! Wir sind die schwarzen Schafe in ihrer Familie.«

Er lacht leise und zögert einen kurzen Moment, bevor er meine Umarmung annimmt. »Was ist, wenn wir scheitern?«, murmelt er in meine Haare. »Wenn wir alle sterben, weil ich versage?«

»Wir tragen alle die gleiche Verantwortung und wir werden das schaffen«, sage ich bestimmt. »Zusammen.«

David vergräbt seine Hände in meinen Haaren und unsere Lippen finden sich. Seine Leidenschaft verschlägt mir den Atem und mein Herz klopft bis zum Hals, als ich seine Verzweiflung mit jeder Faser meines Körpers spüren kann. Meine Finger fahren seinen Rücken hinauf, fühlen die Muskeln und die Spannung der Schulterblätter unter seinem T-Shirt. Wie kann ich diesen Jungen nur je wieder loslassen?

Wir setzen uns und ich lehne mich an Davids Brust. Er schlingt die Arme um mich und gemeinsam genießen wir den Blick vom Dach unserer Basis. Egal, wo uns das Schicksal hinführen wird, wenn David bei mir ist, bin ich bereit, mich allem zu stellen.

»Ist Jeffs Bruder in New York gestorben?« Noch immer geht mir das Gespräch von Erin und Jeff nicht aus dem Kopf.

»Ja«, antwortet David leise und drückt mich fester an sich. »Eine Neue konnte mit ihrer Waffe nicht umgehen und hat seinen Bruder aus Versehen erschossen.« Er kann mich nicht leiden, weil ich ihn an die Mörderin seines Bruders erinnere. Wie hätte ich das ahnen können? »Das war, kurz nachdem ich Jeff zum Anführer ernannt hatte. Mit einem Schlag war er eine andere Person. Erin hat ihn geliebt, seine Wutausbrüche aber nicht mehr ausgehalten und Schluss gemacht. Da konnte ich seine Ernennung nicht auch noch rückgängig machen, nachdem er doch alles verloren hatte. Ich habe gehofft, dass ihm die Verantwortung hilft und ihm zeigt, dass er gebraucht wird.«

»Ich weiß gar nicht, was ich sagen soll«, gestehe ich. »Es tut mir so leid für ihn.«

»Mir auch, aber trotzdem ist das keine Ausrede dafür, dass er dich am ersten Abend zu Matthew geschickt hat.«

»Es ist ja noch mal alles gut gegangen.« Ich schmiege mich näher an David und will nicht länger an Jeff denken. David küsst mein Haar und ich schließe glücklich die Augen, genieße seine Nähe.

»Egal, wo uns das Schicksal hinführt, versprich mir, dass wir alles zusammen durchstehen.« Noch nie habe ich jemandem meine Gefühle so offen anvertraut.

Zur Antwort dreht er mein Gesicht zu sich und küsst mich.

32

Für unsere Reise nach Concordia ist es nicht einfach, das passende Fahrzeug zu finden. Die meisten Autos in New York sind rostig und fallen auseinander, wenn man sie nur lange genug ansieht. Und wieder andere springen beim Kurzschließen zwar an, haben dann aber große Probleme mit den Bremsbelägen oder Motoren, sodass sie sich dann doch als gänzlich unbrauchbar erweisen.

»Du bist sicher, dass dieses Ding nicht explodiert, wenn wir den Motor anmachen?«, frage ich Matthew skeptisch und spähe durch das Fahrerfenster eines schwarzen Sprinters. Das Leder der Sitzbank ist abgewetzt und an einigen Stellen gerissen, sodass die Polsterung herausquillt. Der Wagen steht am Rand der Kuppel, ganz in der Nähe einer breiten Brücke, die uns hoffentlich sicher über den Fluss bringen wird.

»Wie oft soll ich es noch sagen«, seufzt Matthew genervt. »Ich bin mit *diesem Ding* schon gefahren. Außerdem habe ich den Motor gecheckt.«

»Den Motor gecheckt? Das ist doch nur eine Übersetzung für: Der Motor hat nicht angefangen zu rauchen, als du ihn gefahren bist.«

»Ich kenn mich mit Autos aus«, knurrt er. »Und jetzt nerv nicht und hilf mir, die Benzinkanister aufzuladen.«

Benzin ist in New York ein rares, wertvolles Gut. Nur wenig davon lässt sich in der Stadt selbst finden, da es früher meist nicht luftdicht verpackt wurde und für uns damit nach all den

Jahren nicht mehr verwendbar ist. Das meiste Benzin erhalten wir deshalb nur durch die mickrigen Versorgungspakete aus Concordia. Durch den Zusammenschluss der Gangs haben wir nun etwas mehr Treibstoff zur Verfügung. Bis nach Concordia wird es trotzdem nicht reichen, sodass wir ein Stück zu Fuß werden zurücklegen müssen.

Ich reiche Matthew die restlichen Kanister und er hievt sie auf die Ladefläche. Als wir fertig sind, gehen wir zu David, der ein paar Meter entfernt auf einem Bordstein über einer alten Landkarte brütet. »Und, hast du schon einen Weg gefunden?«, frage ich und setze mich neben ihn. David kennt die Koordinaten von Concordia und ist seit Stunden dabei, die Fahrt zu planen.

»Der Staat müsste in der Nähe von einem Gebiet liegen, auf dem sich früher eine Stadt namens Washington, D.C., befunden hat. Mit der alten Karre«, er nickt zu dem schwarzen Sprinter hinüber, »brauchen wir wahrscheinlich um die acht Stunden. Das heißt, nur wenn es den Highway noch gibt.« Er fährt mit einem Finger eine schmale Linie nach.

»Das Risiko müssen wir eingehen.« Matthew kniet sich neben uns und die nächste halbe Stunde erklärt uns David sehr genau, welchen Fahrtweg wir morgen nehmen werden.

In den frühesten Morgenstunden schleichen wir fünf uns aus der Basis. Es ist noch dunkel und die kalte, feuchte Nachtluft dringt durch mein Sweatshirt und lässt mich bibbern. Als wir am Sprinter ankommen und einsteigen wollen, hält uns David zurück. »Nein, ich fahre den Wagen allein über die Brücke. Falls sie das Gewicht nicht halten sollte …« Er beendet den Satz nicht, sondern öffnet stattdessen die Fahrertür. »Ich warte auf der anderen Seite.«

»Ich fahre mit dir«, sage ich bestimmt.

»Nein.« David sieht mich eindringlich an. »Du würdest ertrinken, wenn die Brücke einstürzt.«

»Du doch auch.« Bei dem Gedanken zieht sich alles in mir unangenehm zusammen. David antwortet nicht, sondern setzt sich hinters Lenkrad und schlägt die Tür zu. Ich weiß, dass es keinen Sinn hat zu streiten, und so sehe ich ihm mit Tränen in den Augen dabei zu, wie er den Motor startet und langsam anfährt.

»Es wird schon alles gut gehen«, murmelt Vivien neben mir zuversichtlich, nimmt meine Hand und drückt sie leicht.

Der Sprinter gelangt ohne Probleme durch den bläulichen Schleier der Kuppel, so als wäre sie nur eine Halluzination.

David beschleunigt nicht, als er die Brücke passiert. In Schritttempo fährt er den Wagen immer weiter und mit jedem Meter, den er sich von uns entfernt, werde ich ruhiger.

Schließlich kommt der Sprinter auf der anderen Seite zum Stehen. Ich kann David durch die Kuppel zwar nicht erkennen, aber trotzdem sehe ich, wie eine verschwommene Gestalt aus dem Wagen springt, und ich atme erleichtert auf.

»Dann mal los«, sagt Jeff neben mir, nähert sich der Kuppel und mustert sie misstrauisch. »Und du bist sicher, dass du mir den Chip richtig entfernt hast?«, fragt er an Vivien gewandt. Seine Stimme klingt zum ersten Mal etwas aufgeregt und auch Matthew scheint die Antwort auf diese Frage brennend zu interessieren.

Vivien sieht mit hochgezogenen Augenbrauen von einem zum anderen. »Ist das euer Ernst? Was glaubt ihr denn, was ich mit euren Armen angestellt habe?« Als die beiden sie immer noch unschlüssig ansehen, schnaubt sie. »Ihr seid richtige Feiglinge, wisst ihr das? Eure verdammten Chips sind draußen!« Mit hoch erhobenem Haupt tritt sie an die Kuppel, bleibt für eine Sekunde stehen und schreitet dann hindurch. Ich höre Matthew nach Luft schnappen. Aber Jeffs Stolz scheint nach ihren Worten angekratzt und ich kann in seinen Augen den Kampf sehen, den er mit sich ausficht. Einerseits möchte er genauso cool und unerschrocken die Kuppel überwinden wie Vivien, andererseits sind sein Respekt und seine Angst unermesslich. Ungefähr eine Minute steht er dort, dann flucht er leise und tritt durch die bläulich schimmernde Wand.

Jetzt sind nur noch Matthew und ich hier. Ich schaue ihn fragend an, aber er schüttelt den Kopf. »Geh du zuerst.«

Die eisige Kälte der Kuppel empfängt mich, als ich die Hand nach ihr ausstrecke. Vor nicht allzu langer Zeit wollte sie mich mit ihrer Wärme locken. Aber nun ist es fast so, als hätte sie gemerkt, dass wir sie überwinden können, und versuchte uns nun mit Kälte abzuwehren. Ich atme tief und gleite hindurch. Abermals fühlt es sich an, als würde ich durch Wasser laufen.

Wir warten bestimmt fünf Minuten auf Matthew. »Was ist mit ihm los?«, fragt Vivien gereizt. »Traut er meinen Fähigkeiten etwa immer noch nicht?«

»Ich glaub, er braucht einfach ein bisschen Zeit«, mutmaße ich. Matthew war von Anfang an derjenige, der von dem Gedanken besessen war, New York hinter sich zu lassen. Jetzt, so kurz vor dem Ziel, wird er vermutlich nachdenklich.

Nachdem auch er die Kuppel überwunden hat, überqueren wir die Brücke und erleichtert umarme ich David, der uns am anderen Ende empfängt.

»Ich hoffe, dass uns die Bekannte von Henry wirklich helfen wird.« Vivien sitzt neben mir im Laderaum, während Jeff gegenüber von uns die Beine ausstreckt, die Stirn gefurcht. Die Straßen sind uneben, sodass wir hier hinten ziemlich durchgeschüttelt werden und ich mit einer andauernden Übelkeit kämpfe.

Einzig der Anblick des in der Ferne verblassenden New Yorks lenkt mich ab. Durch die Hecktüren des Sprinters bewundere ich den Sonnenaufgang und die Skyline, die sich durch den morgendlichen Nebel unheimlich in den Himmel erstreckt. Doch je weiter wir fahren, desto weniger ist von ihr zu sehen, so als würde die Kuppel sie verschlucken. Wir fahren durch zerstörtes Gebiet. Sämtliche Gebäude wurden abgerissen, jedoch wurde sich keine Mühe gemacht, den Schutt und die Asche aufzuräumen.

»Wir sollten jedenfalls nicht davon ausgehen, dass Natalie uns um den Hals fallen wird. Sie wird Angst haben, entdeckt zu werden«, antworte ich und schlucke Galle hinunter, die mir die Speiseröhre heraufsteigt. Ich kann von Glück sagen, dass ich heute noch nichts gegessen habe, andernfalls würde ich es spätestens jetzt in zerkleinerter Form wieder loswerden.

»Wenn sie nicht kooperiert und uns ihre Hilfe verweigert, werden wir sie statt mit herzzerreißenden Geschichten eben mit anderen Argumenten überzeugen müssen.« Jeff legt zufrieden die Hand auf seine Waffe. Ich bin froh, dass ihn David und Matthew, die vorn sitzen, nicht hören. Jeffs Bereitschaft zu Gewalt beunruhigt mich genauso wie der Gedanke, dass wir vielleicht gar keine andere Möglichkeit haben werden, wenn sich Natalie tatsächlich weigern sollte. Wir brauchen ihre Hilfe.

»Du hörst dich an, als wären dir andere Argumente lieber.« Vivien funkelt Jeff böse an.

»Ich will es mal so sagen«, antwortet Jeff mit einem kalten Lächeln, »sie haben ihren Reiz.«

Nachdem ich das Gespräch zwischen Erin und Jeff belauscht habe, hatte ich die Hoffnung, Jeff würde sich nicht nur für Erin, sondern uns allen gegenüber ändern. Ich bin enttäuscht worden. »Wir werden keine Waffen brauchen«, stelle ich klar, auch wenn ich meine Zweifel verschweige. »Sie wird nicht begeistert sein, aber sie wird uns helfen.«

»David, Matthew«, er nickt in die Richtung der beiden, »und jetzt auch noch du. Woher nehmt ihr euren Optimismus? Wir brechen in die Zentrale der Regierung ein, das ist so gut wie unmöglich. Oder wisst ihr mehr als ich?«

»Ich vertraue einfach darauf, dass wir Natalie überzeugen.«

»Findet es denn keiner außer mir merkwürdig, dass sie als angebliche Regierungsgegnerin die Vorzüge von Concordia genießt?«

Weil wir bei diesem Thema nicht auf einen gemeinsamen Nenner kommen werden und um meine eigene Unruhe zu ignorieren, gehe ich nicht auf seine Frage ein und wir wenden uns wieder alle unseren eigenen Gedanken zu.

»Wahnsinn, sind das etwa noch Panzer aus dem dritten Weltkrieg?« Vivien richtet sich plötzlich auf und krabbelt zum Fenster. Tatsächlich fahren wir an einigen Kampffahrzeugen vorbei, die zwischen den Schuttbergen fast untergehen. Die Panzerung ist rostig und vom Wetter gezeichnet. Die Gleisketten sind gebrochen. Ich bekomme eine Gänsehaut, denn zum ersten Mal wird mir wirklich bewusst, dass es sich um ehemaliges Kriegsgebiet handelt. Ich versuche mich auf meine Atmung zu konzentrieren. Inständig hoffe ich auf das Ende dieser schrecklichen Fahrt.

Nach einer gefühlten Ewigkeit fängt der Motor an zu stottern und der Wagen kommt zum Stehen. Auch wenn das bedeutet, dass unser Vorrat an Benzin nun endgültig erschöpft ist, bin ich wahnsinnig froh, dass wir nun zu Fuß weitergehen müssen, und auch Vivien seufzt neben mir erleichtert auf. Anscheinend bin ich nicht die Einzige, die Mühe hatte, ihren Mageninhalt bei sich zu behalten. Ich kann es kaum erwarten, festen Boden unter die Füße zu bekommen und frische Luft einzuatmen, sodass ich schneller auf die Beine komme, als ich nach stundenlangem Sitzen mit eingeschlafenem Hintern erwartet hätte. David öffnet die Tür von außen und späht zu uns hinein. »Alles klar bei euch?«

Jeff springt mit einem Murren nach draußen, aber ich nicke. Auf wackligen Beinen und mit Davids Hilfe krabble ich aus dem Laderaum. Wir sind in einem Waldstück und frischer Geruch von nassem Laub und Kiefernnadeln empfängt mich. Gierig sauge ich den Duft in mich auf und strecke meine Glieder.

»Ab hier müssen wir zu Fuß weiter«, informiert David uns, als Vivien neben mir vom Laderaum hüpft. »Dass wir es bis zum Wald geschafft haben, ist perfekt, so laufen wir nicht Gefahr, dass wir mit dem Wagen bemerkt werden.« Gegen ein paar Stunden Fußmarsch habe ich absolut nichts einzuwenden. Ganz im Gegenteil.

Bevor wir losgehen, gönnen wir uns eine Pause, setzen uns auf ein paar quer liegende feuchte Holzstämme und essen unsere mitgebrachten Brote. »Wir müssen noch ein bisschen warten, bis wir losgehen, damit wir erst im Dunkeln in Concordia ankommen.«

»Und dann?« Jeff wirft das Papier, in dem sein Brot eingewickelt war, in hohem Bogen zwischen die Bäume. »Nehmen wir uns ein Taxi?«

»Wer hat dich eigentlich mitgelassen?«, fragt Vivien stirnrunzelnd. »Wenn du unsere Mission nicht ernst nimmst, bist du in New York wesentlich besser aufgehoben.«

»Ich nehme das hier ernst«, knurrt Jeff. »Aber anscheinend bin ich der Einzige, der die Sache nicht naiv angeht.«

»David und ich haben alles durchgeplant«, verteidigt sich Matthew.

»Dann wäre jetzt der richtige Zeitpunkt, um uns darüber zu informieren.« Jeff greift sich ein drittes Brot.

»Es wird dunkel sein, wenn wir die Grenzen von Concordia erreichen«, fängt David an.

»Die *bewachten* Grenzen von Concordia«, verbessert ihn Jeff. »Und du meintest, meine Schießkünste würden nicht gebraucht werden.«

»Wir bringen keine Wachen um«, stellt David eisig klar. »Wir gehen nur sicher, dass sie nicht Alarm schlagen können.« Jeff verdreht die Augen, lässt David aber weitersprechen. »Wir nehmen den Weg durch das Kulturviertel, das ist in den späten Abendstunden sehr belebt und wir können in der Menge untertauchen. Gleichzeitig müssen wir natürlich aufpassen, dass uns niemand Bekanntes oder sogar Familie über den Weg läuft, also haltet die Augen offen.«

»Wie wollen wir in das Regierungsviertel kommen? Der Eingang wird streng bewacht.« Meine Träume haben mir einen guten Überblick über diesen Teil der Stadt verschafft und so kenne ich die Schwierigkeiten, mit denen wir während unserer Mission zu kämpfen haben werden.

»Mithilfe von Natalie. Henry hat mir alles erzählt, was er über sie weiß. Unter anderem auch, wo er sie getroffen hat, wenn er Kontakt zu ihr aufnehmen musste.«

»Im Kulturviertel?«, mutmaße ich.

Er nickt. »Ganz genau.«

Einige Zeit später machen wir uns auf den Weg. Bald lassen wir den Wald hinter uns und in der Ferne erhebt sich die Skyline von Concordia.

»Ein merkwürdiges Gefühl«, murmelt Vivien neben mir, »zurückzukehren.«

Als ich in New York aufgewacht bin, der festen Überzeugung,

nie wieder aus der Stadt wegzukommen, war diese Tatsache am leichtesten zu akzeptieren. Ich hatte nie den Wunsch zurückzukehren, weil ich nichts an Concordia vermisse. Vivien und die anderen hingegen haben dort Familie und ich will mir gar nicht vorstellen, wie es ihnen damit gehen muss, Concordia nach unserer Mission wieder zu verlassen, ohne ihre Lieben gesehen zu haben. Es wäre viel zu gefährlich, sie aufzusuchen.

Als die Sonne langsam hinter den Hochhäusern verschwindet und die letzten Strahlen die Wolken in ein rötliches Licht tränken, erreichen wir die Grenze Concordias. Ein vier Meter hoher Metallzaun versperrt uns den Weg, auf dessen oberem Ende Stacheldraht gespannt wurde. Dahinter befinden sich drei weitere Rollen Stacheldraht. Aus der Ferne haben wir die Patrouillen der Wachen beobachtet und versucht, einen günstigen Moment abzupassen. Gerade ist niemand zu sehen.

»Jetzt muss es schnell gehen.« David reicht uns aus seinem Rucksack jeweils ein Paar abgewetzte Lederhandschuhe.

»Gut mitgedacht«, lobt Vivien, während wir sie uns überstreifen. Ich trete an den Zaun heran und hake meine Finger ein. Mit oder ohne Handschuhe, hinüberzukommen wird eine äußerst schwierige und schmerzhafte Angelegenheit. Ich ziehe mich hoch und versuche so schnell wie möglich zum oberen Ende des Zauns zu gelangen. David ist schneller und drückt mit einer Hand den Draht weg, sodass wir alle nacheinander rüberklettern können. Als ich mein Bein über den Zaun schwinge, bleibt mein Pferdeschwanz hängen und ich stöhne vor Schmerz auf, als ich ihn mit einem Ruck entferne und etliche Haare mitsamt der Wurzel aus meiner Kopfhaut gerissen werden.

»Du schaffst das«, höre ich David flüstern, also beiße ich die Zähne zusammen und schwinge nun auch das andere Bein über den Stacheldraht. Während ich vorsichtig auf der anderen

Seite des Zauns nach unten klettere, folgen mir die anderen und Matthew hilft David ebenfalls hinüber. Vivien und Jeff versuchen unversehrt über die drei Stacheldrahtrollen zu gelangen, aber ich warte auf David.

Gerade als er vom Zaun springt, hallt ein Ruf durch die Nacht. »Hey, was machen Sie da?«

»Scheiße«, flucht David und mir gefriert das Blut in den Adern, als sich der Lichtkegel einer Taschenlampe auf uns zubewegt. »Los jetzt!« Er packt meine Hand, nimmt Anlauf und zieht mich bei seinem Sprung über den Draht mit sich. Aber ich komme nicht so weit wie er und meine Jeans verheddert sich. Der Stoff reißt an meinen Knien.

»Stehen bleiben!«, höre ich eine Männerstimme etwa fünfzig Meter von uns entfernt. Panisch versuche ich mein Bein aus dem Stacheldraht zu befreien und spüre, wie sich die abstehenden Enden in das Leder meiner Handschuhe bohren und über meine Haut kratzen.

»Versteckt euch«, befiehlt David den anderen. »Ich helfe Samantha schon, verschwindet!« Dann lässt er sich neben mich auf die Knie fallen und gemeinsam schaffen wir es, die Verhakungen an meiner Jeans zu entfernen. Die Grenzwache kommt immer näher, und endlich laufen wir los. David treibt mich an und noch nie in meinem Leben bin ich so schnell gerannt wie jetzt. Das Adrenalin schießt durch mich hindurch und treibt meinen Körper zur Höchstleistung.

Hinter mir gibt die Grenzwache eine Meldung in sein Funkgerät ab, wonach er Hilfe bei der Verfolgung von mehreren Flüchtigen bräuchte. Als ich kurz zurückblicke, stelle ich erleichtert fest, dass ihn diese Aktion Zeit gekostet hat und wir nun einen kleinen Vorsprung haben.

Wir erreichen die ersten Farmen. Die Arbeit der Bauern ist

getan, sodass wir niemandem begegnen. David zieht mich mit sich und wir rennen in die Getreidefelder hinein. Ein Schuss ertönt und ich quieke auf, doch ich spüre keinen Schmerz und auch David scheint nicht getroffen. Plötzlich reißt er mich nach unten, sodass wir vom Getreide vollkommen verschluckt werden. Wir halten den Atem an und lauschen dem Brechen der Getreidestiele, als sich unser Verfolger einen Weg durch das Feld bahnt. Er kommt immer näher und wird uns sicher nicht verfehlen, aber als grimmige Entschlossenheit in Davids Augen funkelt, wird mir klar, dass er es genau darauf anlegt. Die Grenzwache ist nur noch wenige Meter entfernt, da stürzt David sich auf ihn und beide gehen zu Boden. Ich höre einen dumpfen Schlag und ein Stöhnen, bevor es still wird. Ich springe auf, bereit David zu helfen, aber als ich ankomme, atme ich erleichtert auf. David steht über dem regungslosen Wachsoldaten und durchsucht dessen Jacke.

»Ist er tot?«, frage ich leise und beobachte, wie Blut über die Schläfe des Mannes rinnt.

»Nein«, antwortet David kurz angebunden und zieht dann aus der Innentasche der Jacke ein Funkgerät. Er schaltet es ein. »Keine Verstärkung notwendig. Das waren nur dumme Jugendliche, die sich einen Scherz erlaubt haben. Ich kümmere mich drum.«

Er wirft es zurück auf den Boden und nimmt meine Hände. »Ist alles in Ordnung? Bist du verletzt?«

Ich schüttle den Kopf, auch wenn ich an meinem linken Knie einen brennenden Schnitt spüre. »Wir müssen die anderen finden«, sage ich stattdessen und er nickt.

Unsere Waffen verbergen wir unter unseren Jacken, denn falls man sie entdeckt, sind wir geliefert. Nur der Polizei ist das Tragen und Benutzen einer Pistole erlaubt. Keiner von uns spricht, weil wir zu angespannt sind. Ich bin mir sicher, dass in unseren Köpfen das Gleiche vorgeht und wir uns vorstellen, was heute Nacht passieren kann. Werden wir die anderen finden? Wird alles gut gehen? Oder werden wir versagen? Werden wir diese Mission überleben?

Wir laufen neben dem Feld Richtung Süden, direkt auf die Skyline von Concordia zu, um im Notfall abermals Deckung zu finden. Die Dunkelheit, die mittlerweile über uns hereingebrochen ist, macht es sehr schwer, etwas oder jemanden zu erkennen. Hoffentlich wurden die anderen nicht erwischt.

Plötzlich höre ich ein Knarzen und links von uns öffnet sich leicht die Holztür eines Geräteschuppens. Ich zucke zurück, aber im nächsten Moment tritt Matthew heraus, gefolgt von Vivien und Jeff. Wir geben uns lautlos zu verstehen, dass keiner verletzt ist, und machen uns auf den Weg in die Stadt.

Wir erreichen das Kulturviertel, in dem sich eine Bar an die andere reiht sowie Restaurants, Theater und Tanzlokale. Wie von Matthew vorhergesagt, wimmelt es von Menschen, die hier nach der Arbeit einen entspannten Abend verbringen wollen. Wir verhalten uns so unauffällig wie möglich und bemühen uns in der Menge unterzutauchen, trotz unserer wenig gepflegten Kleidung und rausgewachsenen Frisuren. Nicht nur einmal starren die Leute auf mein blutiges Knie. Unwillkürlich muss ich an Tim denken. Er hat mir erzählt, dass seine Familie arm sei und krank von der Arbeit auf dem Feld. Durch das System der Regierung werden sie nie die Chance auf ein besseres Leben erhalten. Die Menschen, die sich den Luxus leisten können, den das Kulturviertel ihnen bietet, sind nicht besser oder haben mehr geleistet als Menschen wie Tim. Sie haben nur das Glück, in die richtigen

Familien hineingeboren worden zu sein. Wenn alles vorbei ist und wir tatsächlich irgendwo eine neue Zukunft aufbauen können, möchte ich Tims Familie zu mir holen. Seine Eltern, seine Geschwister. Sie haben das Recht auf ein menschenwürdiges Leben und ich will versuchen, es ihnen zu ermöglichen. Dieser Gedanke schießt mir durch den Kopf, während wir den Boulevard entlanggehen, an all den lachenden Menschen vorbei, auf der Suche nach der richtigen Bar.

Gedankenversunken renne ich in David hinein, als er plötzlich stehen bleibt. »Hier ist es.«

»Sorry.« Ich reiße mich zusammen und konzentriere mich auf die Gegenwart.

David sieht mich besorgt an. »Soll ich reingehen?«

Entschieden schüttle ich den Kopf. »Nein, passt schon. Ich mach das.«

Die Bar ist in schummriges Licht getaucht, Musik spielt im Hintergrund. Ich sehe mich um. Die Bar ist gut besucht, diejenigen, die keinen Platz ergattert haben, bleiben mit ihren Getränken stehen und unterhalten sich in Grüppchen. Normalerweise würde es lange dauern, in diesem Menschenpulk jemand Bestimmten zu finden, aber nicht so bei einer Unsichtbaren.

Ich erkenne Natalie sofort. Sie sitzt mit dem Rücken zu mir an der Bar. Allein. Ihre königsblaue Uniform hebt sich von der Menge ab, strahlt förmlich und die Leute scheinen einen respektvollen Abstand zu halten. Es ist merkwürdig, Natalie nun auch in diesem Leben zu treffen, weil sie mir ja bereits aus meinen Träumen vertraut ist.

Ich setze mich neben sie, schaue nicht zu ihr, sondern beobachte den Barkeeper beim Mixen eines Cocktails.

»Henry grüßt dich«, sage ich gerade so laut, dass sie es hören kann.

Ihr Kopf ruckt in meine Richtung. »Was?«

Erst jetzt drehe ich mich zu ihr und erwidere ihren Blick. »Henry grüßt dich«, wiederhole ich, stehe von meinem Barhocker auf und gehe zu den Toiletten. Ich weiß, dass sie mir folgen wird. Während ich warte, betrachte ich mich im Spiegel über dem Waschbecken. Die Sorge vor dem Kommenden steht mir ins Gesicht geschrieben und eine feine vertikale Linie zeichnet sich zwischen meinen Augen bis zur Nasenwurzel ab. Seufzend fahre ich durch meine Haare und lehne mich gegen die Wand.

Die Tür öffnet sich und ich wende mich um. Mit großen Augen lässt Natalie ihren Blick über mich wandern, bis er an meinem Gesicht hängen bleibt. »Du bist Samantha Evans.« Ich sehe sie überrascht an. »Ich kenne die Gesichter aller Verbannten«, erklärt sie, ohne mich aus den Augen zu lassen.

»Verstehe.« Das hätte ich mir natürlich denken können. Ich stoße mich von der Wand ab. »Wir brauchen deine Hilfe.« Lieber komme ich gleich zur Sache, als unnötig Zeit zu vergeuden.

»Wie bist du entkommen?«, flüstert sie.

Ich tippe mir auf den Oberarm. »Mein Chip ist raus.«

»Ich dachte, du wärst tot«, gesteht sie und eine Träne glitzert in ihren Augen. »Dann ist Henry auch nicht –?« Ich schüttle den Kopf und sie atmet erleichtert auf.

»Wie gesagt, wir brauchen deine Hilfe.«

»Wer ist *wir*? Henry und du?«

»Nein, er ist noch in New York. David, Vivien, Matthew und Jeff begleiten mich.« Ich bemerke, dass sie bei Davids Namen kurz stutzt, aber sie geht nicht weiter darauf ein, sondern richtet sich auf und wird geschäftsmäßig. »Was kann ich tun?«

»Du musst uns ins Regierungsviertel einschleusen und uns Zutritt zur Zentrale der Unsichtbaren verschaffen. Ich muss eine der Zeitmaschinen verwenden.«

Natalie atmet hörbar aus. »Bist du verrückt?«, haucht sie. »Was hast du vor?«

»Ich sorge dafür, dass sich die Gegenwart nicht verändert.« Ich werfe ihr einen entschuldigenden Blick zu. »Du musst mir vertrauen. Es wird alles so bleiben, wie es ist, ich verhindere nur, dass es noch schlimmer wird.«

Sie starrt mich mit offenem Mund an und ich kann es ihr nicht verdenken. Selbst ich merke, wie verrückt sich das anhört.

»Es tut mir leid, aber das geht nicht. Wenn sie herausfinden, dass ich euch geholfen habe, bin ich tot.«

»Die Regierung weiß nicht einmal, dass wir New York verlassen können. Niemand wird je erfahren, dass du mit uns im Kontakt standst«, versichere ich ihr eindringlich. Sie ist unsere einzige Chance. Wenn ich sie nicht überzeugen kann, müssen wir sie zwingen und das wird die ganze Sache nicht gerade einfacher gestalten.

»Es ist nur eine Frage der Zeit, bis sie merken, dass ihr nicht tot seid. An eurer Stelle würde ich abhauen, solange ihr noch die Chance dazu habt!«

»Wir können nicht einfach abhauen«, widerspreche ich ihr. »Das würde bedeuten, dass alle Verbannten sterben.«

»Woher willst du das wissen?«

»Die Erklärung ist sehr kompliziert und es ist besser, dass du so wenig wie möglich weißt. Bitte, vertrau mir.«

Natalie verzieht entschuldigend das Gesicht. »Ich kann nicht. Sie finden alles raus.«

Langsam werde ich unruhig. Hat es einen Sinn, noch weiter auf sie einzureden, oder soll ich meine Pistole ziehen? Schon der Gedanke daran widerstrebt mir, aber ich glaube kaum, dass ich sie noch überzeugen kann. Ihre Angst vor der Regierung scheint größer als ihr Mut, sich gegen die Ungerechtigkeit einzusetzen.

»Warum hast du dich auf die Seite des Widerstands gestellt, wenn du doch nichts bewirken willst?«, frage ich angriffslustig und hoffe, sie damit aus der Reserve zu locken. Doch stattdessen keucht sie erschrocken auf und sieht sich hektisch um, so als hätte sie die Befürchtung, dass wir belauscht werden. »Henry hat seine Meinung vertreten, obwohl er wusste, dass er dafür verbannt wird. Er steht für seine Ideale ein! Warum tust du es nicht? Ist dir sein Leben egal?«

Sie starrt mich ein paar Sekunden lang mit blutleeren Lippen an und ich kann den Kampf in ihrem Inneren nur erahnen, dann schüttelt sie geschlagen den Kopf. »Nein, natürlich nicht«, flüstert sie. »Komm mit deinen Freunden in einer Stunde zum westlichen Eingang des Regierungsviertels. Es ist der einzige ohne Wachen, die Tür öffnet sich mit Gesichtserkennung.«

Erleichterung durchströmt mich. »Danke«, sage ich aufrichtig. »Das werden wir dir nicht vergessen.«

33

Wir sitzen auf geteertem Boden in einem Hinterhof zwischen überquellenden Mülltonnen und der Gestank nach kaltem Fett setzt sich in den Fasern unserer Kleidung ab.

In einer halben Stunde werden wir Natalie treffen und ich erzähle den anderen von meinem Gespräch mit ihr. »Sie will höchstens zwei von uns in die Zentrale bringen, weil eine größere Gruppe auffallen würde.«

»Sie muss uns alle reinlassen«, meint Jeff prompt.

»Es war schon schwer genug, sie davon zu überzeugen, uns überhaupt zu helfen«, widerspreche ich. »Und außerdem hat sie recht. Wenn wir da drin zu fünft rumlaufen –«

»Warum sind wir dann überhaupt mitgekommen?«, unterbricht mich Jeff.

»Weil ihr uns keine andere Wahl gelassen habt«, antwortet David trocken. »Dachtest du etwa, wir können da alle zusammen mit unseren Knarren reinspazieren und keiner merkt es? Ich habe euch von Anfang an gesagt, dass Samantha und ich das allein machen.«

»Das bedeutet also, du begleitest sie in die Zentrale?«, fragt Matthew scharf. »Wer hat das entschieden?«

»Ich«, sage ich knapp. »David ist im Regierungsviertel aufgewachsen. Er kennt sich aus.«

»Und was sollen wir währenddessen machen?« Auch Vivien scheint enttäuscht.

»Natalie bringt euch in mein Elternhaus. Es steht seit ihrem Tod leer und ist nur ein paar Minuten von der Zentrale entfernt. Dort könnt ihr euch verstecken, und sobald David und ich alles erledigt haben, kommen wir zu euch und holen euch ab.«

»Na, immerhin lässt du uns nicht in dieser Müllhalde zurück.« Jeff hebt eine braune Bananenschale auf und wedelt damit vor meiner Nase herum, bis ich sie ihm genervt aus der Hand schlage.

»Klingt nach einem super Plan.« Matthews Bemerkung trieft vor Sarkasmus und ihm ist anzusehen, dass er nur ungern die Kontrolle abgibt.

»Es ist der beste, den wir haben.« Ich verstehe, dass sie nicht erfreut sind und mir gerne helfen würden, aber wir müssen so unauffällig wie möglich bleiben. Ich weiß, dass es uns gelingen wird, weil ich nach New York verbannt wurde.

Was ich nicht weiß, ist, ob wir es aus Concordia rausschaffen, ohne erwischt zu werden.

Natalie hält ihr Wort und verschafft uns eine halbe Stunde später Zutritt in das Regierungsviertel. Bevor sich die schwere Milchglastür mit einem Summen öffnet, wird ihr Gesicht mit einem weißen Laserstrahl abgetastet und gescannt.

»Warum sind hier keine Wachen oder Kameras?«, fragt Vivien stirnrunzelnd, als wir durch die Tür schleichen.

»Die Regierungsmitglieder sind keine Heiligen.« Natalie lächelt bitter. »Dieser Eingang wird vor allem von den männlichen Mitgliedern genutzt, die schmutzige kleine Geheimnisse aus dem Kulturviertel für eine Nacht mitnehmen.«

»Die nehmen sich Prostituierte mit hierher? Ist das denn erlaubt?«

»Offiziell natürlich nicht.« Natalie zuckt mit den Schultern.

»Aber es wird toleriert. Angeblich schleust selbst der Präsident manchmal Frauen durch.«

Mit klopfendem Herzen gehen wir eine Nebenstraße entlang, die um diese Zeit vollkommen ausgestorben ist. Das Regierungsviertel ist so sauber, dass man vermutlich von den weißen Steinstraßen essen könnte. Die Gebäude sind allesamt in klarer Linie entworfen, ohne Verzierungen, sondern mit viel Stahl und Glas. Auch wenn die alten Häuser in New York zerfallen, haben sie, im Gegensatz zu diesen hier, Persönlichkeit.

»Hier entlang«, flüstert Natalie und wir biegen nach rechts ab, in eine Straße, die von riesigen Villen gesäumt wird. Matthew pfeift anerkennend und fängt sich einen strengen Blick von Natalie ein.

»Ihr lasst es euch ziemlich gut gehen«, bemerkt er dennoch.

»Die Regierung weist uns unsere Häuser zu. Wir haben darauf keinen Einfluss«, verteidigt sich Natalie und beschleunigt ihre Schritte.

»Du *bist* die Regierung«, erinnert Matthew sie und ihre Lippen werden schmal.

Ich erkenne das Haus meiner Eltern schon aus der Ferne. Ich werde nie vergessen, wie ich in meinem Traum zum ersten Mal hineingegangen bin, in der Hoffnung, den Nachhall meiner Familie darin zu finden. Als wir das Innere betreten, lasse ich wieder meine Finger über die leeren Regale wandern. Kein Staub. Kein Leben. »Eigentlich hättest du hier mal einziehen sollen«, sagt Natalie leise zu mir, während sie den Blick ebenfalls durchs Zimmer gleiten lässt. »Das Haus wurde für dich frei gehalten.«

Natalie verschwindet für einige Minuten, um zu Hause für David und mich Uniformen zu besorgen. Tatsächlich bringt sie mir sogar eine Perücke mit, die sie, wie sie mir erklärt, beim letzten Kostümball getragen hat.

»Es gibt Kostümbälle? Hier?«, frage ich und nehme widerstrebend die unechten Haare entgegen. Während ich in die Uniform der Unsichtbaren schlüpfe und die hässliche hellbraune Langhaarperücke über meine hochgesteckten Haare zwänge, David sich in der Küche ebenfalls umzieht und die anderen das Haus erkunden, nimmt mich Natalie zur Seite.

»Wer ist dieser David?«, will sie wissen, während ich unzufrieden an meinen Haaren zupfe. Als ich fragend die Augenbrauen hochziehe, deutet sie in Richtung Küche. »Woher kommt er?«

»David?« Ich schaue sie verblüfft an. »Natürlich aus New York, wie wir alle. Warum fragst du?«

»Ich kenne die Bilder aller Verbannten. Ihn kenne ich nicht.«

Ich nicke anerkennend. »Das hast du erzählt, das müssen ja fast zweihundert Menschen sein!«

»Ihn kenne ich nicht«, wiederholt sie, aber ich schüttle den Kopf und streiche meine blauen Ärmel glatt.

»Ein paar Leute wirst du vergessen haben.«

»Vielleicht«, meint sie wenig überzeugt, aber als David ein paar Minuten später aus der Küche tritt, schneidet sie das Thema nicht noch einmal an.

»Bist du so weit?«, fragt er mich. Die Uniform betont seine breiten Schultern und lässt ihn noch selbstsicherer wirken. Sie steht ihm so gut, dass meine Wangen heiß werden.

»Kannst du mir mal verraten, warum nur ich so ein blödes Ding überziehen muss?« Ich deute auf meine Frisur, mit der ich sicher aussehe wie eine Idiotin.

»Du bist diejenige, die in die Vergangenheit reist und nicht erkannt werden darf.« Er vergräbt die Hände in den blauen Anzugtaschen und grinst. »Ich stehe nur Schmiere.«

Warum muss er so verdammt gut aussehen? Ich reiße mich zusammen und konzentriere mich auf unsere Mission.

Ich spüre etwas in mir aufsteigen, ein Gefühl, das Vorfreude und Angst in sich vereint, und ich nicke. Endlich ist der Zeitpunkt gekommen, um zu handeln.

Vivien drückt mich an sich. »Du wirst es schaffen«, sagt sie voller Überzeugung und ich sehe, wie sich ihre stille Hoffnung in Matthews Augen widerspiegelt.

»Wir geben euch innerhalb einer Stunde ein kurzes Zeichen über das Funkgerät. Falls ihr nichts von uns hört, müsst ihr von hier abhauen, verstanden?« David sieht die anderen mit ernster Miene an.

»Machen wir«, bestätigt Vivien und löst sich von mir. »Aber das wird nicht nötig sein. Ihr werdet das erledigen.«

»Bis nachher«, sage ich zu ihnen und weiß, dass es stimmt. Voller Zuversicht nehme ich Davids Hand und wir verlassen zusammen mit Natalie das Haus. Es ist bereits nach Mitternacht und mit einem Blick zu den Sternen erinnere ich mich an die Freiheit, die ich in New York verspürt habe, als ich in einsamen Nächten durch die Straßen gestreift bin.

Mein Herz klopft, als wir vor der Zentrale ankommen, und erleichtert stelle ich fest, dass keines der Fenster erleuchtet ist. Zumindest heute schiebt keiner der Unsichtbaren Nachtschicht. Wieder wird Natalie durch Gesichtserkennung der Zutritt gewährt, und als wir die riesige Eingangshalle durchqueren, hallen unsere Schritte in der unheimlichen Stille. Die Decke ist mindestens sechs Meter hoch und auf der rechten Seite befindet sich eine elegante saphirblaue Rezeption, während auf der linken Seite ein Lounge-Bereich mit Sesseln und Sofas Platz gefunden hat. »Während ihr tut, was immer ihr tun müsst, werde ich die Aufnahmen der Überwachungskameras löschen«, informiert

Natalie uns und deutet in alle vier Ecken der Halle. »Hier ist kaum ein Winkel unbeobachtet.«

Wir fahren mit dem Aufzug in den zwölften Stock und Natalie führt uns einen langen Gang entlang. »Das hier«, sie deutet auf eine schmale Tür auf der linken Seite, »ist ein Abstellraum. Er ist nie verschlossen und es gibt darin keine Kameras. Wenn du in der Vergangenheit darauf wartest, zurück in die Gegenwart zu springen, geh dort hinein, dann wird es nicht auffallen, wenn du plötzlich verschwindest.«

Ein paar Meter weiter ist eine Treppe und ein Stockwerk tiefer liegt das Zimmer, an das ich mich nur zu gut erinnern kann. Hier habe ich vor nicht allzu langer Zeit gewartet, nervös, was mich nach meinem Berufseinführungsgespräch erwarten würde, nicht ahnend, welche Zukunft mir bevorstand. Instinktiv drücke ich Davids Hand fester und er antwortet mir, indem er mit seinem Daumen beruhigend über meinen Handrücken fährt.

Wie alle anderen Räume öffnet sich dieser durch Gesichtserkennung. Natalie hält uns die Tür auf. »Ich werde nicht da sein, wenn ihr fertig seid. Nach draußen müsst ihr es selbst schaffen.«

»Kein Problem.« David zieht mich in den Raum und Natalie macht sich mit zügigen Schritten auf den Weg, die Videoaufnahmen zu löschen. Mit einem mulmigen Gefühl sehe ich ihr hinterher. Ich hoffe, dass sie nicht erwischt wird, und zwar nicht nur, weil auch wir dadurch auffliegen würden, sondern weil es unfassbar mutig und selbstlos ist, uns zu helfen.

Als David und ich eintreten, schaltet sich das Licht automatisch ein. Es ist bläulich und kalt. Mein Blick gleitet über die Zeitmaschine, die aussieht wie ein Tomograf, gesteuert über einen Computer. Wut lodert in mir auf. Wie viele Leben hat dieses Teufelsding schon zerstört? Wie kann man eine Maschine über das

Schicksal von Menschen entscheiden lassen? Sofort macht sich David an dem Computer zu schaffen.

Ich stutze. »Deine Eltern haben dir sogar beigebracht, mit dem Teil umzugehen?« Wegen meiner Träume könnte ich mir sogar vorstellen, das selbst zu übernehmen. Es sah nicht allzu schwierig aus. David antwortet nicht, sondern konzentriert sich ganz auf die Eingabe der Daten. Ort und Zeit. Seufzend lasse ich mich auf die Liege sinken und warte, bis er fertig ist. Es wundert mich, dass der Computer nicht zusätzlich gesichert ist und die Regierung sich anscheinend voll und ganz auf die Gesichtserkennung an der Tür verlässt.

»Die Zeitmaschine schickt dich in den Abstellraum, ich habe die richtige Zeit eingegeben. Du musst in den Kontrollraum, deine Daten löschen, wieder in den Abstellraum gehen und warten, bis du zurückkommst.« Er sieht von dem Computer auf. »Zehn Minuten sollten reichen. Falls jemand im Kontrollraum ist, dann verschwinde, so schnell du kannst.«

Ich atme tief ein. Während ich Natalie bei den Berufseinführungsgesprächen beobachtet habe, konnte ich einen genaueren Blick auf die Technik werfen. Es ist einfach, Daten zu löschen, zu einfach, wenn man bedenkt, was für ein Schaden damit angerichtet werden kann. Ich streiche mir meine unechten Haare hinter die Ohren, als David den Computer umrundet und direkt vor mir stehen bleibt. Weil ich sitze, wirkt er noch größer als sonst. »Egal, was passiert«, sagt er und sieht mir dabei tief in die Augen, »wenn du mir vertraust, wird alles gut werden.« Er beugt sich zu mir herunter, nimmt meinen Kopf in seine Hände und küsst mich sanft. Ich bin so überrascht, dass ich einfach nur nicke. Ich lege mich auf die Liege, während mein Herz sich vor Aufregung überschlägt. Ich bin dabei, eine Zeitreise anzutreten. Das ist so verrückt! David kehrt zum Computer zurück und mit einem letzten Blick in meine Richtung lässt er mich in die Röhre fahren.

Ein paar Sekunden lang ist da nur Schwärze und die harte Liege unter mir. Aber dann, mit einem plötzlichen Ruck, verschwindet alles um mich herum und ich falle durch leeren Raum. Er ist nicht hell, nicht dunkel, sondern ein Wirrwarr aus Farben und Stimmen und sie werden immer lauter und drängender, bis ich fürchte, blind und taub zu werden.

Ich schlage die Augen auf. Ich stehe in einem kleinen Zimmer, das mit Regalen vollgestellt ist. Staubige Kisten und leere ramponierte Ordner warten auf ihre Entsorgung. Ich zittere am ganzen Körper, das Gefühl des freien Falls ist immer noch präsent und ich brauche einen Moment, um mich zu fangen. Es hat tatsächlich funktioniert, ich bin hier, zurück in der Zeit. Mit bebenden Fingern überprüfe ich den Sitz meiner Perücke und streiche mir noch ein paar Strähnen ins Gesicht. Ich lausche an der Tür, aber Schritte oder Stimmen höre ich keine. Also atme ich einmal tief durch und verlasse das Zimmer. Mir rutscht das Herz in die Hose, als genau in diesem Moment ein Unsichtbarer am Ende des Gangs um die Ecke biegt. Instinktiv will ich im ersten Moment zurück in den Abstellraum flüchten, aber das wäre mehr als auffällig. Ich halte den Blick starr auf den Boden gerichtet und versuche die Treppe zu erreichen, bevor wir uns über den Weg laufen. Ich werde immer schneller und schaffe es die ersten Stufen zu nehmen, bevor er unten vorbeigeht.

Der Kontrollraum empfängt mich mit dem vertrauten leisen gleichmäßigen Piepen. Er ist tatsächlich verlassen und ich bin unendlich erleichtert. Um keine Zeit zu verlieren, trete ich an die Computer und verschaffe mir einen Überblick. Hektisch suche ich die Bildschirme ab, bis ich Mr Stone entdecke, an seinem Schreibtisch sitzend und sprechend. Ihm gegenüber sitzt ein

Mädchen. Ihre dunklen lockigen Haare fallen ihr über die Schulter, während sie hin und wieder nickt. Ich reiße die Augen auf, kann einfach nicht glauben, dass dieser Moment keine Illusion ist. Gebannt starre ich meine Gestalt an, wie ich Mr Stone, mit dem Rücken zur Kamera, zuhöre. Obwohl ich wusste, dass ich hier lande, bin ich schlichtweg fassungslos. Das ist der Tag meiner Verurteilung.

Sobald sich der Computer mit meinen Gedanken verknüpft, werde ich meine Daten löschen, wie es Natalie bei Freddys Verurteilung erklärt hat, und dadurch meine eigene Verurteilung herbeiführen. Obwohl ich damals das Gefühl hatte, das Gespräch hätte nicht lange gedauert, fühlt es sich jetzt an, als würde eine halbe Ewigkeit vergehen, bis Stone und ich endlich aufstehen und er mich auffordert, mich auf die Liege zu legen. Es ist komisch, meinem zitternden Ich dabei zuzusehen, wie es Opfer der staatlichen Gewalt wird. Es ist nur zu ertragen, weil ich weiß, dass mich deren Folgen auf den richtigen Weg bringen werden. Henry, Vivien und David haben mir gezeigt, dass es wichtig ist, zu vertrauen und füreinander einzustehen. Das ist das größte Geschenk, das sie mir machen konnten.

Aber ich muss endlich an meine Aufgabe gehen und ich zögere nicht, setze mich an den Computer und meine Finger fliegen über die Tastatur, löschen einen Teil meiner Identität, eine Zukunft, die ich nie kennenlernen werde. Atemlos sehe ich nur wenig später dabei zu, wie mein vergangenes Ich mit panischem Gesicht aus dem Zimmer geführt wird. Nur zwei Stockwerke unter dem Kontrollraum, in dem ich mich befinde. Ich reiße meinen Blick von dem Bildschirm los, hole ein Stofftuch aus meiner Jackentasche und streiche damit alles ab, was ich angefasst habe.

Ich verlasse den Kontrollraum, betend, dass mir auch auf dem Flur keiner entgegenkommt. Ich versuche nicht zu schnell zu gehen, um auf den Überwachungskameras nicht aufzufallen, obwohl sich jede Faser meines Körpers wünscht loszurennen, um dieses Gebäude so weit wie nur möglich hinter mir zu lassen.

Ich komme der Treppe immer näher, die mich ein Stockwerk tiefer und zu dem Abstellraum bringt, in dem ich auf meine Rückreise warten werde.

Plötzlich ertönt ein Alarm. Kurze aufeinanderfolgende hohe Töne hallen durch die Flure und Panik überkommt mich. Ich werde schneller. Als ich gerade an der Treppe ankomme, werden die Wände aus Milchglas durchsichtig. Erschrocken schaue ich über die Schulter. Das gesamte Stockwerk ist einsehbar, selbst die Außenwände haben sich in Glas verwandelt. Ich stolpere die Treppen hinunter und erleichtert stelle ich fest, dass zwar der Alarm auch hier durch die Flure hallt, die Wände aber undurchsichtig bleiben. Ich haste die letzten Stufen hinunter, biege nach links ab auf den Flur, nur noch den Abstellraum im Sinn, als ich mit jemandem zusammenstoße.

Ich reiße die Augen auf, als ich ihn erkenne. »David! Was machst du denn hier?« Ich packe seine Hand und ziehe ihn mit mir in den kleinen Abstellraum. Erleichtert atme ich auf, schließe die Tür hinter uns und lehne mich dagegen. Gleich reisen wir zurück, gleich haben wir es geschafft.

Ich ziehe mir die Perücke vom Kopf und schlinge meine Arme um ihn. »Ich habs geschafft. Ich hab sie gelöscht, ich hab sie gelöscht«, murmle ich immer wieder an seinem Hals. »Sie werden nicht sterben, nicht wegen mir.«

Ich bin so erleichtert, so dankbar, dass mir erst gar nicht auffällt, dass David nicht auf meine Umarmung reagiert, mich nicht festhält. Als ich ihn loslasse, streifen meine Hände seine Oberarme und mir fällt sofort auf, dass da was fehlt.

»Wo ist dein Verband?«, frage ich und lasse prüfend meinen

Blick über seinen Arm wandern. Noch bis vor ein paar Minuten hatte er einen schützenden Verband, der die Wunde verbarg, die er durch die Entfernung des Chips hatte. »Wo ist deine Wunde?«

Unsere Blicke treffen sich und ich weiß, dass etwas nicht stimmt. Er sieht verwirrt zu mir herunter, so als sähe er mich heute zum ersten Mal.

»Warum bist du hier?«, frage ich argwöhnisch. »Wir haben doch ausgemacht, dass du Wache hältst.«

Er zieht verblüfft die Augenbrauen nach oben. »Wovon sprichst du? Bist du eine Unsichtbare? Ich hab dich hier noch nie gesehen.«

Ich starre ihn an und will lachen, weil ich es für einen Scherz halte, aber sein Gesichtsausdruck bleibt ernst. Die Sekunden verstreichen, bis es klickt. Mein Herz rutscht mir in die Hose. Nein, nein, das kann nicht sein. Das darf nicht sein!

»Bist du der Grund für den Alarm?«, fragt er weiter.

Wie vom Blitz getroffen zucke ich zurück. »Warum tust du mir das an?«, hauche ich entsetzt. David hat keine Uniform an. Er trägt derbe schwarze Stiefel, zerrissene Jeans und ein schwarzes T-Shirt mit V-Ausschnitt. Er sieht aus wie immer, den Bart nicht ganz rasiert und die dunklen Haare durcheinander.

David war am Tag meiner Verurteilung in Concordia.

34

Er war in der Zentrale der Unsichtbaren, während ich festgenommen wurde. Deshalb war er so sicher, mich zu kennen, und davon überzeugt, dass wir uns schon einmal begegnet sind. Das hier ist die Begegnung, an die er sich erinnert.

Ich stolpere rückwärts zur Tür und lasse ihn nicht aus den Augen, während ich mir hastig die Perücke wieder aufsetze. Am liebsten würde ich heulen, ihn vor Wut anspringen oder ihn anbrüllen, aber ich bringe keinen Ton heraus. Obwohl der Alarm immer noch zu hören ist und es in den Fluren von Sicherheitskräften wimmeln könnte, verlasse ich fluchtartig den Raum. Ich höre David noch etwas sagen, aber der Alarm ist zu laut, als dass ich ihn verstehen kann. Niemand ist zu sehen, doch von oben höre ich viele hastige Schritte und Rufe. Ohne dass ich meinen Kopf dabei bewege, huschen meine Augen über die Decke. Ich brauche eine Lücke in den Überwachungskameras, um unbemerkt zu verschwinden. Aber ich kann mich nicht konzentrieren, meine Hände beben, als ich mir einmal einen Blick über die Schulter gewähre. David ist nicht zu sehen. Ich spüre ein Ziehen im Magen wie bei meiner ersten Reise, also kann es nicht mehr lange dauern.

Hastig gehe ich weiter, bis ich ein Toilettenschild entdecke. Erleichtert stoße ich die Tür auf und schließe mich in eine Kabine. Bevor ich Zeit habe, das eben Geschehene Revue passieren zu lassen, spüre ich, wie ich verschwinde.

Die Luke öffnet sich und meine Liege wird herausgefahren. Ich weiß, wer mich erwartet, und mache mich zum Kampf bereit. Doch als ich ins Freie gefahren werde, schaffe ich es nicht, mich aufzurichten. David legt mir sofort eine Hand auf den Mund, mit der anderen presst er meine rechte Hand auf die Liege. Mit der linken Hand versuche ich, ihn wegzuschubsen, aber er drückt mich mit solcher Kraft nach unten, dass ich meinen Kopf keinen Zentmeter bewegen kann.

»Hör mir zu, hör mir zu!«, flüstert er drängend. »Ich werde dir alles erklären! Wenn ich dich gleich loslasse, fang nicht an zu schreien, sonst fliegen wir auf!«

Als der Druck nachlässt, schlage ich seine Hand weg. »Warum ist es dir wichtig, ob ich schreie oder nicht?«, fauche ich. »Du hast uns doch bestimmt sowieso schon verpfiffen!«

»Nein, lass es mich erklären!«

»Als ich dich gefragt habe, warum du verurteilt wurdest, da hast du mir die Wahrheit gesagt, oder?« Ich kann nicht verhindern, dass mir die Tränen kommen. »Du meintest deine Loyalität der Regierung gegenüber.«

»Ich war überzeugt von ihrer Philosophie und die Zahlen gaben ihr recht. Concordia wird immer größer, immer mächtiger. Als mein Vater mir aufgetragen hat, nach New York zu gehen, war ich der Auffassung, das Richtige zu tun. Die Verbannten waren für mich nichts weiter als Kriminelle, die in Schach gehalten werden mussten. Aber ich hab schnell gemerkt, dass New York mehr war, dass die Menschen dort noch lange keine Verbrecher sind, nur weil eine Maschine das behauptet! Ich habe mich zum Anführer wählen lassen, um für meine Mitglieder einzustehen. Ich wollte sie beschützen, Samantha!«

»Hör auf! Du hast mich angelogen, du hast uns alle angelogen!«

»Am Tag deiner Verurteilung hast du mich fast über den Haufen gerannt, hast merkwürdige Dinge behauptet, als würdest du mich kennen. Und dann, in derselben Nacht, warst du plötzlich in New York. Erst ging ich davon aus, die Regierung hätte dich ebenfalls eingeschleust, um New York im Auge zu behalten, als du aber behauptet hast, du würdest mich nicht kennen, bin ich misstrauisch geworden. Ich dachte, sie hätten dich geschickt, damit du *mich* im Auge behältst. Ich dachte, mein Vater hätte gemerkt, dass ich dabei war, die Seiten zu wechseln. Meine Berichte an ihn wurden von Monat zu Monat oberflächlicher, mir war klar, dass er irgendwann Verdacht schöpfen würde.«

Ich starre ihn fassungslos an, weil das nicht David sein kann, der spricht. David ist besonnen und immer für seine Mitglieder da. Vor mir steht nicht die Person, der ich vertraue.

Er rauft sich die Haare und lässt dann mutlos die Hände sinken. »Als du mir die Wahrheit gesagt hast, hat sich alles verändert. Du warst nicht in New York, weil du mich ausspionieren solltest, sondern weil jemand deine Zukunft gelöscht hat. Als du das erzählt hast, ist mir wieder unsere erste Begegnung eingefallen. Du sagtest: *Ich habs geschafft, ich hab sie gelöscht.*« Mir läuft ein Schauer über den Rücken. Genau das habe ich ihm vor ein paar Minuten an den Hals gemurmelt. »Ich habe eins und eins zusammengezählt. Ich hatte keine Ahnung, ob du bereits herausgefunden hattest, wie man durch die Kuppel kommt. Ich wusste nur, dass du es auf jeden Fall schaffen und dann nach Concordia kommen würdest, um in die Vergangenheit zu reisen. Nur warum, das war die Frage.«

»Wieso hast du es mir nicht erzählt?«

»Weil ich wusste, dass ich es nicht tun würde«, antwortet er schlicht. »Wenn ich es dir erzählt hätte, wärst du bei unserer ersten Begegnung über meine Anwesenheit nicht so schockiert gewesen, weißt du, was ich meine?«

»Du bist verrückt.« Ich fahre mit den Händen über mein Gesicht, hoch zu meinen Haaren und hoffe, dass das hier ein Albtraum ist, aber ich wache nicht auf. »Du sprichst dauernd von deinem Vater. Du hast mal erzählt, er wäre ein Unsichtbarer. Wer ist er?« Eine böse Vorahnung begleitet meine Frage und David scheint sie zu spüren, denn er nickt.

»Mein Vater ist Präsident Abrams von Concordia. Ich bin sein dritter und jüngster Sohn, Jonathan David Abrams.«

Mir entfährt ein erstickter Laut und ich weiche so schnell vor ihm zurück, dass ich gegen die Wand pralle.

»Ich werde niemanden verpfeifen, Samantha.« Er spricht mit ruhiger Stimme, die Hände leicht erhoben, so als wolle er sich einem wilden Tier nähern. »Ich bin auf eurer Seite und das weißt du, sonst hättest du längst nach deiner Waffe gegriffen.«

Erst jetzt fällt mir ein, dass ich eine Pistole bei mir trage, dass sie im Halfter steckt und ich nur meinen Blazer auf die Seite schieben muss, um nach ihr zu greifen. Aber meine Finger bewegen sich nicht. »Ich werde jetzt gehen«, sage ich mit bebender Stimme. »Wage es nicht, mich zu verfolgen.«

Davids Augen weiten sich in einem Anflug von Panik. »Ich werde euch aus der Stadt bringen. Ich kenne sie besser als ihr, mit mir werdet ihr nicht entdeckt.«

»Wage es nicht!« Ich schiebe mich in Richtung Tür.

»Bitte, lass mich euch begleiten!« Aber ich beachte ihn nicht und greife nach der Türklinke.

»Ich liebe dich, Samantha!«, ruft David plötzlich. Meine Hand rutscht an der Klinke vorbei. Es herrscht Stille, während David auf meine Reaktion wartet. Aber ich lasse mich nicht von ihm verarschen. Nicht mehr.

»Wenn du mich lieben würdest, hättest du mir die Wahrheit erzählt«, sage ich traurig, drehe mich um und öffne die Tür.

»Stopp! Bleib hier!«

Ich werfe einen Blick über die Schulter und erstarre. David richtet seine Pistole direkt auf meine Stirn.

»Ich werde dich begleiten. Ich werde euch aus der Stadt bringen und dann verlassen, okay? Und jetzt gib mir deine Waffe.«

»Das ist nicht dein Ernst.« Meine Augen füllen sich mit Tränen, weil ich mich in ihm getäuscht habe und mein Vertrauen jemandem geschenkt habe, der es mit Füßen tritt und in der Luft zerreißt. Langsam schiebe ich meinen Blazer auf die Seite und hole die Pistole hervor. Ich lege sie auf den Boden und stoße sie mit dem Fuß in seine Richtung.

»Würdest du mich wirklich erschießen?«, frage ich leise, als er meine Waffe aufhebt und in seinen Gürtel steckt.

»Ich werde dich gehen lassen«, versichert er mir und tippt auf meine Waffe. »Und die hier bekommst du zurück, versprochen.«

»Das war keine Antwort auf meine Frage«, stelle ich fest.

»Ich will nur, dass du in Sicherheit bist.«

»Hab wenigstens den Anstand, mich nicht zu verarschen.«

David will etwas erwidern, öffnet den Mund, schließt ihn wieder und sieht mich einen Moment an, dann nickt er.

Ohne Eile verlassen wir das Gebäude. Das hier ist Davids Zuhause, natürlich hat er keine Angst vor zufälligen Begegnungen. Niemand, den wir treffen, würde Verdacht schöpfen, wenn er im Regierungsviertel dem Präsidentensohn begegnet.

Über die Vorsichtsmaßnahmen, die wir im Vorfeld besprochen haben, muss er sich sehr amüsiert haben, wohl wissend, dass er sich einen Dreck darum zu scheren braucht. Er geht rechts von mir, so nah, dass sein Arm gegen meinen drückt. Die Pistole bohrt sich in meine Seite und bei jedem Atemzug spüre ich sie an meinen Rippen. Tränen laufen mir weiterhin die Wangen hinunter und über meinen Hals. Wie konnte ich mich so täuschen lassen?

»Hattest du überhaupt jemals einen Chip unter deiner Haut?«, frage ich, als wir an die frische Luft treten.

»Nein«, antwortet er schlicht und bugsiert mich die Straße entlang.

»Als ich dich in der Nacht einmal allein durch die Straßen laufen gesehen habe, hast du die Stadt verlassen und hast dich draußen mit jemandem getroffen, oder?« Plötzlich fallen mir all die merkwürdigen Dinge um David ein, die mich zwar gewundert, aber nicht weiter beunruhigt haben. Warum habe ich nichts hinterfragt? Warum war ich so naiv?

»Ja.« Auch diesmal antwortet er nur einsilbig, sein Blick huscht die Straße rauf und runter.

»Mehr hast du nicht zu sagen?«, fahre ich ihn schluchzend an.

David flucht und zerrt mich aus dem Licht der Laternen in einen dunklen Hauseingang.

»Bitte, versprich mir, den anderen nichts zu sagen. Jedenfalls nicht, bis wir aus der Stadt raus sind. Dann kannst du es ihnen erzählen und ihr könnt mich alles fragen. Alles.«

Ich versuche mich aus seinem Griff zu winden, aber seine Hände lassen nicht locker. »Wer sagt mir, dass die anderen nicht schon längst verhaftet worden sind?«

»Vertrau mir, nur noch dieses eine Mal«, sagt er leise. »Bitte!«

»Nie wieder«, stoße ich zwischen zusammengepressten Zähnen hervor.

Seine Gesichtszüge spannen sich an, seine Augen blitzen wie Stahl, als er mich zurück auf die Straße zieht. Er beschleunigt seine Schritte und ich stolpere neben ihm her.

»Deswegen warst du immer so komisch, wenn wir über deine Eltern gesprochen haben.« Ich schüttle den Kopf und wische mir mit dem Ärmel die Wangen trocken. »Und ich Idiot dachte, dass es dich zu sehr schmerzt, über sie zu reden, weil du sie vermisst.«

Er antwortet nicht, während wir das Wohnviertel betreten. Ich bete inständig, dass es Vivien und den anderen gut geht. Ich stelle mir vor, wie sie auf uns warten, nicht ahnend, dass sie ebenfalls dem Feind vertraut haben.

»Warum zum Teufel hast du mir nicht gesagt, wer du bist?« Meine Stimme ist schneidend.

David wirkt hilflos, während er erklärt: »Nachdem ich erfahren habe, dass du bei unserer ersten Begegnung aus der Zukunft kamst, wusste ich, dass du früher oder später rausbekommen würdest, dass ich für die Regierung arbeite. Aber bis es so weit war, hatte ich mir geschworen, dein Vertrauen zu gewinnen, dich von mir zu überzeugen. Es tut mir so leid. Ich hätte dich von Anfang an einweihen müssen. Aber mir war klar, dass ich dich dann verlieren würde.«

Als wir das Haus meiner Eltern erreichen, wirft mir David einen letzten undefinierbaren Blick zu, bevor er die Eingangstür öffnet.

35

Wir gehen durch den dunklen Flur ins Wohnzimmer und ein riesiger Stein fällt mir vom Herzen, als ich Vivien dort eingerollt auf der Couch liegen sehe.

Ich fange erneut an zu weinen und stürze zu Vivien, die hastig aufspringt und mich in den Arm nimmt. »Was ist los?«, fragt sie bestürzt. »Ist etwas schiefgelaufen?«

Ich weine und weine, unfähig ein richtiges Wort zu formen. Vivien streicht mir über den Rücken. »Was ist passiert?«, fragt sie an David gewandt.

Mit verschwommenem Blick schaue ich zu ihm, sehe seine Augen auf mir ruhen. »Geh.« *Geh und ich erzähle den anderen erst von deinem Verrat, wenn du weg bist.* Er versteht, rührt sich jedoch keinen Zentimeter und schüttelt den Kopf.

»Was ist hier los?« Vivien schaut alarmiert zwischen mir und David hin und her.

»Ich muss euch etwas erzählen«, sagt er ohne jede Emotion.

Jeff und Matthew kommen die Treppe herunter. »Haben sie euch gesehen?«, fragt Matthew beunruhigt.

David schüttelt abermals den Kopf und reißt seinen Blick von mir los. »Nein, es geht um mich. Ich habe euch belogen.«

Jeffs Augen verengen sich und Vivien wird ganz steif. Matthew bleibt wie angewurzelt stehen. »Mein Name ist Jonathan David Abrams und ich bin der dritte Sohn des Präsidenten. Ich wurde von der Regierung ausgebildet und nach New York geschickt, um euch im Auge zu behalten.«

Vivien schlägt sich entsetzt die Hand vor den Mund.

»Du verdammter Bastard!«, brüllt Jeff und stürzt sich auf ihn. Vivien und ich springen auf die Seite, als David von ihm zu Boden gerissen wird und beide auf den gläsernen Wohnzimmertisch fallen. Er zersplittert in tausend Einzelteile.

»Hört auf!«, schreie ich und versuche Jeff und David voneinander zu trennen. Vivien und Matthew kommen mir zu Hilfe, und während sie Jeff nur mit Mühe festhalten können, leistet David keine Gegenwehr. »Das bringt uns nicht weiter«, versuche ich Jeff zu überzeugen, sein Gesicht ist von Hass verzerrt und dort, wo er sich an den Scherben des Tisches geschnitten hat, quillt Blut hervor. »Wir müssen hier weg, zurück zu den anderen.«

»Ich bringe euch aus der Stadt«, beharrt David auf seinem Vorschlag, aber ich schüttle sofort den Kopf.

»Du verschwindest jetzt, verstanden?«

»Bist du verrückt, Samantha?«, keucht Jeff wütend. »Er ist ein Verräter! Sobald er dieses Haus verlässt, läuft er sofort zu seinem Daddy! Wenn er es nicht schon getan hat!«

Er reißt sich von Matthew und Vivien los, bleibt aber, wo er ist.

»Ich bin auf eurer Seite!«, stellt David klar. Auch er hat im Gesicht und auf den Händen blutige Schnitte. »Ich habe schon lange aufgehört, meinem Vater zu dienen! Trotzdem konnte ich nicht offen gegen ihn arbeiten, weshalb ich auch nie ein Friedensbündnis zwischen den Gangs wollte. Vor einem Zusammenschluss hatten sie nämlich die größte Angst, weil wir dann viel mächtiger geworden wären. Ich wollte mir gar nicht ausmalen, mit welchen Grausamkeiten die Regierung versucht hätte uns wieder zu entzweien.«

»Das sollen wir dir glauben?« Matthew lacht freudlos. »Himmel, David, ich habe dir vertraut.«

»Was machen wir jetzt?«, fragt Vivien unsicher und sieht mich an.

»Ich habe meine Daten gelöscht, es ist alles gut gegangen und mich hat niemand gesehen. Wir verschwinden, und zwar sofort.« Ich richte mich auf und sehe zu David. »Wir fesseln ihn und sperren ihn in ein Zimmer. Er wird sicher erst gefunden, wenn wir schon über alle Berge sind.«

»Samantha, bitte«, fleht David verzweifelt und es bricht mir fast das Herz. Noch immer kann es sich nicht dazu durchringen, die Wahrheit zu akzeptieren. Ich habe Gefühle für ihn und dafür hasse ich mich selbst mehr als ihn. Vermutlich haben mich genau diese Gefühle blind und naiv gemacht.

»Falls er überhaupt gefunden wird«, bemerkt Jeff mit einem gehässigen Grinsen.

»Alles klar.« Matthew kramt aus seinem Rucksack ein Seil, fixiert Davids Hände auf dem Rücken und nimmt ihm beide Waffen weg. Vivien packt hastig unsere Sachen zusammen und stopft sie in den Rucksack.

»Habt ihr oben irgendwas liegen gelassen?«, fragt sie uns. »Wir dürfen keine Spuren hinterlassen, wenn –« Sie erstarrt und auch ich habe es gehört. Die Eingangstür fällt mit einem Klick ins Schloss.

Matthew, Jeff und Vivien zücken sofort ihre Pistolen, nur ich habe nichts, um mich zu verteidigen. Ich drücke David eine Hand auf den Mund, davon ausgehend, dass er nach Hilfe rufen wird. Er hat behauptet, er hätte uns nicht verraten. Alles Lügen. Schnelle Schritte hallen über den Marmorboden und kommen näher.

Natalie betritt das Wohnzimmer und ich seufze erleichtert auf. »Was machst du denn hier?« Die anderen lassen ihre Waffen sinken.

Aber im selben Moment spüre ich, dass etwas nicht stimmt.

Besser gesagt sehe ich es, denn ihr Gesicht ist bleich und tränennass. »Was ist los?«, frage ich und mir schwant Böses.

Aber Natalie starrt nur entsetzt auf Jeff und David, beide blutverschmiert, und da wird es mir klar. »Wusstest du von ihm?«, frage ich sie einen Ton schärfer und deute auf David.

»Wusstest du, dass er der dritte Sohn des Präsidenten ist?«

Ihre Augen weiten sich. »D-Das kann nicht sein. Der dritte Sohn des Präsidenten ist seit vier Jahren Botschafter im Ausland.«

David schnaubt. »Eine nette Umschreibung.«

Natalie stolpert rückwärts. »Wenn der Präsident erfährt, dass ich euch geholfen habe, dann wird er mich wegen Hochverrats zum Tode verurteilen.«

»Ich werde dich nicht verraten«, stellt David mit ruhiger Stimme klar. »Niemanden von euch.«

»Weswegen bist du dann hier?«, will Matthew von Natalie wissen und ignoriert David vollkommen.

Ihre Hände zittern, als sie sich ein paar lose Haarsträhnen aus dem Gesicht streicht. »Als ich im Kontrollraum war, um die Videoaufnahmen zu löschen, konnte ich einen Blick auf die Tagesordnungspunkte für die morgige Sitzung werfen«, fängt sie mit bebender Stimme an. »Es gab offenbar eine geheime Operation und Präsident Abrams wird uns morgen davon in Kenntnis setzen, dass das Projekt New York neu begonnen hat.« Niemand von uns sagt ein Wort. Sicher habe ich sie falsch verstanden.

»Was soll das heißen?«, fragt David in die Stille hinein.

»Sie sind alle tot«, haucht sie. »Sie haben heute Giftgasbomben abgeworfen.« Nein. *Nein.*

Sämtliches Blut weicht aus meinem Oberkörper und mir wird schwindlig. Viviens Pistole fällt polternd zu Boden und David stöhnt.

»Du lügst.« Matthew hebt seine Waffe, seine Hand ist vollkommen ruhig. »Du steckst mit der Regierung unter einer Decke und sollst uns diese Geschichte erzählen, damit wir uns ergeben. Warten die draußen schon auf uns?«

Natalie schüttelt hastig den Kopf. »Nein! Ich hätte euch nie verraten! Ich wollte euch warnen! Sie haben schon seit Wochen die abfallenden Zahlen beobachtet. Immer mehr von euren Chips wurden inaktiv, sie haben geahnt, dass etwas faul ist. Sie hatten Angst, dass ihr einen Weg nach draußen gefunden habt, und wollten verhindern, dass ihr Projekt aus dem Ruder läuft!«

Niemand sagt etwas und meine Trance löst sich erst, als Vivien zu schluchzen beginnt. Es war alles umsonst. Ich habe die Vergangenheit verändert, habe meine Daten gelöscht, weil ich dachte, damit New York retten zu können. Aber die Regierung hat sie alle umgebracht. Wieder. Mein bester Freund ist tot. Henry und ... Erin. *Scheiße.*

Ich drehe mich zu Jeff. Sein Gesicht ist weiß, seine Lippen blutleer, als er seine Pistole auf David richtet.

»Das ist deine Schuld«, sagt er mit tödlicher Ruhe. »Du und dein Vater, ihr habt sie auf dem Gewissen.«

»Jeff.« Vorsichtig trete ich einen Schritt auf ihn zu. »Nimm die Waffe runter. Wir müssen überlegen, wie wir hier rauskommen.«

»Es ist mir scheißegal, ob wir hier rauskommen«, knurrt er. »Sie sind alle tot, Samantha. Hast du das nicht gehört? Es ist vorbei.«

Ein Schuss ertönt und wie in Zeitlupe bricht David zusammen. Einen Herzschlag lang blicke ich völlig entsetzt auf seinen leblosen schlaffen Körper, dann stürze ich zu ihm. Ich reiße sein Hemd auf und halte inne, als Blut aus dem Einschussloch fließt. Jeff ist unser bester Schütze, er hat sein Ziel nicht verfehlt. *Mitten ins Herz.*

36

»Was hast du getan?«, kreische ich entsetzt und drehe mich zu Jeff, die Hände drücke ich auf das Einschussloch in Davids Brust, in der wahnwitzigen Hoffnung, dass das irgendetwas helfen könnte.

»Er hat es nicht anders verdient!«, brüllt Jeff.

»Du hast ihn umgebracht!«

»Er hat Erin auf dem Gewissen!«

Matthew packt Jeff am Oberarm. »Wir müssen hier weg. Die Nachbarn haben den Schuss bestimmt gehört.«

Vivien kommt zu mir und will mich von David wegziehen.

»Lass mich!« Ich schlage ihre Hand weg und lege David gerade hin. Ich muss ihn wiederbeleben, er darf nicht sterben!

Wieder spüre ich einen sanften Druck an meinem Arm. »Du kannst ihm nicht mehr helfen«, flüstert Vivien tonlos. »Komm schon, wir müssen hier weg. Sie werden gleich da sein.«

Natalie taucht auf meiner anderen Seite auf und zusammen ziehen sie mich auf die Beine.

»Lasst mich los!«, heule ich verzweifelt. »Warum hilft ihm keiner?«

»Er ist tot«, murmelt Vivien. Ich kann David nicht allein lassen, ich muss ihn wiederbeleben. Ich muss es schaffen! Ich liebe ihn!

Plötzlich heben mich starke Männerarme in die Höhe und bringen mich fort. »Bitte, sei still. Niemand darf uns hören«, flüstert Matthew und trägt mich aus dem Haus in die Nacht, weg von Davids Leiche. Ich werde ohnmächtig.

Als ich wieder erwache, liege ich in einem großen weichen Bett. Die Decke ist aus feiner Seide und rutscht von meiner Brust, als ich mich aufrichte. Für einen wunderbaren Augenblick halte ich alles für einen Albtraum, aber dann sehe ich Vivien eingesunken am Bettpfosten lehnen. Mein Blut gefriert zu Eis.

»Wo sind wir?«

Sie schreckt auf und rutscht näher zu mir. »Wir sind in Natalies Haus.«

»Habt ihr ihn mitgenommen? Ist er hier?«

»Es tut mir so leid, Samantha«, sagt sie mit Tränen in den Augen.

»Ihr habt ihn einfach liegen gelassen?«, hauche ich entsetzt.

»Er ist tot.«

»Wir können ihn trotzdem nicht einfach zurücklassen!« Ich schlage die Bettdecke zurück und springe auf, in der festen Absicht, für Davids toten Körper einen Platz für die letzte Ruhe zu finden, aber Vivien hält mich zurück. »Du kannst da nicht mehr hin. Sie haben ihn schon gefunden.«

»Wie meinst du das?«

Sie zieht mich zum Fenster und schiebt den Vorhang einen Spaltbreit zur Seite. »Drei Minuten nachdem wir weg waren, ist die Polizei gekommen.«

Wir befinden uns nur einen Steinwurf von dem Haus meiner Eltern entfernt. Sechs Polizeiautos parken davor und sperren die Straße. Das Blaulicht erhellt die gesamte Nachbarschaft. Die Eingangstür steht offen und Polizeibeamte laufen geschäftig raus und rein. Der Fund des Drittgeborenen in dem Haus meiner Eltern, der Verräter der Regierung, wird einen Riesenwirbel machen.

David. Immer wieder sehe ich, wie sein Körper zur Seite sackt. Er hat mich angelogen und hintergangen, aber trotzdem ist sein Tod das Schlimmste, was mir passieren konnte.

Wie konnte das geschehen? Wie konnte unsere Mission in einer solchen Katastrophe enden? Ich habe an einem Abend zwei der wichtigsten Menschen in meinem Leben verloren. Unsere Kameraden wurden wie lästige Fliegen zerquetscht. Sofort schiebt sich ein grausamer Film vor meine Augen, wie sie von der Regierung überrascht werden und das Gift ihre Atemwege verätzt. Es schüttelt mich.

Und selbst wenn ich meine Zeitreise rückgängig machen und mich selbst am Löschen meiner Daten hindern könnte, würde es alles nichts nützen, weil New York auch in der anderen Welt fallen würde. So oder so, die Regierung gewinnt immer, weil sie die Macht über Zeit und Raum hat. Mir stockt der Atem, als ich erkenne, dass genau darin das Problem liegt. Und gleichzeitig ist es der Schlüssel, der einzige Ausweg.

Es klingelt. Vivien und ich sehen uns erschrocken an, als auch schon Natalie ins Zimmer gestürzt kommt. »Die Polizei«, flüstert sie mit aufgerissenen Augen und winkt uns zu sich. »Ihr müsst euch verstecken.« Sie drängt uns in eine kleine Abstellkammer, in der Matthew und Jeff bereits angespannt warten. »Licht aus und kein Geräusch. Ich hol euch, wenn sie wieder weg sind.« Sie schließt die Tür hinter sich und das Klicken des Schlosses verrät, dass sie uns eingesperrt hat. Es ist stockdunkel. Es klingelt noch mal und Sekunden später höre ich, wie Natalie die Tür öffnet. Auch wenn wir angestrengt lauschen, können wir nicht verstehen, was gesprochen wird.

»Was ist, wenn sie das Haus durchsuchen?«, flüstert Vivien angsterfüllt neben mir.

»Sie wollen wahrscheinlich nur wissen, ob den Nachbarn etwas aufgefallen ist«, beruhigt sie Matthew.

»Und wenn nicht?« Bei Jeffs Stimme schmecke ich Galle. Wenigstens muss ich sein Gesicht in der Dunkelheit nicht sehen.

»Dann ist das deine Schuld«, zische ich zwischen zusammengepressten Zähnen.

»Wie kannst du David noch immer verteidigen? Er hat das Leben seiner gesamten Gang auf dem Gewissen.«

»Sein Vater hat den Befehl erteilt, nicht er!«

Jeff schnaubt.

»Leute«, flüstert Matthew. »Wenn ihr so weitermacht, muss die Polizei das Haus nicht durchsuchen, um uns zu finden.«

Meine Hände zittern, voller Erwartung, sich auf Jeffs lebendigen Hals zu legen und ihm die Luft abzudrücken, aber stattdessen presse ich die Lippen zusammen und wir verfallen in Schweigen. Matthew hat recht. Wenn wir uns jetzt erwischen lassen, werden wir gleich umgebracht.

Zehn Minuten später atme ich erleichtert aus, als die Haustür ins Schloss fällt und Natalie uns aus der Abstellkammer lässt.

»Was wollten sie?«, fragt Matthew sofort.

»Mich fragen, ob mir irgendwas aufgefallen ist.«

»Haben sie dir geglaubt?«

»Ich denke schon«, sagt sie nervös. »Aber ihr müsst so schnell wie möglich hier weg. Es wird nicht lange dauern, bis es im Viertel von Polizisten nur so wimmelt und ihr keinen Schritt unbemerkt gehen könnt.«

»Und was sollen wir dann machen?«, frage ich in die Runde. »Ich meine, wenn wir abgehauen sind. Zurück nach New York können wir nicht.«

Niemand hat eine Antwort.

Natalie runzelt die Stirn. »Was willst du damit sagen?«

Ich atme tief durch. »Ich habe einen Plan.« Meine Idee ist komplett wahnsinnig und doch ist es unsere einzige noch verbleibende Chance, die Ungerechtigkeit zu stoppen. »Wir können nicht verhindern, dass die Regierung die Insassen von New

York umbringt. In keiner Zeit.« Meine Stimme klingt stärker, als ich mich fühle. »Sie haben uns alles genommen und sie werden immer die Macht über uns besitzen, wenn wir nicht alles bis auf die Grundmauern niederreißen.«

»Was hast du vor?«, fragt Vivien vorsichtig. »Wir sind zu viert und die Macht der Regierung ist grenzenlos.«

»Sie ist nur so mächtig, weil sie die Zukunft kontrollieren kann. Wenn Zeitmaschinen nicht existieren würden, wäre Concordia ein kleiner unbedeutender Staat, wenn überhaupt.«

Natalie klappt der Mund auf, weil sie versteht, was ich vorhabe.

»Was ist dein Plan?«, fragt Vivien nun drängender.

»Wir reisen in der Zeit zurück und töten Paul Brandon, um zu verhindern, dass er die Zeitmaschine überhaupt erfindet.«

Matthew stößt einen Pfiff aus. »Du weißt schon, dass das ein Himmelfahrtskommando ist, oder? Wenn wir die Zeitmaschinen verhindern, verhindern wir die Gründung von Concordia und damit auch unsere eigene Existenz.«

»Vielleicht. Vielleicht auch nicht. Sicher sind wir erst, wenn wir es geschafft haben.« Ich sehe nacheinander zu Vivien, Matthew und Jeff, gespannt auf ihre Reaktion. »Das ist die einzige Möglichkeit, die Regierung zu stoppen. Sie werden das Projekt New York immer wieder von vorne beginnen, die alten Insassen regelmäßig hinrichten und die Angehörigen in Erziehungslager stecken, manche davon vielleicht bis zum Wahnsinn foltern. Es wird nicht aufhören, wenn wir nichts Grundlegendes dagegen unternehmen!«

»Du hast viel durchgemacht.« Natalie tritt unsicher vor. »Ich verstehe, dass dir der Plan als der einzig sinnvolle erscheint, dass es dir vielleicht sogar egal ist, ob du selbst dabei stirbst, aber denk an die unschuldigen Bürger dieses Staates.«

»Niemand wird qualvoll sterben«, wende ich ein. »Wenn diese Welt in Rauch verpufft, wird es kein Mensch merken. Es wird eine andere Welt existieren. Eine bessere Welt!«

»Die wir nicht miterleben werden, weil du uns alle umgebracht hast!« Natalies Wangen färben sich rot.

»Ich bin dabei«, sagt Jeff plötzlich mit leblosem Blick. Ich zucke zusammen, weil ich vergessen habe, dass auch er mit Erin einen geliebten Menschen verloren hat.

»Das kann nicht euer Ernst sein!«, ruft Natalie verzweifelt. »Ich will nicht sterben!«

»Ich verstehe deine Ängste«, erkläre ich ihr mit ruhiger Stimme. »Und wenn du eine andere Möglichkeit siehst, die Regierung zu stürzen, dann bin ich ganz Ohr.« Ich warte, aber sie verschränkt nur die Arme und schüttelt fassungslos den Kopf. Natürlich ist ihr Wunsch zu leben größer als unserer. Wen die Regierung in einem Kokon leben lässt, der hat ein viel geringeres Bedürfnis, an diesem Zustand etwas zu ändern, als jene, deren Freunde abgeschlachtet wurden. Selbst für Natalie, die mit dem Widerstand sympathisiert. Für mich ist die Aussicht auf meinen möglichen Tod nicht länger erschreckend, sondern vielmehr ein Trost.

»Wer ist dabei?«, frage ich mit klopfendem Herzen und sehe in die Runde.

Matthew nickt und Vivien legt ihre Hand in meine. »Wir schaffen das«, sagt sie mit fester Stimme, ihre Augen jedoch schwimmen in Tränen. Wir alle haben in New York Freunde verloren, wir alle sind bereit für sie zu sterben.

Ich sehe Vivien dankbar in die Augen, fühle, was sie fühlt, und wende mich dann an Natalie. »Bitte, hilf uns. Die Regierung hat Henry und meine Eltern umgebracht. Ich bin mir sicher, du hast in New York noch mehr Menschen verloren, die zum Widerstand gehörten. Tu es für sie.«

Tränen laufen ihr über die Wangen, als sie nickt.

Der Plan steht schnell. Wir müssen noch mal ins Regierungsgebäude einbrechen. Vivien und ich werden in die Vergangenheit reisen, während Matthew und Jeff für unsere Sicherheit sorgen und uns, falls wir auffliegen, mit ihrem Leben verteidigen, damit wir nicht vor Vollendung unserer Mission aus der Vergangenheit zurückgeholt werden. Jede Sekunde wird entscheidend sein, wenn wir die Zukunft verändern wollen.

So einfach der Plan geschmiedet ist, so schwer wird es sein, ihn umzusetzen. Durch die Entdeckung von Davids Leiche ist Concordia in erhöhter Alarmbereitschaft. Bis tief in die Nacht verfolgen wir die Nachrichten im Fernsehen und die Spekulationen über die Tat. Uns ist klar, dass wir heute nichts mehr erreichen können, da sich nach dem Vorfall alle hohen Tiere zu Beratungen im Regierungsgebäude befinden werden, also verlegen wir unser Vorhaben auf die kommende Nacht.

Am frühen Morgen legen Vivien und ich uns ins Gästezimmer, während die Jungs auf der Couch schlafen. Wir müssen uns ausruhen und Kraft tanken, damit unsere Mission nicht fehlschlägt. Wir dürfen nicht scheitern. Über dieser Welt darf übermorgen die Sonne nicht mehr aufgehen. Ich verdränge den Tod aus meinen Gedanken, in der Hoffnung, jedes einzelne Opfer von Concordia rächen zu können oder wenigstens bald selbst zu sterben, um nicht länger mit dem unfassbaren Schmerz leben zu müssen.

Wie erwartet hat kaum einer von uns geschlafen, als wir uns am nächsten Abend die Kapuzen überziehen. Meine Hände zittern vor Aufregung, als ich meine Pistole lade und in meinen Gürtel stecke. Das Wissen, dass wir heute alle sterben werden, lässt mich einerseits hoffen, andererseits zieht es mir den Boden unter den

Füßen weg und ich hoffe inständig, dass wir alle wie geplant aufhören zu existieren, bevor die Regierung uns erwischt. Wie wir in letzterem Fall sterben würden, will ich mir lieber nicht vorstellen.

Zwar zieht die Polizei am späten Nachmittag schließlich ihre Leute aus dem Wohnviertel ab, trotzdem verlassen wir Natalies Haus durch die Hintertür und schleichen uns im Schatten der Bäume durch die Gärten. Auf den Straßen ist es totenstill und nur gelegentlich müssen wir uns vor einem Polizeiauto verstecken, das sich auf Patrouille befindet. Es ist im Regierungsviertel sehr ruhig, dafür dass der Sohn des Präsidenten hingerichtet wurde. Zu ruhig. Ich spüre, dass die anderen meine Bedenken teilen, und wir werfen immer wieder unruhige Blicke über die Schulter.

Wir kommen an der Zentrale der Unsichtbaren an und wollen denselben etwas abseits gelegenen Eingang nehmen, durch den uns Natalie bereits gestern geschleust hat. Doch nachdem der weiße Laserstrahl ihr Gesicht abtastet und scannt, passiert nichts.

»Stimmt was nicht?«, frage ich unruhig.

Natalie nickt mit kreidebleichem Gesicht. »Mir wird der Zugang verweigert.«

»Versuch es noch mal«, drängt Vivien. Natalie lässt abermals ihr Gesicht scannen, aber die Tür öffnet sich nicht.

»Vielleicht hat die Polizei doch Verdacht geschöpft, als sie mit dir gesprochen haben.« Matthew rauft sich die Haare und legt dann den Kopf in den Nacken, so als würde er nach einer geeigneten Stelle suchen, um die Fassade hochzuklettern. Doch das ist schlichtweg unmöglich. Die glatte Steinmauer des Gebäudes bietet keinen Halt.

»Wenn sie mir nicht geglaubt haben, sind sie jetzt bestimmt schon auf dem Weg, um mich festzunehmen«, quiekt Natalie und lässt ihren Blick hektisch durch die Straße huschen.

»Wenn sie Zweifel an deinen Worten gehabt hätten, wärst du schon längst in Gewahrsam«, erwidere ich und versuche einen kühlen Kopf zu bewahren und meinen Worten zu glauben. »Wie kommen wir in die Zentrale? Hast du noch eine andere Idee?«

Sofort schüttelt sie den Kopf. »Die Sicherheitssysteme hängen zusammen, wenn ich nicht durch diese Tür komme, dann auch durch keine der anderen.«

Jeff flucht laut. »Es muss aber einen Weg geben!«

»Die Fenster sind aus Panzerglas, man kann sie nicht eintreten und die Lieferantenzugänge können ebenfalls nur durch Gesichtserkennung passiert werden.« Ich glaube eine gewisse Erleichterung in ihrer Stimme zu hören, weil sie nun davon ausgeht, dass wir uns geschlagen geben und abhauen, während sie ihr Leben so fortführen kann, als wäre nichts gewesen. Aber sie täuscht sich. Wir werden nicht eher gehen, als bis wir zumindest die Chance hatten, Concordia dem Erdboden gleichzumachen. Nach allem, was passiert ist, will ich nicht einfach aufgeben!

Neben mir hebt Jeff seine Pistole, sein Finger liegt am Abzug, als er sie auf Natalie richtet. »Lass dir was einfallen.« Sie starrt ihn mit großen Augen an, wissend, dass er kein Problem damit hätte, sie zu erschießen. So wie er auch David umgebracht hat. Hilfe suchend sieht Natalie zu mir, aber auch wenn mich die Situation an den schlimmsten Augenblick in meinem Leben erinnert, halte ich Jeff nicht zurück. Ich habe das leise Gefühl, dass Natalie Möglichkeiten zurückhält, um uns loszuwerden.

»Du hast bestimmt noch eine Idee«, sage ich stattdessen, und als sie begreift, dass sie von mir keine Hilfe erwarten kann, öffnen sich ihre weißen Lippen entsetzt.

»Aber ...«, stottert sie.

»Beeil dich«, knurrt Jeff. »Wenn wir hier noch länger rumstehen, werden wir früher oder später erwischt. Auch du.«

»Schon gut«, flüstert Natalie ergeben. »Ich kenne einen Betreuer der Sicherheitssysteme ganz gut. Wenn ihr wollt, rufe ich ihn an und frage, was los ist.«

»Worauf wartest du noch?« Jeff wird ungeduldig. »Aber stell auf Lautsprecher.«

Natalie zieht aus der Innenseite ihres blauen Jacketts ein kleines Mobiltelefon und wählt mit zittrigen Fingern. Ein Mann nimmt nach dem dritten Freizeichen ab und ist über ihren Anruf zu später Stunde irritiert, aber er erzählt ihr, dass es gestern einen Vorfall an den Grenzen gab, der wohl mit dem Tod des Präsidentensohns zusammenhängen könnte. Außerdem seien die Überwachungskameras für einen kurzen Zeitraum ausgefallen. Bis nicht sichergestellt ist, dass keine Gefahr droht, haben die Sicherheitsbeamten strikte Anweisungen, den Zugang zur Zentrale ab acht Uhr abends zu verhindern. Natalie behauptet, sie hätte etwas Wichtiges in ihrem Büro vergessen, und benötigt einige Überredungskunst und schmeichelnde Worte, bis er sich schließlich dazu bereit erklärt, ihren Account für ein paar Minuten freizuschalten.

Einen Moment später summt die Tür leise und öffnet sich. Ich seufze erleichtert auf und wir betreten das Gebäude.

Es fühlt sich an, als wären Jahre vergangen, seit David und ich hier gewesen sind und ein Team gebildet haben. Seit er noch gelebt hat.

Die Gänge sind in dämmriges Licht getaucht und auf unserem Weg zu den Treppen werfen wir unheimliche Schatten auf die Milchglaswände.

»Wenn Alarm ausgelöst wird, werden die Wände durchsichtig«, informiere ich Matthew und Jeff. »Dann habt ihr keine Deckung mehr.« Der Alarm wird ertönen, da bin ich sicher. Natalies Bekannter hat bereits berichtet, dass die Sicherheitsvorkehrungen im Gebäude massiv erhöht wurden, nachdem der Sohn von Präsident Abrams gefunden worden ist. Sie rechnen mit einem Angriff.

Wir erreichen das Treppenhaus. Von Stufe zu Stufe keuche ich mehr und versuche dabei so leise wie möglich zu sein. Die Videokameras haben uns sicher schon aufgenommen, aber diesmal wird Natalie keine Zeit damit verschwenden, die Bilder zu löschen.

Als wir endlich den Raum mit der Zeitmaschine erreichen, kann ich unser Glück kaum fassen, dass wir immer noch nicht entdeckt wurden, und trotzdem ziept ein unangenehmes Gefühl in meiner Magengegend. Im ganzen Gebäude sind wir nicht auf eine Wache getroffen. Es ist zu einfach. Plötzlich läutet Natalies Telefon und das schrille Geräusch lässt uns alle zusammenfahren. Sie blickt auf das Display und presst die Lippen aufeinander.

»Ist das der Sicherheitstyp?«, frage ich.

Sie nickt angespannt. »Er beobachtet uns bestimmt gerade über die Überwachungskameras und will wissen, was los ist.«

»Soll er doch«, höhnt Jeff und zeigt der nächstliegenden Kamera den Mittelfinger.

Es bleibt keine Zeit, wahrscheinlich hat der Typ bereits Alarm geschlagen. Vivien und ich quetschen uns auf die Liege, während Natalie sich an den Computer setzt und alle nötigen Eingaben macht. Ihre Hände zittern so sehr, dass sie sich mehrmals verbessern muss. Dann sieht sie zu uns hinüber und nickt.

Ich wende mich an Matthew und Jeff. »Ihr wisst, was zu tun ist.«

Die beiden zücken mit grimmigen Mienen ihre Pistolen. Wir starren uns einen Moment an und in ihren Augen erkenne ich die gleichen Gefühle, die mich selbst überrollen. Angst und Verzweiflung, aber auch Entschlossenheit und Hoffnung. Ich erinnere mich daran, dass wir das Richtige tun, dass wir eine Übermacht aufhalten, die auf Lügen und Grausamkeit aufgebaut ist. »Wir können nicht verlieren, wir können nur gewinnen.« Mit diesen Worten gebe ich Natalie ein Zeichen und die Liege wird in die Röhre hineingefahren. Die Luke schließt sich.

37

SAMANTHA

Vivien und ich stehen am Rand eines Waldes, der Herbst ist in den letzten Zügen. Fast alle Blätter sind bereits von den Bäumen gefallen und bedecken den feuchten Waldboden. Etwa zwanzig Meter von uns entfernt steht ein großes Holzhaus, das auf der Nordseite mit Moos und Efeu bedeckt ist. In meinen Träumen habe ich viele Geschichtsbücher über Paul Brandon gelesen und Fotos seines Anwesens gesehen, allerdings sah sein Haus in meiner Erinnerung viel beeindruckender aus und vor allem nicht so heruntergekommen. Das Holz ist bereits morsch und das Dach müsste dringend neu gedeckt werden.

»Komm«, sagt Viv, nimmt meine Hand und reißt mich damit aus meinen Gedanken. Das Gras dämpft unsere Schritte, als wir die Lichtung überqueren. Ich schaue nach links und rechts, aber keine Menschenseele scheint sich in diese öde Gegend verirrt zu haben. Vor der Tür halten wir inne und ziehen unsere Pistolen. Mein Herz klopft schmerzhaft gegen meine Rippen, als sich meine Hand um den Türknauf schließt und die Tür lautlos aufschwingt.

Im Haus herrscht Chaos. Auf dem Boden liegen schmutzige Kleidungsstücke, Schrauben und Werkzeug verstreut. In der offenen Küche stapeln sich dreckige Töpfe und Teller. Aber mein Blick fokussiert sich auf einen hageren Mann, der mit dem Rücken zu uns an einem Schreibtisch sitzt und ein Buch liest. Bevor wir einen weiteren Schritt machen, richtet sich der Mann plötzlich auf und klappt das Buch zu. »Anscheinend bin ich meinem Ziel näher, als ich dachte.« Er dreht sich um und beim Anblick unserer gezückten Waffen grinst er.

MATTHEW

Samantha und Vivien sind noch nicht mal eine Minute in der Röhre verschwunden, da ertönt der Alarm. Matthews Puls schnellt in die Höhe und er umfasst seine Waffe, so fest, dass seine Fingerknöchel weiß werden. Das Milchglas um sie herum wird durchsichtig und Natalie quiekt entsetzt.

»Großartig«, murmelt Matthew angespannt. »Das ging ja schneller als erwartet.« Jeff und er drehen sich langsam im Kreis, die gesamte Etage überblickend. Vom Treppenhaus strömen ihnen Wachen entgegen, mindestens zwei Dutzend. Neben ihm flucht Jeff laut.

»Wir müssen sie zurückholen und verschwinden!« Panisch stolpert Natalie zurück zum Computer, doch Matthew stößt sie so fest zur Seite, dass sie hinfällt und über den Boden schlittert.

»Du wirst gar nichts machen, verstanden!«, brüllt er, ohne sie anzusehen. Als sie nach Concordia gefahren sind, hat er nicht geahnt, wo sie am Ende stehen würden und dass er sich opfern würde. Seine Visionen gehen heute mit dem von ihm so verhassten Concordia unter und trotzdem wird diese Mission ein Erfolg, von dem selbst er nicht zu träumen gewagt hat. Das weiß er genau.

Als die ersten Wachen zu schießen anfangen, zersplittert das Glas um sie herum.

Das Gesicht von Paul Brandon ist eingefallen, seine trüben Augen blitzen auf, als er uns von oben bis unten mustert. Das ist also der von so vielen verehrte Gründer unseres Staates.

»Besuch aus der Zukunft, nehme ich an.«

Vivien und ich wechseln einen kurzen Blick. Woher weiß er das?

»Das ist nicht schwer zu erraten«, sagt er amüsiert, so als würde er unsere Gedanken lesen. »Seit Jahren hat mich niemand mehr besucht.«

»Mein Mitleid hält sich in Grenzen«, rutscht es mir raus.

»Ihr seid offenbar keine Freunde meiner Erfindung«, stellt Brandon interessiert fest. »Dabei habe ich sie noch nicht mal fertig entwickelt. Also sagt mir, woher kommt eure Missachtung? Wie werde ich die Welt verändern?«

»Niemand darf die Zukunft kennen und sie kontrollieren.« Meine Stimme zittert. Ich stehe dem Menschen gegenüber, der für all das Leid, für all den Schmerz und die Ungerechtigkeit in unserem Staat verantwortlich ist. Er ist der Ursprung.

»Ach, tatsächlich? Ich sehe das anders. Ich werde einen Staat gründen, in dem alle Menschen von meinem Wissen profitieren. Nicht so wie in diesem Land.« Er macht eine ausladende Geste. »Egal, wie dreckig es den Leuten geht, es kümmert niemanden.«

»Du scheinst nicht draus zu lernen«, entgegne ich bissig.

Sein Grinsen wird breiter. »Ah, jetzt verstehe ich! Ihr seid Bürger meines Staates und unzufrieden mit eurem Oberhaupt. Verrückt, die Pläne für Derartiges existieren momentan nur in meinem Kopf. Mir wird es also gelingen ... Ein wirklich faszinierender Gedanke.« Seine Augen sind weit aufgerissen und spiegeln den Wahnsinn wider. Neben mir räuspert sich Vivien leise und erinnert mich daran, dass wir unter keinen Umständen ein Gespräch anfangen wollten. Uns läuft die Zeit davon. Ich muss es zu Ende bringen. Meine Finger finden den Abzug.

Er beobachtet mich neugierig, ohne sich auch nur einen Zentimeter von seinem Stuhl zu erheben. »Ich weiß, was ihr vorhabt. Glaubt ihr, ich habe mich für diese Art von Überfall nicht abgesichert?« Ich zögere. *Hör nicht auf ihn, er will nur Zeit schinden und seine dreckige Haut retten.* »Es wird euch nichts bringen mich zu töten.«

MATTHEW

Matthew und Jeff gehen hinter dem Schreibtisch in Deckung. Er wird ihnen nicht lange Schutz bieten können, aber das verdammte Ding ist das Einzige, was ihnen zur Verfügung steht. Sie müssen den Computer verteidigen, bis alles vorbei ist. Matthew betet, dass Samantha und Vivien sich nicht lange aufhalten lassen und kurzen Prozess machen. Sie können sich keine Verzögerungen leisten.

Als die ersten Wachen den Raum erreichen, fangen Matthew und Jeff zu schießen an. Auch wenn er die Anwesenheit von Jeff oft verflucht hat, in diesem Moment ist er froh, ihn an seiner Seite zu wissen. Jede von Jeffs Kugeln trifft ihr Ziel und eine Wache nach der anderen bricht zusammen wie Marionetten, deren Fäden durchtrennt wurden.

Aus den Augenwinkeln sieht er Natalie auf den Boden stürzen. Holz splittert neben ihm und eine Kugel verfehlt ihn nur um Haaresbreite. Sie haben keine Chance. Immer mehr Wachen stürmen in das Stockwerk. Als Jeff getroffen wird, bricht er neben ihm stöhnend zusammen und Sekunden später spürt Matthew einen stechenden Schmerz im Hals, der ihn starr werden und jegliche Kontrolle über seinen Körper verlieren lässt. Das Geräuschfeuer erstirbt und vermummte Wachen treten an ihre Seite. Unfähig sich zu bewegen, kann Matthew seine Feinde nur anstarren.

»Sie sind außer Gefecht, Mr Stone.«

»Gute Arbeit, Männer.« Ein Mann mit grauen Haaren schiebt sich in sein Blickfeld. »Matthew, Junge, erkennst du mich noch?« Natürlich erkennt Matthew ihn noch. Dieser Mann hat ihm vor über vier Jahren jede Perspektive genommen und ihn, ohne mit der Wimper zu zucken, verurteilt. An diesem Tag hat Matthew Rache geschworen. Doch jetzt liegt er hilflos vor ihm, noch nicht mal in der Lage, mit den Augenlidern zu zucken. Was ist nur los? Wenn er am Hals getroffen wurde, müsste er doch längst am Verbluten sein!

»Du wirst dir noch wünschen, dass du mit deinen kleinen kriminellen Freunden einfach aus der Stadt verschwunden wärst, anstatt hier die Helden spielen zu wollen. Hast du wirklich geglaubt, dass wir euch nicht erwischen würden? Aber dein Größenwahn stand dir schon immer im Weg und glaub mir, es war sehr amüsant, Jonathans regelmäßige Berichte über dich zu lesen. Nur mir hat der Präsident anvertraut, dass er seinen Sohn nach New York eingeschleust hat«, sagt er mit einer sanften, tödlichen Stimme. »Übrigens, der Präsident ist bereits auf dem Weg hierher und in der Zwischenzeit werde ich die beiden Mädchen in die Gegenwart zurückholen, damit wir alle gemeinsam auf ihn warten können.«

Er verschwindet aus Matthews Blickfeld und das Herz rutscht Matthew in die Hose. Sie haben ihre einzige Chance vertan und die Regierung hat wieder gewonnen. Es war alles umsonst.

»Was für Vorkehrungen sollen das sein?« Vivien schafft es, ihre Stimme gelangweilt klingen zu lassen, dabei bin ich mir sicher, dass sie gerade in Panik ausbricht. Genauso wie ich.

Paul Brandon verschränkt die Arme vor der Brust. »Als ich wusste, dass meine Idee funktionieren wird, dass ich etwas erschaffen habe, womit ich die Welt beherrschen werde, war ich nicht so dumm zu ignorieren, dass ich mir damit vor allem Feinde machen werde.« Und ich dachte immer, Matthew wäre größenwahnsinnig. Meine Geduld ist am Ende. Blitzschnell durchquere ich den Raum und drücke ihm den Lauf meiner Pistole an die Stirn.

»Was für Vorkehrungen hast du getroffen?«, knurre ich.

»Ihr seid wohl in Eile«, sagt er amüsiert und ohne mit der Wimper zu zucken. »Das wird ja immer interessanter. Habt ihr Angst, erwischt zu werden?«

»Welche Vorkehrungen hast du getroffen?«, schreie ich ihn an und dabei ist mir ganz egal, ob wir uns verraten oder nicht. Wir können nicht noch mehr Zeit verschwenden. Brandon lächelt. »Ich habe die Aufzeichnungen meiner Entwicklung versteckt. Wenn ich sterbe, lebt meine Idee weiter.«

Scheiße. Scheiße. *Scheiße!*

»Wo sind diese Aufzeichnungen?«

Beim Klang seines Lachens läuft mir ein Schauer über den Rücken. »Du glaubst doch nicht ernsthaft, dass ich dir das verrate? Deine Pistole beeindruckt mich kein Stück«, fügt er hinzu, als ich sie noch fester gegen ihn presse. Ich glaube ihm. Er scheint sich seiner Sache gewiss. Wir werden das Versteck nicht ohne ihn finden, vor allem nicht, wenn die Minuten gegen uns laufen.

Ich fluche. Was sollen wir tun? Wir können nicht zurück, ohne ihn umzubringen, aber gleichzeitig können wir uns nicht mehr sicher sein, ob sein Tod für unseren Plan ausreicht. Und wenn Brandon stirbt, haben wir gar keine Chance, die versteckten Aufzeichnungen zu finden. Mein Blick trifft Viviens. Wir schauen uns für den Bruchteil einer Sekunde an, dann nickt sie. Wir müssen es riskieren. Wir haben keine Zeit, nach dem Versteck zu suchen.

Meine Hände werden feucht, als ich wieder auf den Gründer von Concordia hinabblicke. »Ich hoffe, dein Versteck ist gut«, sage ich und drücke ab. Den Schuss höre ich nicht mehr, als die Welt in Dunkelheit verschwindet und sich für ein anderes Leben öffnet.

EPILOG

Mein Handy vibriert. Ich seufze und werfe einen kurzen Blick darauf. Natürlich ist es meine Mum und ihr mittlerweile vierter Anruf. Drei in Abwesenheit stehen schon auf der Liste. Ihre Überfürsorge wird von Jahr zu Jahr schlimmer, und weil ich mit siebzehn langsam, aber sicher erwachsen werde, nervt es mich noch mehr. Trotzdem kann ich ihre Anrufe nicht weiter ignorieren und entschließe mich, sie zurückzurufen. Vielleicht ist es etwas Wichtiges, irgendwas mit Dad.

Ich bahne mir einen Weg durch die tanzende und trinkende Menge und weiche Vincent aus, dem ich erst letzte Woche einen Korb gegeben habe. Warum hat meine beste Freundin Sarah ihn überhaupt eingeladen?

Ich schiebe die Balkontür auf und trete ins Freie. Ich fröstle, als der kühle Herbstwind durch meine Locken fährt. Einen kurzen Moment überlege ich, meine Jacke zu holen, aber ich lasse es bleiben. Der Anruf wird nicht lange dauern, höchstwahrscheinlich wird meine Mum nur wissen wollen, wann ich endlich nach Hause komme. Ich lasse die Raucher links liegen, die sich auf der Terrasse eine eigene Party organisiert zu haben scheinen, und durchquere den großen Garten, um außer Hörweite zu gelangen.

Gerade als ich mein Handy entsperre, nehme ich im Augenwinkel eine Bewegung wahr und sehe auf. Ein Junge tritt hinter den Bäumen hervor. Es ist sehr dunkel und ich hätte ihn fast nicht bemerkt. Als er näher kommt und ich sein Gesicht erkennen kann, bleibt mir die Luft weg.

Irgendwoher kenne ich diese dunklen Augen, die hohen Wangenknochen und die leicht geschwungene Linie seiner Lippen. Der Garten mit seinen Rosenbüschen verschwindet und ich beobachte, wie genau der Junge, der jetzt vor mir steht, blutüberströmt zur Seite kippt. Eine entsetzliche Verzweiflung, Wut und Machtlosigkeit überkommen mich. Aber so schnell diese Bilder und Gefühle meinen Körper überrollt haben, so schnell sind sie in der nächsten Sekunde auch schon wieder verschwunden. Ich blinzle und der Junge steht unversehrt vor mir. Ich schnappe nach Luft, weiche zurück und stolpere über einen Stein. Was war das eben?

»Hallo, Samantha«, sagt der Fremde mit rauer Stimme. Die Gänsehaut auf meinen Armen hat nichts mit der nächtlichen Kühle zu tun.

»Kennen wir uns?«, stammle ich überrascht.

Er sieht in die Ferne, so als müsse er überlegen. »Das ist gar nicht so leicht zu beantworten. Es liegen Welten zwischen deiner Frage und meiner Antwort.« Seine Mundwinkel zucken. »Aber letztendlich würde ich Ja sagen.«

Ich starre ihn an. Wer zum Teufel ist das und woher kennt er meinen Namen? Warum habe ich seinen Tod gesehen?

»Was ist los, Samantha, wo ist deine Schlagfertigkeit abgeblieben? Ich kann mich nicht erinnern, dich jemals sprachlos erlebt zu haben«, sagt er mit breitem Grinsen, weil ich ihn weiterhin nur stumm anstarren kann. »Du siehst aus, als hättest du eine Leiche gesehen.«

Das ist zu viel des Guten. Mein Handy rutscht aus meinen Fingern und landet sanft im Gras. »Woher weißt du das?«, stoße ich hervor. Kann er Gedanken lesen?

Sein Lächeln verblasst. »Weil ich diesen Ausdruck in deinem Gesicht schon einmal gesehen habe.«

Warum habe ich keine Angst vor ihm? Er verhält sich, als würde er mich kennen, spricht mit mir wie mit einer alten Freundin. Es ist gruselig, aber gleichzeitig ist er mir irgendwie vertraut.

Langsam dämmert mir etwas, als ich in seine tiefblauen Augen sehe, und meine Gedanken suchen in einer Vergangenheit, die es eigentlich gar nicht geben kann. »Wer bist du?«, frage ich.

»Ich heiße David«, antwortet er sofort, tritt noch einen Schritt vor und hält mir seine Hand hin. »Ich kann dir gar nicht sagen, wie froh ich bin, dich endlich gefunden zu haben. Egal, wo uns das Schicksal hinführt, wir stehen es gemeinsam durch. Erinnerst du dich?«

DANKSAGUNG

Als Erstes gilt mein Dank natürlich der Jury des Schreibwettbewerbs von Tolino Media und Impress. Kathrin Wandres, Jacquelin Stumpe, Andreas Dutter, Pia Cailleau, Nicole Boske, Martina Raschke und Patricia Gentner. Vielen Dank, dass ihr euch für meine Geschichte Zeit genommen habt. Mit eurer Entscheidung ist für mich ein großer Traum in Erfüllung gegangen!

Dann einen großen Dank an meine Lektorin Kerstin Kopper. Es war eine große Bereicherung, mit dir zu arbeiten, durch dich ist meine Geschichte zu einem Buch herangewachsen.

Vielen lieben Dank an dich, Gloria (nein, ich meine nicht mich selbst), für die Inspiration zum Schreiben, keine Ahnung, ob ich ohne dich angefangen hätte.

Für die Begeisterung an meinen Geschichten danke ich dir so sehr, Michaela, du hast mich motiviert, immer weiterzuschreiben.

Liebe Julia, ich bin dir für deinen Rückhalt unendlich dankbar und werde dir nie genug zeigen können, wie froh ich bin, dass es dich gibt.

Liebe Mama, wir sind das beste Zweierteam der Welt! Zusammen haben wir uns auf die Sonnenseite des Lebens gekämpft.

Zum Schluss danke ich jedem einzelnen Leser dieser Geschichte. Ihr gebt meinem Buch die Chance weiterzuleben.

Ach, fast hätte ich es vergessen: Nachdem es schon kein Vorwort gibt, vielen Dank an dich, Kevin, den Retter in der Generatoren-Not!